Wolfgang Bühne

Spiel mit dem Feuer

clv
Christliche
Literatur-Verbreitung e. V.
Postfach 1803 · 4800 Bielefeld 1

1. Auflage 1989
2. erweiterte Auflage 1991
© 1989 by CLV · Christliche Literatur-Verbreitung
Postfach 1803 · 4800 Bielefeld 1
Umschlaggestaltung: Dieter Otten, Bergneustadt
Satz: CLV/Typoservice, Bielefeld
Druck und Bindung: Ebner Ulm

ISBN 3-89397-210-2

Inhalt

Vorwort 7

Teil I: Ein Abriß der Geschichte 11

Einleitung – Die „drei Wellen des Heiligen Geistes" 11

1. Die Entstehung der Pfingstgemeinden – die erste Welle .. 15

    Die Vorgeschichte 15
    Die Situation in Deutschland 20
    Die Anfänge der Pfingstbewegung in den USA 23
    Der Funkenflug nach Europa 27
    Das Drama in Deutschland 29
    Die Vorgänge in Kassel 29
    Die erste Zungenrednerkonferenz in Deutschland 1908 .. 38
    Die Unentschlossenheit der anderen Seite 39
    Die Berliner Erklärung 39
    Die Mühlheimer Antwort 41
    Die Neutralen 42
    Die Mühlheimer Buße 44
    Selbstentlarvung der „Pfingst"-Geister? 47
    Die Berliner Erklärung im Urteil der Generationen 53
    Eine 70jährige „babylonische Gefangenschaft"? 56
    Die Berliner Ostererklärung 59
    Schlußfolgerungen 60
    Die wichtigsten Daten 63

2. Die Charismatische Bewegung – die zweite Welle 67

    Die Vorgeschichte 67
    Der Aufbruch 69
    Die Charismatische Bewegung in Deutschland 79

Die katholisch-charismatische Gemeindeerneuerung ... 90
Die „Geistliche Gemeinde-Erneuerung
in der Evangelischen Kirche" 97
Querverbindungen 99
Schlußfolgerungen 103

3. „Power evangelism" – die dritte Welle 107
   C. P. Wagner und die „Dritte Welle" 107
   John Wimber und „Power evangelism" 111
   Paul Yonggi Cho –
   Pastor der „weltgrößten Kirche" in Seoul/Korea 130
   Reinhard Bonnke – der „Mähdrescher Gottes" 140
   Die „Dritte Welle" in Deutschland 157
   Die Gemeindewachstumsbewegung in Deutschland 159
   Schlußfolgerungen 165

Teil II: Eine Darstellung und Beurteilung der wichtigsten Lehren

4. Die „Geistestaufe" 167
5. Das Zungenreden 173
6. **Krankenheilung** 181
7. **Handauflegung** 187
8. **„Power evangelism"** 195
9. **„Ruhen im Geist"** 203
10. **„Positives Denken"/„Denken in Möglichkeiten"** 209
11. **Visualisierung** 221
12. **Evangelium und Wohlstand** 233
13. **„Befreiungsdienst" und „Geistliche Kampfführung"** 245
14. **Alternativen** 255

   Anhänge 265
   Quellenangaben 275
   Personen- und Sachregister 285

Vorwort

Während ich diese Zeilen schreibe, sitze ich in einem Motel in Krasnodar (Kaukasus). Unter und neben meinem Zimmer sind auf allen Etagen erregte Stimmen aus den Fernsehgeräten zu hören. Teilweise sitzen bis zu 15 Personen vor diesen Geräten und verfolgen mit großem Interesse den Verlauf der Delegiertenversammlung im Kreml, auf welcher Generalsekretär Gorbatschow zum Vorsitzenden des Obersten Sowjet gewählt werden soll. Ich verstehe nur die Worte „Perestroika" und „Glasnost", aber ich spüre die Zustimmung der Zuschauer, die bei diesen Worten oft auflachen und in die Hände klatschen.

Ein neues Zeitalter scheint für Rußland angebrochen zu sein. Man öffnet sich dem Westen und den übrigen Völkern der Erde und träumt von einem kommenden goldenen Zeitalter für die Menschheit. Die noch bestehenden Hindernisse auf dem Weg dahin will man mit allen Kräften abbauen.

Die momentane weltpolitische Situation ist in dieser Beziehung ein Spiegelbild der heutigen Christenheit. Auch hier ist man bemüht, ein neues Zeitalter einzuführen und spricht davon, daß die Zeit der Abgrenzung und Distanzierung unter Christen vorbei sei. Wäre es in einer solchen Zeit nicht richtiger, in das Horn der gegenwärtigen christlichen Entspannungspropheten zu blasen und über die Zäune hinweg die Hände zu reichen, anstatt ein Buch wie dieses zu veröffentlichen?

Diese und ähnliche Fragen gingen mir durch den Kopf und werden mir sicher auch in Zukunft von vielen Lesern gestellt werden. Dennoch bin ich sicher – auch wenn die Möglichkeit der Selbsttäuschung immer da ist – daß dieses Buch geschrieben werden sollte. Es macht keine Freude, ein solches Thema zu behandeln, besonders wenn man damit rechnen muß, falsch verstanden zu werden und die Liebe von geschätzten Brüdern zu verlieren. Doch die Überzeugung, das der Geist Gottes zu dieser Arbeit drängte, ließ unter viel Gebet das Manuskript entstehen.

Dieses Buch ist weder aus Kritiksucht noch aus Antipathie gegen die Geschwister aus der Charismatischen Bewegung geschrieben worden. Im Gegenteil: Ihre Offenheit, Begeisterungsfähigkeit, Spontanität und Einsatzfreude wirken anziehend. Viele von ihnen sind vorbildlich in ihrer Hingabe an den Herrn Jesus und in der Liebe zu den Verlorenen. Ihre Arbeit unter drogensüchtigen und gefährdeten jungen Menschen beschämt mich, auch wenn es eine Menge Fragen über die Inhalte und Methoden dieser Arbeit zu stellen gäbe.

Nahestehende Freunde von mir haben sich in den vergangenen Jahren der Charismatischen Bewegung angeschlossen, und andererseits habe ich eine Anzahl Freunde, die aus dieser Bewegung kommen und sich davon getrennt haben. Daher habe ich in den vergangenen 20 Jahren immer wieder Gespräche und Begegnungen mit Geschwistern aus diesen Bewegungen gesucht und bin sehr dankbar, daß die Bereitschaft, über den eigenen Standpunkt kritisch nachzudenken, bei vielen Charismatikern in den letzten Jahren gewachsen ist.

Dieses Buch ist also nicht vom grünen Tisch aus geschrieben worden, und ich hoffe, daß die Geschwister aus der Pfingst- und Charismatischen Bewegung das spüren.

Ebenso habe ich mich bemüht, in dem geschichtlichen Teil sachlich und fair zu sein. Daß bei allem Bemühen um Sachlichkeit und Objektivität ab und zu eine Bemerkung mit einfließt, die den Standpunkt des Schreibers offenbart, wird der Leser mir hoffentlich nicht verübeln, denn schließlich ist ein Autor kein Computer, der Daten und Auswertungen auswirft, sondern ein Mensch mit Gefühlen und Empfindungen, der hier und da die Deckung der Sachlichkeit verläßt.(Ein wenig Salz macht nicht nur eine Mahlzeit, sondern auch die Lektüre der Geschichtsschreibung schmackhafter.)

Die Beurteilung der verschiedenen Lehren und Bewegungen und die nötigen Rückschlüsse für uns finden sich im letzten Teil dieses Buches. Um den Rahmen des Buches nicht zu sprengen, habe ich mich dabei auf die wichtigsten Lehren und Aussagen beschränkt und bin nicht auf alle Argumente eingegangen. Deswegen auch die Literaturempfehlungen für solche, die sich intensiver mit diesen Fragen auseinandersetzen möchten.

Ich habe mich bemüht, Zitate nicht sinnentstellt aus dem Zusammenhang zu reißen. Wo es dennoch geschehen sein sollte, bitte ich um konkrete Hinweise. Zur Nachprüfbarkeit wurden die Quellenangaben vermerkt.

Mein Gebet zu Gott ist, daß dieses Buch zum Nachdenken und zur Selbstprüfung anregt. Im allgemeinen sind Charismatiker aufgrund ihrer Prägung und Erfahrung großzügig-arglose Christen, die sich an Zeugnissen, großen Zahlen und beeindruckenden Berichten begeistern können, ohne diese immer sachlich und verstandesmäßig zu durchleuchten. Nur selten haben sie ein kritisches Auge für die sonstigen Lehren und Praktiken, die die faszinierenden Führungspersönlichkeiten dieser Bewegung im Reisegepäck miteinführen. Strengere „Sicherheitskontrollen" wären hier auch dringend angeraten. Dazu möchte dieses Buch anspornen. An den zwölf Toren Jerusalems – wenn ich dieses Bild aus dem Buch Nehemia gebrauchen darf – hatte man Wächter aufgestellt, welche die Ein- und Ausgänge bei vollem Tageslicht zu überprüfen hatten. Dieser Dienst ist in den letzten Jahrzehnten mitunter sehr vernachlässigt worden, und so haben christlich getarnte Lehren und Techniken aus der Philosophie, Psychologie und dem Okkultismus vielerorts Eingang in das Volk Gottes gefunden und ihr zerstörerisches Werk begonnen. Mit den folgenden Ausführungen möchte ich die Notwendigkeit der erhöhten Wachsamkeit deutlich machen.

Natürlich könnte man ein noch umfangreicheres Buch über die Fehlentwicklungen unter Nichtcharismatikern schreiben, und auch das wäre dringend nötig. Für begründete brüderliche Kritik sollten wir immer offen und dankbar sein. Es geht darum, daß wir als Glieder des einen Leibes eine Verantwortung füreinander fühlen. Ob wir wollen oder nicht, wir sind in jedem Fall Mitbetroffene: „Und wenn ein Glied leidet, so leiden alle anderen Glieder mit; oder wenn ein Glied verherrlicht wird, so freuen sich alle Glieder mit."(1.Kor.12, 26)

Wenn Gott dieses Buch benutzen könnte, um bei dem einen oder anderen Leser eine Neubesinnung auf die Heilige Schrift und auf das Vorbild unseres Herrn Jesus zu bewirken, um ein wirklich geisterfülltes, hingegebenes Leben zur Verherrlichung unseres Erlösers zu führen, dann hätte sich alle Mühe gelohnt.

Teil I: Ein Abriß der Geschichte

Die „drei Wellen des Heiligen Geistes"

Führer der heutigen Charismatischen Bewegung und Gemeindewachstumsbewegung [1] teilen ihre Geschichte in drei große Perioden ein, die sie mit „Wellen des Heiligen Geistes" bezeichnen. Unter einer Welle verstehen sie eine außerordentliche Bewegung, die eine große und besondere Menschenschicht erreicht und das bestehende geistliche Klima wesentlich verändert.

Die erste Welle

Die erste Welle hat – so sagt man – vor bald 90 Jahren, also um die Jahrhundertwende, auf fast allen Kontinenten die Christenheit bewegt und zur Entstehung der Pfingstgemeinden geführt.

Damals wurden die Lehren und Praktiken in bezug auf Geistestaufe, Zungenreden, usw. von einem großen Teil der Evangelikalen zunächst dankbar als eine Antwort auf ihre Bitte um Erweckung begrüßt. Als es dann aber an einigen Orten zu merkwürdigen Entgleisungen kam, die noch ausführlicher behandelt werden, wurde die Bewegung besonders in Deutschland von führenden Evangelikalen sehr kritisch beurteilt und teilweise scharf abgelehnt, so daß die Geschwister, welche diese „Welle" als von Gott geschenkt ansahen, mehr oder weniger gezwungen waren, ihre neuen Erkenntnisse und Erfahrungen in eigenen Kreisen, den etwa 1909 entstandenen Pfingstgemeinden, zu praktizieren.

Die zweite Welle

Etwa 50 Jahre später — also um 1960 — begann die von den USA ausgehende zweite Welle, die sich zunächst auf die Episkopalkirche (Dennis Bennet), dann auf die Lutherische Kirche (Larry Christenson), die meisten Freikirchen und etwa seit 1966 auch auf die katholische Kirche erstreckte. Die Erfahrungen der „Geistestaufe" bzw. „Geisterneuerung" usw. werden seitdem öffentlich praktiziert und gelehrt.

In Deutschland begann diese Bewegung, die bald „Charismatische Bewegung" genannt wurde, etwa um 1963. Damals waren es vor allem Pfarrer Arnold Bittlinger (der damalige Leiter des Volksmissionarischen Amtes der Pfälzischen Landeskirche) und der Baptistenprediger Wilhard Becker (Leiter der Ruferbewegung), die in Deutschland den Boden für die zweite Welle vorbereitet haben.

Ziel der Charismatischen Bewegung war nicht die Bildung neuer charismatischer Gemeinden, sondern die Verbreitung charismatischer Erfahrungen in allen bestehenden Volks- und Freikirchen.

Heute kann man sagen, daß sich die Evangelische und Katholische Kirche und die meisten Freikirchen der Charismatischen Bewegung geöffnet haben, auch wenn in einzelnen Ortsgemeinden dieser Kirchen ein anderer Standpunkt vertreten wird und man sich gegen eine charismatische Durchdringung wehrt.

Die dritte Welle

Die dritte Welle, bekannt als „Power Evangelism", begann Anfang der 80iger Jahre und geht vor allem von der Gemeindewachstumsbewegung in Verbindung mit John Wimber aus. Auch diese Welle hat interessanterweise, wie die beiden vorausgegangenen, ihren Ausgangspunkt in Kalifornien und vermeidet weitgehend die Begriffe „pfingstlerisch" oder „charismatisch" und zielt auf die Gruppen, die bisher von keiner „Welle" erfaßt wurden: Die Fundamentalisten und konservativen Evangelikalen, die bisher nichtcharismatisch sind [2].

„Eines der Merkmale der Dritten Welle ist das Fehlen von Uneinigkeit schaffenden Elementen. Viele Gemeinden, die weder aus der Pfingstbewegung kommen noch einen charismatischen Hintergrund haben, fangen an, für Kranke zu beten, und erleben Gottes heilende Kraft." [3]

Mit dieser dritten Welle soll das letzte Bollwerk fallen, das den beiden ersten Wellen widerstanden hat.

Hier in Deutschland sind das vor allem die Gemeinschaftskreise, welche im Gnadauer Verband zusammengeschlossen sind, einzelne fundamentalistische Freikirchen und die sog. „Brüderbewegung" (sog. „Dispensationalisten"*), die als besonders hartnäckig und resistent eingestuft werden.

Zusammenfassung

Man kann die Geschichte der Pfingst- und Charismatischen Bewegung in drei große Perioden gliedern:

1. Die Entstehung und Verbreitung der Pfingstgemeinden in aller Welt ab etwa 1900.

2. Der Beginn und die Verbreitung der Charismatischen Bewegung innerhalb der bestehenden Volks- und Freikirchen ab 1960.

3. Der Beginn von „Power Evangelism" in Verbindung mit der Gemeindewachstumsbewegung etwa um 1980, wodurch vor allem die bisher nichtcharismatischen Gemeindegruppen erreicht werden sollen.

* Dispensationalismus nennt man die Lehre von den verschiedenen „Heilszeiten" oder „Haushaltungen", in denen sich Gott auf verschiedene Weise offenbart hat. Dispensationalisten unterscheiden vor allem die Gemeinde Jesu von dem Volk Israel, während Gegner des Dispensationalismus in der Gemeinde Jesu die Fortsetzung Israels sehen und daher alle Verheißungen für Israel (Tausendjähriges Reich usw.) auf die Gemeinde beziehen.
Bekannte Vertreter des Dispensationalismus: J.N. Darby, E. Sauer, C.I. Scofield (Scofield Bibel), Ch.C. Ryrie (Dallas Theological Seminary).

1

Die Entstehung der Pfingstgemeinden — die erste Welle

Die Vorgeschichte

Der Boden, auf dem die Pfingstbewegung entstehen und wachsen konnte, wurde viele Jahrzehnte vorher von verschiedenen Männern und Bewegungen vorbereitet. Einige dieser Männer, deren Dienste große Auswirkungen hatten und die — ohne ihr Wollen — wegbereitend für die Pfingstbewegung wurden, möchte ich kurz nennen.

John Wesley (1703—1791)

Wesley kam 1736 als anglikanischer Pfarrer durch die Mithilfe verschiedener Herrnhuter Brüder zur Heilsgewißheit und wurde dann der rastlos tätige, vollmächtige Erweckungsprediger und Führer der Methodisten. In Verbindung mit seinem Bruder Charles Wesley und George Whitefield kam es zu einer großen Erweckung, in welcher Tausende in England und Amerika zum lebendigen Glauben kamen. Das hingegebene, disziplinierte Leben John Wesleys, sein brennender Eifer, mit Wort und Schrift jeden Menschen zu evangelisieren, seine Bereitschaft, unter großen Gefahren öffentlich auf den Straßen, Marktplätzen usw. das Evangelium zu predigen, ist absolut vorbildlich. Allerdings, wie bei manchen Männern Gottes, war sein Leben besser und biblischer als seine Theologie. Im Gegensatz zu seinem Freund und Mitstreiter George Whitefield, den man wohl als den gewaltigsten Straßenprediger nächst dem Apostel Paulus bezeichnen kann, vertrat und verbreitete Wesley sehr umstrittene Lehren über die „christliche Vollkommenheit".

So lehrte Wesley u.a., daß die Rechtfertigung die Voraussetzung für die Heiligung sei, die man anstreben sollte. Das Ziel der christlichen Vollkommenheit sei, einen Zustand frei von bösen Gedanken und Neigungen zu erreichen.

„Wir können die Werke des Fleisches trotz aller in der Rechtfertigung geschenkten Gnade nicht ausrotten. Wir können es bestimmt nicht, bis daß es unserem Gott gefallen mag, ein zweites Mal zu sprechen: ‚Sei rein!' dann erst ist der Aussatz gereinigt, ist die böse Wurzel, der fleischliche Sinn, zerstört."[4]

Diese Auffassungen Wesleys führten zu einer bedauerlichen und heftigen Auseinandersetzung und schließlich zum Bruch mit Zinzendorf und den Herrnhutern, denen Wesley so viel zu verdanken hatte.

Graf N. von Zinzendorf hatte Wesley deutlich geschrieben, was er von der „christlichen Vollkommenheit" hielt:

„Wir glauben, daß die Sünde in unseren Gliedern bleibt, daß sie aber nicht über uns herrschen kann, weil es so in der Schrift steht. Der größte Heilige kann morgen der größte Sünder sein, wenn er sich etwas auf seine Heiligkeit einbildet."[5]

Da John Wesley aber kein systematischer, sondern mehr ein praktischer Theologe war, der nüchtern, demütig und aufrichtig genug war, seine Überzeugungen nicht starr festzuhalten und jedem aufzudrängen, kam es zu seinen Lebzeiten in der Frage der „Vollkommenheit" nicht zu schwärmerischen Auswüchsen. Aber nach ihm griffen Männer seine Gedanken auf und entwickelten daraus Lehren vom „zweiten Segen" und „höheren Leben".

Charles G. Finney (1792–1875)

Finney kam 1821 als junger Rechtsanwalt zum Glauben und wurde bald als Buß- und Erweckungsprediger bekannt. Etwa fünfzig Jahre lang predigte er vor allem in den USA, England und Schottland das Evangelium, und durch seinen Dienst kamen Tausende zum Glauben.

Obwohl er auch als Evangelist ein Mann blieb, der logisch dachte und in seinen Versammlungen keine Gefühlsausbrüche aufkommen ließ, hatte er doch Erfahrungen mit dem „Heiligen Geist" gemacht, die seine Theologie stark beeinflußt haben. Die erste dieser Erfahrungen, die er als „Geistestaufe" bezeichnete, schilderte er so:

„Klar und deutlich, von wunderbarem Glanze umstrahlt, stand das Bild Jesu Christi vor meiner Seele, so daß ich ihn von Angesicht zu Angesicht zu sehen meinte. Er sagte kein Wort, aber er sah mich mit einem Blicke an, der mich vor ihm in den Staub warf. Wie gebrochen sank ich zu seinen Füßen nieder und weinte wie ein Kind...

Wie lange ich so in Beugung und Anbetung vor ihm auf den Knien lag, weiß ich nicht. Soeben war ich im Begriff, mir einen Stuhl zu holen, um mich an den Kamin zu setzen, da strömte plötzlich der Geist Gottes auf mich nieder und überflutete mich ganz und gar, nach Geist, Seele und Leib, ohne daß ich je von einer Geistestaufe gehört, geschweige denn eine solche für mich erwartet oder erfleht hatte..."[6]

1835 nahm Finney eine Berufung als Professor am Oberlin-Predigerseminar in Ohio an, von wo aus er Vorträge über Erweckung hielt und sich von Gott gedrängt fühlte, die Heiligungsfrage zu behandeln.

„Angesichts des Schwächezustandes der christlichen Kirche, wie er mir in meiner Evangelisationsarbeit entgegengetreten war, drängte sich mir die Frage auf, ob es nicht doch eine höhere Stufe christlicher Erfahrung gäbe, als sie die Gemeinde Gottes bisher gekannt habe, und ob nicht im Evangelium Verheißungen zur Befestigung und Vertiefung des Glaubenslebens vorhanden seien. Ich kannte wohl die Anschauungen der Methodisten über Heiligung, konnte mich diesen aber nicht anschließen, da mir das Gefühlsleben dabei eine viel zu große Rolle zu spielen schien und somit die Gefahr der Selbsttäuschung nahe lag. Um so eifriger forschte ich in der Heiligen Schrift und las alles, was mir über diesen Gegenstand zu Händen kam, bis ich die völlige Gewißheit hatte, daß es das Vorrecht aller Kinder Gottes sei, nicht immer zwischen Fallen und Aufstehen hin und her zu schwanken, sondern gemäß den Verheißungen des Neuen Testamentes in Gerechtigkeit und Heiligkeit zu wandeln, die vor Gott gefällig sei.

Dies veranlaßte mich, in der Kirche von Broadway zweimal über ‚christliche Vollkommenheit' zu predigen..."[7]

Hatte Wesley also von einer zweiten entscheidenden Erfahrung gesprochen, so prägte Finney wohl als einer der ersten den Begriff der „Geistestaufe" als einer Erfahrung nach der Wiedergeburt.

Da Finneys „Erinnerungen und Reden" mit einem Vorwort und einer Empfehlung des bekannten Bonner Theologie-Professoren Theodor Christlieb in Deutschland verbreitet wurde, fanden diese Bücher und Gedanken in der aufbrechenden Gemeinschaftsbewegung und in den Allianzkreisen viele Leser.

R. Pearsall Smith (1827–1898)

Smith, ein amerikanischer Glasfabrikant, der zu den Quäkern gehörte und 1859 zum Glauben gekommen war, hatte 1870 eine Schrift mit dem Titel „Heiligung durch den Glauben" verfaßt, die der europäischen Heiligungsbewegung wesentliche Impulse gab. 1872 hatte Smith die „Geistestaufe" erlebt und lud 1874 zu einer Konferenz nach Oxford ein, für die man eine neue Ausgießung des Heiligen Geistes erwartete. Nach dem Vorbild der Apostelgeschichte wollte man zehn Tage auf Gott warten. Über 1000 Männer und Frauen der Evangelischen Allianz trafen sich zu den „Segenstagen in Oxford", unter ihnen auch bekannte Männer der deutschen Gemeinschaftsbewegung wie Inspektor Rappard, Otto Stockmayer und Theodor Jellinghaus, die – stark beeindruckt von der Oxforder Konferenz – Smith nach Deutschland einluden, wo ihm 1875 in vielen Kirchen die Kanzeln zur Verfügung gestellt wurden. Damals wurde er begleitet und übersetzt von Dr. F. W. Baedeker, der später als Evangelist sowohl in den Adelskreisen Rußlands als auch in den Gefängnissen Sibiriens bekannt wurde. Obwohl er zu den „Offenen Brüdern" gehörte, wurde er von P. Smith sehr beeindruckt und geprägt, so daß sein Biograph von ihm schrieb: „Vor allem half er, der seinerzeit mit P. Smith, dem Propheten der Oxforder Heiligungsbewegung, durch Deutschland gezogen war, die große Wahrheit von der völligen Erlösung in Christus nach 1. Kor. 1,30 auf den Leuchter zu stellen."[(8)]

Otto Stockmayer (1838–1917), der 1874 in Oxford für die Heiligungsbewegung gewonnen wurde und einige Jahre für diese Bewegung als Reiseprediger arbeitete, gründete 1878 in Hauptwil (Schweiz) ein Erholungsheim, das er bis zum Lebensende leitete. Stockmayer betonte in seinem Dienst vor allem die Auswahlentrückung der „durchgeheiligten" Gläubigen, die Heilung von Krankheit durch den Glauben und predigte sogar die Möglichkeit der Überwindung des leiblichen Todes.

> „Auf der anderen Seite kann man nicht leugnen, daß Christus nicht nur die Krankheit, sondern auch den Tod überwunden hat (2. Tim. 1,10), und so dürfen wir hoffen, daß, wenn die Gemeinde den Sieg Christi über die Krankheit erst wieder im Glauben erfaßt und in ihrer Erfahrung gefeiert hat, sie an der Hand der Schrift, an der Hand des Gekreuzigten und Auferstandenen unmittelbar zur Feier von dessen Sieg über den Tod fortschreiten wird. Wie Jesus sagen konnte: ‚Ich habe die Welt überwunden' (Joh. 16,33), und wie aufgrund hiervon „unser Glaube der Sieg ist, der die Welt überwunden hat' (1. Joh. 5,4), gerade so hat Christus den Tod überwunden (2. Tim. 1,10; Joh. 11,25.26), und muß unser Glaube

der Sieg werden, der den Tod überwunden hat."[9]

R.P. Smith und O. Stockmayer — obwohl er 1909 zu den Männern gehörte, welche die Pfingstbewegung scharf verurteilten — haben also besonders in den Gemeinschaftskreisen Deutschlands die Lehren der Heiligungsbewegung verbreitet und teilweise weiterentwickelt.

Dwight L. Moody (1837–1899)

In dem Jahr, als Finney starb (1875), begann Moody im Alter von 38 Jahren seinen ersten großen Evangelisationsfeldzug. Gott hatte ihn besonders begabt, das Evangelium großen Menschenmassen volkstümlich und mit großer Kraft zu predigen. Man zählt Moody zu den erfolgreichsten Seelengewinnern des 19. Jahrhunderts und zum „Vater der modernen Evangelisation". 1889 gründete er das berühmte Bibelinstitut, wo seitdem Tausende junger Christen für die Evangelisationsarbeit ausgebildet worden sind.

Am 6. Oktober 1871 betete Moody — herausgefordert und angeregt durch zwei Frauen — um den Empfang der „Geistestaufe".

> „Mr. Moody litt so große Qualen, daß er sich auf dem Boden wälzte und Gott unter Tränen anflehte, mit dem Heiligen Geist und mit Feuer getauft zu werden."[10]

Einige Tage später machte er die ersehnte Erfahrung:

> „Ich kann nur sagen, daß Gott sich mir offenbarte, und ich hatte ein so großes Erlebnis seiner Liebe, daß ich ihn bitten mußte, in seiner Hand bleiben zu dürfen."[11]

Moody selbst hat wohl nur selten über diese Erfahrung gesprochen, aber er berief einen jungen Mann zum Leiter seines Bibelinstituts, der nicht nur diese „Geistestaufe" erlebt hatte, sondern sie auch in Wort und Schrift lehrte: R.A. Torrey.

R.A. Torrey (1856–1928)

Torrey hatte als junger Mann ein ziemlich wildes Leben geführt, bis er zur Bekehrung kam und im Anschluß daran in Yale, Leipzig und Erlangen Theologie studierte.

1889 wurde Torrey von Moody zum Leiter des Bibelinstituts Chicago berufen und war Moodys rechte Hand bei seinen Großevangelisationen. Nach Moodys Tod wurde Torrey sein Nachfolger und führte große Evangelisationen in Amerika, Australien, Europa und Asien durch. Torreys Stärke war aber wohl nicht die Evangelisation, sondern die Schulung der Gläubigen. Er sah einen besonderen Auftrag darin, über den Heiligen Geist und in Verbindung damit über die „Geistestaufe" zu predigen, wozu ihn Moody zu Lebzeiten stark ermutigt hatte.

> „Nachdem Moody die Predigten (über den Heiligen Geist) in ihrer früheren Abfassung gehört hatte, bestand er darauf, daß ich sie an jedem Ort, den ich besuchte, halten sollte."[12]

Die Voraussetzung für den Empfang der „Geistestaufe" war für Torrey – ähnlich wie für Finney – die „absolute Hingabe des Willens an Gott"[13]. Torrey brachte die Geistestaufe auch nicht in Verbindung mit dem Zungenreden, sondern sah sie als eine besondere Kraftausrüstung zum Dienst.

Die Situation in Deutschland

Wir haben bereits festgestellt, daß durch die Vorträge von P. Smith und durch die Dienste von Otto Stockmayer in Deutschland eine Offenheit für die neuen Heiligungslehren entstand. Aber auch viele andere Männer, die in der Gemeinschaftsbewegung und in Allianzkreisen führend waren, schürten die Erwartung einer großen Erweckung. Selbst Männer wie Johannes Warns, Elias Schrenk, Jakob Vetter, Georg von Viebahn, Johannes Seitz, Ernst Modersohn und Ernst Lohmann, um nur einige zu nennen, die auch heute noch durch ihre Bücher bekannt sind, haben die anbrechende Bewegung zunächst begeistert als eine Antwort auf die Gebete um Erweckung und als ein gnädiges Wirken des Heiligen Geistes angesehen.

„Auf der Warte":

> „Wir brauchen nicht zu untersuchen, ob es biblisch ist, von einer Geistestaufe und neuer Pfingsterfahrung zu reden, denn wir sehen um uns herum Männer, Frauen, und nicht nur einzelne, die es aus seliger Erfahrung bezeugen können, daß es so etwas gibt. Aber es muß eben geistlich gerichtet sein."[14]

Ernst Lohmann:

> „Tiefer und tiefer neigt sich die Segenswolke herab, unter der wir stehen, und an den verschiedensten Punkten merkt man, wie die

> Gnadenströme hernniederrauschen und neues Leben in der Wüste wecken."[15]

Johannes Warns:

> „Der Herr hat sie (die besonderen Geistesgaben) seiner Gemeinde verheißen. Sie schlummern vielfach nur. Sobald es dem Heiligen Geist gelingt, die Hindernisse zu beseitigen, brechen die bis dahin gebremsten Kräfte hervor, eine Gabe nach der anderen wird bemerkbar, auch solche außerordentlichen (wie sie leider genannt werden müssen) wie die Gabe der Heilung, der Prophetie und des Zungenredens."[16]

Allianzblatt:

> „Welche Stellung werden nun die Kinder Gottes zu der neu einsetzenden Geistesbewegung im kalten Norden einnehmen?... Wir leben in entscheidungsvollen Zeiten. Gottes Volk erwache!"[17]

Georg von Viebahn:

> „Jeder Mensch kann die Wasserleitung aufdrehen. Warum? Der Geist Gottes wohnt in ihm. Oh, der Herr schenke uns, daß wir die Vorbedingungen erfüllen, um mit dem Heiligen Geist getauft zu werden."[18]

Jakob Vetter:

> „Die 2. Bedingung (für den Empfang des Heiligen Geistes) ist die, zu erkennen, daß Gottes Wort bereit ist, sich zu erfüllen. Joel 3: Und nach diesem will ich meinen Geist ausgießen auf alles Fleisch, und eure Söhne und Töchter sollen weissagen; eure Ältesten sollen Träume haben und eure Jünglinge sollen Gesichte sehen. Auch will ich zur selbigen Zeit beides über Knechte und Mägde meinen Geist ausgießen. Wir leben in der Zeit vor dem Kommen Jesu. Er wird die Gnade geben, die er verheißen hat. Er wird uns aufs neue füllen, damit die Gemeinde Gottes aufwacht aus dem Schlafe."[19]

Auch die Erweckung in Wales und die begeisterten Berichte darüber sorgten dafür, daß in Deutschland die Erwartung einer Erweckung „bis zur Siedehitze geschürt wurde".

So war es naheliegend, daß man Dr. Torrey 1905 als Redner zur Blankenburger Allianzkonferenz einlud.

Eugen Edel berichtete davon im Allianzblatt:

> „Nachdem Dr. Torrey... die in der Bibel niedergelegten Bedingungen für die Taufe mit dem Heiligen Geist dargelegt... hatte...,

ließ er die sich erheben, die bereit seien, alles, auch das Liebste und Beste daranzugeben, um von Gott alles zu empfangen. Viele Hunderte Kinder Gottes erhoben sich im Saal. Torrey betete nun, daß der Heilige Geist herabfallen möge auf alle Verlangenden... Von mir kann ich nur sagen, daß ein wunderbarer sanfter Feuerstrom von oben herab über mich kam, und es war mir, daß wenn ich meine verdeckten Augen geöffnet hätte, würde ich eine Feuerflamme durch den ganzen Saal gesehen haben."[20]

Auch Pastor Jonathan Paul, dem späteren Führer der Pfingstbewegung, der als Evangelist auch mit Jakob Vetter in der Deutschen Zeltmission gearbeitet hatte und zu den bekannten Männern der deutschen Gemeinschaftsbewegung gehörte, hatte schon vor seinem Besuch in Wales (1905) und vor Torreys Vortrag in Blankenburg perfektionistische* Äußerungen gemacht. So bezeugte er 1904 auf der Gnadauer Konferenz, wo er allerdings erstmalig auf Kritik stieß:

„...ich machte die Erfahrung: der alte Mensch regt sich wieder. Dann kam aber der Augenblick, wo der Geist Gottes mir zeigte: Ich sollte, indem ich Jesum anschaute, Ihm das Vertrauen schenken, daß Er mein zweiter Adam sein werde, daß ich den ersten Adam nicht wieder zu sehen bekäme. Ich tat das im Glauben, und das Ergebnis war: ich habe ihn seitdem nicht wieder gesehen."[21]

Die angeführten Zitate zeigen, daß bereits vor Beginn der eigentlichen Pfingstbewegung die Gemeinschaftsbewegung und die Allianzkreise mit wenigen Ausnahmen teilweise gerade durch ihre Führer in einen unnüchternen, schwärmerischen Zustand geraten waren. Kritische, mahnende Stimmen waren kaum zu hören. Wenn es aber jemand wagte, Äußerungen und Praktiken zu hinterfragen, mußte er mit einer unmißverständlichen Drohung rechnen, wie z.B. im Allianzblatt 9/1906:

„Wer in solchen Zeiten dem Geist Gottes noch widerstrebt und ihn betrübt, der zittere vor der Majestät des Heiligen, der seine Gegenwart in einer Weise kundtut, wie es seit der Apostel Tage noch nicht wieder geschehen ist."[22]

Jonathan Paul also vertrat perfektionistische Ideen. Otto Stockmayer stand ihm nicht viel nach und verbreitete zudem noch unnüchterne und gefährliche Lehren über Krankenheilung und Todesüberwindung. Die Brüder Jakob Vetter, General von Viebahn und viele

* Perfektionismus (oder „Vollkommenheitslehre") nennt man die Auffassung, die besagt, daß der Christ nach einer ernstlichen „Durchheiligung" oder „völligen Heiligung" seines Lebens ein „reines Herz" erlangt und dadurch schon auf Erden in einem Zustand praktischer Sündlosigkeit leben kann.

andere predigten die Geistestaufe, und selbst Elias Schrenk äußerte noch 1907:

> „Die Bewegung ist von Gott. Seit 50 Jahren warte ich auf Geistesgaben und freue mich, daß der Herr in unserer Zeit antwortet. Die Bewegung wird weitergehen. Aber ich wünsche, daß sie in biblischen Linien weitergehen möge."[23]

Das Wissen um den geistlichen Zustand der Evangelikalen vor den berüchtigten Kasseler Vorgängen (von denen noch die Rede sein wird) und vor der Gründung der Pfingstgemeinden wird uns vorsichtiger im Urteil und hoffentlich strenger im Selbstgericht machen. Viele der Lehren, die man heute bei der Pfingstbewegung und Charismatischen Bewegung verurteilt, konnten damals ungehindert in den Gemeinschafts- und Allianzkreisen gepredigt werden.

Die Anfänge der Pfingstbewegung in den USA

Der eigentliche Anfang der weltweiten Pfingstbewegung wird auf den April des Jahres 1906 datiert, wo in der Azusa Street 312 von Los Angeles „Feuer vom Himmel" fiel.

Wohl hatte es in den Jahren vorher kleine „Erweckungen" gegeben und bereits 1892 empfingen Versammlungsteilnehmer in Liberty die „Geistestaufe" mit Zungenreden und 1901 wurde auf 12 Studenten der von C.F. Parham gegründeten Bibelschule in Topeka der „Geist ausgegossen", worauf alle in Zungen redeten. Parham gründete auf diese Erfahrung seine Behauptung: „Zungenreden sei das biblische Zeichen der Geistestaufe."[24]

Doch eine Öffentlichkeitswirkung trat erst ein, als ein Schüler Parhams, W.J. Seymour, nach Los Angeles berufen wurde. Dort hatte man von F.B. Meyer viel über die Erweckung in Wales gehört und dort arbeitete auch Frank Bartleman, der im Briefverkehr mit Evan Roberts (einem der führenden Männer der Erweckung in Wales) stand.

Bartleman hat später die Anfänge der Pfingstbewegung in seinem Buch „Feuer fällt vom Himmel" als Augenzeuge niedergeschrieben.

Seymour, der zu diesem Zeitpunkt selbst nicht in Zungen redete, sprach in Los Angeles über Ap.2,4 und äußerte: „Wer nicht in Zungen redet, ist nicht geistgetauft!"[25] Auch er habe sein Pfingsten noch nicht erlebt, strebe es aber an und wünsche, daß alle Heiligen mit ihm beteten, bis sie alle ihr Pfingsten erleben würden.

Am 9. April 1906 war es dann so weit: Nach langem Beten und Fasten „fiel das Feuer", und viele, meist Mitglieder der „Kirche des Nazareners" und anderer Heiligungsgruppen, erlebten ihre „Geistestaufe".

Seymour mietete darauf eine alte Methodistenkapelle in der Azusa Street 312, deren Boden aus Sägemehl bestand und deren Bänke aus Brettern gebildet wurden, die man über leere Kisten gelegt hatte.

Etwa drei Jahre lang fanden nun in dieser schlichten Kirche Gebetsversammlungen statt mit Zungenreden, „Zungensingen" und Prophetien. Zeitweise fanden täglich Gottesdienste statt, die von morgens 10 Uhr bis gegen Mitternacht andauerten. Ende des Jahres 1906 bestanden in Los Angeles bereits neun Pfingstkirchen, die sich allerdings teilweise nicht allzu freundlich gesinnt waren.

Die Berichte über diese Anfangszeit klingen begeistert:

> „Drei Tage und drei Nächte jauchzten sie. Es war Ostern. Von überall her kamen die Leute. Am anderen Tage war es unmöglich, in die Nähe des Hauses zu kommen. Wer trotzdem ins Haus gelangen konnte, fiel unter die Kraft Gottes; die ganze Stadt war aufgewühlt. Sie jauchzten, bis die Fundamente des Hauses wankten, aber es wurde keiner verletzt. Männer und Frauen wurden unter der Macht niedergeworfen rings in der Halle. Eine junge Dame ,lag stundenlang auf dem Fußboden, während teilweise der himmlische Gesang von ihren Lippen strömte.'"[26]

> „Die vom Herrn Geschlagenen lagen am Boden, man konnte kaum zum Altar gehen."[27]

> „Der Herr legte mich eines Abends zu Boden und gab mir eine Weissagung; während ich in den Händen Gottes war, erhielten drei ihr Pfingsten, einer wurde geheilt und zwei gerettet."[28]

> „...es kam über mich wie ein Schüttelfrost. Auch füllte sich mein Hals und es war, als ob ich mich verschluckt hätte, dann sank ich um und lag hilflos am Boden. Nun fing meine Zunge an zu arbeiten, und ich stammelte fremde Worte. So lag ich über zwei Stunden da und wußte alles, was vorging, konnte mich aber nicht bewegen. Endlich kam meine Kraft wieder und ich ging nach Hause."[29]

> „Dieselbe Kraft, welche mir die Zungen gegeben hatte, bemächtigte sich meiner Hände und leitete mich in dem einen Fall, sie in einiger Entfernung auf dem Leib eines Kranken auf und nieder

zu bewegen, und in dem anderen Fall auf das Haupt zu legen. In jedem Fall strömte eine mächtige Kraft von Feuer und Leben in den Kranken ein und bewirkte dessen Heilung."[30]

„Viele waren ungläubig und kamen nur aus Neugierde, andere jedoch hatten eine echte Sehnsucht nach Gott. Die Tageszeitungen machten sich über uns lustig und zogen über die Gottesdienste her, doch für uns bedeutete dies eine kostenlose Werbung, die die Menschen in Scharen anzog. ...Sogar Spiritisten und Hypnotiseure kamen, um uns auszukundschaften und suchten ihren Einfluß unter uns geltend zu machen. Dann erschienen allerlei religiös Enttäuschte, komische Käuze und verschrobene Gestalten, die bei uns einen Platz finden wollten..."[31]

„Gewöhnlich saß Bruder Seymour hinter zwei leeren, aufeinanderstehenden Schuhkartons und hatte während der Versammlung seinen Kopf betend im oberen vergraben. Es war nichts von Stolz bei ihm zu verspüren. Eine Versammlung löste die andere ab. Beinahe zu jeder Tages- und Nachtzeit konnte man Menschen treffen, die vor Gott lagen und mit seiner Kraft erfüllt wurden. Das Gebäude war nie geschlossen und auch nie leer. Die Menschen kamen, um Gott zu begegnen, und Er war da."[32]

„Oft geschah folgendes: Jemand predigte, und plötzlich fiel der Heilige Geist auf die Versammelten. Gott selber machte einen Aufruf. Überall im Raum fielen die Menschen zu Boden wie im Kampf Erschlagene, oder sie kamen in Scharen nach vorne, um Gott zu suchen. Häufig erinnerte die Szene an einen Wald mit lauter umgestürzten Bäumen. So etwas läßt sich nicht imitieren... Gott war in Seinem heiligen Tempel, und die Menschen hatten vor Ihm stille zu sein. Die Wolke der Herrlichkeit ruhte auf uns. Manche behaupteten sogar, sie hätten diese Herrlichkeit bei Nacht über dem Gebäude leuchten gesehen. Ich bezweifle es nicht. Mehr als einmal habe ich selbst in einiger Entfernung von der Azusa-Straße angehalten und um Kraft gebetet, ehe ich weiterzugehen wagte, so real war die Gegenwart des Herrn."[33]

Viele Missionare, die in Afrika, Asien oder Europa gearbeitet hatten, und viele Prediger hatten von diesen Ereignissen gehört und eilten nach Los Angeles, um mit eigenen Augen diese „Erweckung" zu sehen und anschließend das „Feuer" in ihre Heimatgemeinden weiterzutragen. Auf diese Weise verbreitete sich die „Pfingsterweckung" überall im Land und über die Grenzen hinaus.

In Los Angeles selbst jedoch gründete F. Bartleman bereits vier Monate nach Beginn der „Erweckung" eine eigene Gemeinde, weil er einen Parteigeist in der Azusa Street festgestellt hatte:

„Leider muß gesagt werden, daß auch das Werk in der Azusa Street schon bald nicht mehr die Aufgabe erfüllte, die Gott ihm zugedacht hatte. Eines Tages zeigte der Herr mir, daß man eine neue Organisation aus der Arbeit machen wolle. Niemand hatte zu mir darüber gesprochen, doch der Heilige Geist offenbarte es mir. Auf Gottes Geheiß stand ich in der Versammlung auf und warnte eindringlich vor einem pfingstlichen ‚Parteigeist'. Diejenigen, die die Geistestaufe empfangen hatten, sollten ‚ein Leib' bleiben, so wie sie berufen worden waren..."[34]

Drei Jahre später schien in Los Angeles alles Feuer erloschen zu sein. Bartleman berichtete darüber:

„Das Pfingstwerk war, als wir nach Los Angeles zurückkamen, ganz allgemein in einem traurigen Zustand. Die verschiedenen Gemeinden hatten sich gegenseitig bekämpft und aufgerieben, bis fast überall ein geistlicher Stillstand eingetreten war. Es war kaum noch Liebe vorhanden. Freude gab es zwar noch in beträchtlichem Maße, aber sie war fleischlicher Natur. Ein kalter, hartherziger Eifer und ein rein menschlicher Enthusiasmus waren weitgehend an die Stelle von göttlicher Liebe und Zartheit des Geistes getreten."[35]

Auch in der Lehre änderte sich im Lauf der Jahre einiges. Bis etwa 1908 lehrte man in den entstandenen Pfingstgemeinden ziemlich einstimmig das „Drei-Stufen-Schema":

1. Bekehrung (Rechtfertigung)
2. Völlige Heiligung
3. Geistestaufe mit Zungenreden

Als jedoch der Evangelist W.H. Durham 1907 die „Geistestaufe" empfangen hatte, reduzierte er das Schema um eine Stufe, indem er als zweite Stufe die Geistestaufe mit Zungenreden lehrte, aus welcher die Heiligung folgen würde.

Diese neue Lehre Durhams war zu seinen Lebzeiten sehr umstritten und wurde von einigen Gruppen scharf verurteilt. Walter Hollenweger berichtet in seinem Werk von der Vision, die eine Schwester Rubley diesbezüglich hatte:

„Die Teufel berieten, was zu tun sei, da jetzt der Heilige Geist wieder auf die Erde gekommen sei. Endlich fand ein sehr verkrüppelter Dämon die Lösung: ‚Gebt ihnen eine Geistertaufe in ein ungeheiligtes Leben.' Alle Dämonen klatschten in die Hände und schrien vor Vergnügen."[36]

W. Hollenweger hat versucht, die verschiedenen Auffassungen in einem Schema deutlich zu machen.

	1. Stufe	2. Stufe	3. Stufe
Heiligungs-denominationen	*Bekehrung* auch Wiedergeburt genannt	*Heiligung* zeitlich und sachlich von der Bekehrung getrennt, auch Geistestaufe oder «zweiter Segen» genannt. Sog. «wesleyanisches Verständnis» der Heiligung, Heiligung zeitlich fixierbar.	
Parham-Seymour dreistufige Pfingstler	*Bekehrung* auch Wiedergeburt genannt	*Heiligung* zeitlich und sachlich von Bekehrung getrennt, auch «zweiter Segen» genannt. Heiligung zeitlich fixierbar. Seelsorgerliches Motiv dieses Heiligungsverständnisses ist: Der Heilige Geist kann nur in gereinigte Herzen kommen.	*Geistestaufe* mit Zungenreden
Durham zweistufige Pfingstler	*Bekehrung* auch Wiedergeburt genannt	*Geistestaufe* mit Zungenreden (Hier wird Heiligung als ein das ganze Leben durchziehender Prozeß verstanden, sog. baptistisches Verständnis der Heiligung)	

(„Enthusiastisches Christentum" von Walter J. Hollenweger, R. Brockhaus Verlag Wuppertal, mit freundlicher Abdruckerlaubnis)

Während in den USA – laut Hollenweger – die Auseinandersetzung zwischen zweistufigen und dreistufigen Pfingstlern bis heute anhält, gibt es in Deutschland nur wenige und kleine Gruppen, die den dreistufigen Weg vertreten.

Der Funkenflug nach Europa

Zu den Europäern, die von der Erweckung in Los Angeles erfaßt wurden, gehörte auch der Methodist Th. B. Barrat, der 1906 in Amerika unterwegs war, um für einen Stadtmissionssaal seiner norwegischen Heimat Geld zu sammeln. Während seiner Kollektenreise las er Finneys Lebensgeschichte und bekam ein starkes Verlangen „nach der völligen Pfingsttaufe". Er bat die leitenden Brüder in Los Angeles brieflich um Fürbitte, damit auch er die Gabe des Zungenredens erhalten möge. Nachdem er gebetet und gefastet hatte, bekam er die ersehnte Gabe und empfing fünf Wochen später auch „Feuerzungen".

In einer Zungenrednerversammlung bat er einen Teilnehmer, ihm die Hände aufzulegen und für ihn zu beten.

„Da fühlte ich eine solche starke Kraft, daß ich mich gebeugt an den Boden legte... Ich bat einen Norweger und eine Pastorenfrau aus Los Angeles, für mich zu beten. Und kaum hatten sie angefangen, da begann mein Unterkiefer für eigene Rechnung zu arbeiten, ebenso meine Zunge... Und darauf sahen sie ein Licht über meinem Haupte und sahen es sich zu einer Feuerkrone formen und davor eine Feuerzunge, so lang wie meine Hand... Ich fühlte eine eigentümliche Kraft und redete beständig in fremden Sprachen. Wenigstens in acht Sprachen redete ich in jener Nacht. Wie konnte ich wissen, daß es verschiedene Sprachen waren? Die Mundstellung, das fühlte ich, war verschieden. Die Kraft nahm meinen Unterkiefer und meine Zunge und trieb die Sprachen hervor, klar und deutlich..."[37]

Kurz vor Jahresende kehrte Barrat nach Norwegen zurück und erlebte dort ähnliche Phänomene wie in Los Angeles. „In wilder Ekstase stürzten die Geistgetauften auf den Fußboden, so daß derselbe mitunter buchstäblich mit hingestreckten Menschen bedeckt war."

Ein Augenzeuge berichtete:

„Vor mir saß ein alter Mann, der durch und durch bebte. Ein junger Mann zuckte von Zeit zu Zeit innerlich zusammen und schüttelte den Kopf hin und her. Ich fragte, ob diese Männer nur so taten, oder ob sie es müßten. Der Bescheid lautete, sie könnten es nicht lassen. – Ein Mann hinten im Saal redete, und dabei flog sein Kopf mit unbegreiflicher Geschwindigkeit immer hin und her; und ein junger Mann auf dem Podium bewegte seinen Unterkiefer mit eben solcher Schnelligkeit auf und ab..."[38]

Hier in Norwegen begannen die Zungenredner auch gleich in der ersten Person im Namen Gottes zu sprechen: „Ich bin der Herr, Jehova ist mein Name und ich bin gekommen, um die Erde zu besuchen."[39]

Das Drama in Deutschland

Die Kunde von der „Erweckung" in Norwegen drang nach Deutschland zu Emil Meyer, dem Leiter der Strandmission, der darunter litt, daß Gott nicht durch ihn verherrlicht würde.

Spontan reiste er nach Norwegen, um die Erweckung zu studieren. In Barrats Versammlungen war er Zeuge davon, daß ein junges Mädchen von 18 Jahren anfing, „mit Kopf, Gesicht und Schultern zu zucken, beim Gebet wurden Beten und Zucken heftiger, sie klapperte mit den Zähnen".[39]

Im Hause Barrats lernte er auch zwei Schwestern kennen, Dagmar Gregersen und Agnes Telle, die beide in Zungen reden und singen konnten. Dagmar Gregersen wurde nach einem dreiwöchigen Gebetskampf zu Boden geworfen. „Ihr Inneres fing an zu schreien. Es war ihr, als ob sie nicht selbst geschrieen hatte, als ob es eine andere Macht gewesen wäre. Nachher hat eine wunderbare Macht sie durchströmt"[40]. Später begann sie, in Zungen zu reden.

Meyer bat die beiden Schwestern, ihn nach Hamburg zu begleiten. Sie beteten über dieser Frage, worauf Agnes Telle in Zungen redete und von Dagmar Gregersen übersetzt wurde. Die Zungenrede gab den Anwesenden klare Hinweise, mit Meyer zu ziehen, und so reisten die beiden Norwegerinnen zunächst nach Hamburg und anschließend nach Kassel.

Die Vorgänge in Kassel

Zur Einweihung des neuen Hauses der Strandmission in Hamburg hatte E. Meyer den jungen Evangelisten Heinrich Dallmeyer eingeladen. Dallmeyer hatte wenige Monate vorher an der „Brieger Woche" im Pilgerheim Brieg teilgenommen. Dieses Heim wurde von Eugen Edel geleitet, und dort fand jährlich in der Zeit nach Ostern eine Bibelwoche oder Konferenz besonderer Art statt, zu welcher sich die Führer der Gemeinschaftsbewegung im deutschsprachigen Raum zu Austausch, Gebet und Wortbetrachtung einfanden.

> „Hier wurde Heeresschau gehalten von den obersten Führern über die anderen Offiziere und Mitstreiter, hier wurden die großen Fragen und Probleme behandelt, die damals die Geister bewegten, hier wurden die Losungen ausgegeben für den weiteren Kurs."[41]

Brüder wie Michaelis, Haarbeck, Dietrich, Pückler, Stockmayer, Paul, von Viebahn, Simsa, Seitz und viele andere trafen sich dort, „um Gottes Willen für den Weg mit der Gemeinschaftsbewegung verstehen zu lernen"[42].

Die „Brieger Woche" 1907, an welcher Dallmeyer teilgenommen hatte, stand unter dem Thema: „Die Dienstausrüstung mit Geisteskraft und Geistesgaben." Ein weiterer Tagungspunkt lautete: „Der Austausch über die Folgeerscheinungen der Erweckungsbewegungen in Wales, Kalifornien (Los Angeles) und Norwegen." Pastor Paul berichtete begeistert von seiner Norwegenreise, wo er Barrat und die dortige „Zungenbewegung" kennengelernt hatte. In Brieg waren sich die versammelten Brüder in dem Wunsch einig, daß die neue Geistesbewegung den ersehnten geistlichen Durchbruch bringen möge.

H. Dallmeyer kam dort unter den Einfluß Pastor Pauls, der übrigens auch auf dieser Konferenz perfektionistische Gedanken verkündigte und auf die Frage, wie er dazu gekommen sei, seinen „alten Adam" loszuwerden, als wichtige Vorbedingung nannte: „...daß die verheirateten Brüder jeden ehelichen Verkehr mit ihren Frauen aufgeben und miteinander wie Engel leben müßten."[43]

Dallmeyer kam nun mit einer positiven Haltung nach Hamburg und lernte dort in der Familie von E. Meyer die beiden norwegischen Schwestern kennen. Er berichtete davon:

> „Die achttägige Evangelisation in Hamburg und der Austausch mit den norwegischen Schwestern brachte mir große Segnungen... Der Herr schenkte mir ein reines Herz. Er gab mir neue Lust, neue Interessen. Bis dahin hatte ich gegen die böse Lust in mir ständig angekämpft, jetzt nahm der Herr mir diese Lust weg, so daß ich voll Freude immer wieder ausrufen mußte: ‚Er hat mir etwas weggenommen...' Zwei Tage später taufte mich der Herr mit seinem Heiligen Geiste, als ich mit einigen Geschwistern zusammen im Gebet war. Mit dieser Geistestaufe war zugleich die Heilung von einem körperlichen Leiden verbunden, das ich seit 12 Jahren getragen hatte."[44]

Dallmeyer, offensichtlich ein Mann, der starken Gefühlsschwankungen unterworfen war, lud nun die beiden Norwegerinnen, die im Anschluß an seine Evangelisationsansprachen in Zungen geredet hatten, ein, ihn nach Kassel zu Veranstaltungen im dortigen Blaukreuzheim zu begleiten.

Da die Brüder Schrenk und Haarbeck nichts einzuwenden hatten, der letztere sogar mit den Worten „Die Bewegung ist echt!" begeistert aus Hamburg zurückgekehrt war, stellten die Brüder in Kassel ihren Saal zur Verfügung.

Am 7.7.1907 begannen die Kasseler Versammlungen, zu denen Mitglieder der verschiedenen Gemeinschaftskreise per Eintrittskarten eingeladen wurden, um möglichst nur vorbereitete Gläubige zu versammeln, denen der Empfang des „reinen Herzens" und die „Fülle des Geistes mit den Geistesgaben" in Aussicht gestellt wurde.

Diese Versammlungen, die bis zum 2.8. andauerten, zogen durch begeisterte Zeugnisse und spottende Zeitungsberichte die Aufmerksamkeit vieler Christen auf sich. Bereits am 8.7. reiste Direktor Haarbeck mit seiner Frau nach Kassel und am 14.7. folgte ihm E. Schrenk mit Frau. Pastor Horst (Liebenzell) unterbrach seine Heimreise, um in Kassel dabei zu sein und die „Geistestaufe" zu erhalten. Auch Ernst Modersohn erschien, um in seiner Monatsschrift von den Eindrücken in Kassel zu berichten.

Die Atmosphäre der Veranstaltungen, die vormittags, nachmittags und abends stattgefunden haben, muß teilweise beeindruckend gewesen sein. Otto Kaiser berichtete davon:

„Zur festgesetzten Zeit eröffnete Bruder Dallmeyer die Versammlung mit Lied und Gebet. Danach sprach er über ein Schriftwort... Ich selbst und meine Bekannten standen unter dem tiefen Eindruck, daß von dem Redner eine besondere Kraft ausging, die die Zuhörer in die Gegenwart Gottes stellte. Der Eindruck besonderer Geisteswirkung wurde noch vertieft, als eine der Schwestern aus Norwegen eine kurze Ansprache an die Versammlung richtete. Es lag eine solche Kraft in ihren Worten, daß wir uns förmlich wie vom Worte ‚durchbohrt' vorkamen. Dabei ist nicht zu beschreiben, mit welcher Innigkeit sie den Namen ‚Jesus' aussprach. Noch nie hatte ich bis dahin einer Versammlung beigewohnt, in der eine solche ungeteilte Aufmerksamkeit und feierliche Stille herrschte wie in dieser Zusammenkunft."[45]

Auch Elias Schrenk, der am 21.7. wieder abreiste, erklärte bei seinem Abschied:

„Brüder! man hat mich nach Kassel kommen lassen mit dem Gedanken, ich möchte die Bewegung zum Stillstand bringen. Allein den Dienst konnte ich den Brüdern nicht tun. Die Bewegung ist von Gott..."[46]

Allerdings entspricht es nicht den geschichtlichen Tatsachen, wenn Brüder heute behaupten: „Die ersten 14 Tage in Kassel verliefen ordentlich. Vom Wirken fremden Geistes war nichts zu spüren."[47]

Tatsache ist, daß schon an den ersten Abenden Besucher bekannten, „nachdem sie zu Boden gestürzt waren, unter stets zunehmenden krampfhaften Bewegungen, das reine Herz und die Geistestaufe erhalten zu haben"[48]. Am 9.7. geriet der Bruder Dallmeyers, August Dallmeyer, „unter den Geist. Während die Versammlung kniend betete, wurde er emporgehoben und mußte Halleluja rufen"[49]. Am 11.7. sah die Frau August Dallmeyers, bisher eine Gegnerin dieser Bewegung, in ihrer Wohnung eine Wolke, die sich auf sie legte. Auch sie kam unter die Macht eines Geistes und hörte Stimmen: „Im Blaukreuzhaus bleiben, bis Joel 3 erfüllt ist."[50] Am 19.7. fiel ein Bruder wie tot zu Boden, fühlte einen heftigen Schmerz in seiner Brust und bekam von 22.30 − 1.00 Uhr etwa 32 „Offenbarungen". Auch an Heinrich Dallmeyer richteten sich „Prophezeiungen": „Paul (gemeint ist Pastor Paul) ist von Gott gesegnet. Halte aus, Du wirst mit ihm zusammenkommen." „Du hast die Gabe der Geisterunterscheidung. Habe den Mut, dies in der Versammlung auszusprechen."[51]

Dallmeyer bekam darauf große Anfechtungen und berichtete später:

> „Am Sonntagmorgen, dem 21. Juli, machte ich in einem kleinen Kreise meine Bedenken geltend. Ich tat das damals in so klarer Weise, daß Pfarrer Horst, Liebenzell, der während der ganzen Zeit der Kasseler Arbeit öffentlich und privatim zugegen war, zu mir sagte: ‚Bruder hüte Dich, daß Du Dich nicht an dem Heiligen Geist versündigst, es sind heilige Sachen!' Als ich meine Bedenken weiter kundtat, schlug eine der norwegischen Schwestern mit Gewalt auf den Tisch mit völlig verfinsterter Miene... Weil ich bei allen, die an jenem Morgen gegenwärtig waren, keine Unterstützung fand, hatte ich keinen Mut, meine Bedenken weiter zu äußern. Wir beugten unsere Knie und empfingen von den Schwestern eine etwa dreistündige Zungenrede. Die erste halbe Stunde war so erschütternd, daß ich unter dem Eindruck stand, ich könnte wegen meiner Kritik jeden Augenblick in die Hölle geworfen werden... Die Zungenrede begann mit einer in strafendem Ton gehaltenen Frage, die auf meine Zweifel Bezug nahm. Sie lautete: ‚Habe ich euch nicht gesagt: Eure Söhne und Töchter sollen prophezeien?' Dann hieß es weiter: ‚Wenn ihr nicht bald meinen Worten glaubt, dann werde ich euch verwerfen und mir Männer erwählen, die mir besser dienen als ihr.' Nachdem der Geist gleichsam unter Blitz und Donner etwa eine halbe Stunde geredet hatte, wendete sich das Blatt, und es begann eine großartige Schmeichelrede. ‚Glaubt ihr, daß ich euch weniger liebe als die hohen Apostel?'"

Mit dem Fortgang dieser Zusammenkünfte wurden allerdings die Vorfälle immer dramatischer und besorgniserregender. Die Augenzeugen Dallmeyer, Modersohn, Schopf und andere berichteten davon:

> „...die Seelen wurden zu Boden geworfen... z.B. bat ein Bruder, der immer zweifelte: ‚Herr, bist du es, dann laß es mich kräftig auch an mir erfahren!' Er hatte kaum Amen gesagt, da wurde er hingeworfen, daß die Zuhörer in seiner Nähe nach rechts und links erschreckt zur Seite fuhren. Er blieb etwa 10 Minuten liegen, stand auf, redete in Zungen und weissagte."[52]

> „Es gab auch peinliche Situationen, wenn z.B. eine Frau im Fallen ihre Bluse dermaßen zerriß, daß man mehr vom Hemd als von der Bluse zu sehen bekam, oder eine andere so unanständig fiel, daß man, um ihre Kleider in Ordnung zu bringen, eine Frau herzurufen mußte. Ein junges Mädchen, das unter dem Geiste der Bewegung stand, wurde getrieben, sich in Gegenwart anderer in ihrer Wohnung zu entkleiden. Ein anderes umschlang einen fremden Mann.

> Andere Szenen entbehrten nicht der Komik. So fing ein Hauptzungenredner in der Ekstase an, mit der Bibel, die er gerade in der Hand hielt, auf eine vor ihm sitzende Frau loszuschlagen, so daß sie erschreckt weglief... Ein Pastor preßte, zu Boden gefallen, die Zähne zusammen und suchte Luft durch die zusammengepreßten Zähne einzuziehen, so daß es sich wie das Zischen einer Schlange anhörte. Und in der Tat wandt er sich einer Schlange gleich auf dem Boden zwischen den Stühlen der Zuhörer durch.

> Ein Zungenredner aber rief in Ekstase fortwährend: ‚Dallmeyer, Dallmeyer, Dallmeyer.'"[53]

Das folgende Ereignis macht sehr gut deutlich, warum viele Geschwister in dieser Bewegung unmöglich das Wirken satanischer Mächte erkennen konnten. Ihr Argument lautete, daß der Teufel wohl kaum ein Interesse daran haben konnte, daß Sünden offenbar und bekannt wurden!

> „Eine Abendversammlung war bewegter. Einer der ersten Zungensprüche war: ‚Der ganze Saal ist (in dem doch vorwiegend Gläubige waren) voll von Dieben.' Mit einem Schrei des Schreckens wurde diese Offenbarung des Herrn aufgenommen. Die Zungenredner wiesen dann darauf hin, daß Leute da seien, die Äpfel gestohlen, beim Militär Geld aus dem Spind genommen hätten, daß Schneiderrechnungen nicht bezahlt seien, daß Eheleute da seien, die Einnahmen, die sie hätten, vor ihrer Ehehälfte

verbergen, daß Leute da seien, die in ihren Häusern Plätze hätten, wo sie ihr gestohlenes Geld hinlegten, daß Steuerhinterziehungen vorgekommen seien. Wieder wurden die Unaufrichtigen aufgefordert, den Saal zu verlassen und diese Dinge in die Reihe zu bringen. Diese Aufforderung wurde durch Zungenredner unterstützt: Ich werde noch mehr offenbar machen; ich werde noch schärfer schneiden; ich werde eure Sünden an eure Stirn schreiben; ich werde Namen nennen...

Der Inhalt der Aussagen der einen Norwegerin bestand zum großen Teil aus Bibelsprüchen, und zwar aus solchen, die vorwiegend Evangelium enthielten, während die männlichen Zungenredner sich hauptsächlich mit den vorhandenen Sünden beschäftigten. Die Versammlung war wie ein wogendes Meer; je schärfer die Aussprüche der Zungenredner waren, desto mehr Äußerungen des Schmerzes und des Schreckens wurden in Seufzen und Stöhnen und Schreien laut..."[54]

Inzwischen hatten die Vorfälle im Blaukreuzheim solche Ausmaße angenommen, daß sogar die Polizei eingeschaltet wurde, um einigermaßen die Ordnung vor dem Saal zu erhalten:

„Das Gespräch von diesen Versammlungen lief bald in der ganzen Stadt um. Dazu kam, daß Zeitungsreporter von diesen merkwürdigen Erscheinungen gehört hatten und nun in die Versammlungen kamen, um einige Artikel in die Zeitungen zu schreiben. Das brachte dann die Massen der Kasseler Bevölkerung auf die Beine und abends, wenn die Versammlungen stattfanden, fand man die Straßen, die nach dem Versammlungslokal führten, blockiert voll mit Menschen. Versammlungsbesucher, die sich verspätet hatten, hatten Mühe hindurchzukommen, wobei sie viel Spott und Hohn auf sich nehmen mußten. Schließlich mußte die Polizei eingreifen, um Ordnung zu halten und patrouillierte mit Polizeihunden hin und her... Je bewegter die Versammlungen wurden, um so lauter gröhlten die Menschen auf der Straße. Es ist nicht auszudenken, was damals an Spott- und Lästerreden laut geworden ist."[55]

Schließlich bat die Polizei die Veranstalter, die Versammlungen abzubrechen, und da diese Bitte in Übereinstimmung mit den Botschaften in den Veranstaltungen war, verschwand das Debakel mit dem 2.8. aus der Kasseler Öffentlichkeit, um in gewisser Weise in Privathäusern fortgesetzt zu werden.

Die norwegischen Schwestern waren schon eine Woche vorher nach Zürich abgereist, von wo aus sie einen begeisterten Brief über die

„Erweckung" in Kassel schrieben. Für die Behauptung, daß die beiden Schwestern sich aus Protest gegen eine falsche Zungenrede von den Kasseler Versammlungen zurückgezogen und vorzeitig abgereist seien (so Giese[56]), habe ich keine Belege gefunden.

Während in Kassel nach Auflösung der Versammlungen nur noch „Qualm und Rauch" zu sehen war, brannte inzwischen im benachbarten Großalmerode das „Feuer" weiter.

Bereits im Januar des Jahres hatten zwei Männer im Traumgesicht „Jesus als Träger eines leuchtend weißen Kreuzes über Großalmerode schweben sehen"[57]. Als dann die Nachrichten von den Versammlungen in Kassel eintrafen, fuhren nach und nach etwa 100 Geschwister der dortigen Gemeinschaft nach Kassel, wovon einige mit Zungenreden und Visionen begabt nach Großalmerode zurückkehrten, um dort ähnliche Versammlungen durchzuführen. Auch hier kam es zu teilweise dramatischen Zusammenkünften, bei denen übernatürliche Kräfte spürbar wurden:

> „In einer der ersten Versammlungen machte Wiegand vor Freude Sprünge, Holzapfel legte ihm die Hand auf und beruhigte ihn. Wiegand setzte sich, äußerte aber bald: ‚Ich habe eine Botschaft empfangen. Als ich vorher vor Freude hüpfte, hat mich eine Seele angerührt. Diese Seele ist von der Macht der Finsternis umfangen und muß sich beugen.' In demselben Augenblick fiel Holzapfel zu Boden und blieb wohl eine Viertelstunde bewußtlos liegen.
>
> Bruder Pr. hörte in einer Versammlung in seinem Inneren eine Stimme: ‚Lege deinen Schmuck von dir, daß ich weiß, was ich dir tun soll.' Auf seine Frage: ‚Was für ein Schmuck?' erwiderte die Stimme: ‚Die Manschettenknöpfe.' Sie waren unecht, aber er legte sie ab. Die Stimme fuhr fort: ‚Hast du nicht eine Taschenuhr?' ‚Die brauche ich doch.' Die Stimme verwies auf die Turmuhr. Er legte auch die – ebenfalls unechte – Uhr ab. ‚Du hast noch einen Trauring, lege ihn ab!' Das tat er nicht, aber die Stimme forderte: ‚Jetzt stehe auf und verkündige, was der Herr an dir getan hat!' ‚Herr, dann mußt du selbst mich auf die Füße stellen und mir den Mund auftun.' Da wurde er in die Höhe gerissen und mußte laut herausschreien, was geschehen war."[58]

In den folgenden Monaten zeichnete sich eine Krise unter den Führern der Gemeinschaftsbewegung ab. Zwar war man noch auf der Blankenburger Konferenz vom 26.–31. August 1907 zusammen, und die verschiedenen Standpunkte wurden offen ausgesprochen, ohne daß es zu einer Verbitterung oder Trennung führte. Das Zungenreden wurde in Blankenburg nicht praktiziert und deswegen wurden auch

Stimmen laut, daß auf dieser Allianz-Konferenz der „Geist gedämpft" worden wäre.

Allerdings erschien in dieser Zeit die meines Wissens erste ausführliche, scharf ablehnende Warnschrift von Johannes Rubanowitsch, Hamburg, unter dem Titel „Das heutige Zungenreden", mit einem Nachwort von Johannes Seitz, dessen Stellungnahmen zu den Ereignissen in Los Angeles, Norwegen und Kassel immer deutlicher wurden. In diesem Buch wagte der Autor die Kasseler Ereignisse unmißverständlich als „dämonisch" zu beurteilen. Dallmeyers Einstellung und auch Modersohns unentschiedene Stellungnahme wurden scharf verurteilt. Besonders die auffallenden Begleiterscheinungen in Kassel und Großalmerode waren für Rubanowitsch Indizien dafür, daß hier ein fremder Geist am Werk war:

„Der die Menschen fallenmachende Geist muß ein fremder Geist sein."[59]

Interessant ist jedoch, daß weder Rubanowitsch noch Seitz das Zungenreden an sich abgelehnt haben, wie es ihnen von den Anhängern der Pfingst- und Charismatischen Bewegung bis heute irrtümlicherweise vorgeworfen wird. So sehr die beiden Autoren das „heutige Zungenreden" als „dämonisch" oder zumindest als „fleischlich" ablehnten, blieben sie doch offen für „biblisches" Zungenreden. Daher endete diese erste Kampf- und Warnschrift mit den fettgedruckten Worten von J. Seitz:

„Wenn es aber Gottes Geist gelingen sollte, uns das Zungenreden nach apostolischem Muster geben zu können, dann würden wir Gott über die Maßen dankbar sein und uns unbeschreiblich freuen, wie wir uns nach dem Eintreffen der ersten Nachrichten aus Los Angeles und Norwegen freuten, um so mehr, als wir die ersten Nachrichten in Deutschland so freudig verbreitet haben. Dann können wir uns auf's neue der Sache freuen, wieder mit ihr gehen, sie verbreiten und fördern helfen, wie wir das im Anfang getan haben."[60]

Dallmeyer, der während der Blankenburger Konferenz auch ein Gespräch mit Rubanowitsch hatte, bekam nun auch dessen Schrift zu lesen und geriet darauf in starke Zweifel. Er verfaßte schon einen Widerruf, wagte ihn aber doch nicht zu veröffentlichen. Auf den Rat von Elias Schrenk suchte Dallmeyer nun bei J. Seitz seelsorgerliche Hilfe. Als Seitz, der zunächst auch noch göttliches in der Bewegung sah, hörte, daß Pastor Paul in der ersten Person in Zungen sprach, änderte er sein Urteil:

„Das ist vom Teufel!"[61]

Dallmeyers Antwort lautete spontan: „Dann widerrufe ich und ziehe meine Schriften aus den Buchhandlungen zurück."

Dallmeyer verfaßte darauf seinen Widerruf, mit dem für ihn eine schwere Zeit innerer Kämpfe und Anfechtungen anbrach, in denen er kaum Beistand hatte. Modersohn riet ihm, seinen Widerruf zu widerrufen und in Gegenwart von Paul, Edel und anderen Führern der neuen Bewegung weinte er herzzerreißend und bekannte, den Heiligen Geist betrübt zu haben, um darauf wieder „Buße" über seine „Buße" zu tun.

In dem Monat, als Dallmeyer von inneren Zweifeln zerrissen seinen ersten Widerruf entwarf, erhielt Pastor Paul, der weder in Kassel noch in Großalmerode dabei war, in Liebenzell das Zungenreden. Er glaubte zwar vorher bereits mit Feuer und Geist getauft worden zu sein, konnte bis dahin aber nicht in Zungen reden. Seine neue Erfahrung beschrieb er so:

„Zwischen 10 und 11 Uhr war die Arbeit in meinem Munde schon so stark, daß der Unterkiefer, die Zunge und die Lippen sich zum Sprechen bewegten, ohne daß ich dies veranlaßte. Ich war dabei völlig bewußt, ganz still im Herrn, tief glücklich und ließ dies alles geschehen, ohne dabei sprechen zu können. Wenn ich auch laut zu beten versuchte, so ging es nicht, denn keins meiner deutschen Worte paßte in die Mundstellung hinein. Ebensowenig paßten andere Worte aus einer der mir bekannten Sprachen zu den Mundstellungen, die an mir fort und fort vorgingen. Ich sah auf diese Weise, daß mein Mund in einer fremden Zunge redete und erkannte, es müsse mir jetzt noch gegeben werden, auch entsprechend auszusprechen. Gegen 11 Uhr entließen wir einige... und so blieben außer mir nur zwei zurück, einer von ihnen ist Horst. Als wir wieder beteten, begann die Arbeit wieder an meinem Mund, und ich sah, daß ich nun die Gabe brauchte, auch Töne den Lippenbewegungen zu verleihen... Jetzt geschah aber etwas Wunderbares. Es war mir, als wenn in meiner Lunge ein Organ sich bildete, welches die in die Mundstellung passenden Laute hervorbrachte. Da die Mundbewegungen sehr schnell waren, mußte das recht rasch geschehen. Es war mir, als wirbelten sich die Töne auf diese Weise heraus. So entstand eine wunderbare Sprache mit Lauten, wie ich sie nie geredet hatte... Bei diesem ganzen Vorgang saß ich, jedoch wurde mein Leib dabei von einer großen Kraft geschüttelt, keineswegs unangenehm oder schmerzhaft... Als ich später mein Bett aufsuchte, kam das Reden mit Zungen wieder über mich... Bei all diesen Vorgängen behielt ich mein völliges Bewußtsein."[62]

Fünf Tage später erlebte Paul dann auch das Singen in Zungen. „Es kommen mir immerfort neue Lieder mit ganz anderen Melodien und Worten... Die Lieder, welche ich singe, scheinen auch wenigstens drei verschiedenen Sprachen anzugehören. Aus den Worten und der Mundstellung muß ich das schließen."[63]

Pastor Paul wurde nun der „Herold des Zungenredens", besonders in Ostpreußen und Schlesien. Auch Regehly und Edel warben für die Sache, während die Brüder Seitz, E. Lohmann, Kühn und auch E. Schrenk immer kritischer wurden. In dieser Situation bedeutete der Widerruf H. Dallmeyers, dem sich auch der seines Bruders August anschloß und in verschiedenen Blättern sofort veröffentlicht wurde, einen schweren Schlag gegen die neue Bewegung.

Am 19. und 20.12.1907 kamen die in dieser Frage zerstrittenen Brüder noch einmal in Barmen unter der Leitung von E. Schrenk zusammen. Die Gegensätze waren jedoch nicht mehr zu überbrücken, wenn man sich auch auf einen „Waffenstillstand" für ein Jahr einigte.

Die erste Zungenrednerkonferenz in Deutschland — 1908

Das Jahr der „Waffenruhe" war noch nicht vorbei, als in dem Hamburger Haus der Strandmission eine Konferenz durchgeführt wurde, an welcher neben 50 Teilnehmern aus Deutschland auch eine Anzahl Brüder aus England, Holland, der Schweiz, Schweden und auch Br. Barrat aus Norwegen teilnahmen.

Interessant ist, wie u.a. auf dieser Konferenz das Zungenreden definiert wurde:

> „Zungenreden werde, wie Irrenärzte nachgewiesen hätten, auch durch Geisteskrankheiten hervorgebracht, wahrscheinlich auch durch Dämonen. Das beweise nur, daß eine Leitung im Gehirn vorhanden sei, durch die solches Werk getan werde. Warum sollte diese nicht erst recht die göttliche Kraft benutzen? Die Gabe der Zungen werde gewissermaßen im Unterbewußtsein des Menschen deponiert; so sei es auch beim Sprechen in fremden Sprachen, bei dem Gott im Unterbewußtsein schlummernde Ausdrücke ans Licht bringe."[64]

Auch beschloß man in Hamburg, im kommenden Jahr eine internationale Pfingstkonferenz zu veranstalten, das Barmer Schweigeabkommen als für überholt anzusehen und ab sofort aktiv für die

Bewegung zu werben. Auch ein Blatt unter dem Namen „Pfingstgrüße" wurde geplant, welches ab 1909 von Pastor Paul herausgegeben wurde.

Die Unentschlossenheit der anderen Seite

Auf der Seite derer, welche die Entwicklung besorgt und kritisch beobachteten, war zunächst keine Geschlossenheit zu erkennen. Einige Brüder scheinen das anfänglich enorme Wachstum der Pfingstbewegung völlig unterschätzt zu haben und glaubten, die Bewegung totschweigen zu können. Andererseits scheuten sie sich, einen Kampf gegen Brüder zu eröffnen, mit denen sie teilweise jahrzehntelang Seite an Seite im Kampf für das Evangelium gestanden hatten. Dazu kam noch, daß die geistlichen Überzeugungen der Pfingstkritiker in einigen Fragen derart verschieden waren, daß sie erst einmal Zeit brauchten, um eine gemeinsame biblische Basis zu finden.

Allerdings gab es Ausnahmen. Der Schriftleiter des Allianzblattes, B. Kühn, der in den ersten Jahren die neue Bewegung noch glühend unterstützt hatte, setzte nun alle Hebel in Bewegung, um vor der Pfingstbewegung zu warnen. Ab 1907 erschien im Allianzblatt ein Artikel nach dem anderen von Kühn, in denen Stellung bezogen wurde. Bald wurden diese Aufsätze zusammengestellt und unter dem Titel „In kritischer Stunde" und „Die Pfingstbewegung im Lichte der Heiligen Schrift und ihrer eigenen Geschichte" weit verbreitet.

Die Berliner Erklärung

Da weder in Blankenburg noch in Gnadau eine einmütige Beurteilung der Pfingstbewegung in Sicht war, ergriffen einige Brüder privat die Initiative und luden zu einer Besprechung am 15. September 1909 in Berlin ein.

Der Anstoß kam wohl von General von Viebahn, der während einer Familienfeier in Bielefeld Walter Michaelis gegenüber äußerte: „Können wir eigentlich zusehen, wie Brüder in immer weiterem Umfange sich in die Zungenbewegung hineinziehen lassen?"[65]

Die beiden Brüder verabredeten ein Vorbereitungstreffen in Berlin, von wo aus sie das Einladungsschreiben an führende Brüder der

Gemeinschafts- und Allianzbewegung schickten. Aus dem ausführlichen Einladungsschreiben hier nur die einleitenden Sätze:

„Teurer Bruder im Herrn!

Die Gemeinde Gottes steht in Gefahr, durch die sogenannte Pfingstbewegung in zwei Lager gespalten zu werden – die Gegner und Freunde der Bewegung, zwischen denen eine dritte Gruppe der Abwartenden steht. Das nötigt uns, eine klare Stellungnahme zu ihr zu gewinnen. Die unterzeichneten Brüder haben sich in einer eingehenden Besprechung auf nachstehende Sätze geeinigt und glauben, daß es dem Werk des Herrn förderlich sein wird, dieselben einem größeren Kreis von Brüdern zur Prüfung und Besprechung vorzulegen. Wir tun dies mit dem ernsten Verlangen, jeder Spaltung vorzubeugen, soweit es an uns ist. Wir möchten in Liebe auch denen dienen, welche zur Zeit einen anderen Standpunkt einnehmen. Wir handeln auch in klarem Bewußtsein unserer Mitverantwortung für die Herde Jesu Christi..."[66]

Etwa 60 Brüder folgten der Einladung nach Berlin und unterschrieben nach einer 19stündigen Beratung die sog. „Berliner Erklärung", die heute in der Auseinandersetzung mit der Pfingstbewegung und der Charismatischen Bewegung eine wesentliche Rolle spielt und dementsprechend von der einen Seite als „bewahrender Schutz" und von der anderen Seite als „fluchbringendes Dekret" gewertet wird.

Diese wichtige und folgenschwere Erklärung (der vollständige Text ist im Anhang 1 abgedruckt) drückt kurzgefaßt in 6 Punkten folgendes aus:

1. Die sogenannte Pfingstbewegung ist nicht aus göttlicher Quelle sondern „von unten" und hat viele Erscheinungen mit dem Spiritismus gemein.
2. Die Bewegung kann nicht als von Gott geschenkt angesehen werden, sondern trägt einen Lügencharakter.
3. Die Gemeinde Gottes – die Verfasser dieser Erklärung eingeschlossen – hat sich tief zu beugen wegen der fehlenden Wachsamkeit, mangelnden biblischen Erkenntnis und Gründung, wegen der oberflächlichen Auffassung von Sünde und Gnade, der willkürlichen Auslegung der Bibel, Selbstüberhebung usw., die dieser Bewegung die Wege gebahnt haben.
4. Besonders die falschen Heiligungslehren wie z.B. die Lehre vom „reinen Herzen" sind für viele Kreise verhängnisvoll und für die sogen. Pfingstbewegung förderlich geworden.

5. Pastor Paul als Führer der Pfingstbewegung in Deutschland kann – bei aller Liebe zu ihm und der Schar seiner Anhänger – nicht mehr als Führer und Lehrer in der Gemeinde Jesu anerkannt werden.
6. Es hat nur ein Pfingsten gegeben (Apg.2), „wir warten nicht auf ein neues Pfingsten, sondern auf den wiederkommenden Herrn".

Alle Geschwister werden gebeten, sich von der Pfingstbewegung fernzuhalten.

Unter den Brüdern, welche diese Erklärung unterschrieben haben, waren folgende, die durch ihren Dienst und ihre Schriften auch heute noch vielen bekannt sind:

W. Michaelis, Dolman, Graf Korff, B. Kühn, E. von Rothkirch, E. Schrenk, J. Seitz, O. Stockmayer, von Thiele-Winkler, G. von Viebahn, J. Warns.

Durch diese Erklärung wurden die Mitglieder der Gemeinschaftsbewegung vor die Entscheidung gestellt, sich konsequent von allen Pfingstkreisen zu trennen, oder aber die Gemeinschaftskreise zu verlassen und sich der Pfingstbewegung anzuschließen.

Die Mühlheimer Antwort

Etwa 14 Tage nach der Abfassung der Berliner Erklärung fand in Mühlheim vom 28.9. – 1.10.1909 die 2. Mühlheimer Konferenz statt, bei der sich viele der nun von den Gemeinschaftskreisen ausgeklammerten Pfingstgeschwister trafen. Es wurde eine ungewöhnlich hohe Zahl von 2.500 Teilnehmerkarten ausgegeben, auf welchen jeder Teilnehmer bescheinigte:

„Ich erkläre nach gewissenhafter Erwägung,
1. daß ich diese Pfingstbewegung als eine von Gott geschenkte anerkenne, bzw. mich auch nach dem vollen Pfingstsegen ausstrecke,
2. daß ich in Einmütigkeit des Geistes mit den versammelten Geschwistern nach Pfingstsegnungen ausschauen will, fern von allem Eigennutz und Parteisucht."[67]

Auf dieser Konferenz wurde die Berliner Erklärung von Emil Humburg vorgelesen und von ihm und P. Paul kommentiert.

Auch wurden verschiedene „prophetische" Botschaften ausgesprochen, darunter folgende: „Ich will ausgießen meine Herrlichkeit, die ich empfangen habe von meinem Vater, auf euch, und meine

Diener sollen aufjauchzen vor Freude; denn ich habe aufgerichtet meinen Thron in eurer Mitte, spricht der Herr."[68] Diese Konferenz gab nun ihre Antwort auf die Berliner Erklärung bekannt (siehe Anhang). In drei Punkten nahm man zu den Vorwürfen Stellung:

1. Die jetzige Geistesbewegung sieht man als göttliche Antwort auf die jahrelangen Glaubensgebete um weltumfassende Erweckung. Dabei erkennt man an, daß sich auch in dieser Bewegung „nicht nur Göttliches, sondern auch Seelisches und unter Umständen auch Dämonisches geltend macht".

2. Man erklärt, daß die Brüder der Berliner Erklärung die Lehren von P. Paul über das „reine Herz" unrichtig dargestellt haben. Paul hätte immer wieder „in Wort und Schrift betont, daß man nur in Christo und nicht in sich selbst von der Sünde gereinigt sei". Auch wird die „dem P. Paul unterschobene Ansicht über das eheliche Leben" als irrtümlich zurückgewiesen.

3. Es besteht die Überzeugung, daß viele der Dinge, die man der Pfingstbewegung zur Last legt, auf falschen Gerüchten, Mißverständnissen oder einseitigen Darstellungen beruhen.

Die Erklärung schließt mit folgenden Sätzen:

> „...Wir legen hiermit feierlich und offen das Bekenntnis ab, daß der Geist, der uns beim Zungenreden, Weissagen und den anderen Geistesgaben beseelt, sich nach 1. Joh. 4,2 und 1. Kor. 12,3 dazu bekennt, daß Jesus Christus ins Fleisch gekommen ist und daß er der Herr ist, dem wir mit ganzem Herzen dienen und zu dessen Ehre wir unsere von ihm geschenkten Gaben anwenden. Dieses Bewußtsein ist es, das uns in der ernsten Lage, in die uns die Erklärung unserer Brüder gebracht hat, freudige Zuversicht und die Kraft verleiht, ihm, unserem verherrlichten Haupt, jedes Opfer zu bringen auf dem Weg, auf dem wir uns von ihm geführt wissen."[69]

Unterschrieben wurde diese Erklärung ohne Namensnennung mit „Die zweite Mühlheimer Pfingst-Konferenz, Mühlheim-Ruhr, den 29. September 1909".

Die Neutralen

Eine Anzahl Brüder, die sich weder der einen noch der anderen Gruppe anschließen konnten, weil sie in beiden Gruppen Fehler erkannten oder nicht bereit waren, mit einer der beiden Gruppen zu brechen, konnten auf Dauer ihre neutrale Haltung nicht bewahren.

Zu diesen Neutralen gehörten u.a. Ernst Modersohn, dessen früherer Gemeinschaftskreis in Mühlheim jetzt das Zentrum der Pfingstbewegung war, Jakob Vetter, Krawielitzki und H. Coerper, Liebenzell.

1911 gab Modersohn seine Neutralität auf, nachdem einzelne Pfingstbrüder ihm „die rechte Gotteskindschaft" abgesprochen und sein Blatt „Heilig dem Herrn" abbestellt hatten mit der Begründung, daß er ja doch nichts bieten könne, weil er nicht mit dem Heiligen Geist getauft sei. So schrieb Modersohn in seiner Monatsschrift 5/1911:

> „Ich kann diese Dinge nicht für Auswüchse der Bewegung ansehen, sondern muß sie vielmehr für Früchte halten, nach denen der Baum zu beurteilen ist. So konnte ich nicht anders, als ein Gegner der Bewegung werden."[70]

Die übrigen Brüder verhandelten noch 1910 und 1911 mit den Brüdern der Pfingstbewegung und ein Ergebnis davon war die Vandsburger Erklärung vom 18.12.1910, in welcher die Pfingstbrüder ihre Mitschuld an den traurigen Vorfällen bekannten. Die Neutralen dagegen erklärten, zwar nicht mit der Bewegung gehen zu können, „weil die Grenzen des Seelischen und Geistlichen in Verwirrung und Gefahr bringender Weise darin vermischt erscheinen"[69], andererseits aber offen bleiben möchten für „gelegentliches Zusammenarbeiten mit den Pfingstgeschwistern."[71]

Der Veröffentlichung dieser beiden Erklärungen in den „Pfingstgrüßen" wurde noch ein Wort „Zur Klärung der Lage" angefügt, in welchem u.a. ausgeführt wurde:

> „...Wir sind nicht der Meinung, daß nur diejenigen den Heiligen Geist empfangen haben, welche zum Zungenreden gelangt sind. Ebenso ist uns auch das Zungenreden an sich noch kein Beweis dafür, daß jemand mit dem Heiligen Geist erfüllt worden ist. Wir wissen, daß wir an den Früchten sehen können, mit wem wir es zu tun haben (Matth. 7,16). Darum ist uns die Frucht des Geistes (Gal. 5,22) die Hauptsache. Wo sich dieselbe findet, da hat der Geist im Herzen Wohnung gemacht. Das Zungenreden möchten wir in keiner Weise höher werten, als es die Bibel tut..."[72]

Doch bereits ein Jahr später gaben die Neutralen „betrübten Herzens über den Mißerfolg ihrer jahrelangen Bemühungen um die Wiedergewinnung der verirrten Brüder, aber gedrungen von schwerer Not der Arbeit und des Gewissens" die Erklärung ab:

> „Da leider unsere brüderliche Absicht durch die Vandsburger

Besprechung nicht erreicht werden konnte, sondern darauf eine zum Teil noch wildere Propaganda von der Pfingstseite mit all den schlimmen Ergebnissen daraus gefolgt ist, treten wir hiermit von unserer Vandsburger Kundmachung zurück, lehnen die Pfingstbewegung ab und geben jede Arbeitsgemeinschaft mit den Vertretern derselben auf."[73]

Die Mühlheimer Buße

Nach dem Ersten Weltkrieg geriet die Pfingstbewegung in den Jahren 1919/1920 in eine schwere Krise. In den vergangenen Jahren hatten sich Brüder wie H. Vietheer, Gensichen und andere von der Bewegung getrennt und einige – wie E. Meyer, Hamburg, der 1907 die norwegischen Schwestern nach Deutschland geholt hatte – mußte man ausschließen.

Auch die Vorkommnisse in Brieg, wo – wie erst zehn Jahre später bekannt wurde – im Hause Prediger Edels moralische Verfehlungen vorgekommen waren, in die seine Frau und ein Mitarbeiter verwickelt waren, erschütterten viele Pfingstgeschwister.

Dennoch meldeten sich etwa 3.200 Teilnehmer zur Mühlheimer Konferenz an und wurden dort Zeugen bewegender Bekenntnisse.

Emil Humburg bekannte, „in Scheinheiligkeit, in unlauterem und hartem Wesen, in Unbrüderlichkeit, in Lieblosigkeit, in blindem Eifer und in Unreinigkeit mit der Lust zur Sünde in eurer Mitte"[74] gewesen zu sein.

Auch Eugen Edel beugte sich öffentlich mit dem Bekenntnis: „Vor allen Dingen bitte ich alle lieben Geschwister, welche ich durch mein eigenes Wesen und meinen hohen Geist, welcher auch in einzelnen Artikeln der Pfingstgrüße und meinen anderen Schriften zum Ausdruck kam, beschwert habe, herzlich um Vergebung."[75]

Besonders bedeutend war das Bekenntnis von Pastor Paul, daß er die „Paulsche Lehre" fallen lasse. In seinem Blatt „Heiligung" erläuterte er sein Bekenntnis mit einem ausführlichen Artikel, in dem er u.a. folgendes aussagte:

> „...ich meinte, ich hätte die Aufgabe, das in ein Lehrsystem zu fassen, was mir zunächst für mein persönliches Glaubensleben und als Zeugnis gegeben worden war, und so entstand das, was man – zu meinem tiefen Schmerz – die Paulsche Lehre genannt hat. Freilich hatte ich dabei nur die Absicht, auf diese Weise durch

Wort und Schrift dem Volke Gottes zu dienen; tatsächlich jedoch hat diese Lehre dazu beigetragen, daß ein so beklagenswerter Riß innerhalb der Gemeinde Gottes entstanden ist. Dies demütigte mich tief, und der Herr hat mir dies als Schuld gezeigt, um derer willen ich mich auch in diesem Blatt vor dem ganzen Volk Gottes beugen möchte. Aus dem gleichen Grund habe ich auf der Mühlheimer Konferenz öffentlich die Erklärung abgegeben, daß ich die sogenannte Paulsche Lehre fallen lasse, also alles das, was von Menschenmeinung sich an die betreffenden Gotteswahrheiten gehängt hat..."[76]

Nach dieser „Bußkonferenz" versuchten einige Pfingstbrüder noch einmal eine Annäherung an die getrennten Brüder. Doch die Reaktionen waren abweisend. Der Gnadauer Verband erklärte:

„Zu den Veröffentlichungen führender Brüder der Pfingstbewegung erklären wir: Diese Veröffentlichungen bieten in keiner Weise genügende Bürgschaft, daß der in der Bewegung herrschende Geist ein anderer geworden ist. Ihr anerkannter Führer P. Paul hält an seiner im Jahre 1904 von ihm verkündeten Erfahrung eines von der innewohnenden Sünde befreiten Herzens fest; ebenso wird in der ganzen Bewegung festgehalten an den angeblichen Geistesgaben. Wir haben deshalb weder Grund noch Recht, der Pfingstbewegung gegenüber unsere Stellung zu verändern, und warnen die uns angeschlossenen Kreise dringend, die Gemeinschaft mit den Gliedern der Pfingstbewegung wieder aufzunehmen oder zu pflegen. An eine eingetretene Ernüchterung kann erst geglaubt werden, wenn auf jener Seite der Begriff der Sünde und der Verantwortung für die eigene Sünde in biblischer Tiefe erfaßt wird und wenn dem in der Bewegung herrschenden Geist der Stimmen, Offenbarungen und Botschaften, die sich sehr oft als falsch erwiesen haben, von Grund auf Absage gegeben wird. Das wünschen und erbitten wir vom Herrn für die uns einst verbundenen Brüder."[77]

H. Dallmeyer schrieb in „Auf der Warte":

„Man hat mit Recht gesagt, daß P. Paul, der seine Buße ja mit dem Ausziehen der Stiefel vergleicht, nur einen Stiefel ausgezogen habe. Ich glaube, er hat diesen einen auch bloß halb ausgezogen... Das Gericht, das Br. Humburg über sich ergehen läßt, ist zugleich das Urteil über die ganze Bewegung; das bisherige Zungenreden, die Weissagungen, Botschaften, Zeugnisse usw. sind danach purer Betrug... Nun geht er den Weg P. Pauls mit seinem Bekenntnis, angeblich die Wurzeln der Sünde aus dem Herzen gerissen zu haben. Weil die Lehre von der Ausrottung der

Sündennatur eine unbiblische ist, so muß auch alles, was auf dieser Lehre aufgebaut wird und herauswächst, unnüchtern sein."[78]

Allgemein wurde bedauert, daß die „Buße" P. Pauls nicht zu der notwendigen Konsequenz, zur Verurteilung der gesamten Bewegung und ihres Lehrsystems geführt hat.

Tatsache ist, daß P. Paul leider auch nach seinem Bekenntnis an der Erfahrung des „reinen Herzens" festhielt.

1921 kam es noch einmal zu einer Verhandlung in Berlin, die aber zu keiner Verständigung führte (siehe Anhang 3), so daß Nagel „im Namen und im Auftrag von Brüdern, die an der Berliner Tagung teilnahmen", im Allianzblatt mitteilte:

„...Wir waren Gegner der sogenannten Pfingstbewegung schon vor den Tagen der Berliner Verhandlungen. Aber aufs stärkste sind wir von der Richtigkeit unseres Urteils überzeugt worden durch die Berliner Verhandlungen mit ihrem ernsten, z.T. erschütternd ernsten Inhalt... Wir müssen diese Feststellung öffentlich aussprechen um der vielen willen, die in Gefahr stehen, eine Beute des Irrgeistes zu werden."[79]

Die Wege der Pfingstbewegung und Gemeinschaftsbewegung gingen nun endgültig auseinander.

Die beiden Brüder H. Dallmeyer und P. Paul, jeweils Führer in den getrennten Gruppen, starben in den folgenden Jahren.

H. Dallmeyer starb während seiner letzten Evangelisation in Nachrodt (Sauerland). Sein letzter schriftlicher Gruß an seine Frau lautete: „Meine Schwachheit ist verschlungen in 2. Kor. 12,9." Sein Schwiegersohn O. Ruprecht schilderte seinen Heimgang:

„...Sie (die Missionarin, die ihn betreute) bettete ihn aufs Sofa und betete mit ihm. Als sie sich entfernen wollte, sagte er: ‚So, nun will ich noch ein paar Stunden mit meinem Herrn verkehren.' Als sie nach einer Stunde nach dem Ofen schaute, meinte er: ‚Schwester, es bleibt dabei: Wir haben diesen Schatz in irdenen Gefäßen, und ich weiß gar nicht, ob es ein Schatz ist.'

Nach einem Dankeswort an die ihn tröstende Schwester schloß er das Gespräch ‚mit einem Wort voller Barmherzigkeit und vergebender Liebe für die, die noch fern von Christus sind'. Dann legte er sich auf einmal auf die rechte Seite, verzog sein Gesicht im Schmerz, schlug einmal mit dem linken Arm nach oben, stöhnte verschiedene Male — und er war daheim."[80]

Pastor Paul starb 1931. Er kehrte von seiner Evangelisationsreise zurück und schloß am 25.4. die Augen im Haus seines Schwiegersohnes Heinrich Vietheer, der über seinen Heimgang berichtete:

> „Ehe Pastor Paul heimging, rief er uns und alle die Missionsgeschwister, die gerade in meinem Missionshaus anwesend waren, zusammen und sagte uns: ‚Ich war am Bahnhof der Ewigkeit, und die Tür war mir verschlossen, und es wurde mir gesagt: Du hast von dem Gift der alten Schlange getrunken.'[81] Zu einem Mitarbeiter Vietheers habe Paul gesagt: ‚Ich habe die Schlange geküßt.'"[82]

Ob diese letzten Worte Pastor Pauls ein Bekenntnis seines langen Irrweges waren – wie R. Ising annimmt[83] – weiß Gott allein. Gewiß ist, daß beide Brüder nach einem bewegten Leben des Kampfes in der Ewigkeit bei Dem sind, den beide geliebt und der beide in Seiner Gnade erlöst und ans Ziel gebracht hat.

Selbstentlarvung der „Pfingst"-Geister?

Eine nicht unerhebliche Rolle in der Auseinandersetzung um die Beurteilung der Pfingstbewegung spielt die sog. Selbstentlarvung von „Pfingst"-Geistern. Auf beiden Seiten ist viel darüber geschrieben worden und dieses Thema hat auch die nachfolgenden Generationen noch bewegt, so daß in der Literatur bis in unsere Tage immer wieder Bezug darauf genommen wird.

Was war geschehen?

Ein Bruder, Hermann Knippel aus Duisburg-Beek, hatte in Amsterdam eine Zungenrednerversammlung besucht und anschließend erlebt, daß auch in seiner Gemeinschaft das Zungenreden aufbrach. Auch H. Knippel wurde mit dem „Geist" getauft, „die Macht fiel auf ihn und er fiel auf die Erde".[84]

Jedoch durch verschiedene Beobachtungen skeptisch geworden, entschloß er sich, die Geister von Zungenrednern zu prüfen. Bei diesen Geistesprüfungen, bei denen die „Geister" nach ihrem Bekenntnis gefragt wurden, bekam er folgende Antworten zu hören:

„Verflucht sei Jesus Christus!"
„Betet mich an!"
„Ich bin von Gott, – verrate mich nicht!"
„Ich bin ausgegangen, mich zu verherrlichen, viele zu verführen und viele in den Abgrund zu ziehen."

„Ich bin los von Gott — Te-Te-Teufel —, ich will dich umbringen, wenn du mich entlarvt hast."[85]

H. Knippel sagte sich darauf von der Zungenbewegung los und gehörte dann zu denen, die 1909 die Berliner Erklärung unterschrieben.

Ein anderer Bruder vermißte bei einem „Geistbegabten" die Geistesfrucht, ging auf ihn zu und sagte: „Im Namen Jesu Christi frage ich dich: wo kommst du her?"

Er antwortete: „Aus dem Abgrund."

„So, aus dem Abgrund kommst du und tust, als ob du der Heilige Geist wärst? Im Namen Jesu Christi gebiete ich dir, daß du ausfährst!" Er fuhr aus, „und aus war es mit der Geistesgabe".[86]

Pastor Johannes Urban, Hausdorf (Schlesien), war in Brieg — so glaubte er — wunderbar geheilt worden und trat entschieden auf die Seite der Pfingstbewegung. Doch in Blankenburg wurde er ernüchtert. Während der Allianzkonferenz veranstaltete Prediger Edel in seinem Logis nach Absprache mit der Konferenzleitung eine Geisterprüfung, an welcher u.a. Frau Edel, Krawielitzki, Regehly und Urban teilnahmen. Pastor Urban, der später seine Erfahrungen in der Schrift „Zur gegenwärtigen Pfingstbewegung. Eine Warnung auf Grund persönlicher Erfahrung" veröffentlichte, hatte die Fragen und Antworten dieser Geisterprüfung stenographiert.

Die Zungenredner unter den Brüdern hatten vorher ausgemacht und Gott gebeten, Er möge dem Geist nicht erlauben, wenn er nicht von Gott sei, das in 1. Joh. 4,2 stehende Bekenntnis zu Jesus, dem im Fleische gekommenen Heiland, abzulegen. Nun wurde die Prophetin Dora Lenk hereingeholt, aus welcher der Geist reden sollte, den man fragen und prüfen wollte.

> „Die erste und grundlegende Frage lautete: ‚Du Geist, der du in der Dora Lenk Wohnung genommen hast, was bekennst du von unserem hochgelobten Herrn, daß Er sei?' Aber an dem ganzen Abend hat der Geist dieses Bekenntnis nicht abgelegt. Er hat alles andere von Jesu Auferstehung, Herrlichkeit, Wiederkunft, Geistesausgießung und dergleichen geredet, aber dieses Bekenntnis durfte er meiner festen Überzeugung nach durch Gottes Treue nicht ablegen. Am nächsten Vormittag suchte uns dann der Geist zu täuschen, indem er als Jesus selbst auftrat und uns sagte: ‚Ich bin Jesus, der Herr, der Gottessohn, ich ward Mensch, deshalb Fleisch um euretwillen, ich litt und starb für euch. Genügt euch das denn nicht?' Dies war nicht das biblische Bekenntnis des gött-

lichen Geistes von und zu Jesu, sondern ein Betrug, als ob es Jesus selbst sei."[87]

Pastor Urban erkannte aus dem Tonfall und den Widersprüchen der Botschaften, daß es sich um einen Truggeist handelte. Urban kam zu folgendem Ergebnis:

„Es ist die Stimme eines Fremden, nicht aber des guten Hirten, wenn solche Geschwister, die der Pfingstbewegung kritisch gegenüber stehen, Füchse, Wölfe, giftige Schlangen und Feinde genannt werden. Wird Jesus Seine Kinder, die Ihn herzlich lieben, Feinde nennen? Von solchen ablehnend stehenden Brüdern sagt der ‚Geist', ihr Gewissen gleiche einem Eitergeschwür, das am Platzen sei und deshalb viel Schmerzen bereite; von einem Bruder, daß er sich noch vor Schmerzen auf der Erde wälzen werde; von dem in Blankenburg versammelten Volk Gottes, daß es arm und verblendet sei..."[88]

Von dem Bruder, der sich vor Schmerzen auf der Erde wälzen würde, berichtet J. Urban:

„Dieser Bruder hat mir selbst erzählt, wie es zu dieser Feindschaft des Pfingstgeistes gegen ihn gekommen sei. Er war mit Pastor Paul zusammen gewesen, und Pastor Paul hatte ihm ohne seinen Willen die Hand aufgelegt. Da sei mit einemmal sein Unterkiefer in Bewegung gekommen, und er habe angefangen, Zungenlaute hervorzustoßen. Das sei ihm schrecklich gewesen, und er habe Gott gebeten, ihn von dieser unheimlichen Sache zu befreien. Er wurde auch sofort frei. Aber nun kam jene Botschaft des ‚Pfingstgeistes', daß dieser Bruder wegen Ablehnung der Zungengabe sich bald vor Schmerzen auf der Erde wälzen werde. Der Bruder wurde auch kurze Zeit darauf krank, und es entstand das Gerede, das sei die Erfüllung der Zungenbotschaft. Aber der Bruder ist schnell wieder gesund geworden und konnte bald wieder mit freudigem Geist, wie man es bei ihm gewohnt war, das Wort verkündigen."[89]

Ein weiteres Beispiel berichtet H. Dallmeyer in seinem Buch „Die Zungenbewegung". Dort wird Prediger Großmann (Neuköln) zitiert, der folgendes erlebt hat:

„Bei Br. K. in B. hatte ich Anfang Dezember Gelegenheit, solchen Geist kennenzulernen. Eine Schwester aus der Gemeinschaft dort, die auch in M. (Mühlheim) zur Konferenz war und durch Handauflegung des Br. G. in M. das Zungenreden bekommen hatte, wollte frei werden. Wir beteten mit und für die Schwester einige Stunden. Der Geist, der in ihr war, und der vorher von Golgatha, vom Blut, von der Herrlichkeit, von Erweckungen geredet hatte, schimpfte jetzt in ganz furchtbarer Weise auf uns durch Zungenreden. Als wir ihm im Namen Jesu geboten, zu weichen, sagte er einfach, wir sollten uns keine Mühe geben, er ginge doch nicht, wir sollten nur gehen. Dann bedrohte der Geist wieder durch Zungen die Schwester, auf die er wütend war, daß sie ihn verraten hatte. Er drohte mit Vernichtung, ja sogar mit dem Tode. Je mehr wir beteten, desto mehr redete der Geist, schimpfte, tobte, fluchte und bedrohte uns.

Ich bin durchaus kein Gefühlsmensch, hatte aber doch den Eindruck, daß die ganze Stube voller Dämonen war. Der Geist warf die Schwester hin und her, zerrte und riß an ihrem Körper in einer grauenhaften Weise. Am schlimmsten war es, als wir nach längerem Prüfen der Schwester die Hände auflegten und für sie um Befreiung beteten. Die Dämonen wurden in ganz furchtbarer Gestalt sichtbar; die Schwester sah dieselben. Daß das keine Täuschung oder nur Nerven waren, geht für uns daraus hervor, daß wir selbst den Geist in Zungen schimpfen, toben und fluchen hörten. Die Schimpfworte und Flüche waren so furchtbar, daß ich sie hier nicht wiedergeben darf."[90]

Für große Meinungsverschiedenheiten selbst unter den Pfingstgegnern sorgte eine Schrift von E.F. Ströter: „Die Selbstentlarvung von ‚Pfingst'-Geistern", die 1912 erschien und fünfzig Jahre später noch einmal aufgelegt wurde.

Diese Schrift ist eine Aufzeichnung von Aussprüchen einer „besessenen" Schwester, die als „erfahrene Frau und langjährige Reichsgottesarbeiterin"[91] bezeichnet wird. (Wenn A. Lechler und W. Hollenweger etwas abwertend von einem „nervenkranken Mädchen" schreiben, treffen sie damit nicht die Wirklichkeit.)

Diese Schwester war unter den Einfluß der Pfingstbewegung gekommen und hatte auch eine „Feuertaufe" erlebt und Offenbarungen bekommen. Inzwischen hatte sie diese Erfahrungen aber als nicht göttlich erkannt und ihre Schuld in einem „schonungslosen Selbstgericht" bekannt. Trotzdem fühlte sie sich noch weiterhin dämonisch belastet und suchte zunächst Hilfe bei Prof. Ströter und dann in Teichwolframsdorf bei Johannes Seitz.

Dort wurde sechs bis sieben Monate lang für sie gebetet in Anwesenheit der Brüder Seitz, Stockmayer, Ströter und Kneip, von denen der letztere die Aussprüche der Dämonen stenographierte. Prof. Ströter hat diese Aufzeichnungen dann zu einer Broschüre ausgearbeitet und veröffentlicht.

Von den vielen Aussprüchen möchte ich hier nur einige wiedergeben, die aber – wie ich hoffe – den zweifelhaften Wert dieser Aussprüche deutlich machen:

„Die Hölle zitterte, als die Gemeinde so nach der Kraft aus der Höhe trachtete. Wir wissen, was geschehen würde, wenn die Gemeinde mit Kraft aus der Höhe angetan würde. Aber das haben wir der Gemeinde versalzen durch die Zungenbewegung. Jetzt trachtet die Gemeinde nicht mehr nach der Kraft aus der Höhe."

„Ich hasse Gott knirschend, ich trotze dem Zorne Gottes, ich trotze dem Gerichte Gottes, ich will Gott vom Throne stoßen, ich will auf den Thron, ich will Anbetung; das ist mir auch geglückt in der Pfingstbewegung, ich bekam Anbetung."

„Ich habe gemeint, mein Gericht könnte sich nicht mehr steigern, aber es ist schrecklicher als je. Ich fühle ja die Macht des Nazareners. O, diese Macht ist furchtbar! Aber die Positionen können wir nicht fahren lassen. Die Seele wollen wir schon fahren lassen, aber es handelt sich um die Pfingstgemeinde auf der ganzen Erde. Die würde zuschanden, wenn dieser Kampf zum Siege führte. Das darf nicht sein. Kameraden, haltet aus, es lohnt sich. Der Schlag wäre zu schrecklich für die Pfingstgemeinde in der ganzen Welt, wenn wir diese Position räumen müßten. Wir haben in der Pfingstbewegung ein zu schönes Werkzeug, um die Gläubigen zu verführen."

„Die Pfingstleute haben es doch unterschrieben, daß ich von oben bin; sie haben mich doch als Pfingstgeist anerkannt, und sie haben mich angebetet."

„Die Pfingstgeister, die in ganzen Heeren in die Welt hinausgegangen sind, können doch nicht überwunden werden, die dürfen doch nicht so zuschanden werden. Die müssen doch die Gläubigen verführen. Der Schlag wäre für den Pfingstgeist zu grausig. Ihr habt keine Ahnung, was sich an diesem Fall entscheidet."[92]

Die Veröffentlichung dieser Schrift wirkte wie eine Bombe, wurde jedoch auch von Freunden des Verfassers kritisch gesehen. So antwortete Dir. Th. Haarbeck, der Vorsitzende des Gnadauer Verbandes, auf einen Brief von Prediger Edel folgendes:

„Lieber Bruder Edel!

...Mit Bruder Seitz bin ich freilich nicht einverstanden. Das weiß er auch. Ich glaube aber nicht, daß sein Einfluß so groß ist, wie Sie meinen. Was von den Enthüllungen in Teichwolframsdorf durchsickert, erregt, soviel ich sehe, mehr Kopfschütteln als Zustimmung.

Ich habe durch energisches Zufahren erreicht, daß die Schrift, die er als Manuskript hat drucken lassen, nicht in die Öffentlichkeit gekommen ist. Wäre das der Fall gewesen, dann hätte ich dagegen auftreten müssen. So aber halte ich es für das Beste, die Sache im Sande verlaufen zu lassen. Ich könnte es nicht verantworten, gerade jetzt einen neuen Zankapfel in unsere Kreise hineinzuwerfen. Wenn die oft wiederholte Weissagung, daß die Austreibung des Dämons das Ende der Pfingstbewegung bedeutet, sich nicht erfüllt, dann ist die Sache von selbst beigelegt. Was uns trennt, sind Sachen der Erkenntnis, die Stückwerk ist. Im Himmel werden diese uns keine Schwierigkeiten mehr machen.

Mit herzlichen Grüßen
Ihr
Th. Haarbeck"[93]

Wenn man nach fast 80 Jahren wagen darf, diese Vorgänge zu beurteilen, so muß man bedenken, daß die Brüder in Teichwolframsdorf bei aller Wertschätzung ihrer Hingabe und Liebe zu Jesus Christus teilweise selbst Gefangene falscher Lehren waren.

J. Seitz war stark geprägt von der Dämonologie J.C. Blumhardts, den er trotz seiner Allversöhnungslehren einen „Wundermann" nannte. Er selbst hatte eine Art Geistestaufe erhalten und war überzeugt, daß auch heute noch die Zeichen und Wunder der Apostel geschehen können. Daher ist die Frage von Benedikt Peters berechtigt, die er in dem Buch „Dämonische Verstrickungen – Biblische Befreiung" stellt: „Woran konnte Seitz eigentlich erkennen, daß seine Geistestaufe vom Herrn, die Geistestaufe der Pfingstler aber vom Teufel wäre?"[92]

Prof. Ströter war bekannt als Allversöhner, während Otto Stockmayer ungesunde und falsche Lehren über Heiligung, Heilung und die Entrückung einer Auswahlgemeinde verkündigte.

Für mich bleibt die Frage offen, inwieweit Gläubige vom Teufel – dem Vater der Lüge – irregeführt werden, wenn sie angeblichen Selbstentlarvungen dämonischer Geister Glauben schenken, oder irgendwelche Rückschlüsse daraus ziehen. Als die Frau mit dem Wahrsagegeist (Apg. 16,16–18) über Paulus und Silas tatsächlich die Wahrheit aussagte: „Diese Menschen sind Knechte Gottes, des Höchsten, die euch den Weg des Heils verkündigen", hat Paulus diese kostenlose Propaganda nicht für seine Zwecke benutzt, sondern „tiefbetrübt" diesen Geist ausgetrieben. Diese Selbstentlarvungen sind – so fürchte ich – nicht anders zu beurteilen, als viele der sog. „Weissagungen" im pfingstlichen Lager, die in der ersten Person gesprochen werden.

Adolf Essen, der die Vorgänge teilweise miterlebt hat, urteilt m.E. besonnen und zutreffend, wenn er schreibt:

> „Ich möchte nicht mißverstanden werden. Auch ich halte an der Überzeugung fest, daß bei der Zungenbewegung der Satan in starkem Maße seine Hand im Spiel gehabt hat, und ich bestreite nicht, daß auch allerlei Fälle von Besessenheit im Zusammenhang mit dieser, die Nerven stark angreifenden Bewegung vorgekommen sind. Aber was wir nicht festhalten können, sondern aufgeben müssen, ist die Meinung, daß in dieser Bewegung alles satanisch oder dämonisch sei, oder daß, wie auch behauptet worden ist, die Führer dieser Bewegung, wie Paul, Regehly und Edel, und ebenso alle ihre Zungenredner und „Propheten" von einem Dämon besessen gewesen seien. Das ist eine unhaltbare Vorstellung, die nicht bestehen kann vor dem, was die Schrift über Besessenheit sagt, und die auch durch die Entwicklung der Zungenbewegung, jedenfalls was die durch Paul vertretene gemäßigte Richtung angeht, und endlich auch durch das, was wir über den Lebensausgang der beiden Hauptführer Regehly und Paul gehört haben, widerlegt wird."[95]

Auch Theodor Haarbecks Urteil sollte man beachten:

> „Ich wage nicht, dieser Erklärung (nämlich, daß in der Zungenbewegung alles satanisch und dämonisch sei) zuzustimmen, solange noch eine andere Erklärung übrig bleibt. Und dies ist allerdings der Fall, denn die ganze Bewegung läßt sich, ich will nicht sagen restlos, aber doch mit geringen Ausnahmen psychologisch und physiologisch (d.h. auf natürliche Weise) erklären, nämlich durch die Herrschaft des Unterbewußtseins, der Suggestion und der Autosuggestion. Es soll dabei nicht geleugnet werden, daß Teufel und Dämonen mit hineinspielen, weil ja Trug und Täuschung des Teufels eigenstes Gebiet ist, und jedenfalls die Hypnose für dämonische Einflüsse empfänglich macht."[96]

Die Berliner Erklärung im Urteil der Generationen

Wenn die Pfingstgegner in ihrer Schwarz-Weiß-Malerei oft zu weit gingen und dabei ihre eigenen Irrtümer übersahen (siehe „Schlußfolgerungen"), so zeichnete sich auf der anderen Seite die Pfingstbewegung ebensowenig durch Sachlichkeit oder Nüchternheit in der Beurteilung der Berliner Erklärung und ihrer Folgen aus.

Eugen Edel:

„Durch jenen Berliner Fehlspruch war dem Seelenverderber im ganzen Land Tor und Tür zum Schafstall Jesu geöffnet worden. Der vollzogene Riß trennte Brüder, die seit Jahrzehnten in der Liebe des Herrn verbunden... waren."[97]

„Die Ewigkeit wird zeigen, daß alle Irrungen der Pfingstbewegung nicht so viel Schaden angerichtet haben wie diese willkürliche, menschliche Erklärung."[98]

Ernst Giese:

„Die Berliner Erklärung hat wie ein Rohrkrepierer nicht nur in Gnadau, sondern auch in der ganzen Christenheit zerreißend gewirkt."[99]

J. Zopfi:

„Wenn wir unsere Jugend über die Berliner Erklärung orientieren, ernten wir ungläubige Heiterkeit."[100]

W. Margies:

„Wir glauben, daß die siebzigjährige geistige Gefangenschaft, die mit der Berliner Erklärung 1909 über die Christenheit dieses Landes verhängt worden war, jetzt ihren Abschluß gefunden hat und daß viele Führer des Volkes Gottes in die neuen Dimensionen des Geistes hinaustreten werden."[101]

S. Fritsch:

„Die Berliner Erklärung markiert einen zweiten tiefen Einbruch des Widersachers in unserem Lande: die Ablehnung des Heiligen Geistes. Deutschland ist nun seines spirituellen Schutzes weitgehend beraubt, die Katastrophe des 20. Jahrhunderts unvermeidbar geworden. Jene Deklaration ist geistlich, also rein biblisch gesehen, wohl der Machtergreifung erster Akt."[102]

„Wieder einmal werden Menschen, dieses Mal wohl vornehmlich Evangelikale, Opfer ihrer vorausgegangenen Sünde des Unglaubens. In der Auseinandersetzung mit dem Heiligen Geist läßt der Böse 1909 die Maske fallen und spielt seine Trümpfe aus. Die Priester und Propheten Gottes sind Opfer ihrer Verirrung im Geiste, werden zu Marionetten von Unglauben und Lüge. Wer ist nun ‚von unten' inspiriert?"[103]

„Viele Jahre arbeitet der Feind mit Ausdauer und Geschick an der Saat. Die wichtigste Vorbereitung ist die Berliner Erklärung von 1909. Der Heilige Geist wird abgewiesen, feindliche Mächte fallen immer massiver ein. Nun endlich kann die Ernte der Sünde eingefahren werden."[104]

V. Spitzer:

„Im Jahre 1909 ist eine Erklärung in Deutschland unterschrieben worden, daß das Wirken des Heiligen Geistes nicht das Wirken des Heiligen Geistes sei... Da der Heilige Geist mit einem Federstrich abgetan worden ist, ...ist derjenige, der in seinem eigenen Namen kam, in Deutschland willkommen geheißen worden, und statt daß man ‚Heil Jesus' geschrien hat, hat man ‚Heil Hitler' geschrien..."[105]

R. Bonnke:

„Die Berliner Erklärung hat für mich überhaupt keine Substanz. Mich hat sie noch nie interessiert. Für uns ist sie keine Belastung, und für die Gnadauer ist sie kein Segen. Was soll sie überhaupt? ...Gott ist mit uns! Somit ist die Berliner Erklärung für mich lediglich ein Stück Papier."[106]

Gerhard Bially:

„‚Und nach diesem will ich meinen Geist ausgießen über alles Fleisch', lautet die klare Zusage Gottes, die sich in den ersten Jahren unseres Jahrhunderts in vielen Ländern in mächtiger Weise erfüllte. Doch in den Herzen vieler Kirchenmänner kamen Zweifel und Unglauben auf. Wie einst die 10 Kundschafter verbreiteten sie ein böses Gerücht und verleiteten das Christenvolk dazu, die Stimme Gottes totzuschweigen bzw. totzureden.

In Deutschland setzten sich Theologen und evangelikale Prediger im Jahre 1909 in Berlin zusammen, verfaßten ein Dokument, in dem sie dieses neue Wirken des Heiligen Geistes als ‚einen Geist von unten' abqualifizierten, vor jeglicher Gemeinschaft oder gar Identifizierung mit dieser neuen Bewegung und deren Anhängern warnten (teilweise mit Exkommunikation drohten) und dann eigenhändig dieses unheilvolle richtungsweisende Papier unterschrieben..."[107]

John Wimber:

„Hier zu Beginn des Jahrhunderts (wurde) eine Erklärung verabschiedet, die ausdrücklich antipfingstlerisch, anticharismatisch war. Die Vermutung drängt sich auf, daß vieles, was in den Folgejahren über Deutschland hereinbrach, im Zusammenhang mit dieser ausdrücklichen Ablehnung der Pfingstbewegung zu sehen ist."[108]

Loren Cunningham:

„Ich habe eines Tages vor Gott die Frage aufgeworfen: ‚Gott, ich war zu Hause bei lieben und gottesfürchtigen Menschen in Deutschland und ich liebe viele Deutsche. Einige meiner besten Freunde sind Deutsche. Wie kam es, daß zwei Weltkriege innerhalb von 25 Jahren in diesem Land anfingen?... Wie konnten einige wenige Leute die Herrschaft bekommen?'
Und er sagte: ‚Weil mein Leib gespalten war. Sie hatten keine Kraft zur Fürbitte.' Ich habe gehört, daß jemand gesagt hat, die eine Seite hätte die andere verflucht. Ein unberechtigter Fluch kann nichts bewirken... Es ist kein Fluch, es ist eine Spaltung. Und Gott gab mir ein Gebetsanliegen: daß die Kirche wieder in Deutschland eins wird. Und er sagte: ‚Dann wird die Nation auch wieder eins werden'... Ich glaube, daß es wieder ein Deutschland geben wird, denn es gibt ein Volk."[(109)]

Eine 70jährige „babylonische Gefangenschaft"?

Die verschiedenen Stellungnahmen zur Berliner Erklärung machen deutlich, daß viele Brüder diese Erklärung als Ursache dafür ansehen, daß
- die Welle der Erweckung angeblich an Deutschland vorbeirauschte,
- die beiden Weltkriege über Deutschland hereinbrachen,
- die Teilung Deutschlands erfolgte.

Diese etwas naive Auffassung dokumentiert eine oberflächliche Vorstellung von der Souveränität des Heiligen Geistes, der nicht durch Erklärungen eingeladen oder ausgeschlossen werden kann. Deutlich wird hier auch, daß man wieder einmal einen Sündenbock gefunden hat, anstatt die Ursachen zuerst bei sich selbst zu suchen. Tatsache ist jedenfalls, daß die Pfingstgemeinden sich im „Dritten Reich" bis auf einige Freie Pfingstgemeinden angepaßt und auch „Heil Hitler" gerufen haben.

K.W. Mütschele, einer der Führer der Pfingstgemeinden in Sachsen, drückte 1940 in einem Ausblick auf das kommende Jahr aus, was der Haltung vieler Pfingstler entsprach:

„Möge es unserem heißgeliebten Volke mit unserem geliebten Führer Adolf Hitler an der Spitze und allen Völkern eine Ära des

Friedens bringen. Möge es dem Herrn auch gelingen, in den Reihen der Kinder Gottes durch sein Wort und durch seinen Geist einen klaren Blick zu schenken für die notwendige praktische Einheit des Leibes Christi, von dem er das alleinige Haupt ist."[110]

Man erlaubte die Gestapo-Aufsicht über die Pfingstgemeinden und führte auch Kontaktgespräche mit den ebenfalls systemangepaßten Methodisten und Baptisten, die allerdings durch die Kriegsereignisse zu keinem greifbaren Ergebnis führten.

Es ist beschämend, daß es – ebenso wie in den übrigen Freikirchen – auch nachträglich meines Wissens nach nicht zu einer öffentlichen Buße und Demütigung über die Anpassung im Dritten Reich gekommen ist. In dem Buch „50 Jahre deutsche Pfingstbewegung" umgeht der Verfasser diese dunkle Periode mit sehr allgemeinen Sätzen:

„Wir wissen, daß über diesem allen eine tiefe Tragik der deutschen Geschichte liegt, die weiter zu erörtern nicht meine Aufgabe ist"[111], und scheut sich nicht zu sagen, daß man in jener Zeit „geistlich richtig orientiert" war.

Im Gegensatz dazu hat sich der Gnadauer Verband unter der Führung des damaligen Vorsitzenden W. Michaelis eindeutig gegen die „Deutschen Christen" auf die Seite der „Bekennenden Kirche" gestellt (siehe Anhang 4) und war bereit, als „Staatsfeind" beschimpft und bedrängt zu werden. Brüder wie Paul Humburg, Wilhelm und Johannes Busch, Paul Kuhlmann, Hans Dannenbaum und viele andere haben damals für ihre Überzeugung ihr Leben aufs Spiel gesetzt, während man sich – mit wenigen Ausnahmen – in den Pfingst- und Freikirchen davongeschlichen hat, um die eigene Haut zu retten und den Weg des geringsten Widerstandes zu gehen.

Aufgrund dieser geschichtlichen Tatsachen klingt es dann fast wie ein Hohn, wenn führende Brüder aus der Pfingst- und Charismatischen Bewegung die Schuld für die Entstehung der beiden Weltkriege und das Fehlverhalten der Christen im Dritten Reich der Berliner Erklärung und damit den Gnadauern in die Schuhe schieben.

Anscheinend völlig unberührt vom eigenen Versagen wurde 1952 eine „Weissagung" aus Kanada mit folgendem Inhalt verbreitet und auch dem Gnadauer Verband zugeschickt:

„Sage deinen Brüdern, es handle sich um das Berliner Edikt. Die führenden Männer, die dasselbe aufstellten und unterschrieben haben, erregten mein großes Mißfallen und verhängten dadurch einen Fluch über ihr Land, insofern als sie mein Wirken mißdeuteten und meinem Geist Vorschriften machten. Es sollen ebensoviel führende Brüder zusammentreten und gleich Daniel bekennen: ‚Wir und unsere Väter haben gesündigt und sind widerspenstig gewesen. Wir bekennen und widerrufen, daß wir unrecht an deinem Volke getan haben, denn wir haben deiner Gnadenheimsuchung einen Damm entgegengesetzt und damit das Feuer der Erweckung ausgelöscht. Bitte sei uns wieder gnädig nach deiner Barmherzigkeit und vergib unser Tun!' (Dan.9). Dieses Bekenntnis sollen die Unterzeichnenden in derselben Weise öffentlich bekannt machen, wie einst jene frevelhafte Erklärung bekanntgegeben wurde. Anderenfalls wird eine landweite Erweckung erst in der 5. Generation einsetzen. Ich weiß aber, wen ich für den Ausfall verantwortlich machen werde!"

Im Jahr 1979 — also 70 Jahre nach der Veröffentlichung der Berliner Erklärung — wurde von der „Internationalen Zigeunermission" ein Traktat herausgegeben, in dem eine deutliche Parallele zu der 70jährigen „Babylonischen Gefangenschaft" gezogen wird:

„...Schon einmal hat die Welt ein Drama erlebt, als vor etwa 70 Jahren im deutschsprachigen Raum zum ‚Glaubenskrieg' gegen den angeblichen ‚Schwarmgeist', ein Begriff, den es in der Bibel gar nicht gibt, geblasen wurde. Die damalige, weltweite Erweckung wurde überall zum großen Segen. Nur im Land der Reformation wußte man es besser: ‚Es ist ein Geist von unten', tönte es von allen Richtungen. Da man die Güte Gottes verachtete und den Heiligen Geist als Geist von unten abstempelte, kam eine ‚Erweckung' besonderer Art. ‚Deutschland erwache' hieß die Parole. Der teuflische Nationalsozialismus fand in den Herzen der ‚deutschen Christen' und vieler Gemeinschaftsleute Raum... Vielleicht ist manchem Leser durch vorstehende Zeilen klar geworden, weshalb gerade in der deutschsprachigen Welt die Sünde und Ungerechtigkeit so überhand genommen hat. Die vielfachen Lästerungen des Heiligen Geistes von eigentlich ‚bibelkundigen Kreisen' ist wohl mit die Ursache für die grausamen Verbrechen gegenüber den Juden, Zigeunern und anderen Völkern in jüngster Vergangenheit... Nach 70jähriger babylonischer Gefangenschaft lesen wir von dem Propheten Daniel, wie er sich vor Gott mit Fasten und Gebet demütigte... 70 Jahre sind seit der verhängnisvollen ‚Berliner Erklärung' aus dem Jahre 1909 vergangen. Darum sucht Gott gerade jetzt nach Männern und Frauen in Deutschland und Europa, die sich, wie einst Daniel, in den Riß für das Volk stellen."

Die „Berliner Ostererklärung"

1979 wurde tatsächlich in Berlin eine „Gegenerklärung" verfaßt und verbreitet. Die Vorgeschichte berichtet Volkhardt Spitzer, der damalige Leiter und Prediger des CZB (Christliches Zentrum Berlin), 1978 in einer Predigt:

> „...Vor einiger Zeit kam eine Nachricht zu mir, eine Botschaft in anderen Sprachen und Auslegung: ‚Die 70 Jahre eurer Gefangenschaft werden nächstes Jahr von Deutschland gewendet werden.'
> ...dann fiel mir plötzlich ein, daß im Jahr 1909 eine Erklärung in Deutschland unterschrieben worden ist, daß das Wirken des Heiligen Geistes nicht das Wirken des Heiligen Geistes sei... Und als ich dann in der Stille war, sprach der Herr zu mir:
>
> ‚In diesem Land, in Deutschland, in der Stadt, in der diese Erklärung unterzeichnet worden ist, rufst du einen Kongreß zusammen und holst Gottesmänner, Gottesmänner, die wirklich unter der Führung des Geistes Gottes stehen, aus den verschiedenen Nationen und bringst sie für eine Woche zusammen. Und dann soll das Ergebnis dieses Kongresses sein, daß diese Männer Gottes aus den verschiedensten Nationen, katholisch, lutherisch, methodistisch, baptistisch, pfingstlerisch, Mennoniten, Presbyterianer, zusammenkommen und schreiben eine neue Erklärung und schreiben: Heiliger Geist, wir beugen uns, wir demütigen uns vor dir, wir bitten um Vergebung, wo wir die anderen Brüder nicht mehr verstanden und geliebt haben, weil wir mißverstanden worden sind; – wo ein Geist der Versöhnung aus dieser Erklärung heraus spricht, der Liebe, der Anerkennung, der Annahme – und dann: Heiliger Geist, wir geben dir Raum! Komm zurück nach Deutschland und such unser Volk heim, Europa und die ganze Welt...'"

So kam Ostern 1979 in Berlin der 1. Charismatische Kongreß zustande, auf welchem von V. Spitzer die „Berliner Ostererklärung" verlesen und anschließend von 1200 Teilnehmern aus 12 Nationen unterschrieben wurde. Somit hatte die mit der Berliner Erklärung 1909 beginnende angebliche „Babylonische Gefangenschaft" 1979 mit dieser Ostererklärung ihr Ende gefunden.

Schlußfolgerungen

Wie kann man die „erste Welle des Heiligen Geistes" aus heutiger Sicht beurteilen?

Wenn man sich die Glaubensbekenntnisse, Predigten und Bücher beider Seiten ansieht, kommt man zu dem Ergebnis, daß viele Gemeinsamkeiten bestanden.

Sowohl die Pfingstgegner wie die Pfingstler bekannten sich zur Inspiration der Bibel als alleinige, unfehlbare Autorität.

Allerdings scheint es, daß die von der wissenschaftlichen Theologie weniger berührten Pfingstler sich eindeutig zur Verbalinspiration bekannten, während viele Gnadauer Theologen − wie der „Inspirationsstreit" in Verbindung mit Dr. Lepsius zeigte[112] − die Verbalinspiration nicht vertraten.

Heute bekennt sich die deutschsprachige Pfingstbewegung eindeutig zu einem fundamentalistischen Inspirationsverständnis, während die dem Gnadauer Verband zugehörigen Kreise in dieser wichtigen Frage nicht einheitlich stehen und diejenigen, die sich zur Verbalinspiration bekennen, eine Minderheit bilden.

In der Frage der Rechtfertigung und Heiligung existierten auf beiden Seiten sehr unterschiedliche Auffassungen, allerdings wurde die Notwendigkeit der Wiedergeburt durch die persönliche Bekehrung von allen deutlich gelehrt.

Auch hinsichtlich des Taufverständnisses gab es in beiden Lagern keine einheitliche Auffassung. Sowohl bei den Pfingstlern gab es Geschwister, welche die Säuglingstaufe praktizierten (Mühlheimer), wie auch die freien Pfingstgruppen, welche die Glaubenstaufe für richtig hielten, ebenso auch bei den Pfingstgegnern, wo in den meisten Freikirchen die Glaubenstaufe praktiziert wurde, während in den Gnadauer Gemeinschaftsverbänden an der Säuglingstaufe festgehalten wurde.

Heute öffnen sich vor allem der Mühlheimer Gemeinschaftsverband, aber auch einzelne Gnadauer Gemeinschaftskreise immer mehr für die Möglichkeit der Glaubenstaufe.

In den Fragen, die mit dem Heiligen Geist und den Geistesgaben zusammenhängen, gab es damals keine wesentlichen Gegensätze. Auf beiden Seiten predigte man die Geistestaufe und war offen für „biblisches" Zungenreden. Auch in der Frage der Krankenheilung war man auf Gnadauer Seite (Schrenk, Seitz, Stockmayer usw.) nicht weit von den Pfingstlern entfernt. So erklärten die Pfingstgegner 1909: „Wir glauben, daß alle Gaben des Geistes, die in 1. Kor. 12,13,14 besprochen werden, der Gemeinde gehören und von ihr erstrebt werden sollen."[113]

Erst 1910 löste man sich nach dem entscheidenden Vortrag von E. Schrenk auf der Gnadauer Konferenz langsam von jahrelang vertretenen Lieblingslehren. Schrenk hatte auf dieser Konferenz folgende Thesen aufgestellt:

„1. Kinder Gottes warten nicht auf ein Pfingsten.
 2. Als Kinder Gottes haben wir auch Geistesgaben, bekennen aber, sie nicht in apostolischer Fülle zu haben.
 3. Wir werten Zungenreden und Krankenheilung biblisch.
 4. Die Ursachen unseres Geistesmangels: Fleischlicher Sinn, die Unmündigkeit der Gemeinde, Lehrverwirrung durch Zerrissender Gemeinde.
 5. Unsere nächsten Aufgaben: a. Buße, b. Arbeit für gesunde Lehre, c. unsere richtige Stellung zum Herrn, d. unsere richtige Stellung zum Leib Christi.
 6. Außerordentliche Gebetsheimsuchung.
 7. Aller Knecht zu werden befähigt zur größten Geistesausrüstung."[114]

Deutlich wird durch Schrenks Thesen, daß nur in dem ersten Punkt, in der Frage nach einem neuen Pfingsten, ein grundsätzlicher Unterschied zu den Pfingstlern bestand. Während die Pfingstbewegung bis heute die Joel-Verheißung für sich in Anspruch nimmt, hatten die Brüder der Berliner Erklärung geschrieben: „Wir erwarten nicht ein neues Pfingsten; wir warten auf den wiederkommenden Herrn."

In der Beurteilung des Ursprungs der Pfingstbewegung allerdings war und blieb man eindeutig: „Die sog. Pfingstbewegung ist nicht von oben, sondern von unten."

Erstaunlich und beispielhaft ist, daß auf beiden Seiten trotz heftiger Kämpfe Zeugnisse dafür vorliegen, daß die gegenseitige brüderliche Liebe und Achtung bewahrt blieb.

So schrieb z.B. W. Michaelis, der langjährige Vorsitzende des Gnadauer Verbandes, in seinen Lebenserinnerungen über Pastor Paul, den er nach 1907 in Verbindung mit der Pfingstbewegung heftig angegriffen hatte:

„So ist es einerseits leicht, ihn (Pastor Paul) dogmatisch und psychologisch abzutun. Andererseits muß ich sagen, wenn theologische Kritiker, die vielleicht ein geringschätziges Lächeln für ihn haben, nur einen Teil seines glühenden Eifers (den ich nicht fanatisch nennen könnte) um die Errettung der Menschen durch den Glauben an den Erlöser besäßen und wenn sie sein tiefes Herzensverlangen, heilig zu sein, wie Gott heilig ist, beseelte, es sähe in vielen Kirchengemeinden vermutlich anders aus."[112]

Versagt haben damals alle. Die Gemeinschaftsbewegung kann die Mitschuld an der Entstehung und Fehlentwicklung der Pfingstbewegung, die ein Kind der Gemeinschaftsbewegung ist, nicht von sich schieben.

E. Schrenk hatte das deutlich erkannt, als er 1910 in Gnadau bekannte: „Wir haben in verkehrter Weise zu viel geschwiegen zu gewissen Irrtümern... das war positiv Sünde... das war nicht Liebe, sondern Feigheit."[116]

Die Pfingstbewegung, die sich damals mehr durch Erfahrungen als durch biblische Lehre leiten ließ und dadurch in große Irrtümer und unbiblische Praktiken geriet, hatte zwar verschiedentlich öffentlich gewisse Fehlentwicklungen und Auswüchse bekannt, war aber nicht bereit, ihre Sonderlehren unmißverständlich zu verurteilen.

Die Kreise – ich denke hier an einzelne Freikirchen und besonders an die „Brüderbewegung" –, die von den Auseinandersetzungen nur am Rande betroffen waren und beiden Parteien mit ihrer ausgezeichneten Bibelkenntnis und reichhaltigen Schriftauslegung einerseits und ihrem biblischen Verständnis der Praktizierung von Geistesgaben andererseits hätten helfen können, standen mit wenigen Ausnahmen unwissend oder jedenfalls unbeteiligt abseits jener Kämpfe.

Zwar ist in der Geschichtsschreibung von Fleisch, Lange usw. immer wieder von „darbystischen Einflüssen" in der Gemeinschaftsbewegung die Rede, aber dieser Einfluß ist in den kritischen Jahren bestenfalls von General von Viebahn ausgegangen, der anfangs selbst von unbiblischen Heiligungslehren infiziert war, später aber um so deutlicher Stellung bezog.

Gegenseitige Schuldzuweisungen sind daher heute, 80 Jahre nach der Berliner Erklärung, auf gar keinen Fall angebracht. Nötig wäre auf allen Seiten eine tiefe Demütigung über das eigene Versagen, das zu den Fehlentwicklungen der anderen beigetragen hat und ein intensives, unvoreingenommenes Studium des Wortes Gottes über das Wesen und Wirken des Heiligen Geistes und über andere grundlegende Themen des Neuen Testamentes.

Die wichtigsten Daten zur Entstehung und Verbreitung der Pfingstbewegung in Deutschland in Verbindung mit der „Berliner Erklärung"

1905 R. A. Torrey predigt auf der Blankenburger Allianzkonferenz der Erfahrung der Geistestaufe.
1906 Der 9.4.1906 gilt als die Geburtsstunde der weltweiten Pfingstbewegung. In der Azusa Street in Los Angeles fällt „Feuer vom Himmel" auf die Versammelten, von denen viele die „Geistestaufe" erleben und in Zungen reden.
Der norwegische Prediger Th.B. Barrat erlebt während seiner Amerikareise die „Geistestaufe" und redet in Zungen. Nach seiner Rückkehr bricht in Norwegen eine ähnliche „Erweckung" aus wie in Los Angeles.
1907 Emil Meyer, der Leiter der Hamburger Strandmission, fährt nach Norwegen, um dort die Erweckung zu studieren und bittet zwei Zungenrednerinnen, ihn nach Hamburg zu begleiten.
Dort angekommen führt die Strandmission eine Evangelisation durch mit dem Evangelisten H. Dallmeyer, der unter dem Einfluß der beiden norwegischen Schwestern die „Geistestaufe" erlebt und die Schwestern bittet, ihn nach Kassel zu Bibelwochen zu begleiten.
Vom 7.7.–1.8. finden in Kassel unter der Leitung von H. Dallmeyer und in Gegenwart vieler Führer der Gemeinschaftsbewegung Versammlungen statt, in welchen in Zungen geredet wird, wo Weissagungen ausgesprochen werden und Krankenheilungen erfolgen. Die besorgniserregenden Begleiterscheinungen nehmen mit dem Verlauf der Bibelwochen zu und entarten derart, daß die Veranstaltungen auf Wunsch der Polizei abgebrochen werden.
Die ersten kritischen und ablehnenden Schriften werden veröffentlicht und es kommt zu einer Wende in der Beurteilung dieser neuen Bewegung.
Pastor J. Paul bekommt in Liebenzell die Gabe des Zungenredens und wird zum Führer der beginnenden Pfingstbewegung. H. Dallmeyer, durch schwere Anfechtungen fragend und kritisch geworden, verfaßt einen Widerruf und sagt sich von den Pfingsterfahrungen los.
Die Gemeinschaftsbewegung ist in der Beurteilung der anbrechenden Pfingstbewegung gespalten.

1908 Das Jahr der von beiden Seiten abgesprochenen „Waffenruhe" endet mit der ersten Zungenrednerkonferenz in Hamburg, wo für das nächste Jahr eine Pfingstkonferenz und das Erscheinen der „Pfingstgrüße" unter der Herausgabe von P. Paul geplant werden.
1909 Am 15. September wird in Berlin von 60 Führern der Gemeinschafts- und Allianzbewegung die sog. „Berliner Erklärung" verfaßt und unterschrieben, in welcher die Praktiken und einige falsche Lehren der Pfingstbewegung verurteilt werden und die Bewegung als nicht vom Geist Gottes gewirkt beurteilt wird.
Am 29. September wird die „Mühlheimer Erklärung" als Antwort der Pfingstbewegung auf die Berliner Erklärung veröffentlicht.
In den folgenden Monaten wird Mühlheim/Ruhr zum Zentrum der Pfingstbewegung unter der Führung von P. Paul, E. Humburg, E. Edel, P. Regehly, C.O. Voget und anderen Brüdern.
1910 Am 18.2. wird die „Vandsburger Erklärung" unterschrieben, in welcher die „Neutralen" wie Modersohn, Vetter, Coerper, Krawielitzki usw. trotz aller Bedenken ihre Bereitschaft zur gelegentlichen Zusammenarbeit mit den Pfingstgeschwistern erklären und andererseits die Pfingstbrüder ihre Mitschuld an traurigen Vorfällen der vergangenen Jahre bekennen.
Auf der Gnadauer Konferenz in Wernigerode bekennen die Pfingstgegner (Schrenk, Haarbeck, Seitz, Ströter, Michaelis, Dallmeyer usw.) ihre Mitschuld an der Entstehung der Pfingstbewegung und lehnen diese endgültig ab.
1911 Die „neutralen" Brüder lehnen nach traurigen Erfahrungen die Pfingstbewegung und jede Zusammenarbeit mit ihr ab.
1912 Die umstrittene Schrift von E.F. Ströter: „Die Selbstentlarvung der Pfingst-Geister" erscheint.
1919 Nach dem ersten Weltkrieg kommt es auf der Pfingstkonferenz zur „Mühlheimer Buße", wo Pastor Paul die „Paulsche Lehre" fallen läßt und andere Führer der Pfingstbewegung Sündenbekenntnisse ablegen.
1921 Vom 13.–15.12. kommt es in Berlin zu einer Tagung mit Vertretern der getrennten Gruppen, die aber negativ ausläuft.
1925 Heimgang von H. Dallmeyer während einer Evangelisation in Nachrodt.
1931 Heimgang von Pastor J. Paul im Hause seiner Tochter und seines Schwiegersohnes H. Vietheer.
1934 Ein erneuter Briefwechsel zwischen Mühlheim und Gnadau (Humburg und Michaelis) endet ergebnislos.

1938 Die „Deutsche Pfingstbewegung" wird auf Anordnung des Reichsministers für kirchliche Angelegenheiten umbenannt in „Christlicher Gemeinschaftsverband G.m.b.H. Mühlheim Ruhr".
Die Elimgemeinden unter der Führung von H. Vietheer lösen sich auf und schließen sich den Baptisten an.
1948 In Stuttgart findet eine Konferenz statt, in welcher die zersplitterten Pfingstgruppen den Willen zur Einigung und Zusammenarbeit bekennen.
1949 Vom 26.4.–29.4. findet in Mühlheim die Fortsetzung der Stuttgarter Konferenz statt. Die verschiedenen Pfingstgruppen schließen sich zusammen unter dem Namen „Vereinigte Pfingstgemeinden in Deutschland", fallen aber bereits im September wieder auseinander.
1954 Auf einer Tagung in Hamburg vom 15.3.–19.3. konstituieren sich die freien Pfingstgemeinden zur „Arbeitsgemeinschaft der Christen-Gemeinden in Deutschland" (ACD). Seitdem arbeiten der Mühlheimer Gemeinschaftsverband und die ACD (später BFP) in Deutschland getrennt, aber in Frieden nebeneinander.
1979 Auf dem 1. Charismatischen Kongreß in Berlin wird die „Berliner Ostererklärung" verlesen und von 1.200 Teilnehmern unterzeichnet, womit nach ihrer Auffassung die „70jährige Babylonische Gefangenschaft" ihr Ende gefunden hat.
1989 Im Januar verabschiedet die Vereinigung Evangelischer Freikirchen eine Zustimmungserklärung, in welcher ihr Verhältnis zum Mühlheimer Gemeinschaftsverband neu bestimmt wird. Unter anderem wird darin gesagt, daß das Urteil der Berliner Erklärung auf den heutigen Gemeinschaftsverband nicht mehr zutrifft.

2

Die Charismatische Bewegung – die zweite Welle

Nach dem Zweiten Weltkrieg hatten die Auseinandersetzungen mit der Pfingstbewegung ein vorläufiges Ende gefunden. Hier und da gab es noch kleinere Treffen und einzelne Briefwechsel, doch im allgemeinen waren die Geschwister der Pfingstgemeinden weitgehend isoliert und hatten keinen wesentlichen Einfluß auf andersdenkende Kreise.
So blieben – abgesehen von einigen Heilungsevangelisten wie T. Hicks, W. Branham und H. Zaiss – die Evangelikalen in den Nachkriegsjahren weitgehend unberührt von pfingstlerischen Einflüssen. Das änderte sich aber völlig in den 60er Jahren durch den Aufbruch der Charismatischen Bewegung, in welcher zunächst das alte Anliegen der Pfingstbewegung in fast alle Volks- und Freikirchen hineingetragen wurde. In der Charismatischen Bewegung geht es also nicht darum, Christen als Gruppe zu separieren, sondern alle christlichen Kreise mit charismatischen Lehren und Praktiken zu durchdringen. Daher versteht sich die Charismatische Bewegung als „Sauerteig der Kirche".

Die Vorgeschichte

Wegbereiter für die Charismatische Bewegung wurde der Pfingstprediger David du Plessis (1905–1986), der als „Mister Pentecost" bekannt wurde. Du Plessis hatte 1936 in Johannesburg eine Begegnung mit dem bekannten Heilungsprediger Smith Wigglesworth, der ihm die Hände auf die Schultern legte, ihn gegen die Wand drückte und sagte:

> „Der Herr hat mich zu dir gesandt, um dir zu sagen, was er mir heute morgen gezeigt hat. Die traditionellen Kirchen werden von

einer Erweckung heimgesucht werden, die alles Dagewesene weit übertrifft. Nie zuvor sind solche Dinge geschehen wie das, was kommen wird. Es wird die pfingstliche Erweckung, die sich in unseren Tagen zum Erstaunen vieler immer mehr ausbreitet und von den großen Kirchen abgelehnt wird, weit übertreffen. Aber auch diese werden sich für den gleichen Segen öffnen und dieselbe Botschaft und Erfahrung bezeugen und weitertragen, und zwar über das hinaus, was die Pfingstler zu tun vermochten. Du wirst es erleben und sehen, wie dieses Werk Dimensionen annimmt, daß die Pfingstbewegung nur eine kleine Sache im Vergleich dazu ist, was Gott durch die alten Kirchen tun wird. Große Scharen von Menschen werden zusammenkommen, wie man es nie gesehen hat. Einflußreiche Führer der christlichen Welt werden ihre Einstellung ändern und nicht nur die Botschaft, sondern auch den Segen annehmen.
Dann sagte mir der Herr, ich solle dich warnen, daß er dich in dieser Bewegung gebrauchen werde. Du wirst dabei eine große Rolle spielen."[1]

1948 bekam du Plessis während eines Krankenhausaufenthaltes angeblich eine Weisung Gottes:

„Die Zeit der Weissagung, die Smith Wigglesworth dir gab, ist gekommen. Ich will, daß du zu den Verantwortlichen der Kirchen gehst."[2]

Ein Jahr später wurde du Plessis beauftragt, den Weltkongreß der Pfingstgemeinden in London (1952) zu organisieren und kam dabei in Kontakt mit dem Weltkirchenrat (Ökumene) und wurde zur Weltkonferenz des Internationalen Missionsrates, die 1952 in Villingen/ Deutschland stattfinden sollte, eingeladen.
Auf dieser Weltkonferenz lernte er den damaligen Sekretär des Weltkirchenrates Dr. Visser't Hooft kennen, der ihm anvertraute, „daß seiner Meinung nach die Pfingstler mit ihrer Glaubensfrömmigkeit eine Kraft seien, die dem Weltkirchenrat helfen könnte"[3].
Visser't Hooft lud du Plessis ein, 1954 im Konferenzstab der zweiten Vollversammlung des Weltkirchenrates in Evanston/USA mitzuarbeiten, um dort „mit jedem Bischof, Erzbischof oder wer sonst" vom Heiligen Geist zu reden. Er folgte dieser Einladung und sprach zu den Delegierten über „das Getauftwerden im Heiligen Geist durch Jesus".

1956 wurde du Plessis eingeladen, in Connecticut zu Kirchenführern aus ganz Amerika zu sprechen, und ihnen von der Pfingsterfahrung und Pfingstbewegung zu berichten.
In den folgenden Jahren nutzte du Plessis jede Gelegenheit, sowohl

vor Katholiken, Presbyterianern, Episkopalen usw. über die Pfingsterfahrungen zu predigen.
Ende der 50er Jahre bekam er von Dennis Bennett, einem Pfarrer der Episkopalkirche, einen Brief, in dem er von seinen Schwierigkeiten berichtete, die er innerhalb seiner kalifornischen Gemeinde hatte. Du Plessis riet ihm:

> „Was immer Sie tun, verlassen Sie nicht ihre Kirche. Bitten Sie, wenn nötig, um eine andere Aufgabe, aber verlassen Sie die Episkopalkirche nicht."[4]

Der Aufbruch

Dennis Bennett, der sich selbst als Anglikaner mit „anglo-katholischer" Auffassung verstand, erlebte nun 1959, daß einige seiner Gemeindeglieder – zunächst zu seinem Entsetzen – die Geistestaufe erhalten hatten und in Zungen redeten. Angezogen von ihrer positiven Ausstrahlung, sehnte er sich nach mehr „Nähe Gottes" und ließ sich von diesen „Geistgetauften" die Hände auflegen. Danach geschah folgendes:

> „Ich muß wohl ungefähr 20 Minuten lang laut gebetet haben...und ich wollte gerade aufhören, als etwas sehr Merkwürdiges geschah. Meine Zunge stolperte, so etwa wie wenn man einen Zungenbrecher aufsagen will, und ich begann in einer neuen Sprache zu sprechen... Die Dynamik der neuen Sprache war gänzlich unter meiner Kontrolle, ob ich sprach oder nicht, ob ich laut oder leise sprach, schnell oder langsam, mit hoher oder mit tiefer Stimme. Das einzige, das nicht von meinem Willen ausging, waren die eigentlichen Worte und Laute, die ausströmten..."[5]

Als er am nächsten Morgen seiner Frau diese neue Erfahrung mitteilen wollte, berichtete sie:

> „Ich schlief fest, als du nach Hause kamst; aber als du deine Hand auf die Haustürklinke legtest, fuhr eine Art Kraftstrom – anders kann ich es nicht nennen – durchs Haus und weckte mich! Ich wußte sofort, was das zu bedeuten hatte und was du erlebt hattest. Ich war so müde, daß ich nicht wachbleiben konnte, aber ich wußte es!"[6]

In den nächsten Wochen erlebten dann in den verschiedenen Hauskreisen und privaten Gebetszusammenkünften eine Anzahl seiner Gemeindeglieder die „Geistestaufe", und es kam auch zu einigen

Krankenheilungen. Kurze Zeit später bekam er auch die Gelegenheit, vor einer Gruppe Pfingstprediger zu sprechen. Nach seinem Zeugnis bat einer dieser Prediger, etwas sagen zu dürfen und äußerte folgendes, was Bennett als „Eingebung Gottes" empfand:

> „Pater Bennett, wir würden es sehr begrüßen, wenn Sie sich uns anschließen würden, und Sie werden in unseren Gemeinden immer willkommen geheißen werden, doch wir wissen, daß dies nicht das Richtige für Sie ist. Sie sollten in Ihrer eigenen Denomination bleiben, damit auch dort die Taufe im Heiligen Geist bekannt wird; denn auf Sie wird man dort hören, wo man auf uns nicht hören würde."[7]

Die eigentliche Geburtsstunde der Charismatischen Bewegung wird auf den 3. April 1960 datiert. An diesem Sonntag legte Bennett den angesetzten Predigttext beiseite und berichtete zum ersten Mal öffentlich in seiner Gemeinde, was er erlebt hatte. Die Folge war eine große Aufregung seiner Gemeindeglieder, die schließlich zu seiner Versetzung führte. In den folgenden Wochen erschienen nun Berichte in den Lokalzeitungen und es kam zu einer Fernsehsendung, in welcher Bennett in Zungen betete – etwa eine Million Fernsehzuschauer wurden davon Zeugen. Diese Sendung löste eine Flut von Anfragen und Einladungen aus und Dennis Bennett wurde über Nacht zum „Vater" der Charismatischen Bewegung, die durch seinen wachsenden Reisedienst weite Verbreitung fand.

1961
Der lutherische Pfarrer Larry Christenson erlebte 1961 in seiner Gemeinde in San Pedro einen ähnlichen charismatischen Aufbruch, der allerdings enger an die kirchliche Theologie gekoppelt wurde, als es bei Bennett der Fall war. Christenson und Bennett haben eine Anzahl Bücher über ihre Erfahrungen geschrieben, die auch in deutscher Sprache erschienen sind. Christenson trug 1963 entscheidend dazu bei, daß die Charismatische Bewegung auch in Deutschland Fuß faßte, wie wir noch sehen werden.

1962
Der Londoner Anglikaner Michael Harper machte 1962 ebenfalls eine charismatische Erfahrung und gründete darauf den „Fountain Trust", der für die Ausbreitung der Charismatischen Bewegung in England von Bedeutung wurde.
In diesem Jahr reiste der Lutheraner A. Bittlinger, damals Leiter des Volksmissionarischen Amtes der Pfälzischen Landeskirche, auf Einladung des Lutherischen Weltbundes in die USA und lernte dort vor allem durch Larry Christenson die Charismatische Bewegung kennen. Nach seiner Rückkehr berichtete er vor allem in den jungen

deutschen Bewegungen und Kommunitäten von seinen Erfahrungen, die ihn stark beeindruckt hatten.

1963
Während David du Plessis eine Freizeit mit Pfarrern aus den verschiedensten Kirchen durchführte, erreichte ihn die Mitteilung, daß die Pfingstgemeinden (Assemblies of God) ihn wegen seiner ökumenischen Beziehungen (siehe Anhang) ausgeschlossen hatten: „Auf Beschluß der Exekutive wird Dein Verhältnis zu den Assemblies of God als für beendet betrachtet." Auf dem 2. Charism. Kongreß 1980 in Berlin berichtete du Plessis rückblickend:

> „Der Herr schuf einen Weltkirchenrat, damit sie zusammenkamen und ich mit ihnen sprechen konnte! Ich habe sie fleißig evangelisiert, – das ist wahrscheinlich der Grund, warum meine Brüder mich ausgeschlossen haben."[8]

In diesem Jahr veröffentlichte der Pfingstprediger David Wilkerson unter Mithilfe von J.L. Sherrill das Buch „Das Kreuz und die Messerhelden", das als ein internationaler Bestseller eine Gesamtauflage von über 12 Mill. Exemplaren erreichte und in 24 Sprachen übersetzt wurde. Wilkerson berichtet in diesem Buch von seiner evangelistischen Arbeit unter den Drogensüchtigen, die er 1958 begonnen hatte. J.L. Sherrill sorgte dafür, daß zwei weitere Kapitel dem Buch zugefügt wurden, in denen die Erfahrungen der zum Glauben gekommenen Süchtigen mit der „Geistestaufe" und dem Zungenreden geschildert werden. Wilkerson berichtete, daß dieses Buch nur in dem Land keinen Verkaufserfolg hatte, in dessen Sprache die beiden letzten Kapitel nicht übersetzt wurden[9].
Dieses Buch wurde zweifellos vielen jungen Menschen ein Anstoß zur Bekehrung, wirkte aber mit seinen beiden Schlußkapiteln bahnbrechend für die Charismatische Bewegung besonders unter katholischen Lesern. Im August 1963 lud A. Bittlinger etwa 80 führende Persönlichkeiten zu einer Tagung nach Enkenbach ein, wo über das „Wirken des Heiligen Geistes heute" nachgedacht werden sollte. Referent war L. Christenson. Die ersten Impulse für die Entstehung der Charismatischen Bewegung in Deutschland kamen also zunächst nicht aus der Pfingstbewegung, sondern wurden von lutherischen Pfarrern vermittelt.

1964
David du Plessis nahm 1964 auf Einladung des Vatikan am 2. Vatikanischen Konzil in Rom teil. Während eines „feierlichen Gottesdienstes" in der St. Peter Basilika spürte er, „wie ein frischer Hauch des Heiligen Geistes diese ernsten, für die Kirchengeschichte so bedeutsamen Augenblicke durchdrang."[10]

Später berichtete er: „2200 Bischöfe waren da, 800 Theologen, 3000 kath. Führer. Und der Herr sagte zu mir ›Jetzt hast du alle Führer der kath. Welt vor dir!‹ Ich konnte nicht mit allen reden, aber viele kamen zu mir und ich konnte sehen, wie der Geist Gottes wirkte."[11]

1965
Dennis Bennett, der von Michael Harper eingeladen worden war, besuchte 1965 England und bekam Gelegenheit, zu vielen einflußreichen kirchlichen Persönlichkeiten zu sprechen. Durch diese Vorträge gewann die Charismatische Bewegung in England an Boden. In Deutschland fand in diesem Jahr eine ökumenische Tagung für charismatischen Gemeindeaufbau statt, die das Thema „Kirche und Charisma" behandelte. Es waren Orthodoxe, Katholiken, Protestanten, Baptisten und Pfingstler anwesend, unter ihnen M. Harper, L. Christenson, W. Hollenweger, W. Becker, R.F. Edel und E. Mederlet.

1966
In den USA versammelten sich im Jahr 1966 an der Universität Duquesne, Pittsburgh, täglich eine Anzahl kath. Studenten zum Gebet und zum Studium der Apostelgeschichte, um das Lebensgeheimnis der Urgemeinde herauszufinden. In dieser Zeit stießen sie auf Wilkersons Buch „Das Kreuz und die Messerhelden" und „Sie sprechen in anderen Zungen" von J.L. Sherrill. Diese Bücher vermittelten ihnen den Eindruck, daß ihnen etwas fehlte, und nachdem sie eine Gruppe charismatischer Protestanten kennengelernt hatten, begannen sie zu beten, „daß der Heilige Geist in ihnen alle Gnaden der Taufe und der Firmung aufwecken möge mit dem machtvollen Leben des auferstandenen Herrn"[12]. Die Folge war, daß „durch Unterweisung, Gebet und Handauflegung immer mehr Studenten und Professoren von der gleichen Kraft des Heiligen Geistes erfüllt wurden"[13]. Oft blieb man von 22 Uhr bis 5 Uhr morgens im Gebet zusammen, wobei einige in Zungen redeten und sangen. Damit hatte die Charismatische Erneuerungsbewegung ihre Geburtsstunde in der kath. Kirche erlebt.

1967
Von Pittsburgh wurde die „Erweckung" zu befreundeten Kreisen der kath. Universität Notre Dame in South Bend, Indiana, getragen und von dort breitete sich die Bewegung sehr schnell in den USA und Kanada aus. Fünf Jahre später registrierte man in den USA schon über 500 kath. charismatische Gebetsgruppen, in denen viele Priester und Ordensleute und unter ihnen viele Jesuiten und Franziskaner mitarbeiteten. Unabhängig davon begann in den USA in verschiedenen Städten die „Jesus-People-Bewegung", die eindeutig charismatische Züge trug. Männer wie Chuck Smith, Artur Blessit, „Mose David"

(Gründer der Jugendsekte „Kinder Gottes") und David Wilkerson waren führende Persönlichkeiten in dieser Bewegung, die auch von dem Gründer von „Campus for Christus", Bill Bright, und Billy Graham unterstützt wurde. Neben den vielen Rehabilitations-Centren für ehemalige Drogensüchtige und Alkoholiker entstanden auch die ersten „christlichen" Rock-Gruppen und Bands.

1968
An der 4. Vollversammlung des Weltkirchenrates in Uppsala nahm auch David du Plessis teil. In einer Rede vor den Delegierten wies er darauf hin, „daß sich Pfingstbewegung und Ökumene besser kennenlernen müssen".

1969
In diesem Jahr erschien im Theol. Verlag Rolf Brockhaus das Buch des Oekumenikers W. Hollenweger „Enthusiastisches Christentum – die Pfingstbewegung in Geschichte und Gegenwart" mit der Zielsetzung, „Pfingstbewegung und Ökumene einander bekannt zu machen."[14]

Vom 25.-27. April fand in Notre Dame/USA das erste Treffen von Mitgliedern der Charismatischen Erneuerungsbewegung in der kath. Kirche mit 450 Teilnehmern statt.

Im November 1969 erhielten die amerikanischen Bischöfe den Bericht eines bischöflichen Ausschusses, der zum Studium der Charismatischen Bewegung in der kath. Kirche berufen worden war. Abschließend heißt es in diesem Bericht:

> „Der Lehrausschuß kommt zu dem Schluß, daß die Bewegung in ihrem jetzigen Entwicklungsstand nicht behindert werden sollte, sondern daß man ihr gestattet, sich weiter zu entwickeln. Angemessene Aufsicht kann nur dann mit Erfolg ausgeübt werden, wenn die Bischöfe, ihrer pastoralen Verantwortung eingedenk, diese Bewegung in der Kirche beobachten und leiten. Wir müssen aufpassen, daß sie die Fehler der klassischen Pfingstbewegung vermeidet. Man muß sich darüber klar sein, daß in unserer Kultur eine Tendenz besteht, die religiöse Lehre durch die religiöse Erfahrung zu ersetzen. Konkret empfehlen wir, daß die Bischöfe umsichtige Priester in diese Bewegung hineinbringen und sie ihr anschließen. Solche Teilnahme und Leitung würde von den katholischen Charismatikern begrüßt werden."[15]

1970
Der zweite Jahrestag der Charismatischen Erneuerung in der kath. Kirche fand vom 19.-21. Juni mit 1.200 Teilnehmern statt.

In diesem Jahr veröffentlichte David du Plessis auch sein Buch „The Spirit bade me go", in welchem er seinen Kontakt zum Weltkirchenrat rechtfertigt und die ökumenische Bewegung seinen pfingstlichen und neopfingstlichen Mitchristen wärmstens empfiehlt. Unter anderem schreibt er darin:

> „Es gibt heutzutage viele, die eine Untersuchung der Ökumenischen Bewegung vornehmen, um herauszufinden, was falsch daran ist. Fleißig suchen sie Leute und Verlautbarungen heraus, die entweder liberal oder sozialistisch erscheinen, um die ganze Bewegung dann mit diesen wenigen Ausnahmen, die sie gefunden haben, in die gleiche Kategorie zu bringen. Auf dieser Basis habe ich allen Grund zu folgern, daß die Ökumene pfingstlerisch ist. Nicht nur verbreitet die von ihnen verlegte Literatur stark pfingstlerische Lehren; vielmehr gibt es jetzt viele „vom Geist erfüllte", ja sogar „in Zungen sprechende" Pfarrer im Nationalen als auch im Ökumenischen Rat der Kirchen. Ich werde nicht überrascht sein, wenn unsere fundamentalistischen Freunde, die die Pfingstler ebenso scharf angreifen wie den Weltkirchenrat, anfangen, den pfingstlerischen Trend innerhalb der Reihen der Ökumenischen Bewegung zu enthüllen."[16]

1971
Die dritte Tagung der Charismatischen Erneuerung in der kath. Kirche fand vom 18.-20. Juni mit 4.500 Teilnehmern und in Anwesenheit von zwei Bischöfen statt.

1972
In der katholischen Universität Notre Dame/Indiana wurde vom 2.-4. Juni die 4. Tagung der Charismatischen Erneuerung in der kath. Kirche durchgeführt. Unter den 11.000 Teilnehmern waren vier Bischöfe. Es wurde in Zungen gebetet und gesungen und man gab „prophetische" Botschaften weiter.

David du Plessis und Killian McDonell hatten den Vorsitz bei einer Begegnung zwischen dem kath. „Sekretariat für die Einheit der Christen" und führenden Vertretern der Charismatischen Bewegung vom 20.–24. Juni in Zürich.

Eine Woche später trafen sich in Schloß Craheim vom 26.-30. Juni etwa 100 Repräsentanten der Charismatischen Bewegung aus den meisten europäischen Ländern, Südafrika, Australien, Kanada und den USA. Die Teilnehmer kamen aus der röm. kath. Kirche, den orthodoxen Kirchen, den protestantischen Kirchen und Freikirchen und aus der Pfingstbewegung.

1973
Zur 5. Jahrestagung der Charismatischen Erneuerung in der kath. Kirche in Notre Dame vom 1.-3. Juni erschienen 22.000 Teilnehmer. Im Fußballstadion fand abschließend im Beisein von Kardinal Suenens eine Messe statt, bei welcher 500 Priester konzelebrierten.

In der Nähe von Rom trafen sich vom 9.-13. Oktober 130 Delegierte aus 34 Ländern im Beisein von Kardinal Suenens zur 1. Internationalen Konferenz der kath.-charism. Erneuerung.

1974
In Jerusalem tagte vom 3.–5.März die Weltkonferenz mit dem Thema: Der Heilige Geist. Teilnehmer waren vor allem Mitglieder der Pfingstkirchen und der kirchlich-charismatischen Gruppen. Referenten waren u.a. David du Plessis und Kathryn Kuhlmann.

Zur 7. Tagung der Charismatischen Erneuerung in der kath. Kirche kamen in diesem Jahr 25.000 Teilnehmer im Fußballstadion von Notre Dame zusammen. Außer Kardinal Suenens waren weitere acht Bischöfe anwesend.

1975
Der bekannte evangelikale Theologe und Autor John Stott rief zum fruchtbaren Dialog mit der Charismatischen Bewegung auf.

Zum 3. Internationalen Kongreß der kath.-charism. Erneuerungsbewegung kamen über 1.000 Katholiken nach Rom. Kardinal Suenens feierte mit 750 konzelebrierenden Priestern und zwölf Bischöfen im Petersdom die Eucharistie. Dieses Ereignis ging als „der erste charismatische Gottesdienst im Petersdom" in die Geschichte ein. Papst Paul VI. hielt eine Ansprache, die mit folgenden Worten begann:

> „Geliebte Söhne und Töchter!
> Ihr habt in diesem Heiligen Jahr für euren Dritten Internationalen Kongreß Rom auserwählt; ihr habt ferner um diese Begegnung mit uns gebeten und uns ersucht, an euch das Wort zu richten. Damit habt ihr eure Treue zu der von Jesus Christus gestifteten Kirche bewiesen und eure Anhänglichkeit an all das, was für euch dieser Stuhl des heiligen Petrus bedeutet. Dieses Bemühen um euren rechten Platz in der Kirche ist ein echtes Zeichen des Heiligen Geistes."

Der Papst beendete seine Ansprache mit dem Aufruf:

> „Und gemäß der Lehre des gleichen Apostels feiert treu, häufig und würdig die Eucharistie (vgl. 1.Kor.11,26–29). Das ist der Weg, den der Herr gewählt hat, damit wir sein Leben in uns haben (vgl. Joh.6,53). Ebenso nahet euch vertrauensvoll dem Sakrament der

Versöhnung. Diese Sakramente sind Zeichen der Gnade, die uns von Gott durch die notwendige Vermittlung der Kirche geschenkt wird.
Liebe Söhne und Töchter, mit der Hilfe des Herrn, kraft der Fürsprache Marias, der Mutter der Kirche in Glaubens-, Liebes- und Apostolatsgemeinschaft mit euren Hirten seid ihr vor allem Irrtum bewahrt. Und so werdet ihr auf eure Weise zur Erneuerung der Kirche beitragen. Jesus ist der Herr – Alleluja!"[17]

Während der Eucharistiefeier im Petersdom wurde folgende „Prophetie" ausgesprochen:

> „Ich habe dich mit meiner Kraft gestärkt. Ich will meine Kirche erneuern, ich will mein Volk zu einer neuen Einheit führen. Ich fordere dich auf: Wende dich ab von unnützen Vergnügungen, habe Zeit für mich! Ich möchte euer Leben zutiefst verwandeln. Schaut auf mich! Ich bin immer noch anwesend in meiner Kirche. Ein neuer Ruf ergeht an euch. Ich schaffe mir aufs neue ein Heer von Zeugen und führe mein Volk zusammen. Meine Kraft liegt auf ihm. Sie werden meinen auserwählten Hirten folgen. Wende dich nicht ab von mir! Laß dich von mir durchdringen! Erfahre mein Leben, meinen Geist, meine Kraft! Ich will die Welt befreien. Ich habe damit begonnen, meine Kirche zu erneuern. Ich will die Welt zur Freiheit führen."[18]

Inzwischen zählt man weltweit etwa 3.500 kath. charismatische Gebetsgruppen mit 400.000 Mitgliedern in über 50 Ländern.

1977
Die in Kansas City/USA stattfindende Konferenz für Charismatische Erneuerung mit 45.000 Teilnehmern wurde als Höhepunkt der charismatischen Erneuerungsbewegung in den USA gewertet. Den größten Anteil bildeten die Katholiken mit 46%, ansonsten waren Baptisten, Episkopale, Lutheraner, Mennoniten, Methodisten und Presbyterianer anwesend.
Interessant ist, daß die Pfingstgemeinden, namentlich die „Assemblies of God", „es vorzogen, nicht teilzunehmen".
Referenten waren u.a.: Ralph Martin, Jamie Buckingham, Larry Christenson, David du Plessis, Bischof McKinney. David du Plessis äußerte auf dieser Konferenz:

> „Nur wenn sie (die Charismatische Erneuerung) ökumenisch ist, wird sie charismatisch bleiben. Sobald sie ihren ökumenischen Charakter verliert, wird sie auch ihre charismatische Kraft verlieren."[19]

Vom 1.-5. August fand in London eine ökumenisch-charismatische

Konferenz mit 2.500-4000 Teilnehmern statt. Unter den Rednern waren Tom Smail, Arthur Wallis, Jan van der Veken, Kardinal Suenens, der auch in der Westminster Kathedrale eine Messe zelebrierte.

1978
Arnold Bittlinger wurde als „Beauftragter für charismatische Erneuerung beim Ökumenischen Rat der Kirchen" nach Genf berufen.

Im August gab es in Notre Dame eine weitere Konferenz der kath.-charism. Erneuerung mit 20.000 Teilnehmern. Millionen Amerikaner konnten diese Tagung per Fernsehen miterleben.

In Dublin wurde vom 15.-18. Juni der 2. Internationale Kongreß der kath.-charism. Erneuerung mit 20.000 Teilnehmern durchgeführt. Dieser Kongreß wurde als „Markstein der weltweiten Charismatischen Bewegung"[20] bezeichnet. 2 Kardinäle, 20 Bischöfe und 1.100 Priester waren unter den Teilnehmern. Schwerpunkte bildeten die Themen Evangelisation, soziales Engagement, Ökumene und Maria. Die Arbeitsgruppe über Maria, die der Mariologe René Laurentin leitete, mußte des starken Andranges wegen wiederholt werden. Laurentin sagte, ihm selbst sei durch die Charismatische Erneuerung eine neue Beziehung zur Kirche geschenkt worden. Maria habe als die schlechthin Geisterfüllte in der Urkirche gewirkt und sei die Urcharismatikerin. Sie sei zugleich Urbild einer charismatischen und deshalb auch prophetischen Kirche, wie im Magnifikat, einer Prophetie, zum Ausdruck komme.„Wir haben aus ökumenischen Rücksichten Maria in den Hintergrund gedrängt. Jetzt aber zeigt sich, daß ohne Maria eine Erneuerung der Kirche nicht vorankommt."[21]

1979
In Berlin wurde der 1. Charismatische Kongreß einberufen, auf welchem es zu der bereits geschilderten „Berliner Ostererklärung" kam.

1980
Vom 14.-20. Juni tagte – ebenfalls in Berlin – der 2. Charismatische Kongreß. Die Einladung ging wie im Vorjahr von Volkhard Spitzer und seinem „CZB" (Christliches Zentrum Berlin) aus. Unter den Rednern waren David du Plessis, W. Kopfermann, G. Oppermann, Otto von Habsburg, W. Margies, R. Ulonska, J. Maasbach, E. Mühlan, R. Bonnke.

Zwei Monate später, vom 27.-30.8. wurde wiederum in Berlin der 1. Europäische Aglow-Kongreß durchgeführt. 550 Frauen aus 10 Ländern waren zusammen, um Vorträge von V. Spitzer, W. Margies,

Joy Dawson, Betty Lowe usw. zu hören. „Aglow" ist eine internationale überkonfessionelle Vereinigung christlicher Frauen mit einer ähnlichen Zielsetzung wie die „Geschäftsleute des vollen Evangeliums", einer stark charismatisch orientierten Gruppe.

1981
Auch für die Großveranstaltung „Olympia 81" wählte man aufgrund einer Vision das Berliner Olympiastadion.
Der Initiator V. Spitzer hatte 1979 am Rednertisch der „Geschäftsleute des vollen Evangeliums" die Vision eines gefüllten Stadions bekommen, in der sich eine Wolkensäule um die eigene Achse drehte und aus der eine Stimme ertönte: „Ich bin es und ich werde die Menschen bringen." Einen Monat später bekam er angeblich erneut den Auftrag: „Miete nächstes Jahr im Frühjahr für drei Tage das Olympiastadion. Füll es!" Spitzer rührte darauf begeistert die Werbetrommel und sprach bereits wenige Monate später von der „größten Luftbrücke der Weltgeschichte", auf welcher allein 10.000 Amerikaner nach Berlin kommen würden. Weiter sollten 1.000 Busse quer durch Europa nach Berlin fahren und das Fernsehen sollte diese Veranstaltung übertragen, um aller Welt zu zeigen, wie der Heilige Geist über Deutschland und Europa ausgegossen würde und damit eine Erweckung in Deutschland auszulösen.

Es erschienen allerdings nur 8-15.000 Teilnehmer (Spitzer selbst sprach von 25.000 Teilnehmern) aus 25 Ländern um Botschaften von Charles Duke, Nicky Cruz, Arthur Blessit, Yonggi Cho, Pat Robertson, Reinhard Bonnke, Loren Cunningham, Demos Shakarian usw. zu hören. Abschluß der Bekenntnistage bildete eine prophetische Botschaft, die Aril Edwardson aussprach:

> „Das, das sagt der Herr – ich habe in diesen Tagen zu euch gesprochen. Diese Tage waren in meinem Plan, spricht der Herr. Es war mein Plan für Europa. Ein neuer Tag dämmert für Europa. Die Sonne wird wieder vom Himmel über Europa scheinen. Inmitten aller Unruhe und Probleme möchte ich, daß ihr wißt, daß ich meine Hände auf Europa halte. Und mein Geist wird hervorbrechen, und er wird durchbrechen, und ein neuer Tag wird kommen. Und ihr seid ein Teil davon, denn ihr habt meine Botschaft gehört, und ihr sollt gehen und meinen Sonnenschein und meine Macht und meine Liebe zu jeder Nation in Europa bringen."

1982
Vom 28.5.-31.5. wurde in Straßburg ein Charismatischer Kongreß unter dem Motto „Pfingsten über Europa" durchgeführt. 20.000 Menschen kamen hier zusammen, der Anteil der Katholiken betrug

etwa 65%. Unter den Rednern waren Ralph Martin, H. Mühlen, Michael Harper, David du Plessis, Paul Toaspern und Arnold Bittlinger. Der Primas von Belgien, Kardinal Suenens, zelebrierte die Messe.

Die Europakonferenz der „Geschäftsleute des vollen Evangeliums" fand vom 18.-21. August 82 in Mannheim statt. 1.500 Teilnehmer hörten Botschaften von dem Jesuitenpater Fred Ritzhaupt, Eberhard Mühlan und Ernst Gleede. Pater Ritzhaupt hielt eine katholisch-charismatische Messe.

Die Charismatische Bewegung in Deutschland

Ähnlich wie bei der Entstehung der Pfingstbewegung in Deutschland, dauerte es einige Jahre, bis die charismatische „Welle" den Ozean überquert hatte.
Wenn ich die Entstehungsgeschichte recht überblicke, gab es in der Anfangszeit vor allem drei Brückenköpfe der Charismatischen Bewegung, die relativ unabhängig voneinander entstanden, dann aber bald in Beziehung zueinander traten. Jeder Brückenkopf hatte dabei eine besondere Akzentsetzung, mit der er einen bestimmten Personenkreis erreichen wollte und konnte.

Schloß Craheim 1968

Schon 1963 fand in Enkenbach auf Einladung von Pfr. Arnold Bittlinger eine Tagung statt, wo Larry Christenson, von dem Bittlinger auf seiner Studienreise in den USA entscheidende charismatische Impulse bekommen hatte, als Referent vor etwa 80 führenden Persönlichkeiten aus Kirchen und Freikirchen zum Thema „Das Wirken des Heiligen Geistes heute" Vorträge hielt.

Zwei Jahre später wurde in Königsstein eine große ökumenische Tagung durchgeführt, die das Thema „Kirche und Charisma" behandelte. Hier referierten erstmals auch Orthodoxe wie Bischof Johannes und Paul Verghere, Katholiken wie W. Schamoni und der Franziskaner Eugen Mederlet. Protestantische Redner waren die Pastoren R.F. Edel, A. Bittlinger, M. Harper, L. Christenson und W. Hollenweger, sowie der baptistische Pastor Wilhard Becker.

1968 schließlich wurde in Schloß Craheim/Unterfranken das „Lebens-

zentrum für die Einheit der Christen" gegründet, in dem der Katholik E. Mederlet, die Protestanten R.F. Edel und A. Bittlinger, sowie die Baptisten W. Becker und S. Großmann zusammen lebten, beteten und arbeiteten.
Nach Großmanns Angaben kam es in dieser Lebensgemeinschaft „zu intensiven charismatischen Erfahrungen, so daß Schloß Craheim eines der wesentlichen Zentren der Charismatischen Bewegung in Deutschland wurde"[21].
Dort entstand auch der „Rolf Kühne Verlag, Schloß Craheim", der gleichzeitig auch zur Ruferbewegung gehörte und inzwischen in den Oncken bzw. Brockhaus Verlag integriert ist.
Die Ruferbewegung wurde 1949 von Wilhard Becker als eine evangelistisch-missionarische Mannschaftsarbeit gegründet, die vor allem im Rahmen der Ev. freikirchlichen Gemeinden (Baptisten) arbeiten. W. Becker, der das anfängliche Anliegen der Ruferarbeit später immer weniger mittragen konnte, wurde 1975 im Vorstand von Siegfried Großmann abgelöst.

Die Ruferbewegung – wie übrigens manche Bruderschaften und Kommunitäten auch – hatte schon vor 1963 gewisse charismatische Erfahrungen gemacht, die aber jetzt, in Verbindung mit dem Rolf Kühne Verlag, eine größere Öffentlichkeitswirkung hatten. In rascher Folge und in relativ hohen Auflagen wurden Bücher von W. Becker: „Angriff der Liebe", „Nicht plappern wie die Heiden", „Diktiert von der Freude", und von Großmann: „Wirkungen im Alltag", „Christsein 70", „Christen in der Welt von Morgen", ebenso Bücher von Bittlinger und auch von Roland Brown „Die lebendige Macht des Gebets", „Beten und heilen" usw. publiziert.

Bereits in W. Beckers Buch „Nicht plappern wie die Heiden", welches 1967 erschien, erkennt man deutlich charismatische Einflüsse, wie folgende Auszüge beweisen:

> „...In diesem Kapitel soll in sechsfacher Weise vom Dienst der Handauflegung gesprochen werden...Zum besseren Verständnis und zur Übersicht sind die Bedeutungen hier einzeln aufgezählt:
>
> 1. Abschirmung gegen Finsternismächte
> 2. Segensvermittlung
> 3. Heilung von körperlichen Krankheiten
> 4. Empfang des Heiligen Geistes
> 5. Weihe zum Dienst
> 6. Vermittlung besonderer Gnadengaben
>
> ...Die Hände aber, die im Namen Jesu auf einen Kranken gelegt werden, können Wunder wirken."[23]

Interessant sind auch seine Ausführungen über das „Jesus Gebet", die sehr stark an Gebetstechniken in den Ostreligionen erinnern. Der Name Jesus wird fast wie das „Mantra" in der Transzendentalen Meditation gebraucht:

> „Für den Beter...kann es sehr hilfreich sein, sich schon beim ersten Erwachen am frühen Morgen an die Gegenwart Jesu zu erinnern. Er stellt sein Bewußtsein ganz auf seine Gegenwart ein. Der Name Jesus Christus ist ihm dabei eine ständige Erinnerung. Damit die Gegenwart Gottes auch in sein Unterbewußtsein dringt, spricht er zunächst leise im langsamen Rhythmus Jesus Christus vor sich hin, wobei er sich nach und nach bemüht, beim Ausatmen den Namen Jesus zu sagen und beim Einatmen Christus. Durch ein entspanntes Atmen und Sprechen des Namens Jesu gewinnt der Beter nach einiger Zeit die Fähigkeit, den Namen in Gedanken zu formulieren, statt ihn auszusprechen. Dadurch wird das Innere nach und nach mit dem Namen des Sohnes Gottes erfüllt. Wenn diese Übung öfter wiederholt wird, führt sie zu einer Lebenshaltung...Durch das rhythmische und ständige Wiederholen des Namens Jesu übernimmt das Unterbewußte den Rhythmus, und der Name Jesus Christus wird zu einem hellen Ton der Seele."[24]

Das folgende Zitat zeigt, daß W. Becker viele Anregungen von Agnes Sanford, deren Buch „Heilendes Licht" er wärmstens empfahl und deren Aussagen über Gott er als „herrlich untheologisch, befreit von engen konfessions- und auch erlebnisgebundenen Vorstellungen" bezeichnete, übernommen hat:

> „Wir wissen, daß Gott uns nicht nur mit seiner Gegenwart umgibt, sondern daß er auch gegenwärtig ist mit all seinen Gaben und Kräften. Wenn wir nervös, gereizt und durch Probleme beunruhigt sind, dürfen wir ihn, der immer Friede ist, in uns aufnehmen. Auch hier kann uns die Vorstellung helfen, daß wir, wie wir Luft einatmen, seinen Frieden in uns einströmen lassen... Während wir uns so der Gegenwart Gottes aussetzen, können wir nicht nur seine Kräfte und Gaben in uns aufnehmen, sondern sie auch im Geist und in unserem Vorstellungsvermögen anderen hinsenden. Wir können uns z.B. vorstellen, daß ein Freund, den wir mit der Liebe Gottes segnen möchten, jetzt vor uns kniet und wir ihm unsere Hände aufs Haupt legen. Wir denken uns dabei, daß die Liebe Gottes durch uns hindurchströmt und durch unsere Hände zu unserem Freund fließt. Diese Vorstellungen sind keine leeren Produkte unserer Phantasie, sondern entsprechen einer geistlichen Wirklichkeit."[25]

Auch die Veröffentlichungen von R. Brown, mit dem W. Becker bereits über 10 Jahre freundschaftlich verbunden war, zeigen deutlich charismatische Einflüsse.

Dadurch, daß Browns Bücher teilweise von Armin Riemenschneider übersetzt wurden, einem theol. Lehrer der Bibelschule Wiedenest, der aber auch als Übersetzer über zwei Jahrzehnte R. Brown in viele freikirchliche Gemeinden begleitet hatte, fand die neue Bewegung recht schnell Eingang in Baptistenkreise.

Ein weiterer Verlag, der sich für ökumenisch-charismatische Literatur einsetzte, war der Ökumenische Verlag R.F. Edel, Marburg, der bereits 1963 das Buch von Larry Christenson „Die Gnadengaben der Sprachen und ihre Bedeutung für die Kirche" mit einem Vorwort von Corrie ten Boom herausgegeben hatte. Ebenfalls im Edel Verlag waren die Königssteiner Vorträge unter dem Titel „Kirche und Charisma" erschienen, und 1978 wurde das für die Charismatische Bewegung bezeichnende und aus meiner Sicht verhängnisvolle Buch von Agnes Sanford „Heilendes Licht" mit einem Vorwort von Larry Christenson und Empfehlungen von Corrie ten Boom und Wilhard Becker herausgegeben.

Deutlich wird, daß von Schloß Craheim entscheidende Impulse für die Charismatische Bewegung gegeben wurden. Die Baptisten wurden durch W. Becker und S. Großmann stark beeinflußt, A. Bittlinger leistete Pionierarbeit für die bald entstehende Charismatische Erneuerung in der Ev. Kirche, R.F. Edel sprach mit seinem Verlag und Dienst wohl mehr die mystisch-ökumenisch orientierten Christen an, und Pater E. Mederlet bemühte sich „besonders um Interpretation zwischen katholischer Lehre und charismatischer Bewegung"[26].

In den Baptistengemeinden entstand also recht früh eine Offenheit für die Charismatische Bewegung. Ob allerdings H.D. Reimers Angabe stimmt, daß bereits in den 70er Jahren etwa ein Drittel der Pastorenschaft charismatische Erfahrungen gemacht hatte[27], scheint mir etwas zweifelhaft.

Allerdings entstanden in den folgenden Jahren Gemeinden, die eine sehr starke charismatische Prägung hatten (Essen-Altendorf, Kempten, „Neulandgemeinden" in Bayern usw.), und 1976 wurde auf Anregung der Bundesleitung der Arbeitskreis „Charisma und Gemeinde" ins Leben gerufen, dessen Sprecher viele Jahre S. Großmann war. In jüngster Zeit wurde er von H.C. Rust abgelöst. Seit 1981 führt dieser Arbeitskreis „Konferenzen zur charismatischen

Erneuerung" durch, die von einer wachsenden Teilnehmerzahl besucht werden.
H.C. Rust äußerte über die 7. Konferenz, die vom 12.-16. November 1988 in Hannover tagte:

> „Wir durften auch in diesem Jahr erleben, wie viele Pastoren ihr Leben Gott neu zur Verfügung gestellt und sich dem Wirken des Heiligen Geistes geöffnet haben...Auf unseren Konferenzen machen wir viele gute Erfahrungen mit den Geistesgaben Prophetie, Sprachengebet, Worte der Weisheit und der Erkenntnis, Lehre, Heilungen und Befreiungen – all das hat seinen Platz. Die Erfahrungsebene allerdings wird allein keine dauerhafte, tragende Basis für die Gemeindeerneuerung sein. Wir brauchen auch eine fundierte theologische Grundlegung...Ich habe aber die starke Hoffnung und Zuversicht, daß es zunehmend zu einer Erneuerung innerhalb der bestehenden freikirchlichen Gemeinden kommen wird."[28]

Die Ruferarbeit, die sich anfangs sehr stark für Evangelisation und charismatische Erneuerung eingesetzt hatte, betont allerdings heute andere Schwerpunkte. Inzwischen wurde S. Großmann in der Leitung von H. Donsbach abgelöst, während W. Becker schon lange aus der Ruferarbeit ausgeschieden ist und inzwischen als Psychotherapeut in Süddeutschland arbeitet. Von seinem einstigen Anliegen ist nichts übrig geblieben – seine neuesten Bücher erscheinen im Kreuz Verlag neben Autoren wie Dorothee Sölle und Ulrich Schaffer und spiegeln das Denken des „Neuen Zeitalters" wieder, wie Horst Afflerbach in seinem Buch „Die sanfte Umdeutung des Evangeliums"[29] nachgewiesen hat.

Der Einfluß der Charismatischen Bewegung in den Freien Evangelischen Gemeinden (Witten) ist nicht so leicht einzuschätzen, weil es darüber kaum Unterlagen gibt. In den vergangenen Jahren wurden einige wenige Gemeinden wegen charismatischer Verirrungen aus dem Bund ausgeschlossen. Auch gibt es unter den Predigern einige, die – besonders auch durch den Einfluß der Gemeindewachstumsbewegung – für charismatische Erneuerung offen sind, aber im allgemeinen wird die Charismatische Bewegung kritisch beurteilt und weithin abgelehnt. Trotzdem wurde es nötig, daß im März 1989 die Bundesleitung ihre Gemeinden zur Wachsamkeit gegenüber dem Einfluß charismatischer Gruppen aufrief, die in letzter Zeit „Spaltungen, Austritte und Kontroversen verursacht hätten".

Berlin – 1971

Der zweite Brückenkopf für die Charismatische Bewegung in Deutschland befand sich in Berlin in der Person Volkhart Spitzers. Während die Bewegung in Schloß Craheim ohne direkten Einfluß der Pfingstgemeinden entstand, waren die Umstände in Berlin anders. V. Spitzer war bereits sieben Jahre Prediger einer Pfingstgemeinde („Christliche Missionsgemeinschaft"), Nollendorfplatz 5, und hatte schon jahrelang charismatische Erfahrungen gemacht, als er 1971 den Auftrag fühlte, Ausgestoßenen und Drogensüchtigen zu helfen. Es kam dann zu einer „Jesus-Bewegung" in Berlin, die auch in der säkularen Presse für Schlagzeilen sorgte, als V. Spitzer 1971 sechzig ehemalige Drogensüchtige in der Havel taufte.

In dieser Zeit entstand die „One Way" Teestube, die modellhaft für viele Teestuben in Deutschland wurde.
Ein Jahr später rollte bereits die „Jesus-People-Bewegung" durch Deutschland, deren Zentrum zunächst Berlin blieb. Das Symbol dieser jungen Bewegung war der nach oben gerichtete Zeigefinger, den man in den kommenden Jahren auf vielen Büchern, Postern, Aufklebern usw. sehen konnte. Bald erschien auch die erste Nummer der „Jesus-People" Zeitung „One Way" mit einer Startauflage von 15.000 Ex., die zeitweise vom Aussaat Verlag, Wuppertal, verlegt wurde und eine Auflagenhöhe von 25.000 Ex. erreichte. Vor allem in Jugendkreisen, Schulen, Teestuben usw. fand sie ihre Verbreitung.

1971 erschienen in Deutschland die ersten Bücher über die neue Bewegung und fanden eine enorme Abnahme. So erlebte z.B. das Buch „Jesus kommt – Report des Aufbruchs einer Jugend in USA und anderswo" (Aussaat Verlag) gleich im ersten Erscheinungsjahr 5 Auflagen.

1971 kamen auch die ersten „Children of God" ins Ruhrgebiet und fanden vorübergehend im CVJM Essen eine Bleibe, von wo aus sie ihre „missionarischen" Aktionen starteten. Damals waren viele führende Evangelikale dieser Bewegung gegenüber sehr offen und unkritisch, sodaß Faith Dietrich, die Tochter des Sektenführers „Mose David", hin und her auf Großveranstaltungen, Offenen Abenden usw. Zeugnis geben konnte. Es dauerte noch einige Jahre – obwohl bereits 1972 eine Warnschrift der Londoner Ev. Allianz übersetzt und verbreitet wurde – bis öffentlich vor der Unmoral und den Betrügereien dieser Sekte gewarnt wurde.

Ebenfalls im Jahr 1972 kam David Wilkerson nach Deutschland. Obwohl er schon 1967 auf Einladung der Darmstädter Marienschwestern Vorträge in Darmstadt gehalten hatte, zeigte seine Vortragsreise

1972 eine unvergleichlich größere Wirkung. Sein Buch „Das Kreuz und die Messerhelden" war inzwischen auch in Deutschland zum Bestseller geworden, und in diesem Jahr gab es auch schon drei Stationen der von ihm gegründeten „Teen-Challenge" Arbeit (in Berlin, München und Stuttgart), wo man sich vorbildlich um Drogensüchtige kümmerte. So war es verständlich, daß die Vorträge Wilkersons teilweise von 5.000-6.000 Personen (so z.B. am 10.6.72 in der Sporthalle Böblingen) besucht wurden. Da V. Spitzer ihn übersetzte, profitierte auch er von Wilkersons Popularität.

In den frühen 70er Jahren erlebte die evangelistische Jugendarbeit durch die „Jesus-People-Bewegung" einen enormen Aufschwung. An vielen Orten begann eine Teestubenarbeit, „Offene Abende" wurden veranstaltet und zeugnishafte Jugendevangelisationen wurden modern. Das „1. Jesus Festival" in Herne mit Faith Dietrich wurde gestartet, christliche Musikgruppen und Bands schossen wie Pilze aus dem Boden, christliche Wohngemeinschaften entstanden vielerorts und auch die christlichen Verlage bekamen Aufwind. Es ist nicht zu leugnen, daß damals bei vielen Jugendlichen eine große Offenheit für das Evangelium vorhanden war. Frustriert von der Wohlstandsgesellschaft begeisterten sich damals viele für Jesus. Oft war es auf den ersten Blick gar nicht einfach, einen „Jesus-Freak" von einem Hippie zu unterscheiden. Manchmal erkannte man erst an der Tatsache, ob er aus seiner Umhängetasche eine Bibel oder eine Hasch-Pfeife zog, wes Geistes Kind er war. Zweifellos sind damals viele junge Menschen zum lebendigen Glauben an Jesus Christus gekommen. Leider wurde diese Bewegung nur an wenigen Orten von reifen, erfahrenen Christen begleitet und korrigiert, so daß auch manche Fehlentwicklungen auftraten, weil diese jungen, oft enthusiastischen jungen Christen in vielen Fällen nicht in örtliche Gemeinden aufgenommen und integriert wurden und daher die Rückfallquote hoch war.

Wie bereits erwähnt, war die Offenheit der evangelikalen Führer der „Jesus-People Bewegung" gegenüber groß. Billy Graham und Bill Bright unterstützten sie und Anton Schulte fuhr damals nach Kalifornien, um die Bewegung persönlich kennenzulernen und anschließend begeistert seinen Reisebericht „Die Jesus-People Bewegung in den USA" zu veröffentlichen. Auch Ulrich Parzany unterstützte anfangs die „Children of God" – was er allerdings später als Fehler öffentlich bekannte – und selbst im Gnadauer Gemeinschaftsblatt (10/71) wurde einerseits das anticharismatische Buch „Flugfeuer fremden Geistes" empfohlen und andererseits das Buch des bekannten Charismatikers David Wilkerson „Das Kreuz und die Messerhelden" angepriesen.

Kritische Stimmen waren kaum zu hören, und die wenigen, die sich schriftlich zu Wort meldeten (z.B. der „Lutherische Gemeinschaftsdienst", Berlin) wurden selten ernst genommen. So brach die „zweite Welle" unvorbereitet über die Evangelikalen herein und wurde zumindest von den meisten Führern als Erweckung begrüßt. Im Jahr 1972 fand auch der Großeinsatz vieler junger Christen in München statt, die sich zu einem evangelistischen Einsatz während der Olympiade zur „Aktionsgemeinschaft missionarische Dienste für die Olympiade 1972" zusammengeschlossen hatten. Vor allem „Jugend mit einer Mission" trat während der Olympiade hervor, um 1.000 junge Christen für evangelistische Einsätze in München zu schulen. Wenige Monate vorher hatte Loren Cunningham, der Gründer von „JMEM" (Jugend mit einer Mission) das Schloß Hurlach in Bayern kaufen können, welches für viele Jahre das Hauptquartier dieser Bewegung in Deutschland war.

„JMEM" hat vor allem die Zielsetzung Evangelisation und Jüngerschulung. Das eindeutig charismatische Anliegen wird dabei weder überbetont noch verschwiegen. Da „JMEM" interkonfessionell arbeitet und keine eigenen Gemeinden gründet, bekommt diese aktive und attraktive Bewegung Eingang in viele Kirchen, Freikirchen und christliche Gruppen, die sich in vielen Fällen dann auch dem charismatischen Anliegen dieser Bewegung öffnen. In Deutschland ist „JMEM" auch bekannt geworden durch die musikalische Arbeit (Vertonung von Bibelversen, sog. Anbetungslieder, Liederbücher „Das gute Land" usw.), durch die Zeitschrift „Der Auftrag"(seit 1982), die sich als „Lehrzeitschrift für den Leib Christi im deutschsprachigen Raum"[30] versteht und auch durch Pantomime- und Tanzgruppen, die für Straßenevangelisationen usw. eingesetzt werden.

1989 hatte „JMEM" in Deutschland über 130 vollzeitige Mitarbeiter. Die Zentrale befindet sich seit 1990 in Hamburg.
Durch die Betonung von Jüngerschaft und Dienst fallen viele Mitarbeiter von „JMEM" positiv unter den charismatischen Gruppen auf. Andererseits arbeitet „JMEM" mit extremen Charismatikern zusammen und in den letzten Jahren auch verstärkt innerhalb der kath. Kirche mit kath.-charismatischen Gruppen.

Inwieweit sich die stark von der Bibel abweichende und folgenschwere Theologie des „MG" („Moral Government"), die von Lehrern wie George Otis, Gordon Olson, Winkie Pratney, Harry Lonn usw. vertreten und in den Schulungszentren von „JMEM" gelehrt wird, auch Auswirkungen auf die Bewegung im deutschsprachigen Raum hat, bleibt abzuwarten. Die Theologie des „MG" leugnet die sündige Natur (Erbsünde) des Menschen (Pelagianismus), leugnet Gottes Allwissenheit (Sozianismus), lehrt den freien Willen des Menschen (Arminianismus) und leugnet die Notwendigkeit der Versöhnung mit Gott durch das Opfer Jesu Christi.

In den 70er Jahren entstanden dann auch in verschiedenen Großstädten die Jesus-Häuser oder Jesus-Center (so in Hamburg, Hannover, Düsseldorf), die alle mehr oder weniger intensiv das charismatische Anliegen vertreten, andererseits aber teilweise auch sehr aktiv evangelistisch arbeiten. Das Jesus-Haus in Düsseldorf ist besonders durch die Zeitschrift „Charisma" bekannt geworden, die 1974 zum ersten Mal erschien und von Gerhard Bially und Klaus-Dieter Passon redigiert wird. Diese Zeitschrift hat die Zielsetzung, die charismatische Erneuerung im deutschsprachigen Raum bekannt zu machen und zu fördern, sowie Verbindungen und gegenseitiges Verstehen zwischen christlichen Gruppen zu schaffen.
In „Charisma" kommen Charismatiker aller Schattierungen zu Wort, sowohl kath. Charismatiker wie auch traditionelle Pfingstler, so daß der Eindruck einer „charismatischen Ökumene" entsteht, zumal auch Charismatiker aus allen Denominationen als Redner zu den jährlichen Konferenzen des Jesus-Hauses eingeladen sind.

Ende der 70er Jahre entstanden nach dem Vorbild von Spitzers CZB (Christliches Zentrum Berlin) ähnliche Zentren in Wuppertal (CZW) und Bielefeld (CZB).

Von 1975 – 1983 traf man sich an verschiedenen Orten zu „pfingstlich-charismatischen Dialogen", wo sich die Leiter der verschiedenen deutschen Pfingstgruppen mit den Leitern der charismatischen Gruppen und der charismatischen Erneuerung trafen. Die offiziellen Dialoge wurden jedoch 1983 abgebrochen, weil die theologischen Unterschiede von Seiten der Pfingstbewegung als zu schwerwiegend beurteilt wurden.

Ab 1979 bekam die Charismatische Bewegung in Deutschland noch einmal besonderen Aufwind aus Berlin, als dort 1979 und 1980 die internationalen charismatischen Konferenzen stattfanden und V. Spitzer einen 12-City Feldzug durch Deutschland veranstaltete, bei welchem er vor allem von seiner „Olympia – Vision" berichtete und Werbung für die Großveranstaltung „Olympia 81" machte. Diese Veranstaltung, so war er überzeugt, würde eine Erweckung in Europa auslösen.
Die Tatsache allerdings, daß Pfingsten 81 das Olympiastadion allen Visionen und aller Visualisierung zum Trotz nicht einmal zu einem Viertel gefüllt wurde, hat zumindest einige Charismatiker ernüchtert. Im Februar 82, also etwa 8 Monate nach der Veranstaltung, teilte

V. Spitzer in dem Rundbrief „Vision Berlin 81" mit:

„Während einer Gebets- und Fastenzeit in den ersten Tagen des neuen Jahres, habe ich meine Not vor Gott bewegt. In der Stille bestätigte mir Gott ganz neu, daß die Vision von Ihm war. 25.000 Christen aus 25 Ländern und verschiedenen Glaubensrichtungen feierten in Berlin Seine Gegenwart in einer wunderbaren Atmosphäre der Einheit und Anbetung. Mehr als 1.000 Menschen übergaben dabei ihr Leben Jesus Christus. Wieviel mehr hätte geschehen können, wenn uns nicht Widerstände von bisher ungekanntem Ausmaß entgegengebracht worden wären! Diese massiven Bekämpfungen, aber auch menschliche Planungsfehler, Übereifer und zu voreiliges Reden über von Gott Anvertrautem meinerseits, verhinderten ein Eintreffen der Vision in der empfangenen Form, wie z.B. ein volles Stadion.

Gelegentlich wurde ich darauf angesprochen, wäre diese Vision von Gott gewesen, hätte sie sich „automatisch" erfüllen müssen. Schon im Alten Testament gibt es Beispiele dafür, daß dem nicht so ist. Z.B. gibt Gott Mose und Seinem Volk Israel die „Vision" für das verheißene Land. Wegen der bekannten menschlichen Schwierigkeiten gelangten jedoch weder Mose noch das Volk Gottes in das Land, trotz des klar ausgedrückten Herzenswunsches Gottes.

Wegen der von uns gemachten Fehler habe ich mich vor Gott gebeugt und ich möchte dies auch vor Ihnen tun als jemand, der in der Schule Gottes ist."

Doch ging es V. Spitzer in diesem Brief nicht nur um ein etwas halbherziges Bekenntnis, sondern auch um die fehlenden Gelder, sodaß V. Spitzer abschließend schrieb:

„Darf ich Sie nochmals um Ihre Mithilfe bitten? Durch teilweise nicht gehaltene Spendenversprechen und nicht einkalkulierte Rechnungen, haben wir jetzt noch eine hohe finanzielle Belastung, von der wir nicht wissen, wie wir sie abtragen können. Wenn jeder 100.— DM opfert, ist es uns möglich, sämtliche Schulden zu bezahlen...Bitte beten Sie darüber, mit welchem Betrag Sie uns helfen können..."

Zwei Monate später, im April 1982, kaufte das CZB die Garnison-Kirche am Südstern, die sog. „Südsternkirche", wo 1983 der 3. Charismatische Kongreß mit W. Kopfermann, G. Oppermann, Peter Dippl, Michael Marsch und Kim Kollins als Sprecher durchgeführt wurde.

1986 übergab V. Spitzer sein „Amt" an der Südsternkirche seinem

Nachfolger Peter Dippl, dem damaligen Pastor des Charismatischen Zentrums München, der auch gleichzeitig Direktor der Teen Challenge Arbeit in Deutschland war. Spitzer selbst hatte angeblich die Prophezeiung bekommen „...Du gehst durch eine schwere Phase der Ablösung in deinem Leben. Gott will dich auf eine neue Ebene führen und in ein neues Land...Erweitere dein Zelt. Die Tür zum Gestern ist verschlossen. Nach einer Zeit des Wartens will ich eine neue Tür vor dir öffnen..."[31]
Kurze Zeit später wurde berichtet, daß V. Spitzer in einem Land der Dritten Welt arbeiten wolle, doch bald darauf wurde bekannt, daß Spitzer aus persönlichen Gründen zunächst keine geistlichen Aufgaben mehr übernehmen kann.

Eine weitere Gruppe extremer Charismatiker hat unter dem Namen „Wort des Glaubens" ein Christliches Zentrum e.V. in Feldkirchen bei München gegründet. 1984 wurde die „Wort des Glaubens Bibelschule" in Feldkirchen „unter direkter Führung des Heiligen Geistes mit genau diesem Ziel gegründet, der Erweckung Europas geistlich reife, in der Praxis erfahrene und geschulte Erntearbeiter zuzuführen". Leiter von „Wort des Glaubens" sind John und Mirjana Angelina, Direktor der Schule ist Stephan Steinle. Zu den weiteren Arbeitsgebieten von „Wort des Glaubens" zählt ein Bücher- und Cassetten-Vertrieb, wo vor allem die Kleinschriften und Studienhefte von Kenneth Hagin, dem Vater der „Wort des Glaubens-Bewegung", angeboten werden. Diese Bewegung ist bekannt für die Verkündigung des „Wohlstandsevangeliums", wie es in der Schrift von K. Hagin „Erlöst von Armut, Krankheit und Tod" deutlich wird. Armut im Leben der Kinder Gottes wird laut 5. Mose 28 als Fluch und Folge des Ungehorsams gelehrt und der materielle Segen und Reichtum Abrahams als Folge des Gehorsams.

> „Der Segen Abrahams gehört uns! Man kann ihn uns nicht wegnehmen. Diese Zweifler, Ungläubigen, Freudenräuber und Zweifelhausierer werden ihn uns nicht wegnehmen können. Der Segen Abrahams gehört mir – der Segen Abrahams gehört dir, – durch Jesus Christus! Hallelujah!"[32]

Auch Krankheit wird als eine Folge der Sünde gesehen, von der Jesus uns befreit hat, sodaß K. Hagin auf die Frage: „Bruder Hagin, werden Sie jemals krank?" mit Selbstverständlichkeit antwortete: „Nein"[33]. Hagin selbst hatte 1950 angeblich in einer Vision eine Begegnung mit Jesus, der ihm sagte:

> „Ich habe dir einen Dienst der Handauflegung gegeben. Bevor du ihnen die Hände auflegst, zitiere immer Apg. 19,6: ‚Und als Paulus ihnen die Hände auflegte, kam der Heilige Geist auf sie

und sie redeten in Zungen und weissagten› ...Sage den Betreffenden, daß Ich dir aufgetragen habe, ihnen dies mitzuteilen, wenn du ihnen die Hände auflegst, dann wird der Heilige Geist über sie kommen. Sage ihnen, daß Ich dir gesagt habe, daß ihre Zunge scheinbar etwas sagen möchte, was für sie keine bekannte Sprache ist. Und fordere sie auf, ihre Stimme zu erheben und es auszusprechen, ganz gleich, wie übernatürlich oder ungewöhnlich der Klang, die Silbe oder das Wort ist, und daß sie solange sprechen, bis sich eine freie Sprache manifestiert hat."[34]

Dementsprechend lehrt Hagin als „Weg zur Erfüllung mit dem Heiligen Geist":

„Ermutige den Betreffenden, seinen Mund weit zu öffnen – dies kann ein Akt des Glaubens sein – einzuatmen und Gott zu sagen: ‚In diesem Augenblick empfange ich im Glauben den Heiligen Geist.' Bestehe darauf, daß er kein einziges Wort in seiner Muttersprache spricht. Ermutige ihn, entspannt, furchtlos und kühn seine Stimme zu erheben und diese übernatürlichen Silben, die herauskommen wollen, auszusprechen und einfach seine Zunge und Lippen so zu benutzen, als ob er in seiner Muttersprache spräche...
Wenn du siehst, daß sich der Heilige Geist an seiner Zunge oder seinen Lippen erweist, dann sage dem Betreffenden, daß er einfach das aussprechen soll, was ihm am leichtesten fällt – ganz gleich, wie es ihm vorkommt. Das ist Glaube."[35]

Weitere Aktivitäten von „Wort des Glaubens" sind Konferenzen, auf denen Männer wie Wolfhard Margies, Reinhard Bonnke, Ray McCauley und andere sprechen.

Die katholisch-charismatische Gemeindeerneuerung

Paderborn – 1972

Weitgehend unbeeinflußt von dem, was in Schloß Craheim und in Berlin geschah, entstand die kath.-charism. Gemeindeerneuerung im Laufe des Jahres 1972, in dem sich an verschiedenen Orten (Berlin, Siegburg, Braunschweig, Düsseldorf, Frankfurt, Hochheim, München, Paderborn, Regensburg und Würzburg) charismatische Gebetsgruppen bildeten, die eine Signalwirkung hatten und zur Ent-

stehung weiterer Gruppen in Deutschland, Österreich und der Schweiz beitrugen. Drei Jahre später zählte man schon 150 Gruppen in Deutschland mit etwa 6.000 Teilnehmern, die sich zur kath.-charism. Gemeindeerneuerung zählten.
Anders als 1966 in den USA lag die Leitung der Bewegung in Deutschland von Anfang an in den Händen von Priestern oder theologisch gebildeten Laien. Damit war auch garantiert, daß diese Bewegung nicht neben der Kirche oder gar gegen die Kirche arbeitete, sondern die Zielrichtung war die „charismatisch erneuerte Kirche."[36]
Dementsprechend unterwirft sich die kath.-charism. Gemeindeerneuerung dem Urteil der Kirche, so daß Ausbrüche so gut wie ausgeschlossen sind.

So sagte Prof. Dr. H. Mühlen im Juli 1975 vor der Herbst-Vollversammlung der Deutschen Bischofskonferenz:

> „Die Katholizität der Charismatischen Erneuerung zeigt sich nicht zuletzt auch darin, daß der einzelne oder einzelne Gruppen bereit sind, ihre geistlichen Erfahrungen dem Urteil der ganzen Kirche zu unterwerfen. Schwärmerische Tendenzen zum Ausbruch aus der Kirche oder zu sektenhafter Abspaltung sind in den katholischen Gebetsgruppen auch nicht im Ansatz zu beobachten."[37]

Bald wurde auch auf überdiozesaner Ebene ein Koordinationsteam gegründet, „das darum bemüht war, das neu Gewachsene zu hüten und zu fördern, Impulse und Informationen zu vermitteln."[38]
Das Koordinationsteam hatte u.a. die Aufgabe, die innere Einheit der Gruppen zu fördern, Zusammenkünfte auf nationaler Ebene einzuberufen und die Beziehung zur Bischofskonferenz wahrzunehmen. Somit war die Einbindung in die kath. Kirche gewährleistet.

Treibender Motor der Erneuerungsbewegung war vor allem der Jesuit Heribert Mühlen, Professor für Dogmatik an der Theologischen Fakultät Paderborn, der auch Mitherausgeber der 1977 gegründeten Zeitschrift „Erneuerung in Kirche und Gesellschaft" ist. In Paderborn entstand auch der Verlag „Erneuerung", in welchem die genannte Zeitschrift verlegt wird und wo auch Schriften und Vortrags-Cassetten der Bewegung vertrieben werden. Dort befindet sich auch die „Geschäftsstelle für Gemeindeerneuerung in der kath. Kirche", von wo aus bald unter der Leitung von H. Mühlen Kurzseminare zur Einübung in die Gemeindeerneuerung und Vertiefungstage (oft unter der Leitung von Sr. Lucida Schmieder, OSB) durchgeführt wurden, die großen Zuspruch fanden. 1976 erschienen von H. Mühlen

„Einübung in die christliche Grunderfahrung" Band 1 und 2 (Matthias Grünewald Verlag, Mainz), welche 1987 schon die 14. Auflage erreichten und als Grundlage für die Einführungsseminare im Rahmen der Katholischen und Evangelischen Kirche dienen.

Von Anfang an bestand eine enge Beziehung zur Charismatischen Gemeinde-Erneuerung in der Ev. Kirche. Arnold Bittlinger war ein weiterer Herausgeber der Zeitschrift „Erneuerung" und Wolfram Kopfermann wurde bald der Leiter der „CGE"(Charismatische Gemeinde-Erneuerung), der mit seinem Team von Hamburg bis München Einführungsseminare durchführte. Gelegentlich wurden auch gemeinsam ökumenische Kongresse durchgeführt (so in Königstein/Taunus), wo H. Mühlen, L. Schmieder, P. Gleiß, A. Bittlinger, W. Kopfermann, H. Böhringer und andere Referenten mitarbeiteten. Die Bücher von H. Mühlen haben teilweise großen Einfluß auf die evangelische Bewegung ausgeübt. So bekannte z.B. Fritz Schwarz, ein führender Mann der Gemeindewachstumsbewegung, in seinem Buch „Überschaubare Gemeinde" Band 1:

> „In diesem bewußt zitaten- und verweisungsarmen Buch muß ich hinweisen auf Heribert Mühlen, den katholischen Theologieprofessor aus Paderborn. Seinem Buch "Einführung in die christliche Grunderfahrung" (Mainz 1976) verdanke ich entscheidende Impulse für mein eigenes geistliches Leben. Bereits mittendrin in meiner praktischen Arbeit an „Überschaubare Gemeinde" habe ich durch Heribert Mühlen begriffen, wozu mir bisher eigentlich nicht die Erkenntnis, wohl aber der Mut fehlte. Bis dahin fehlte mir die Entschlossenheit, Gemeindeaufbau in der Dimension des Heiligen Geistes zu sehen."[39]

Dieser Einfluß von H. Mühlen ist besonders beachtenswert, weil H. Mühlen ein Vertreter der historisch-kritischen Exegese ist.Für ihn sind die Evangelien nur Erzählungen, in denen die Evangelisten Jesus beten oder reden lassen.

> „...Wir wissen nicht, ob die Voraussagen Jesu über sein Leiden und seinen Tod in unserem heutigen Sinne ‚historisch' sind."[40]

> „...Der uns überlieferte Abba-Ruf Jesu, der mit Sicherheit auf ihn selbst zurückgeht und seine ureigenste Gotteserfahrung wiedergibt, könnte uns aber die charismatisch-prophetische Grunderfahrung Jesu verdeutlichen, die er während seiner Geistestaufe zum ersten Mal veröffentlich hat. Der Evangelist Johannes hat sie nachempfunden, wenn er Jesus in seinen Abschiedsreden beten läßt: „Vater, die Stunde ist da, verherrliche du deinen

Sohn...". Vielleicht hat Jesus während seiner Geistestaufe so oder ähnlich gebetet..."[41]

„Wenn Jesus in den neutestamentlichen Berichten Dämonen direkt anspricht, dann ist dabei die damals übliche, volkstümliche Erzählform zu beachten. Je wörtlicher man solche Texte interpretiert, um so weniger versteht man, was die Evangelisten eigentlich sagen wollten! Um dies an einem anderen Beispiel zu verdeutlichen: Bis ins vorige Jahrhundert hinein haben Theologen daran festgehalten, daß Gott die Welt „in sieben Tagen" erschaffen habe. Als dann durch die Naturwissenschaft erkannt wurde, daß die Welt und auch die Menschheit in einem langen Entwicklungsprozeß enstanden ist, haben sich Theologen heftig gegen diese Auffassung gewehrt, da es doch in der Bibel „wörtlich" anders stehe. Der Schöpfungsbericht im AT will jedoch keine naturwissenschaftliche Aussage machen, sondern nur in einer volkstümlichen Erzählung darlegen, daß und inwiefern Gott alle Dinge, auch den Mond und die Sterne, die damals als „Götter" verehrt wurden, erschaffen habe..."[42]

Durch die intensive Arbeit von H. Mühlen und seinen Mitarbeitern hat sich die kath.-charism. Erneuerungsbewegung stark verbreitet. In den letzten Jahren waren aber auch noch andere Persönlichkeiten an diesem Aufschwung beteiligt, so z.B. Prof. Dr. Norbert Baumert(SJ) und der Jesuitenpater Fred Ritzhaupt, der im Raum Ravensburg eine intensive Jugendarbeit aufgebaut hat. So schätzt man heute die Zahl der charismatischen Gebetsgruppen innerhalb der kath. Kirche auf etwa 600. 1984 enstand in Maihingen bei Nördlingen auf Initiative von H. Mühlen das „Katholische Evangelisations-Zentrum Maihingen", das von Sr. L. Schmieder (OSB) und Hans Buob (SAC) geleitet wird. Dort, in dem ehemaligen Kloster, finden Evangelisationsschulungen, Bibelkurse, Einführungsseminare, Leiterschulungen usw. statt.

Seit 1987 existiert eine weitere Zeitschrift für die Erneuerungsbewegung, die sich besonders an jüngere Leser wendet, das „C-Magazin", herausgegeben vom Christlichen Jugendzentrum Ravensburg, das von Fred Ritzhaupt geleitet wird. Inzwischen wird dieses Magazin auch vom Missionswerk „Projektion J" (G. Oppermann) und dem Evangelisationszentrum Salzburg (Benno Biehler SAC) mitgetragen. Dieses Magazin fällt etwas aus dem Rahmen der kath. charismatischen Veröffentlichungen, denn in diesem Blatt kommen sowohl der Papst, als auch Pfingstler und Charismatiker wie Yonggi Cho und John Wimber zu Wort. Es erscheinen Artikel über „Eucharistische Anbetung" von Fred Ritzhaupt, in welchem selbstverständlich die Verwandlung von Brot und Wein bei der Eucharistie gelehrt wird und andererseits erscheint ein Artikel über „Maria und die Erneuerung", der erstaunlich kritisch ist und das Unwohlsein vieler Katholiken über die Marienverehrung ausdrückt.

Deutlich wird, daß die kath. Erneuerungsbewegung in Deutschland viele Gesichter hat, aber dennoch bei aller Aufgeschlossenheit anderen Auffassungen gegenüber und der erfreulich eindeutigen Betonung der Notwendigkeit von Bibelstudium und Gebet, bestimmte katholische Gleise nicht verlassen kann und will.

So wird bis heute an der Wiedergeburt durch die Taufe festgehalten und alle geistlichen Erfahrungen werden als „Tauf-, Firm- und Weiheerneuerung" erklärt, in denen das, was nach kath. Lehre durch die Sakramente bereits an dem Gläubigen geschehen ist, lediglich aufgefrischt oder erneuert wird.

Auch die Bindung an den Vatikan wird dadurch unterstrichen, daß die letzten internationalen Leitertagungen in Rom stattfanden, wo jeweils der Papst eine Botschaft an die Delegierten richtete, in welcher aufgefordert wurde, die fundamentalen Dogmen der Kirche festzuhalten und die Verantwortung der Bischöfe für die Führung des ganzen Leibes Christi „einschließlich der Charismatischen Erneuerung"[(43)] anzuerkennen.

Dazu einige Auszüge aus der Ansprache von Papst Johannes Paul II. am 15. Mai 1987:

> „...In diesem Jahr besteht die Charismatische Erneuerungsbewegung in der katholischen Kirche zwanzig Jahre. Die Kraft und Fruchtbarkeit der Erneuerung bestätigen gewiß die machtvolle Gegenwart des Heiligen Geistes, der in diesen Jahren nach dem Zweiten Vatikanischen Konzil in der Kirche am Werk ist... Durch den Geist behält die Kirche beständig eine jugendliche Vitalität. Und die Charismatische Erneuerung ist eine beredte Offenbarung dieser Vitalität in unserer Zeit, eine deutliche Erklärung dessen, was „der Geist den Gemeinden sagt"(Offb. 2,7)...
>
> Darum ist es wichtig, daß ihr stets bestrebt seid, eure Verbundenheit mit der ganzen Kirche zu vertiefen, mit ihren Hirten und Lehrern, mit ihrer Lehre und Disziplin, mit ihrem sakramentalen Leben und mit dem ganzen Gottesvolk.
>
> Im Hinblick darauf habe ich Bischof Paul Cordes gebeten, als bischöflicher Berater das Büro der Internationalen Katholischen Charismatischen Bewegung zu unterstützen und gewährleisten zu helfen, daß eure Dynamik immer gut ausgewogen ist; ebenso um das Band eurer Treue zum Apostolischen Stuhl zu stärken...

> Liebe Freunde in Christus, ihr seid im Monat Mai, im Monat Unserer Lieben Frau, nach Rom gekommen. Ihr kommt gerade vor dem Pfingstfest und dem Beginn des Marianischen Jahres...Möge das heroische Beispiel der Liebe, das die jungfräuliche Mutter unseres Erlösers uns gegeben hat, euch inspirieren. Ihrer Fürsprache und mütterlichen Sorge vertraut euch an! In der Liebe ihres Sohnes, Christi, des Herrn, unseres Erlösers, erteile ich euch allen meinen Apostolischen Segen."[44]

Bis heute hat sich jedenfalls die „Vision" David Wilkersons von 1973 nicht erfüllt, in welcher er prophezeit hat:

> „Katholische Charismatiker, die sich selbst zur unsichtbaren übernatürlichen Gemeinde Jesu Christi zählen, gehen einer Stunde der bittersten Verfolgung entgegen. Die Katholische Kirche ist dabei, den Begrüßungsteppich für alle Katholiken, die in Zungen reden und die zur pfingstlichen Lehre über den Heiligen Geist tendieren, wieder einzurollen. Starker Druck von höchster Ebene wird auf viele Priester ausgeübt werden, um das Feuer zu ersticken.
> Beobachten Sie den Papst! Er wird eine negative Haltung gegenüber der Charismatischen Bewegung einnehmen. Die Flitterwochen sind bald vorbei. Katholische Zeitschriften werden demnächst beginnen, sich gegen diese Bewegung in ihren Reihen zu wenden und nach Säuberung zu rufen... Mehr als 500.000 Katholiken werden innerhalb kurzer Zeit zur katholischen Charismatischen Bewegung gehören. Von seiten der anderen Katholiken wird man sie beschuldigen, zu wenig Sorge für soziale Probleme zu tragen und die Traditionen der Kirche zu vergessen. Man wird sie beschuldigen, sich von der Jungfrau Maria abzuwenden und die Autorität des Papstes zu mißachten..."[45]

Zur Beurteilung der Charismatischen Erneuerungsbewegung in der kath. Kirche ist es nicht unwichtig, Berichte von Geisterfahrungen zu hören, in denen bezeugt wird, daß durch die Geisterfahrung eine tiefere Beziehung zu den typisch kath. Dogmen und Traditionen enstanden ist:

> „Die Mutter Gottes ist viel näher gekommen...Ich habe das Rosenkranzbeten nach der Geistestaufe angefangen...Die Sakramente, besonders die der Buße und Eucharistie, haben für viele neue Bedeutung gewonnen... Ich habe in mir eine tiefe Ergebenheit Maria gegenüber entdeckt."[46]

Kardinal Suenens:

„Davon bin ich überzeugt: die Marienfrömmigkeit wird da, wo sie gewichen ist, in dem Maße wieder aufleben, wie stark sie auf den Heiligen Geist bezogen und aus seinem Antrieb gelebt wird. Maria wird dann ganz natürlich als...die erste Charismatikerin erscheinen."[47]

Joseph Orsini:

„Eine der großen Stärken der Charismatischen Erneuerung ist es, daß auf einem echten Bekehrungserlebnis bestanden wird, das uns zu lebendigem Glauben, echter Liebe des Gebets und der Eucharistie, besserer Erkenntnis des Sakraments der Beichte, der Heilung oder Erneuerung zerbrochener menschlicher Beziehungen...und zur Treue gegenüber Bischof und Papst führt."[48]

Ein achtzehnjähriger junger Mann:

„Die charismatische Gemeindeerneuerung ist für mich eine Neuentdeckung der Messe!"[49]

Francis MacNutt:

„Während der Dialogpredigt bei einer Eucharistiefeier mit etwa 40 Priestern, Brüdern und Schwestern sagte ein Priester kürzlich, die Eucharistie wäre ein Heilung spendendes Sakrament. Ich fragte daraufhin, ob einer der Anwesenden schon einmal eine Heilung während der Messe erlebt hätte. Niemand konnte sich an etwas Besonderes erinnern. Ich selbst weiß von mindestens einem Halbdutzend Heilungen während Eucharistiefeiern, in denen keine Gebete gesprochen wurden als die liturgisch vorgeschriebenen. Hunderte von Heilungen sind geschehen, wenn ich in die üblichen Meß-Texte Heilungsgebete eingefügt habe, etwa nach der Kommunion oder nach dem Segen."[50]

„So gesehen hat die katholische Kirche Gott gegenüber eine Verantwortung, die alles Verstehen übersteigt. Statt die Sakramente abzuschwächen, müßt ihr ihre Kraft neu entdecken. Nicht nur die Eucharistie, sondern den ganzen sakramentalen Dienst in der Kirche und an der Kirche...Meint ihr wirklich, jemand könne den Leib Christi zu sich nehmen, ohne Heil und Heilung anzunehmen? Gibt es einen größeren Heilungsauftrag als die Spendung der Sakramente?"[51]

Spätestens hier muß man doch fragen, welcher „Geist" in dieser Bewegung wirksam ist.

Die „Geistliche Gemeinde-Erneuerung in der Evangelischen Kirche" (GGE)

Die Wurzeln der GGE liegen – wie bereits erwähnt – in den Enkenbacher und Königsteiner Tagungen 1963 und 1965, zu denen Pfarrer A. Bittlinger eingeladen hatte. Viele Pfarrer und kirchliche Mitarbeiter wurden in den folgenden Jahren für das Anliegen der Charismatischen Bewegung gewonnen, jedoch mit der besonderen Zielsetzung der Erneuerung der Evangelischen Kirche.

1976 bildete sich ein Koordinierungsausschuß von zehn Mitgliedern, der am 2. März 1976 in Würzburg die „Theologischen Leitlinien der Charismatischen Gemeinde-Erneuerung in der Evangelischen Kirche" herausgab. Diese Leitlinien machen das Selbstverständnis der GGE deutlich:

> „Die Charismatische Gemeinde-Erneuerung ist eine geistliche Erweckungsbewegung innerhalb der Kirche. Sie sieht sich im Schnittpunkt vieler Linien theologischer und spiritueller Impulse in der gegenwärtigen Christenheit, und ihr liegt daran, in die ganze Breite der Kirche hineinzuwirken. Insbesondere geht es ihr um den Aufbau lebendiger und missionarisch verantwortlicher Gemeinden..."[52]

> „...Durch die Charismatische Erneuerung wird eine Volkskirche in Frage gestellt, die durch Passivität und Gleichgültigkeit der meisten ihrer Mitglieder bestimmt ist. Die Charismatische Gemeinde-Erneuerung steht jedoch in der Mitte der Kirche und in der Kontinuität ihrer Lehrtradition. Sie sucht den Dialog mit allen Richtungen der Theologie, die beitragen zur Erneuerung der Kirche. Ihr Ziel ist die charismatisch erneuerte Kirche, die eine eigene charismatische Bewegung überflüssig macht..."[53]

Auch in der erneuerten Ausgabe der „Erstinformation" (1987) heißt es:

> „Die Geistliche Gemeinde-Erneuerung bekennt sich zur verfaßten Kirche als dem ihr von Gott zugewiesenen Platz (Heimat und Arbeitsstelle zugleich). Sie glaubt und bekennt, daß Gott diese Kirche trotz ihrer Schuld und offensichtlichen Verfallserscheinungen heute die Treue hält; sie widersteht allen Versuchungen, diese Kirche innerlich oder gar äußerlich zu verlassen. Sie betet um eine Erneuerung dieser Kirche und setzt sich aktiv dafür ein."[54]

1978 wurde Wolfram Kopfermann, von 1974-1988 Pastor an der Hamburger Hauptkirche St. Petri, zum Leiter gewählt. Bis zu seinem Austritt aus der Ev. Kirche im Jahr 1988 hat er die GGE entscheidend geprägt. Ebenfalls 1978 erschien der erste „Rundbrief" der GGE, welcher von W. Kopfermann bis zu seinem Austritt redigiert wurde. Dieser in unregelmäßigen Abständen erscheinende Rundbrief entwickelte sich unter seiner Schriftleitung zu einem Kontaktblatt von 20 – 30 Seiten, in welchem Aufsätze zu meist charismatischen Themen, Berichte von Tagungen, Zeugnisse, Stellungnahmen und Tagungsangebote veröffentlicht wurden.

1980 wurde in Hamburg die Geschäftsstelle der GGE gegründet, dort arbeiten mehrere Mitarbeiter neben- und hauptberuflich mit.

Die GGE bekennt sich weitgehend zu den Auffassungen und Praktiken der Charismatischen Bewegung, grenzt sich allerdings in den Fragen des Zungenredens und der Geistestaufe von den üblichen Lehren ab:

> „So sehr wir die Gabe des Sprachenredens schätzen, so wenig können wir im NT eine unabdingbare Verknüpfung zwischen Geisterfüllung und Sprachengebet erkennen. Die Apostelgeschichte etwa berichtet von Beispielen der Geisterfüllung, bei denen es zum Durchbruch des Sprachengebetes kam, aber sie beweist nicht die Allgemeingültigkeit solcher Erfahrungen...
> Die Verwendung des Begriffes Geistestaufe implizierte üblicherweise eine Abwertung der Wassertaufe. Ein sakramentales Verständnis der Wassertaufe, wie es jedenfalls für die katholische und die lutherische Kirche selbstverständlich ist, wurde von den Vertretern der „Geistestaufe" in der Regel bestritten. Nach dem NT ist aber das (mit Wasser) Getauftsein Grundlage persönlicher und gemeindlicher Glaubensexistenz..."[55]

Ansonsten bekennt sich die GGE zur „Wissenschaftlichen Theologie":

> „Die CHARGE (GGE) bekennt sich zur Notwendigkeit wissenschaftlicher Theologie für die Kirche. Sie bejaht damit auch die historische Betrachtungsweise der Heiligen Schrift, wie sie es auch für selbstverständlich hält, die Erfahrungen innerhalb der Charismatischen Bewegung gegenüber unterschiedlichsten wissenschaftlichen Fragestellungen nicht auszugrenzen."[56]

Interessant ist, daß sowohl W. Kopfermann, als auch sein Nachfolger in der GGE, F. Aschoff, betonen, eine „biblische" aber nicht „biblizistische" Exegese des NT und AT zu betreiben, was beinhaltet, daß sie zwar die Ergebnisse der historisch-kritischen Forschung ablehnen, aber die Methode (Quellenscheidung usw.) bejahen.

Der wichtigste Arbeitszweig der GGE sind die Tagungen, Seminare und Kongresse, die in einer großen Anzahl angeboten werden. Darin werden unterschieden:

- Einführungsseminare
- Vertiefungsseminare
- Tagungen zum Gemeindeaufbau
- Regionaltreffen und Kongresse

Zu den engagierten Mitarbeitern in den vergangenen Jahren gehörten u.a. die Pfarrer P. Gleiss, Heinz Flade, Udo Aschoff, Friedrich Aschoff, Jochen König, Rolf Gürich und der Leiter des Missionswerkes „Projektion J", Günter Oppermann.

Bekannte Referenten auf den Kongressen der GGE waren Colin Urquhart (1985 und 1986), Kim Kollins (1986) und John Wimber (1987 und 1988). Die beiden letzten Kongresse mit John Wimber und Team in der Frankfurter Kongreßhalle sorgten für eine große Breitenwirkung, wovon im nächsten Kapitel noch die Rede sein wird.

Querverbindungen

Besonders intensive Beziehungen bestehen zwischen der GGE und der katholisch-charismatischen Gemeinde-Erneuerung. Deutlich wird diese Verbindung in der gemeinsamen ökumenischen Zeitschrift „Erneuerung in Kirche und Gesellschaft", die zuerst von A. Bittlinger, Heribert Mühlen und Robert Kopp redigiert wurde. Bald gehörte aber auch W. Kopfermann zu dem Herausgeberkreis und schließlich zum Redaktionsausschuß. W. Kopfermanns damaliges Urteil über H. Mühlen:

> „In der Gestalt des Paderborner Dogmatikers Heribert Mühlen ist der westdeutschen Christenheit ein akademischer Lehrer geschenkt worden, der als profilierter systematischer Theologe persönliche spirituelle Glaubwürdigkeit, offensichtliche Führungsgaben, einen Blick für die pastoralen Notwendigkeiten der Kirche, evangelistische Leidenschaft sowie ökumenische Weite miteinander verbindet. Von seiner Initiative und seiner Denkarbeit hat die evangelische Charismatische Gemeinde-Erneuerung profitiert."[57]

In den ersten Jahren wurden eine Anzahl katholisch-evangelischer Tagungen durchgeführt, später wurden mehr konfessionsspezifische Seminare angeboten, weil man darin den zur Zeit wirksameren Weg zur Bewegung der kirchlichen Erneuerung sah. Die Schriften des kath. Dogmatikers H. Mühlen, vor allem die „Einübung in die christliche Grunderfahrung", wurden innerhalb der GGE und besonders den Teilnehmern der Einführungsseminare sehr empfohlen.

Eine ebenfalls enge Zusammenarbeit besteht mit der „Arbeitsgemeinschaft für Gemeindeaufbau" (AGGA), deren Vorstandsmitglied W. Kopfermann bis zu seinem Kirchenaustritt war.

1988 zog sich W. Kopfermann überraschend aus der Leitung der GGE zurück und vollzog am 12. September seinen Austritt aus der Evangelischen Landeskirche, nachdem er sich einen Tag vorher in einem Gottesdienst vor ca. 2000 Besuchern von seiner Gemeinde verabschiedet hatte. Wenige Wochen später gründete W. Kopfermann die „Freie evangelisch-lutherische Anskarkirche", eine evangelikal-charismatische Freikirche, die kurze Zeit nach ihrer Gründung bereits 400 Mitglieder hatte.

Kopfermann begründete seinen Austritt, der sowohl in säkularen Zeitungen, wie auch in kirchlichen Blättern für Schlagzeilen sorgte, mit dem Pluralismus der Evangelischen Landeskirche und der Erkenntnis, daß das „volkskirchliche System im ganzen biblisch zutiefst fragwürdig, geschichtlich eigentlich überholt und arbeitsmäßig extrem uneffektiv ist"[58].

Zumindest in dieser konsequenten Haltung ist W. Kopfermann den allgemein kirchentreuen Gnadauern, die ihn oft und heftig kritisiert haben, einen Schritt voraus und damit eine Herausforderung:

„...Ich habe dafür gearbeitet und geworben, daß in der Volkskirche nicht nur Hauskreise und Zellen des Glaubens entstehen, sondern ganze Gemeinden durch die Kraft des Heiligen Geistes erneuert werden. Diese Hoffnung trägt mich nicht mehr. Der in der EKD zum Dogma erhobene Pluralismus fordert die Gleichberechtigung aller sogenannten Frömmigkeitsstile, was immer das ist, im ganzen und auch auf Gemeindeebene. Widerspricht man dem im Namen des Neuen Testamentes, so ist der Krach da."[59]

„...Was die EKD zusammenhält, ist nicht ein gemeinsames, inhaltlich gefülltes Christusbekenntnis, sondern die Sitte der Säuglingstaufe, das Kirchensteuersystem, die Handhabung des Kirchenrechts und eine Menge verharmlosender Parolen wie etwa diese: Die Kirche ist zu allen Zeiten sündig und krank gewesen, auch schon zur Urchristenheit..."[60]

„...Die Regel ist: die volkskirchlichen Strukturen verhindern die Veränderung ganzer Gemeinden in ihrer Grundausrichtung. Ich rücke also heute von dem ab, was ich selber versucht und gelehrt habe... Die Evangelischen Landeskirchen sind geistlich in hohem

Maße ziellos. Genauer gesagt: es gibt keinen Grundkonsens mehr darüber, wozu die Kirche eigentlich da ist."[61]

Erstaunlich ist, daß W. Kopfermann den Mut hat, jahrelang vertretene und praktizierte Überzeugungen aufzugeben, vor allem auch das unausgesprochene „Dogma" der Charismatiker „Dogmen trennen, Liebe eint", um biblische Prinzipien verwirklichen zu können:

> „Liebe und Wahrheit gehören immer zusammen. Manchmal erfordert der Gehorsam gegenüber der erkannten Wahrheit Schritte, durch die sich Menschen verletzt fühlen. Sie erklären solche Schritte dann als Ausdruck von Lieblosigkeit..."[62]

So distanzierte sich Kopfermann ausdrücklich von den falschen Lehren der kath. Kirche, die es ihm unmöglich machten, katholisch zu werden und auch von der Praxis der Säuglingstaufe:

> „Ich habe seit meiner Kindheit – ich bin ja in dem sehr katholischen Paderborner Land großgeworden – eine tiefe Achtung gegenüber der katholischen Kirche empfunden. Einem Übertritt aber stehen unüberwindliche lehrmäßige Hindernisse im Wege. Ich erkenne zwar an, daß es in der katholischen Kirche hingegebene Jünger Jesu gibt, glaube aber, daß die Gesamtkirche zu viel an unbiblischen Lehraussagen erklärt hat."[63]

> „Nahezu jede Irrlehre auf der Kanzel wird akzeptiert, nur ein Nein zur Säuglingstaufe scheint die Kirche in ihren Grundfesten zu bedrohen."[64]

Seinen weiteren Weg sieht W. Kopfermann so:

> „Ich hoffe, daß mein Schritt insgesamt nicht die Tendenz zur Anpassung, sondern die zur kompromißlosen Nachfolge Jesu Christi verstärkt...Ich für meinen Teil möchte die Evangelisation noch ernster nehmen als bisher, dabei fest mit den Wirkungen des Heiligen Geistes rechnen (power evangelism), mit soviel anderen Christen und Gruppen wie möglich zusammenarbeiten und vor allem dem Gebet absolute Priorität einräumen."[65]

Die Kommentare seiner ehemaligen kirchlichen Vorgesetzten und früheren Mitarbeiter in der GGE sind teilweise sehr scharf und scheinen zu zeigen, daß Kopfermann mit seiner Entscheidung einen empfindlichen Nerv bei vielen sonst recht liberalen und toleranten Mitarbeitern der Landeskirche getroffen hat.

H.D. Reimer (Evangelische Zentralstelle für Weltanschauungsfragen der EKD in Stuttgart):

„Kopfermann hat mit seinem Schritt der GGE einen denkbar schlechten Dienst getan. Hat er, der Führer, den charismatischen Impuls nicht freihalten können von anderen eben nicht kirchenerneuernden, sondern kirchentrennenden Elementen und Zielsetzungen, wie sollen dies dann die von ihm Geführten können? Man wird nun in Zukunft mit einem gewissen Recht „Charismatiker" und die Gefahr der Gemeindespaltung in Verbindung bringen. Und das schadet der Sache sehr."[66]

Bischof Peter Krusche:

„Die Gründung einer weiteren freikirchlichen Gruppierung trotz der bestehenden freikirchlichen Möglichkeiten für Christen, die nicht in der Landeskirche bleiben wollen, widerspricht dem Einheitsgebot Christi und untergräbt die Glaubwürdigkeit des christlichen Zeugnisses."[67]

Bischof Ulrich Wilkens:

„Aber was an den Vorwürfen, mit denen Pastor Kopfermann seine Kirche verläßt, geistlich so schlimm ist, das ist der Geist, der ihn darin leitet...Das scheint mir eine ganz unheilige Verbindung von Sektengeist und Machergeist zu sein. Weder das eine noch das andere brauchen wir heute...um unserer gefährdeten Kirche aufzuhelfen, sondern viel Liebe brauchen wir und sehr viel geduldiges Vertrauen, daß Christi Liebe da ist...und uns wohl als ihre Diener braucht, nicht aber als ihre Anwälte!"[68]

Werner Hoerschelmann (Hauptpastor der Hauptkirche St. Petri):

„Wir erleben hier nichts Geringeres als eine Gemeindespaltung. Gemeinde- und Kirchenspaltungen verdienen in jedem Fall und immer die aus dem Griechischen abgeleitete Bezeichnung ‚diabolisch', d.h. im Ursinn des Wortes ‚zerwerfend', ‚auseinanderreißend'... Von der zur Erneuerung erforderlichen Liebe zu seiner Kirche war in den Äußerungen von Pastor Kopfermann – gelinde gesagt – wenig zu spüren. Er hat sie jetzt ganz aufgekündigt..."[69]

Friedrich Aschoff (Mitglied des Leitungsteams der GGE):

„Bei seiner Kritik am geistlichen Zustand der Evangelischen Kirche in Deutschland hatte Kopfermann schon seit Jahren immer deutlichere Töne angeschlagen. Trotzdem kam auch für das neue Leitungsteam der GGE seine Entscheidung sehr überraschend. Der Wechsel im Leitungsamt hat damit einen ganz anderen Akzent bekommen...Für seinen Einsatz und Dienst sind wir Wolfram Kopfermann zu bleibendem Dank verpflichtet. Um so mehr bedauern wir jetzt seine Entscheidung, die Ev. Kirche zu verlassen. Wir können ihm darin nicht folgen, obwohl wir viele seiner Klagen verstehen und teilen."[70]

Aus der Stellungnahme des Koordinierungsauschusses der GGE:

„Dieser Schritt steht in deutlichem Widerspruch zum Ansatz der GGE, wie er sowohl in den ‚Würzburger Thesen' (1976) als auch in der erst kürzlich erneuerten Ausgabe der ‚Erstinformation' (1987) formuliert wurde..."[71]

Inwieweit andere Pfarrer dem Beispiel Kopfermanns folgen und es zu einer Anskar-Bewegung kommt, bleibt abzuwarten. Nach dem ersten Gemeindegründungsseminar im April 1989 erklärte W. Kopfermann, daß in den nächsten Jahren 10 – 20 neue Gemeinden in Deutschland gegründet werden sollen und das die Bildung einer eigenen Ausbildungsstätte für Pastoren geplant ist [72].

W. Kopfermann hat sehr klar erkannt, daß einerseits alle Wiederbelebungsversuche der Volkskirche zum Scheitern verurteilt sind und andererseits das Interesse am Aufbau neuer Gemeinden „im deutschsprachigen Raum wohl noch nie so groß gewesen ist wie gegenwärtig". Aus diesen Erkenntnissen hat W. Kopfermann zur rechten Zeit die folgerichtigen Schlüsse gezogen, und damit den Gnadauern und den Bekennenden Gemeinschaften, die über die Bildung einer Bekennenden Kirche innerhalb der EKD nachdenken, kräftige Gedankenanstöße gegeben. Das Buch „Abschied von einer Illusion" (Praxis-Verlag 1990) ist das Ergebnis seiner Auseinandersetzung mit dieser Problematik.

Man kann nur wünschen, daß nicht nur „neue", sondern „biblische", nach dem Muster des NT ausgerichtete Gemeinden entstehen, die nicht wieder – trotz aller Betonung der Charismen – in einer „Pastorenkirche" ersticken und im Sakramentalismus erstarren.

Schlußfolgerungen

Vergleicht man die „erste Welle", also die Entstehungs- und Verbreitungsgeschichte der Pfingstbewegung von 1906-1960 mit der Geschichte der „zweiten Welle", der Charismatischen Bewegung, so fällt folgendes auf:

1. Eine enorme Ausbreitung

Anders als die Pfingstbewegung, die teilweise – besonders in

Deutschland – heftig angegriffen wurde, hat die Charismatische Bewegung innerhalb von ca. 20 Jahren Eingang in fast alle Volks- und Freikirchen gefunden und ist auf weitgehende Anerkennung und Unterstützung der offiziellen Kirchenleitungen gestoßen. Der Missionsforscher David B. Barrett schätzt die Mitglieder der klassischen Pfingstkirchen auf weltweit ca. 193 Millionen (womit die Pfingstler die größte protestantische Denomination bilden) und die Zahl der Charismatiker auf etwa 140 Millionen. Wenn diese Angaben stimmen, dann gehören etwa 20% der Christenheit zum pfingstlich-charismatischen Aufbruch.

2. Der geistliche Substanzverlust

Die enorme quantitative Entwicklung der Charismatischen Bewegung läuft allerdings parallel mit einem deutlich erkennbaren Qualitätsverlust. Während in der Pfingstbewegung allgemein eine fundamentalistische Haltung in bezug auf die Inspiration und Historizität der Bibel, in bezug auf die Schöpfungsgeschichte usw. vertreten und andererseits der Liberalismus und Sakramentalismus in den übrigen Kirchen verurteilt wird, so ist in der Charismatischen Bewegung Platz für fundamentalistische, bibelkritische, ökumenische und sakramentalistische Auffassungen. Eine theologische Abgrenzung wird in den meisten Fällen als ein Verstoß gegen das Liebesgebot Jesu verurteilt. Der gemeinsame Nenner ist nicht mehr eine gemeinsame biblische Glaubensüberzeugung, sondern die gemeinsame charismatische Erfahrung.

Interessant sind in diesem Zusammenhang die Ausführungen von H.D. Reimer, der sich als Referent der Evangelischen Zentralstelle für Weltanschauungsfragen des öfteren schriftlich zur Charismatischen Bewegung geäußert hat und dem ökumenisch-charismatischen Flügel dieser Bewegung nahe steht:

> „In diesem Zusammenhang sei nochmals auf den gesetzlichen Biblizismus resp. Fundamentalismus verwiesen, dessen erneut zunehmender Einfluß auf die evangelischen Christen, einschließlich der Charismatiker, historisch zwar erklärbar ist, der aber dem geistbezogenen Ansatz der Charismatischen Erneuerung direkt entgegensteht. Wohl sind die Charismatiker in derselben Lage wie die Biblizisten, insofern sie die reale Gültigkeit der religiösen Aussagen der Bibel einer säkularistischen und liberalen Umwelt gegenüber zur Geltung bringen müssen. Und das Bewußtsein, für die Wahrheit der Bibel einzustehen, stärkt ganz allgemein das protestantische Gemüt und verbindet

die Streiter. Wenn die Charismatiker bei diesem ‚Streit um die Bibel' jedoch nicht ihren eigenen, speziellen Beitrag einbringen – nämlich ihre persönlichen Erfahrungen – , sondern der gesetzlichen und formalistischen Argumentationsweise der Fundamentalisten folgen, dann stellen sie sich einem fremden Geist zur Verfügung. Denn Geistliches muß nun einmal geistlich verstanden werden (siehe 1.Kor. 2,13)."[73]

3. Die Charismatische Bewegung im Urteil der Pfingstbewegung

Sicher kann man heute nicht von einer einheitlichen Beurteilung der Charismatischen Bewegung von seiten der Pfingstbewegung sprechen. Einige bekannte Pfingstler pflegen intensive Kontakte mit der Charismatischen Bewegung, und einige unter ihnen versuchen, die Charismatische Bewegung durch ihre Mitarbeit zu beeinflussen. Andere – wie David Wilkerson und Leonhard Ravenhill – sparen nicht mit heftiger Kritik an besorgniserregenden Entwicklungen und unbiblischen Lehren und Praktiken innerhalb der Charismatischen Bewegung.

Allgemein kann man sagen, daß die Pfingstbewegung in den meisten Ländern die Entwicklung der Charismatischen Bewegung – besonders wo katholisch-ökumenische Tendenzen deutlich werden – mit Sorge, oder zumindest mit gemischten Gefühlen beobachtet.

4. Die Charismatische Bewegung am Scheideweg?

Kritik richtet sich in den letzten Jahren vor allem gegen einen großen Flügel der Charismatischen Bewegung, der durch die Lehren von E.W. Kenyon, Kenneth Hagin, Kenneth Copeland, Charles Capps, John Osteen u.a. entscheidend geprägt worden ist.
Dieser Teil der Charismatischen Bewegung nennt sich „Glaubensbewegung" oder auch „Wort-des-Glaubens"-Bewegung. In Deutschland werden die Sonderlehren dieser Bewegung vor allem durch das Missionswerk „Wort-des-Glaubens" (Feldkirchen bei München) mit ihrem Leiter John Angelina, durch Wolfhard Margies (Pastor der Philadelphiagemeinde in Berlin), dessen zahlreiche Bücher und Broschüren vor allem das Gedankengut Hagins widerspiegeln, und von den sich immer mehr verbreitenden „Christlichen Gemeinden" (Terry Jones, Köln usw.) vertreten.

Kenneth Hagin, der bekannteste Vertreter („Vater") dieser Bewegung, hat inzwischen 126 Bücher und Broschüren geschrieben, die in einer Auflagenhöhe von 33 Mill. Exemplaren in vielen Sprachen erschienen sind. Er behauptet, alle besonderen Lehren durch acht „persönliche Begegnungen mit Jesus" „vor dem Thron Gottes" bekommen zu haben [74], obwohl D.R. McConnell nachgewiesen hat, daß Hagin seitenweise fast wörtlich die Schriften E.W. Kenyons (1867–1948) übernommen und unter seinem eigenen Namen veröffentlicht hat [75]. Hagin, der allen Kritikern seiner Lehren einen vorzeitigen Tod auf der Kanzel prophezeite, hat Lehren über Wohlstand, Gesundheit und Vollmacht der Gläubigen verbreitet, die von seinen Kritikern (z.B. McConnell und Dave Hunt) als „getaufte" „Christliche Wissenschaft" bezeichnet werden.

Die Beeinflussung durch den „Unitarismus", das „Neue Denken" und die „Christliche Wissenschaft" zeigt sich besonders in den Aussagen der „Glaubenslehrer" über die „Göttlichkeit" der Gläubigen („der Gläubige ist genauso eine Inkarnation wie Jesus von Nazareth") [76] und über die Versöhnung. Diese ist nach Auffassung der „Glaubenslehrer" nicht am Kreuz durch das Blut Jesu, sondern in der Hölle durch den „geistigen Tod" Jesu geschehen, wo er in „den drei Tagen und Nächten im Schoß dieser Erde" die „Natur Satans" angenommen habe, von „Dämonen gefoltert" worden sei und die Gläubigen „von Satan losgekauft" [77] habe.

Erstaunlich ist, daß die heftigste Kritik an dieser Irrlehre von dem Charismatiker D.R. McConnell kommt.

In seinem Buch „Ein anderes Evangelium" (Fliß Verlag, Hamburg, 1990) bezeichnet er die „Glaubensbewegung" wegen ihrer „sektiererischen Herkunft" als eine ernste Bedrohung für den „theologisch rechten Weg und für die geistlich saubere Praxis in der Charismatischen Bewegung" [78].

In seiner hervorragenden Analyse dieser Bewegung schreibt er:
„Wir, die wir uns zu den Charismatikern zählen, befinden uns am Scheideweg. Die Charismatische Bewegung hat in ihrer Geschichte einen geistlichen Punkt erreicht, an dem sich der Weg gabelt...Nichts Geringeres als das Festhalten an der gesunden Lehre in unserer Bewegung steht auf dem Spiel." [79]
Er schließt sein Buch mit der Feststellung:
„Von ihren Anfängen bis in die Gegenwart hat die Charismatische Bewegung eine fehlerhafte Offenbarungslehre vertreten. Wir Charismatiker haben uns zu wenig dem Prinzip verpflichtet, daß die Bibel der einzig unfehlbare Maßstab für Glaube und Praxis ist...wir brauchen eine Reformation der Lehre nach den Prinzipien der großen historischen Reformation..." [80]

3

„Power evangelism" – die dritte Welle

Etwa um 1980 schien die Charismatische Bewegung – weltweit gesehen – ihren Höhepunkt überschritten zu haben. Manche sprachen bereits von einer „nach-charismatischen Zeit", und der englische Evangelist und Autor David Watson, der regelmäßig Seminare über Evangelisation und Erneuerung am „Fuller Theological Seminary" durchführte, nannte 1980 John Wimber gegenüber folgende Anzeichen der Stagnation:

- Schwindende Besucherzahlen bei Konferenzen in den USA und auch in Großbritannien,
- Spaltungen unter den Leitern,
- ein allgemeines Unbehagen, das durch Entmutigung und Unzufriedenheit gekennzeichnet ist.[1]

Doch genau mit diesem Jahr, in dem die „Welle" der Charismatischen Bewegung an Dynamik verlor, begann die Epoche der „Dritten Welle des Heiligen Geistes" – Zielgruppen sind die bisher von den ersten beiden „Wellen" nicht erreichten „konservativ-evangelikalen, nicht-charismatischen" Gemeinden.

Die Vorgeschichte dieser „Welle" ist eng mit dem Namen zweier Männer verbunden, die diese Bewegung geprägt haben: C. Peter Wagner und John Wimber.

C. Peter Wagner und die dritte Welle

C. P. Wagner hatte bereits 16 Jahre Missionsdienst in Bolivien hinter sich, als er 1967 Donald McGavran, den Gründer der „Fuller School of World Mission" und Vater der Gemeindeaufbaubewegung, kennenlernte. Rückblickend auf seinen Missionsdienst äußerte Wagner, daß er sich nicht an eine einzige Situation erinnern könne, wo die Kraft des Heiligen Geistes durch ihn „hindurchgeflossen wäre, um Kranke zu heilen oder Dämonen auszutreiben"[2].

Er selbst nannte neben mangelndem Glauben und halbherziger Hingabe vier weitere Hindernisse, die er für die Ursache seiner Kraftlosigkeit hielt:

1. „Ich war ‚Dispensationalist'... ich war gründlich gelehrt worden, daß Zeichen und Wunder, seit es den Kanon der Schrift gab, nicht mehr nötig wären, um die Aufmerksamkeit der Ungläubigen auf Jesus zu ziehen...
2. Ich hatte eine antipfingstlerische Haltung. In meinen Kreisen war es üblich, die Pfingstler als Betrüger zu betrachten... die Theologie der Pfingstler erschien uns einfach zu oberflächlich...
3. Ich hatte eine eingeschränkte Vorstellung von Gottes Kraft...
4. Meine Weltanschauung war vom säkularen Humanismus geprägt... Ich weiß noch, wie ich glaubte, ein Teil meiner Missionsarbeit bestände darin, die Eingeborenen zu überzeugen, daß Krankheiten durch Bazillen verursacht würden und nicht durch böse Geister, wie sie in ihrem Aberglauben annahmen..."[3]

Weiter nennt C.P. Wagner vier Gründe dafür, warum er heute kein Dispensationalist mehr ist und weshalb er seine Haltung den Pfingstlern gegenüber geändert hat:

1. Eine Begegnung mit Stanley Jones
   Mitte der 60er Jahre, als Wagner noch „seperatistischer Fundamentalist" war, wurde Jones, der bekannte Indienmissionar, nach Bolivien eingeladen. Wagner, der zu dieser Zeit an einer eiternden, nicht heilenden Operationswunde litt, besuchte sehr skeptisch eine Predigt Jones, nach welcher dieser anschließend für anwesende Kranke betete. Am folgenden Morgen war die Wunde Wagners geheilt.

2. Die Beobachtung von wachsenden Gemeinden
   C.P. Wagner hatte von D. MacGavran gelernt, Wachstumsprinzipien zu entdecken, und untersuchte Ende der 60er Jahre das explosionsartige Wachstum einer Pfingstgemeinde in Chile, wobei ihm sein eigener Standpunkt immer zweifelhafter wurde. 1971 unterrichtete Wagner am „Fuller Seminary" und schrieb als Ergebnis seiner bisherigen Wachstumsstudien das Buch „Spiritual Power and Church Growth".

3. Mitarbeit in einer Pfingstgemeinde
   Mitte der 70er Jahre unterrichtete Wagner über einen längeren Zeitraum in einer klassischen Pfingstgemeinde („Church of God")

die Prinzipien des Gemeindewachstums. Dabei erkannte er an den Männern und Frauen, die er unterrichtete, „Dimensionen der Kraft Gottes", nach denen er sich sehnte. „Jedesmal, wenn ich von dieser Gemeinde nach Hause kam, war ich geistlich erfrischt. Manchmal wünschte ich mir, ich wäre auch ein Pfingstler!"[4]

4. John Wimber taucht auf

1975 lernte er J. Wimber kennen, der damals noch Pastor einer Quäkergemeinde war und sich für einen Kurs über Gemeindeaufbau angemeldet hatte. Am Ende der zweiten Woche erkannte Wagner die Begabung Wimbers als Leiter und Berater für Gemeindeaufbau und überredete ihn, seine Gemeinde zu verlassen und sein Mitarbeiter am neuaufgebauten „Fuller Institut of Evangelism and Church Growth" zu werden.

Es entwickelte sich nun eine enge Freundschaft zwischen Wimber und Wagner, die auch bestehen blieb, als Wimber zwei Jahre später seine Mitarbeit aufgab, um die „Vineyard Christian Fellowship" in Anaheim zu gründen.

1982 wurde C.P. Wagner beauftragt, einen Kurs über „Zeichen und Wunder" an der „School of World Mission" durchzuführen. Die Verantwortung dafür sollte er als Professor übernehmen, die Vorlesungen sollte J. Wimber halten. Dieser Kurs wurde unter dem Namen „MC510" weit bekannt.

Wimber vermittelte jedoch nicht nur trockene Theorie, sondern verband seinen Unterricht mit praktischen Übungen im Gebets- und Heilungsdienst. Wagner selbst wurde bei einem solchen Dienst von seinem hohen Blutdruck befreit und begann nun selbst Kranken die Hände aufzulegen und für sie zu beten.

Die „dritte Welle"

Nachdem C.P. Wagner sich nun endgültig von „anticharismatischen" Vorurteilen befreit hatte, leitete er in der „nichtcharismatischen" traditionellen „Lake Avenue Congregational Church" eine Sonntagschulklasse von Erwachsenen, in welcher er mit zwei Schülern Wimbers einen „wirkungsvollen Heilungsdienst" begann.

> „Ich bemerkte Gaben der Fürbitte, der Seelsorge, der Heilung, der Dämonenaustreibung, der Prophetie, der Organisation, Unterscheidung der Geister, Worte der Erkenntnis und anderes mehr."[5]

Da man diese Klasse nicht als „charismatisch" bezeichnen wollte und doch eine alternative Bezeichnung brauchte, prägte man den Begriff

„Dritte Welle". „Damit wollen wir ausdrücken, daß wir ähnlich wie die Pfingstbewegung (die erste Welle) und die Charismatische Bewegung (die zweite Welle) Gottes übernatürliche Kraft erfahren, jedoch nicht Teil dieser beiden ersten Wellen sind und sein wollen."[6]

Interessant ist, wie C.P. Wagner seinen besonderen Auftrag sieht und auf welche Weise ihm seine ‚Berufung' deutlich wurde:

„Ob der Name ‚Dritte Welle' sich durchsetzt oder nicht, wird sich herausstellen. Der Dienst wurde jedoch im November 1983 von verschiedenen Seiten bestätigt. Ich bekam unabhängig voneinander von ganz unterschiedlichen Menschen fünf Prophetien, die alle etwas Ähnliches besagten. Gott hat mich offensichtlich dazu berufen, sein Botschafter zu sein. Damit die Gemeinde Jesu Christi aufgebaut wird, soll ich denen Gottes Macht verkündigen, die bisher keinerlei Erfahrung damit gemacht haben. Und ich soll diesen Dienst in einer ‚nichtpfingstlerischen' und ‚nichtcharismatischen' Weise tun. Die Prophetien enthielten jedoch auch eine Warnung vor den Angriffen des Feindes… Der Herr hatte mich nämlich auch wissen lassen, daß ich auf Satans schwarzer Liste ziemlich weit oben stünde. Im Januar 1983 wurde nach einem Seelsorgegespräch mit John Wimber die Kraft eines bösen Geistes gebrochen, der mir seit Jahren Kopfschmerzen verursacht hatte, die mich sehr behinderten. Im März versuchte der Teufel, mich zu töten, indem er mir eine Leiter unter den Füßen wegzog …Dieses Ereignis weckte in uns die Vermutung, daß der Feind böse Geister in unser Haus geschickt hatte. Dies bestätigte sich später, als meine Frau Doris in unserem Schlafzimmer tatsächlich einen solchen Geist sah. Unter der Führung des Heiligen Geistes gebrauchten George Eckart und Cathy Schaller die Gaben der Unterscheidung und der Dämonenaustreibung und reinigten das Haus von mehreren bösen Geistern. Seit der Zeit wurden wir nicht mehr belästigt."[7]

1984 kam Yonggi Cho, Pastor der „weltgrößten" Kirche („Central Gospel Church" in Seoul), um als langjähriger Freund Wagners die jährlichen Vorlesungen über Gemeindeaufbau zu halten. Cho hatte davon gehört, daß Wagner inzwischen die besondere Gabe hätte, „durch Gebet Beine zu verlängern" und wurde Augenzeuge, wie durch das Gebet Wagners das verkrüppelte Bein eines koptischen Pastors geheilt wurde. „Gott wirkte nachhaltig, das Bein wuchs, und zum ersten Mal seit dem Unfall konnte der Pastor darauf stehen."[8]

C.Peter Wagner hat als Nachfolger Donald McGavrans inzwischen 27 Werke veröffentlicht, die vor allem die Themen „Gemeindewachstum" und „Mission" behandeln. Auch in der deutschen Gemeindewachstumsbewegung ist er als der „führende Denker der weltweiten Gemeindeaufbaubewegung"[9] durch sein Buch „Die Gaben des Geistes für den Gemeindeaufbau" bekannt geworden.

John Wimber und „Power evangelism"

Wolfram Kopfermann, der J. Wimber als „eine Leitfigur innerhalb der Christenheit des Westens" bezeichnet, hat aus seiner Sicht die Bedeutung Wimbers mit folgenden Sätzen beschrieben:

> „In seiner Person begegnen sich drei für die Zukunft des Protestantismus wichtige Ströme: die evangelikale Bewegung, von der Wimber herkommt und der er sich weiter zurechnet; die Gemeindewachstumsbewegung, zu deren begabtesten Repräsentanten in den USA er bis heute gerechnet wird, und die Heilig-Geist-Bewegung des 20. Jahrhunderts, in deren vorderster Reihe er seinen Dienst tut. So könnte er für viele zu einer integrierenden Gestalt werden."[10]

Wimber selbst erzählt, daß er als Heide in der 4. Generation erzogen wurde und als junger Mann Musik zu seinem Lebensinhalt wählte. Er stieg ins Musikgeschäft ein und machte als Jazz- und Rock-'n'Roll-Musiker Karriere.

1962 geriet er in eine Krise, als sich seine Frau Carol mit ihren drei Kindern von ihm trennte und mit Scheidung drohte. In seinem Kummer begann John eine religiöse Erfahrung zu suchen und fing an zu beten. Seine Frau gab ihm darauf eine neue Chance, verband aber als Katholikin ihr Angebot mit der Forderung, sich in der kath. Kirche trauen zu lassen.

Kurze Zeit später kamen Wimber und seine Frau durch einen Hauskreis zum Glauben und traten darauf in eine Quäker-Gemeinde ein, in der John bald zweiter Pastor und Carol Älteste wurde.

John begann kurz nach seiner Bekehrung in Zungen zu reden, wurde aber damals von seiner Frau gewarnt. Siebzehn Jahre später hatte Carol Wimber einen Traum, in dem sie eine Predigt gegen den Gebrauch von Geistesgaben hielt. Beim letzten Punkt wurde sie jedoch von einem Hitzeschlag getroffen:

> „Die Hitze durchlief meinen ganzen Körper und kam schließlich aus meinem Mund heraus. Ich wachte auf und sprach in einer anderen Sprache."[11]

Während dieser Zeit war John am Fuller-Institut für Evangelisation und Gemeindewachstum tätig.

1976 begannen die Wimbers innerhalb der Quäkergemeinde mit einem Hauskreis, dem bald 125 Personen angehörten. 1977 verließ Wimber mit etwa 150 Leuten die Quäker und gründete eine Gemeinde, die sich heute „Vineyard Christian Fellowship" nennt und deren Pastor er wurde. 1988 gehörten bereits über 235 Gemeinden mit etwa 80.000 Mitgliedern zu dieser Gemeinschaft.

In den folgenden Monaten hatten die Wimbers den Eindruck, daß ihnen die Kraft Gottes noch fehlte, und so begannen sie darum zu beten.

Eines Tages, nachdem John über Geistestaufe gelehrt hatte, betete er auf Wunsch der Zuhörer mit ihnen unter Handauflegung. Carol berichtet davon:

> „Von seinen Händen strömte eine unglaubliche Kraft. Wenn er Menschen berührte, fielen diese einfach um. Für John war es, als ob aus seinen Händen eine geistliche Kraft ausströmte, ähnlich wie Elektrizität. Es war das erste Mal, daß John tatsächlich fühlte, wie Kraft von ihm ausging."[12]

Wenige Tage später erlebte John, daß auf sein Gebet hin ein junges Mädchen geheilt wurde – ihr zu kurzes Bein begann zu zittern und zu zucken, bis es die normale Länge hatte. Als sich John nach dieser Heilung zu Hause mit seiner Frau austauschte, sagte er zu ihr, während er sich ein Glas Milch einschenkte: „Ich glaube, wenn man das Wort Gottes lehrt, dann wird der Heilige Geist..." Weiter kam John nicht; nachdem er „Heiliger Geist" gesagt hatte, sackten ihm plötzlich die Beine weg und er konnte sich nur noch gerade an der Theke festhalten. Er schaute erstaunt und lachend zu Carol auf und sagte: „Ich glaube, wir werden noch einiges erleben, Carol."[13]

Die Geburtsstunde von „Power evangelism"

Muttertag 1981 war es dann soweit: die Gemeinde war auf 700 Mitglieder angewachsen und erlebte, daß auf das Gebet eines jungen Mannes hin Hunderte von jungen Leuten plötzlich zitterten, umfielen und in Zungen redeten. Als Carol in die Nähe dieser „Erschlagenen" kam, spürte sie die Kraft, die von ihren Körpern ausging: „...es war so etwas wie Hitze oder Elektrizität."[14]
John, der zuerst sehr unsicher war, wie er die Geschehnisse beurteilen sollte, verbrachte die folgende Nacht damit, in Büchern und in der Bibel zu lesen, um eine Erklärung zu finden. Schließlich, um fünf Uhr

morgens, schrie er zu Gott: „Herr, wenn dies alles von dir ist, dann laß es mich bitte wissen." Unmittelbar danach klingelte das Telefon und ein befreundeter Pastor meldete sich mit den Worten:

> „Verzeih, daß ich dich schon so früh anrufe, aber ich muß dir etwas Merkwürdiges sagen. Ich weiß auch nicht, was es bedeutet, aber Gott hat mir gesagt, ich soll dir sagen: Es ist von mir, John."[15]

Diesen Anruf sah John als die Bestätigung Gottes an, und alle Zweifel wichen. Seitdem sind „Zeichen und Wunder das erste, was den Besuchern unserer Gemeinde ins Auge fällt"[16].

1983 gründete Wimber die Organisation „Vineyard Ministries International", die Veranstaltungen im In- und Ausland zu den Themen Gemeindewachstum, „power evangelism", Heilungsdienst und Vollmächtiges Gebet durchführt. In Europa fanden in den vergangenen Jahren Konferenzen in England, Schottland, Irland, Frankreich, Schweden, Deutschland und in der Schweiz statt.
Nach eigenen Angaben hat J. Wimber mit seinem Team in Europa etwa 100.000 kirchliche Mitarbeiter schulen können. Die Zahl der Teilnehmer seiner Konferenzen schätzt er weltweit auf etwa 400-500.000.

Die Zielrichtung der dritten Welle

Sowohl C. P. Wagner, als auch J. Wimber stimmen in der Überzeugung überein, daß die „Dritte Welle" vor allem die konservativen, nichtcharismatischen Evangelikalen erreichen soll, die bisher von den beiden ersten Wellen nicht oder nur kaum berührt wurden.

John Wimber:

> „Das Gesicht der evangelikalen Gruppen und Gemeinden ist dabei, sich zu verändern, und es verändert sich schnell. Fundamentalisten und konservative Evangelikale, die nichtcharismatisch sind, können es sich nicht mehr leisten, die beiden ersten Wellen des Heiligen Geistes in diesem Jahrhundert zu ignorieren... Die meisten Fundamentalisten, wenn auch nicht alle, stehen außerhalb der beiden ersten großen Wellen des Heiligen Geistes und halten an einer fünfzig Jahre alten Kritik über pfingstliche Exzesse fest. Ich glaube, daß viele in ihrer Opposition gegen Pfingstler und Charismatiker um so lauter werden, je stärker das Wirken des Heiligen Geistes um sie herum anwächst. Einige werden jedoch auch gesalbt und umgewandelt werden.

Die zweite Gruppe, die konservativen Evangelikalen, zeigt bereits Anzeichen dafür, daß sie das Ziel der neuen Welle ist, der dritten Welle des Wirkens des Heiligen Geistes in diesem Jahrhundert. Mit konservativ-evangelikal bezeichne ich eine Gruppe der Evangelikalen, die nichtcharismatisch, aber nicht unbedingt anticharismatisch ist. Zu dieser Gruppe habe ich viele Jahre lang gehört."[17]

C.P. Wagner:

„Die Dritte Welle begann um 1980, als sich eine zunehmende Anzahl traditionell evangelikaler Gemeinden und Einrichtungen für das übernatürliche Wirken des Heiligen Geistes zu öffnen begann, obwohl sie weder Pfingstler noch Charismatiker waren, noch dies werden wollten."[18]

Unterschiede zu den ersten beiden Wellen

J. Wimber sieht einen wesentlichen Unterschied zu den ersten beiden Wellen darin, daß in der Dritten Welle nicht nur hauptsächlich „hauptamtliche Pastoren" (Erste Welle) und „laienverantwortliche" Hauskreis- und Zellgruppenleiter (Zweite Welle), sondern „alle Christen für den Dienst in der Kraft Gottes ausgerüstet" werden.

„Anstatt nur Evangelisten, Heilungsprediger oder Hauskreisleiter auszubilden, werden in der Dritten Welle alle Christen für den Dienst in der Kraft des Geistes ausgerüstet, besonders für persönliche Evangelisation und göttliche Heilung."[19]

„Wenn ich einer der Leiter der Dritten Welle bin und wenn der Dienst der Vineyard-Gemeinden charakteristisch ist für das, was die Dritte Welle ausmacht, dann ist dies eine Welle der Ausrüstung. Mit ‚Ausrüstung' meine ich, daß es eine Welle ist, in der alle Christen ermutigt werden, für Kranke zu beten und alle Gaben einzusetzen. Aus diesem Grunde führe ich Schulungsseminare und nicht Heilungsgottesdienste durch. Mein Ziel ist, daß der ganze Leib Christi den Dienst der Heilung aufnimmt. Ich möchte nicht, daß er auf einige wenige Glaubensheiler beschränkt bleibt."[20]

C.P. Wagner nennt als besonderes Merkmal im Unterschied zu den beiden ersten Wellen „das Fehlen von Uneinigkeit schaffenden Elementen"[21].

Wimber ist besonders von diesem Aspekt begeistert, weil seine „höchste Priorität der Wunsch nach Frieden und Einheit im Leib Christi"[22] ist und zitiert D.G. Bloesch:

> „Der einzige geistliche Weg zu dieser Einheit (unter Christen) ist eine Rückkehr zu der Botschaft und Lehre der Bibel mit gleichzeitiger Zuhilfenahme der Tradition der gesamten Kirche."[22]

Also Bibel und Tradition, das alte Prinzip der röm. kath. Kirche, soll diese Einheit möglich machen. Daher findet man in Wimbers Büchern kaum ein abgrenzendes Wort und man wundert sich dann auch nicht, wenn er als kirchengeschichtliche Kronzeugen für „power evangelism" sowohl Papst Gregor I., Tertullian (Montanist), Ignatius von Loyola (Gründer der Jesuiten) als auch die Wunderheilungen in Lourdes heranzieht.

Das Erscheinungsbild

Wenn der bekannte evangelikale Theologe J.I. Packer die Charismatische Bewegung charakterisiert als „eine Art Chamäleon, das sich der theologischen und frommen Färbung seiner Umgebung anpaßt und die Farbe ändern kann, wenn sich diese Faktoren verändern"[24], so trifft dieser Vergleich auch auf die ‚Dritte Welle' und besonders auf J. Wimber zu. Um die Zielgruppe der konservativen Nichtcharismatiker zu erreichen, hat Wimber beste Voraussetzungen. Er kennt die Denk- und Argumentationsweise der Evangelikalen und Fundamentalisten und bezeichnet sich sogar selbst als „Dispensationalist"[25], obwohl er die für die meisten Dispensationalisten nicht zu akzeptierende Auffassung vertritt: „Im NT ist Israel mit der Kirche Christi identisch"[26] und in den Dispensationalisten die hartnäckigsten Gegner seiner Auffassungen sieht.

> „Die hartnäckigsten Verfechter der Lehre vom Aufhören der Zeichen und Wunder sind die Dispensationalisten. Sie glauben an bestimmte Heilszeiten: Zeiträume innerhalb der Geschichte, in denen Gott auf besondere Weise wirkte. Durch die Scofield Bibel, in deren Fußnoten der Dispensationalismus stark zu Wort kommt, hat sich die Theorie vom Ende der Wunder unter Millionen englischsprachiger evangelikaler Christen und Fundamentalisten verbreitet."[27]

Wimber hat außerdem richtig erkannt, daß viele Evangelikale sich weniger an den Lehren und Praktiken, als vielmehr an dem Auftreten der Charismatiker stoßen. Er selbst schreibt über die „bekannteste Fernseh-Heilerin" Kathryn Kuhlman: „Mir war ihre Sprache zu affektiert, und ihre Kleidung erschien mir zu extravagant. Ihre Art war theatralisch und ihr Auftreten mystisch... Ihr persönlicher Stil hielt mich eher davon ab, Gottes Werke zu sehen, als daß er mich dem nähergebracht hätte"[28]. Doch beeilt er sich anschließend in Klammern zuzufügen: „Inzwischen schätze ich K. Kuhlman und habe von ihr gelernt"[29]

Auch die Heilungsgottesdienste anderer Charismatiker fand er empörend:

> „Carol und ich besuchten auch einige Heilungsgottesdienste... Wir waren empört, denn wir hatten den Eindruck, daß die Glaubensheiler nur wegen des finanziellen Gewinnes an den Menschen interessiert waren. Obwohl offensichtlich einige Menschen geheilt wurden, konnten wir nicht glauben, daß diese Heilungen durch Gott geschahen; wir waren davon überzeugt, daß Jesus nie so ein Spektakel veranstalten würde. Die Heiler waren gekleidet wie für eine Theateraufführung, sie schubsten die Menschen, so daß diese hinfielen, und nannten dies dann noch die ‚Kraft Gottes'. Und Geld – sie wollten immer noch mehr Geld und sagten den Menschen, daß sie geheilt würden, wenn sie nur Geld geben würden."[30]

John Wimber tritt daher in seinen Veranstaltungen anders auf. Auf dem Frankfurter Kongreß 1988 hielt er sich weitgehend im Hintergrund und trat nur – es sei denn, daß er predigte – kurz vor, um die Teilnehmer zu begrüßen. Nicht auffällig, eher lässig gekleidet, bewegte er sich ungezwungen unter den Anwesenden. Die Beschreibung „Teddybär" trifft tatsächlich auf ihn zu; er ist ein gemütlich-väterlicher Typ, vertrauenerweckend und in keiner Weise arrogant. Die sonst meist übliche Show auf charismatischen Veranstaltungen fehlte, keine Ekstase, kein Aufpeitschen der Gefühle durch Wortschwall und Lautstärke, keine Bettelei um Geld.
Auch die Vorträge seiner Mitarbeiter waren sachlich, in manchen Punkten sogar sehr ausgewogen und manchmal selbstkritisch, sodaß dem nichtcharismatischen Zuhörer viele Vorurteile genommen wurden und die Möglichkeit, daß er sich dem anschließenden, allerdings dann sehr emotionalen Heilungs- oder Befreiungsdienst öffnete, sehr real war.

Wimbers Lehren über „Power evangelism"

Was ist nun „Power evangelism"?
Wimber definiert diesen Begriff so: „Eine Darstellung des Evangeliums, die sowohl rational ist, aber auch den Bereich des Rationalen übertrifft. Sie geht einher mit dem Erweis der Macht Gottes durch Zeichen und Wunder und läßt so Gottes Größe erfahrbar machen"[31]. Nach Wimbers Überzeugung sind „Zeichen und Wunder die Visitenkarte des Reiches Gottes"[32] und nicht an die Zeit Jesu und der Apostel gebunden, „... das konkrete Tun der Werke Christi (Zeichen und Wunder eingeschlossen) sollte ein fester Bestandteil

des normalen Christenlebens sein"[33]. „Mit ‚Power evangelism' meine ich eine Darstellung des Evangeliums, die für den Verstand zu begreifen ist, die aber auch Elemente enthält, die nicht vom Verstand erfaßt werden können. Die Verkündigung des Evangeliums wird von sichtbaren Erweisen der Macht Gottes begleitet, von Zeichen und Wundern. ‚Power evangelism' ist eine spontane, vom Geist eingegebene und bevollmächtigte Darlegung des Evangeliums. Übernatürliche, sichtbare Zeichen der Gegenwart Gottes gehen ihr voraus und unterstützen sie."[34]

Dispensationalisten wie z.B. Scofield und Warfield wirft Wimber vor, daß sie ihre Behauptung, die Zeichen und Wunder hätten mit den Aposteln aufgehört, nicht mit der Bibel belegen können:

> „Die größte Schwachstelle der Position Warfields ist folgende: er kann die Bibel nicht heranziehen, um seine Behauptung zu stützen, daß göttliche Wunder mit dem Tod der Apostel und mit dem Ende ihrer Generation aufhörten. Keine Schriftstelle sagt irgend etwas in dieser Richtung aus oder läßt auf diesen Gedanken schließen."[35]

Wimber lehrt, daß auch in unserer Zeit sichtbare Zeichen wie Dämonenaustreibungen, Krankenheilungen und Totenauferweckungen die Kennzeichen des anbrechenden Reiches Gottes sind, das sich, so Wimber, jetzt noch – bis zur Wiederkunft Jesu – auf „feindlichem Territorium" befindet. Nach seinen Auffassungen kommt es zu einem Zusammenprall der Mächte Gottes und des Teufels, wenn „Power evangelism" praktiziert wird. Dabei würde es häufig zu Begegnungen und Kämpfen mit Dämonen kommen.

> „Wenn das Reich Gottes in direkten Kontakt mit dem Reich der Welt kommt (Jesus trifft auf Satan), dann gibt es einen Zusammenstoß. Und gewöhnlich ist auch dieser ohne Ordnung und unberechenbar – für uns schwierig zu lenken."[36]

Positiv muß an dieser Stelle allerdings bemerkt werden, daß Wimbers Auffassungen vom Reich Gottes verbunden sind mit einer klaren Verkündigung des Evangeliums, die sich wohltuend abhebt von dem, was heute nicht nur in charismatischen Kreisen gepredigt wird:

> „Eine falsche Verkündigung des Evangeliums wird Christen hervorbringen, die falsche Einstellungen haben oder im besten Fall schwach sind. Das ist heute nur allzuoft der Fall. Statt des Rufes zur Herrschaft Christi und zum Eintritt in seine Armee hören die Menschen ein auf das Ego gemünztes Evangelium: komm zu Jesus und laß dir in dieser oder jener Not von ihm helfen, laß dir ein erfülltes Leben geben, schöpfe deine Möglichkeiten aus. Das ist

nicht das Evangelium vom Reiche Gottes, das Christus verkündigte und für das man einen hohen Preis zahlen muß: ‚Wer sein Leben retten will, wird es verlieren; wer aber sein Leben um meinetwillen und um des Evangeliums willen verliert, wird es retten' (Mark. 8,35)."[61]

Der Zweck von „Power evangelism"

Nach Wimbers Überzeugung werden mit „power evangelism" Vorurteile und Widerstände der Ungläubigen überwunden, sodaß es zu zahlreichen Bekehrungen kommt und eine „große Bereitschaft, dem Anspruch Christi Folge zu leisten" entsteht. Weiter lehrt er, daß oft die sichtbaren Zeichen zuerst an denen wirksam werden, die evangelisieren und danach erst an den Menschen, die erreicht werden sollen:

„Sichtbare Zeichen der Macht Gottes, die zur Bekehrung führen, ereignen sich oft zuerst an denen, die evangelisieren, und danach erst an Menschen, die evangelisiert werden. An Pfingsten waren die Menschen ‚außer sich, ratlos'. Viele von ihnen traten jedoch augenblicklich auf die andere Seite: sie wurden Teilhaber an Gottes Gnade. Wenn Nichtchristen erleben, wie Gott seine Macht an einem Christen offenbart, so öffnen sie sich dadurch auf übernatürliche Weise dem Evangelium vom Reich Gottes."[37]

„Selten wurde Gemeindewachstum allein durch die Verkündigung bewirkt."[38]

Wimber begründet seine Auffassungen mit dem Wirken Jesu, dem Auftrag und Dienst der Apostel (vgl. Luk. 9,1–6; Mark. 16, 15–18) und mit folgenden Zeugen der Kirchengeschichte:
Justinus (ca. 100–165), Irenäus (140–203), Tertullian (ca. 160/170–215/220), Novatian (210–280), Antonius (ca. 261–356); Hilarius (ca. 291–371), Macrina (ca. 328–379/380), Ambrosius (339–397), Augustinus (354–430), Gregor von Tours (ca. 538–594), Gregor I. (540–604), Franz von Assisi (1181–1226), den Waldensern, Vincent Ferrer (1350–1419), Colette von Corbi (gest. 1447), Martin Luther (1483–1546), Ignatius von Loyola (1491–1556), Teresa von Avila (1512–1582), Valentine Greatlakes (gest. 1638), den Quäkern, den Hugenotten, den Janseniten, John Wesley (1703–1791), den Wundern in Lourdes, der Erweckung in Los Angeles „Azusa Street" (1909).
Als Zeugen für Zeichen und Wunder in unserem Jahrhundert nennt Wimber Reinhard Bonnke, Erlo Stegen, Prophet Harris, Jacques Girad, Tommy Hicks und Suba Rao.
Bei diesen Personen fällt auf, daß Wimber auch solche dazu zählt,

die den Gebrauch von Sakramenten zur Heilung empfehlen und der „Fürbitte bei den Reliquien der Heiligen" große Bedeutung beimessen. So zitiert er Augustinus:

> „Manchmal wird behauptet, daß die Wunder, von denen Christen sagen, daß sie sich ereignet haben, nicht mehr geschehen...Die Wahrheit ist, daß auch heute noch im Namen Christi Wunder getan werden, manchmal durch seine Sakramente und manchmal durch die Fürbitte bei den Reliquien seiner Heiligen."[39]

Heilungsdienst

Zu den wichtigsten Zeichen von „power evangelism" zählt Wimber die Krankenheilung. Er berichtet, daß Gott ihm gesagt habe: „Ja, die Christen sind genauso dazu berufen, die Kranken zu heilen, wie sie dazu berufen sind, zu evangelisieren"[40]. Er sieht in öffentlichen Krankenheilungen eine wirksame Unterstützung der Evangelisation und die Ausbreitung des Reiches Gottes:

> „Ein weiterer Grund, für Kranke zu beten, ist der, daß Heilung die Evangelisation unterstützt. Heilung ist ein ‚Evangeliums-Förderer'. Dies habe ich von den Studenten aus der Dritten Welt gelernt... die behaupteten, es sei einfacher, für die Heilung von Menschen zu beten, als ihnen von Christus zu erzählen. Aber Menschen von Christus zu erzählen, nachdem sie geheilt worden sind, sei sehr einfach."[41]

> „Unser Ziel, wenn wir für Kranke beten, ist, daß diese geheilt werden und daß sich als Folge davon das Reich Gottes ausbreitet."[42]

Wimber erzählt, wie seine frühere, ablehnende Haltung Krankenheilungen gegenüber durch eine Vision korrigiert wurde, die sein Leben „mehr als alle anderen Erfahrungen" verändert habe:

> „Plötzlich sah ich in meiner Vorstellung eine Wolkenbank, die sich quer über den Himmel zu erstrecken schien. Doch diese Wolkenbank sah anders aus als alle, die ich je zuvor gesehen hatte. So fuhr ich an den Straßenrand, um die Erscheinung genauer zu betrachten. Ich entdeckte, daß es gar keine Wolkenbank war, sondern eine Honigwabe, aus der Honig tropfte. Unter der Wabe standen Menschen in unterschiedlicher Haltung. Manche zeigten Ehrfurcht; sie weinten und streckten ihre Hände aus, um Honig aufzufangen und ihn zu essen. Sie boten sogar anderen Menschen von ihrem Honig an. Eine ganz andere Reaktion zeigte eine

zweite Gruppe von Menschen; diese Leute waren verärgert, versuchten sich vom Honig zu reinigen und beschwerten sich darüber, daß alles klebte. Ich erstarrte vor Ehrfurcht; was sollte das bedeuten? ‚Herr, was ist das?' fragte ich.
Er antwortete: ‚Das ist mein Erbarmen, John. Für manche Menschen ist es ein Segen, aber für andere ist es ein Hindernis. Es ist genug da für jeden. Flehe mich nie wieder um Heilung an. Das Problem liegt nicht bei mir. Es liegt bei euch.' ...Dieses Erlebnis bewegte mich sehr tief; es veränderte mein Leben mehr als alle anderen Erfahrungen, die ich, seitdem ich Christ war, gemacht hatte. Seit jenem Tag habe ich eine ganz andere Sicht von Heilung."[43]

Weitere Impulse für seinen Heilungsdienst kamen von Pater Francis MacNutt und seinen Büchern, aus denen Wimber oft zitiert und dessen Buch „Die Kraft zu heilen" an alle Teilnehmer seiner Konferenz über „Zeichen und Wunder und Gemeindewachstum" 1985 in Sheffield verteilt wurde [44]. MacNutt bezeichnet sich selbst als „christlicher Humanist"[45]. Seine Bücher machen deutlich, daß er u.a. an die Heilkraft der Sakramente, besonders der Eucharistie, glaubt. Zu den Autoren, die Wimber oft zitiert und die seine Auffassungen geprägt haben, gehört auch die mit MacNutt freundschaftlich verbundene Agnes Sanford und der C.G. Jung-Schüler Morton Kelsey, der – wie Dave Hunt in seinem wichtigen Buch „Die Verführung der Christenheit" nachweist – „den Heiligen Geist mit dem ‚Ich' gleichsetzt und schamanistische psychische Kraft zu den Gaben des Heiligen Geistes rechnet"[46].

Kelsey, dessen Bücher teilweise auch in deutscher Sprache im Franz-Verlag/Metzingen erschienen sind, vertritt folgende Überzeugung:

„Hellsichtigkeit, Telepathie, Vorauswissen von Ereignissen, Psychokinese und Heilungen konnten im Leben von vielen religiösen Führern und fast bei allen christlichen Heiligen beobachtet werden...Das ist genau dieselbe Art der Geisteskraft, wie Jesus sie auch besaß."

„Jesus war ein mächtiger Mann. Er war größer als alle Schamanen. Meine Studenten fangen an, die Rolle Jesu zu verstehen, wenn sie die Bücher ‚Schamanismus' von Mircea Eliade und ‚Die Reise nach Ixtlan' von Carlos Castaneda lesen... Das ist genau die gleiche Art der Psi-Kraft, wie sie Jesus selbst auch hatte."[47]

Die Definition von Krankheit

Übereinstimmend mit vielen Pfingstlern und Charismatikern lehrt

Wimber, daß Krankheit eine Auswirkung und Folge der Sünde und eine Waffe Satans und seiner Dämonen ist.

> „Krankheit wird im NT als eine Auswirkung und Folge der Sünde betrachtet und ist daher in ihrem Ursprung böse, ein Zeichen der Herrschaft Satans."[48]

> „Die Christen des ersten Jahrhunderts sahen Krankheit als Werk des Satans, als Waffe seiner Dämonen und als ein Mittel, mit dem das Böse die Welt regiert."[49]

Allerdings sieht Wimber – im Gegensatz zu vielen anderen Heilungspredigern wie Oral Roberts, K. Hagin und Kenneth Copeland – nicht in jeder Krankheit die direkte Folge einer Sünde oder eines Ungehorsams.

> „Anders als im AT sind im NT nur die wenigsten Krankheiten eine direkte Folge konkreter Sünden des Kranken...Es gibt auch Krankheiten, die nicht durch Sünde zu erklären sind. Viele Krankheiten werden von Satan verursacht."[50]

Wimber, der selbst an einem Herzschaden, zu hohem Blutdruck, Magengeschwüren und Übergewicht leidet [51] und zugeben muß: „Ich wünschte, ich könnte schreiben, daß ich inzwischen vollkommen geheilt bin und keine körperlichen Beschwerden mehr habe. Doch dies ist leider nicht der Fall"[52], kommt durch seine eigene Erfahrung zu folgender Erkenntnis:

> „Die Situation des Epaphroditus, Timotheus, Trophimus und Paulus – sowie meine eigene – ist demütigend und erinnert uns daran, daß sich unsere vollkommene Erlösung erst bei Jesu Wiederkunft offenbaren wird. Wir wissen, daß Jesu Sühnetod uns Heilung für den Leib gebracht hat; wenn Gott nun aber nicht jede Bitte um Heilung erhört, so haben wir trotzdem nicht das Recht zu folgern, daß unser Glaube oder Gottes Treue mangelhaft seien."[52]

> „Vor langer Zeit habe ich beschlossen, daß es besser ist, wenn ich für hundert Menschen bete, als wenn ich überhaupt nicht um Heilung bete und daher auch kein Mensch geheilt wird."[53]

Dennoch bleibt Wimber der Auffassung, daß Sünde und Unglauben in den meisten Fällen daran schuld sind, wenn keine Heilung eintritt und gibt ansonsten folgende Erklärung dafür ab, warum nicht alle geheilt werden, für die gebetet wird:

> „Meine Schlußfolgerung ist, daß Heilung nicht in derselben Weise im Sühnopfer enthalten ist wie die Errettung. Trotzdem möchte Gott heilen, und mein Vorschlag ist, daß es im Rahmen der Reich-

Gottes-Arbeit Zeiten der Ebbe und Zeiten der Flut gibt. Auf diese Weise ließe sich auch die Frage beantworten, warum zu gegebener Zeit nicht alle geheilt werden, und es würde uns helfen, zu verstehen, daß viele aus anderen Gründen nicht geheilt werden. Wenn ich auf meine Erfahrung mit Gottes Wirken zurückblicke, sehe ich solche Ebbe-und Flut-Bewegung. Es gibt Zeiten, in denen durch Gottes heilende Gegenwart Unglaubliches geschieht, und es gibt Zeiten, in denen kaum eine Heilung erfolgt. Heilung ist daher eine Nebenerscheinung des Sühneopfers und findet eine bessere Erklärung in der Reich-Gottes-Theologie."[54]

Die Praxis

In der Praxis sieht der Heilungsdienst so aus, daß Wimber möglichst im Beisein von weiteren Christen, „die Glauben haben", für den Kranken betet, während er oder die Mitarbeiter die Hände auf oder in die Nähe der kranken Körperstelle legen.

„Immer, wenn ich für Kranke bete, suche ich unter den Anwesenden nach Menschen, die Glauben haben – Mitglieder des Gebetsteams, der Kranke selbst, Verwandte (selbst Kinder, die normalerweise großen Glauben für Heilung haben), Freunde und natürlich ich selbst. Wenn ich diese Menschen gefunden habe, weise ich sie an, ihre Hände auf oder in die Nähe der Körperstelle zu legen, die Heilung braucht, und dann bitte ich Gott, mit seiner heilenden Kraft zu wirken."[55]

Diese Handauflegung ist meistens mit einer Übertragung von Hitze- und Energieströmen verbunden. Interessant ist die erste Erfahrung mit diesen Energieströmen, die Wimber des Nachts, während er schlief, ausströmte:

„Sie (Carol Wimber) hatte Schmerzen in ihren Schultern, verursacht durch rheumatische Arthritis. Diese Schmerzen sollten nun der Prüfstein sein. Eines Nachts, als wir in einer Hütte in den Bergen waren, wartete sie, bis ich eingeschlafen war, und legte dann meine Hand auf ihre Schulter. Sie sagte: ‚So, Herr, jetzt bist du dran'. Sie spürte einen Strom von Hitze und Energie in ihrer Schulter, und die Schmerzen verschwanden. Sie war geheilt. Ich wachte auf und wunderte mich, warum meine Hand so heiß war."[56]

Das folgende Beispiel ist typisch für Wimbers Heilungsdienst. Während einer Heilungskonferenz in einer Göteborger Baptistengemeinde hatte er ein „Wort der Erkenntnis", daß eine Frau, die erst an diesem Tag aus dem Krankenhaus entlassen war, von Brustkrebs geheilt werden sollte:

> „Nun stand eine Dame auf, die einen langen, dunklen Wollmantel trug, und sagte: ‚Das stimmt, das bin ich'. Ich bat sie, zum Gebet nach vorne zu kommen, und dann forderte ich andere, die sich frei dazu fühlten, auf, für sie zu beten.
> Drei Männer aus der ersten Reihe standen auf, zwei stellten sich hinter die Dame, einer trat vor. Nun bat ich die Frau, ihre Hände über ihrer Brust zu falten, und ich fragte sie, ob sie damit einverstanden wäre, wenn einer der Männer seine Hand auf ihre Hände lege... Die Männer, die hinter der Dame standen, legten ihr die Hände auf die Schultern. Dann trat ich einen Schritt zurück und sagte, sie sollten warten, bis ich beten würde.
> Aber bevor die Übersetzerin ihnen diese Anweisungen geben konnte, war ich plötzlich so von Glauben erfüllt, daß ich in Englisch laut rief: ‚Sei geheilt in Jesu Namen!' Ich hatte die Worte kaum ausgesprochen, da kam Gottes Kraft über die vier Menschen; sie begannen zu schwanken und fielen dann zu Boden! Es war, als wäre Gottes heilende Kraft durch die Frau in die drei Männer geströmt oder umgekehrt... Die vier standen auf, sie weinten und priesen Gott, und zu einem späteren Zeitpunkt berichtete die Frau von ihrer Heilung."[57]

Worte der Erkenntnis

Unter diesem Begriff versteht Wimber Erfahrungen und Praktiken, die von anderen Christen teilweise mit Hellsehen bezeichnet werden. Sein bekanntestes Beispiel ist sein Erlebnis im Flugzeug, als er dort einen Mann mittleren Alters sah:

> „Als meine Augen gerade zufällig in seine Richtung blickten, sah ich etwas, was mich aufschrecken ließ. In sehr klaren, deutlichen Buchstaben glaubte ich das Wort ‚Ehebruch' über sein Gesicht geschrieben zu sehen. Ich blinzelte, rieb mir die Augen und sah nochmals hin. Es stand noch da! ‚Ehebruch'. Ich sah es – nicht mit meinen natürlichen Augen, sondern vor meinem geistigen Auge... Es war der Geist Gottes, der mir dies offenbarte."[58]

„Worte der Erkenntnis" spielen auch in Wimbers Heilungsdienst eine wichtige Rolle. Manchmal sieht er über einigen Menschen „leuchtende Lichtkegel", die ihm anzeigen, welche Personen geheilt werden sollen, oder er spürt an seinem Körper Schmerzen, die ihm deutlich machen, welche Krankheiten bei anderen geheilt werden sollen.

„Während einer der Veranstaltungen (in London) sagte mir Gott, daß jemand unter den Zuhörern als Folge von Diabetes blind sei. Die Erkenntnis bekam ich dadurch, daß ich in meiner Vorstellung ein Bild von dem Auge des Mannes sah, und dabei fiel mir das Wort Diabetes ein. Manchmal bekomme ich Schmerzen in verschiedenen Teilen meines Körpers. Das zeigt mir an, welche Krankheiten Gott bei anderen heilen will. Es kommt auch vor, daß ich blitzartig die Probleme eines Menschen erkenne..."[59]

„Ruhen im Geist"

Ein weiteres Phänomen, welches auch in den Veranstaltungen anderer Charismatiker wie Kathryn Kuhlman, Kim Kollins, Reinhard Bonnke usw. auftrat bzw. auftritt, ist das „Ruhen im Geist". Wimber definiert dieses Phänomen folgendermaßen:

„Dieses Phänomen, daß Menschen umfallen und manchmal mehrere Stunden auf dem Rücken oder auf dem Bauch liegenbleiben, kennen wir nicht nur aus vielen Berichten der Kirchengeschichte, sondern es tritt auch heute häufig auf. Die meisten Menschen verspüren dabei ein Gefühl der Ruhe und großer Gelassenheit in bezug auf ihre Lebensumstände. Gewöhnlich lassen sich nachträglich weder positive noch negative Auswirkungen feststellen. Gelegentlich kann dieser Zustand zwölf bis achtundvierzig Stunden anhalten; in solchen Fällen wird von den Menschen berichtet, daß sie eine tiefgreifende geistliche Veränderung erlebt haben.
Dramatisch kann es sein, wenn ein Pastor oder ein geistlicher Leiter in dieser Weise umfällt; manche scheinen regelrecht vom Geist auf ihr Angesicht geworfen zu werden und bleiben dann auf dem Bauch liegen. Es hat auch einige Fälle gegeben, bei denen ein Pastor etwa eine Stunde lang rhythmisch seinen Kopf auf den Boden geschlagen hat... Die Veränderungen, die einer solchen Erfahrung folgen, können sehr groß sein. Es scheint, als ob gerade Pastoren durch dieses Erlebnis neue Vollmacht und Wirksamkeit für ihren Dienst erfahren."[60]

Manchmal ist diese Erfahrung verbunden mit Zungenreden, Visionen und dem sog. „Heiligen Lachen". Murray Robertson, Pastor einer Baptistengemeinde in Neuseeland, berichtet aus eigener Erfahrung, wie auf einer Konferenz über „Zeichen, Wunder und Gemeindewachstum" seine Hand plötzlich stark zu zittern begann, „so als ob ich einen Preßluftbohrer festhalten würde" und anschließend passierte folgendes:

„John Wimber sprach weiter: ‚Einige von Ihnen stehen schon lange im Dienst und sind müde geworden und haben den Mut verloren. Der Heilige Geist wird kommen und Sie erfrischen'. In mir stieg ein Lachen auf, doch da der Augenblick dafür völlig unpassend war, unterdrückte ich es. ‚Der Geist wird in Wellen kommen', sagte Wimber, ‚jede Welle wird mehr Menschen mit hineinnehmen als die vorherige'. In den ersten Reihen fingen einige Menschen an zu lachen. Dann jemand an einer anderen Stelle. Das ist bestimmt die Erfrischung des Geistes, dachte ich – und konnte mein eigenes Lachen nun auch nicht mehr unterdrücken. Diese Freude im Heiligen Geist breitete sich etwa zehn Minuten lang im ganzen Raum aus und verebbte dann wieder. Diejenigen, die gelacht hatten, wurden still – bis auf mich. Ich konnte einfach nicht aufhören. Und schließlich konnte ich auch nicht mehr stehen! Ich fiel zuerst nach vorne, dann nach hinten, und zum Schluß lag ich auf dem Boden, rollte hin und her und hielt mir vor Lachen die Seite. Inzwischen war ich umringt von Zuschauern, ich lieferte eine gute Unterhaltungsshow! Es war interessant, daß ich mich selbst auch gleichermaßen beobachten konnte. Ich wußte, was geschah – Monate, ja vielleicht Jahre der Enttäuschung im Dienst wurden aus meinem Leben herausgeschwemmt... Ich lachte etwa eine dreiviertel Stunde lang. Als ich schließlich aufhörte, kam ein Kollege, ein sehr guter Freund von mir, legte mir die Hand auf den Kopf und sagte: ‚Herr, gib ihm noch mehr davon' – und ich mußte noch einmal dreiviertel Stunde lang lachen! Danach flehte ich ihn an, nicht mehr für mich zu beten, meine Rippen schmerzten schon von all dem Lachen! Am nächsten Tag traf ich kurz mit John Wimber zusammen und erzählte ihm, meine Rippen täten mir immer noch weh. Er berichtete öffentlich allen Teilnehmern davon – und fügte hinzu, ich sei der erste ‚Heilige Lacher', den er aus den Reihen der Baptisten kennengelernt habe."[62]

„Befreiungsdienst"

Ebenso wie viele Nichtcharismatiker sieht Wimber eine wichtige Aufgabe darin, Nichtchristen wie Christen von Dämonen zu befreien. Begegnungen und Kämpfe mit Dämonen sind für Wimber „inzwischen nichts Ungewöhnliches mehr", weil sie seiner Meinung nach immer dann auftreten, wenn „das Reich Gottes auf Satans Reich stößt". Die erste Dämonenaustreibung praktizierte Wimber 1978, als ein junger Mann ihn verzweifelt bat, seiner Freundin zu helfen, welche wild um sich schlug und tierische Laute von sich gab:

„Das Mädchen (d.h. eher etwas in dem Mädchen) redete. ‚Ich kenne dich‘, waren die ersten Worte, die mich angreifen sollten – in einer krächzenden, grausigen Stimme – ‚und du weißt nicht, was du tun sollst.‘ Ich dachte: ‚Du hast recht.‘ Dann sagte der Dämon durch Melinda: ‚Du kannst nichts mit ihr machen. Sie gehört mir.‘ Ich dachte: ‚Du irrst dich.‘
Dann begannen zehn Stunden geistlichen Kampfes, in dem ich die Mächte des Himmels anrief, um Satan zu überwältigen. Der äußerte sich auf verschiedene Weise, es roch nach Fäulnis, Melinda rollte ihre Augen... Ich war entsetzt und hatte große Angst. Aber ich weigerte mich, den Kampf aufzugeben.

Ich glaube, der Dämon verschwand am Schluß, weil ich ihn zermürbte – ganz bestimmt nicht, weil ich Erfahrung im Austreiben böser Geister gehabt hätte. Seit der Zeit habe ich viel über die Begegnung mit Dämonen gelernt. Ich glaube, wenn ich damals gewußt hätte, was ich heute weiß, so hätte diese Begegnung nicht länger als eine Stunde gedauert... Begegnungen und Kämpfe mit Dämonen sind für mich inzwischen nichts Ungewöhnliches mehr."[63]

Wimber lehrt, daß auch Christen, die in Sünde fallen und darin leben, von Dämonen beherrscht werden können. Deshalb ist der „Befreiungsdienst" ein wichtiger Teil jeder Konferenz.

„Doch wenn Christen in Sünde fallen und diese nicht bekennen, können auch sie unter den Einfluß böser Geister geraten, ja sogar von ihnen beherrscht werden... Das NT lehrt, daß Christen, die in Sünde leben, in der Gefahr stehen, dem Satan übergeben zu werden... Christen können auch durch ererbte Dämonen gebunden sein (Dämonen, die von den Eltern auf die Kinder übergehen) oder durch Dämonen, die sie sich auf irgendeine andere Weise zugezogen haben."[64]

Die Befreiung von dämonischen Mächten kann bei einem Christen nach Wimbers Auffassung durch „Selbst-Befreiung" geschehen, wo der einzelne, ohne Gebetsunterstützung anderer Menschen, selbst die Bindung zerbricht[65], oder durch „brüderliche" bzw. „pastorale" Befreiung.

„Komm, Heiliger Geist!"

Während J. Wimber die „Geistestaufe" im Sinne vieler Pfingstler und Charismatiker als „zweite Erfahrung" in Verbindung mit Zungenreden ablehnt und lieber von „Erfüllung mit dem Heiligen Geist"

spricht, so vertritt er doch einige Auffassungen, die auch von Charismatikern teilweise kritisiert werden und die für seine „Heilungs- und Befreiungsdienste" von großer Bedeutung sind.
Im allgemeinen folgt nach der Predigt oder dem Referat Wimbers und seiner Mitarbeiter der praktische Teil, der mit der Bitte: „Komm, Heiliger Geist!" eingeleitet wird. Nach einer kurzen Zeit der Stille offenbart dann angeblich der Heilige Geist – je nach Seminar oder Konferenzthema – dämonische Bindungen, Krankheiten, seelische Verletzungen usw. Der „Heilige Geist" wird also als eine Macht außerhalb von uns angerufen, um seine Ankunft oder Gegenwart dann durch bestimmte Reaktionen in den Anwesenden zu signalisieren.

„Wenn wir geistliches Sehvermögen besitzen, so können wir Gottes Wirken erkennen und bei dem Heilungsprozeß als Gottes Mitarbeiter dienen. Wir hören auf Gottes Stimme und bitten den Heiligen Geist zu kommen. Die meisten Menschen zeigen bestimmte seelische und körperliche Reaktionen, die darauf hinweisen, daß der Heilige Geist da ist.
Einige dieser Reaktionen sind deutlich erkennbar: Weinen, Schreien, länger anhaltendes, überschwengliches Lobgebet, Zittern, große Ruhe, Zucken, Umfallen (manchmal ‚Ruhen im Geist') genannt, Lachen und Springen."[66]

Vermittlung von „Gaben" durch Handauflegung

Wimber ist überzeugt, daß auch heute Geistesgaben und geistliche Vollmacht durch Handauflegung übertragen werden können. Die biblischen Vorbilder sieht er in Mose und Elia, die auch ihre „Vollmacht" an andere weitergegeben haben. John Wimbers erste Erfahrung mit der Gabenübertragung hat seine Frau Carol beschrieben:

„Johns große Frage war, wie er anderen helfen konnte, Gottes Kraft und Gegenwart in derselben Weise zu erfahren, wie er sie selbst immer mehr erlebte. Wir hatten noch nicht erkannt, daß man das, was Gott einem selbst gibt, durch Handauflegung anderen weitergeben kann.
Daß Mose und Elia so gehandelt hatten, wußten wir, bezogen dies aber noch nicht auf unsere eigene Situation. Dann sprach Gott zu John. Er sagte ihm, er solle andere Menschen für den Dienst salben. So lud John an einem Sonntagmorgen am Ende des Gottesdienstes die Menschen nach vorne ein, die sich danach sehnten, in ihrem Dienst mehr Vollmacht zu haben. Er ließ sie ihre Schuhe

Spiel mit dem Feuer

ausziehen und salbte sie mit Öl, so wie es in 3. Mose steht – am rechten Ohr, am rechten Daumen und an der großen Zehe des rechten Fußes. (Auf diese Weise hatte Mose Aaron und seine Söhne für den Dienst geweiht). John legte ihnen auch die Hände auf, um die Gabe der Heilung weiterzugeben. Am Anfang war er etwas unsicher, aber er wußte genau, daß Gott ihm aufgetragen hatte, so zu handeln. Danach lud er alle Kranken ein, nach vorne zu kommen. Die Menschen, für die er gerade gebetet hatte, sollten nun für sie beten. Das, was geschah, versetzte uns in Staunen – viele wurden geheilt."[67]

Er selbst berichtet, welche negativen Erfahrungen damit verbunden waren, als er sich einmal eine Zeitlang weigerte, seine Gaben anderen durch Handauflegung weiterzugeben:

„Ich erinnere mich noch gut daran, wie Gott mir zum ersten Mal die Gabe der Erkenntnis gab – Fakten und Informationen über spezielle Situationen, Menschen oder Dinge, von denen man nur auf übernatürlichem Wege Kenntnis erlangen kann. Ich wußte die geheimsten Gedanken der Menschen. Diese Gabe gefiel mir, und da sie sonst keinem anderen in der Gemeinde verliehen war, begann ich stolz zu werden.

Dann sagte mir Gott, daß ich die Gabe weitergeben solle; das hieß, ich sollte anderen die Hände auflegen und dafür beten, daß auch sie diese Gabe empfingen. Ich sprach nur ein einfaches Gebet: ‚Herr, bitte gib diesen Menschen Worte der Erkenntnis‘, worauf die meisten Menschen Worte der Erkenntnis empfingen. Doch dann begann Satan mir einzuflüstern, daß ich selbst die Gabe verlieren würde, wenn ich fortführe, sie weiterzugeben. So hörte ich auf, für andere um diese Gabe zu bitten; in den nächsten vier Monaten empfing ich selbst allerdings kein einziges Wort der Erkenntnis mehr. Schließlich ging ich zu einigen Freunden und bat sie, für mich zu beten, daß die Gabe wieder in mir lebendig würde. Gott erhörte ihr Gebet."[68]

Nach Wimbers Überzeugung ist es nicht so, daß jeder Christ eine oder mehrere Gaben hat, sondern daß Geistesgaben in besonderen Situationen verliehen werden.

„Viele lehren, daß jeder Christ ein oder zwei Gaben als seinen Besitz hat. Man wird aufgefordert, ‚seine Gabe zu entdecken‘, dahinter steht die Annahme, daß nur einige wenige zu besonderen Diensten wie zum Beispiel Heilungsdienst berufen sind. Diese Lehre – daß jeder Christ nur ein oder zwei Gaben besitzt und sich in seiner Wirkungsmöglichkeit auf diese Gaben beschränken muß – halte ich für falsch..."[69]

Wimber folgert aus 1. Kor. 12, daß die Gaben in erster Linie nicht den einzelnen Gliedern, sondern der ganzen Gemeinde gegeben sind und daher „allen alle Gaben zur Verfügung stehen".

„So kommt es also vor, daß in Situationen, wo spezielle Nöte vorhanden sind, dem einzelnen besondere Gaben verliehen werden. Das heißt, die Gaben werden dem einzelnen in konkreten Situationen gegeben, damit er sie zum Segen für andere einsetzt. Daraus ergibt sich auch, daß jeder Christ für einen Kranken beten kann...Der Heilige Geist offenbart sich, er salbt Christen mit Gaben, um konkreten Nöten abzuhelfen. In gleicher Weise wird auch die Gabe der Heilung verliehen."[70]

„Wenn ich mit Evangelikalen über den Heiligen Geist spreche, so frage ich sie, ob sie den Geist empfangen haben, als sie wiedergeboren wurden. Wenn sie mit Ja antworten (und das sollten sie), sage ich ihnen, daß sie jetzt nur noch eins zu tun brauchen: sie müssen dem Heiligen Geist Raum geben, sie müssen nur zulassen, daß er ihnen alle Gaben geben kann, die er geben möchte. Ich lege ihnen dann die Hände auf und sage: ‚Sei erfüllt mit dem Geist' – und das geschieht."[71]

Interessant ist in diesem Zusammenhang der Artikel „Evangelisation in der Kraft des Geistes – Eindrücke vom John Wimber Kongreß in Frankfurt" von Siegfried Großmann, dem langjährigen Leiter der Rufer-Bewegung und des baptistischen Arbeitskreises „Charisma und Gemeinde". Er schildert darin seine Eindrücke und Beobachtungen in bezug auf die Übertragung der Gaben:

„Ich teile die Auffassung, daß wir mehr und bewußter die vorhandenen Gaben des Heiligen Geistes wahrnehmen und um ihre Erweckung bitten sollten – und sicher hat dieser Kongreß vielen dazu die Möglichkeit gegeben. Aber warum mußte dann der Eindruck vermittelt werden, jeder Christ habe im Prinzip jede Gabe und werde sie bekommen, wenn er nur darum bitte?
Um dieses Problem zu beschreiben, zitiere ich etwas ausführlicher aus einer Vormittagsveranstaltung mit McClure:
Der Redner ruft alle auf, nach vorn zu kommen, die Buße tun wollen, damit der Heilige Geist auf sie fällt. Es kommen einige hundert nach vorne. McClure: ‚Der Herr ist stolz auf dich und wird dir wunderbaren Erfolg schenken.' Es folgt ein Gebet mit der Bitte, daß der Heilige Geist neu auf sie falle, damit Zeichen und Wunder geschehen. Die Atmosphäre ist ruhig, gesammelt und sehr erwartungsvoll. McClure fordert alle auf, welche die Gabe der Evangelisation empfangen möchten, ihre Hand zu heben. ‚Empfangt die Gabe der Evangelisation.' Es folgt ein

Sprachengebet, dessen Auslegung die Zusage ist, daß der Geist jetzt diese Gabe schenkt... Als zum Schluß die Möglichkeit gegeben wird, um die Gabe der Heilung zu bitten, melden sich mehr als die Hälfte der Teilnehmer. McClure sagt auch jetzt die Erhörung dieser Bitte zu. Er schließt: ‚Ich sage dir an Christi Statt: Heile die Kranken, treibe die Dämonen aus, predige das Evangelium. Empfangt diese Gabe von Christus.' Dann dankt der Redner Jesus für die Erhörung dieses Gebetes, und die Versammlung antwortet mit langem Beifall. Bei den einzelnen Gebetsanliegen, vor allem beim Gebet um die Gabe der Heilung, hatte es im Publikum viele kleine Gruppen gegeben, in denen man sich gegenseitig durch Handauflegung segnete, einzelne Teilnehmer reagierten durch Umfallen oder durch einen inneren Zustand, bei dem sie durch Lachen geschüttelt wurden...
Am Freitagabend fordert John Wimber alle Pastoren, Hauskreisleiter und in der Gemeinde Verantwortlichen auf, nach vorn zu kommen. Er sagt, daß er gerade für geistliche Leiter eine besondere Gabe bekommen habe, Vollmacht weiterzugeben. ‚Ich weiß auch nicht warum. Aber es hilft.' Dann betet er wiederholt: ‚Komm, Heiliger Geist.' In der Stille hört man einzelne, oft langgezogene Schreie, hier und da gibt es Unruhe, weil jemand zu Boden gefallen ist – und einzelne verfallen in ein zwanghaft wirkendes Lachen. Wimber: ‚Erschreckt nicht, dies ist der Heilige Geist.'
...Am letzten Abend führte John Wimber den größten Teil der Versammlung zum – wie er es formulierte – heiligen Lachen und im weiteren Verlauf zu ausgelassener Bewegung und zum Tanzen. Auch hier, wie beim größten Teil des Kongresses, hatte ich ambivalente Eindrücke... Aber mich störte, daß dieses psychische ‚Durchbruchserlebnis', das durchaus massensuggestive Züge hatte, als ‚Durchbruch des Heiligen Geistes' ausgegeben wurde. Hier wird das Charisma zu leicht manipulierbar."[72]

Paul Yonggi Cho – Pastor der „weltgrößten Kirche" in Seoul/Korea

P. Yonggi Cho, Pastor der „Yoido Kirche für volles Evangelium" mit über 700.000 Mitgliedern (Stand: 1989), stammt aus einer buddhistischen Familie.
Mit 18 Jahren wurde er krank und man stellte fest: Tuberkulose im Endstadium. Man gab ihm noch 3-4 Monate zu leben. Auf dem Sterbebett wurde er von einer jungen Christin besucht, die ihn

schließlich überreden konnte, das Neue Testament zu lesen. Als Folge davon bekehrte er sich.

Auch körperlich wurde er geheilt, sodaß er nach sechs Monaten sein Krankenbett verließ und nie wieder Probleme mit Tuberkulose hatte. Y. Cho schloß sich daraufhin einer pfingstlichen Gemeinde in Busau an, und nach Abschluß einer Bibelschule gründete er 1958 in einer Stadt außerhalb von Seoul eine Gemeinde und schließlich in Seoul selbst die jetzige Gemeinde, durch deren enormes Wachstum Cho unter den Christen in aller Welt bekannt wurde.
Das Geheimnis dieses Wachstums wird von vielen Gemeindewachstumsexperten in dem intensiven Gebetsleben der Gemeinde gesehen. Cho berichtet, daß jedes Jahr etwa 300.000 Mitglieder seiner Gemeinde den eigenen „Gebetsberg" aufsuchen, um dort intensiv für bestimmte Anliegen zu beten.

„Ungefähr 60% von ihnen gehen, um für die Taufe im Heiligen Geist und die Gabe der Zungenrede zu beten. Die nächst größere Gruppe geht, um für die Lösung von Familienproblemen zu beten und die dritte Gruppe betet dort für Heilung."[73]

Cho selbst legt dem Zungenreden in seinem Leben großen Wert bei:

„Ich bete auch viel in Zungen. Die Zungenrede ist die Sprache des Heiligen Geistes, und wenn ich in Zungen spreche, erfahre ich Seine Anwesenheit in meinem Bewußtsein. In meinem Gebetsleben spreche ich mehr als 60% der Zeit in Zungen. Ich bete in Zungen, wenn ich schlafe. Ich wache auf, in Zungen betend. Ich bete in Zungen, während ich die Bibel studiere, und ich bete in Zungen während meiner Andachten. Wenn ich irgendwie die Gabe der Zungenrede verlieren sollte, glaube ich, daß mein Dienst um ca. 50% beschnitten würde. Wann immer ich in Zungen rede, behalte ich den Heiligen Geist in meinem Bewußtsein…Das Sprachengebet hilft mir deshalb, ständig mit dem Heiligen Geist in Kontakt zu stehen."[74]

Inzwischen ist Y. Cho in vielen Ländern ein begehrter Konferenzredner und seine Bücher sind in mehreren Sprachen erschienen. Als Gründer von „CGI" (Church Growth International) ist er nicht nur in Pfingst- und Charismatischen Kreisen, sondern auch in der Gemeindewachstumsbewegung eine einflußreiche Persönlichkeit geworden. Seine Kirche und das von ihm aufgebaute „World Mission Center" sind das Reiseziel zahlreicher Studienreisen der Gemeindewachstumsgruppen.

Die Predigten und Bücher Chos behandeln vor allem einige Themen, die das Besondere seines Dienstes ausmachen und als das Geheimnis seines Erfolges angesehen werden:

Spiel mit dem Feuer

- Positives Denken, Motivation, Erfolg
- Visualisierung (Träume und Visionen) und die „vierte Dimension"
- Die schöpferische Kraft des gesprochenen Wortes

Die Botschaften Chos über diese Themen und seine Erfahrungen mit diesen Lehren zeigen, daß viele Parallelen zu den Lehren und Praktiken John Wimbers und anderen Männern der „Dritten Welle" bestehen. Ich möchte zunächst versuchen, aus den Büchern von Y. Cho zu zeigen, was er lehrt, ohne seine Theorien zu bewerten, was ich im letzten Teil dieses Buches versuchen werde.

1. Positives Denken/Motivation

Y. Chos Ausführungen über Erfolg und Wohlstand erinnern stark an die Predigten Robert Schullers, welcher der zur Zeit bekannteste Fernsehprediger der Welt sein dürfte. Seine Predigten werden sonntäglich von über 200 Fernsehsendern übertragen. Schuller hat es wie kein anderer verstanden, die Philosophie des positiven Denkens unter den Evangelikalen zu verbreiten.

Schullers Interpretation von Kreuz, Sünde und Selbstverleugnung sieht so aus:

> „Die herkömmliche Deutung der Worte Christi, daß wir ‚unser Kreuz auf uns nehmen sollen', muß dringend reformiert werden... Also ist die Verkündigung des Denkens in Möglichkeiten die positive Verkündigung des Kreuzes! ...Jesus Christus war der größte Denker in Möglichkeiten, den die Welt je gesehen hat. Wagen wir es, ihm nachzufolgen?"[75]

> „Ich glaube, nichts ist im Namen Christi oder unter der Fahne des Christentums getan worden, was sich auf die menschliche Persönlichkeit so zerstörerisch ausgewirkt hat und daher der Evangelisation so sehr im Wege stand wie die oft plumpe, ungeschickte und unchristliche Strategie, daß man erst einmal versucht, den Leuten klarzumachen, wie verloren und sündig sie sind."[76]

Schuller, welcher überzeugt ist, daß das Kreuz Christi „den Ego-Trip heiligen" wird und daß Jesus das Kreuz trug, um „seine Selbstachtung zu heiligen"[77], gehört zu den Predigern, die Yonggi Cho begeistert und wohl auch geprägt haben. „In Amerika hat Dr. Robert Schuller über das ganze Land verteilt eine große Zuhörerschaft. Der Grund ist, daß er immer über ‚Möglichkeitsdenken' predigt, indem er Glauben, Liebe und Hoffnung in die Herzen seiner Zuhörer legt. Wenn ich in den Staaten bin und an einem Sonntag irgendwo in einem Hotel bin, und wenn ich ein christliches Fernsehprogramm sehen möchte, schaue ich Dr. Schullers ‚Stunde der Kraft' an. Ich weiß, ich kann darauf vertrauen, daß er mir Glauben, Liebe und Hoffnung in mein Herz legt. Seine Predigt baut mich auf. Ich habe einigen Predigern zugehört, darunter auch Predigten von gut bekannten Evangelisten, und wenn ich sie höre, schalte ich das Programm aus. Sie verdammen die Leute ständig, und dann fühle ich mich so deprimiert, daß ich nicht einmal beten möchte." [78]

Daher ist es auch naheliegend, daß R. Schuller das Vorwort zu Chos Buch „Die vierte Dimension" (engl. Ausgabe) geschrieben hat. Hier haben sich zwei Männer gefunden, die es verstanden haben, ein Thema auf verschiedene, aber wirkungsvolle Weise an den Mann zu bringen. Folgende Auszüge aus den Büchern von Yonggi Cho zeigen die geistige Verwandtschaft mit Robert Schuller und Norman Vincent Peale:

> „Der Heilige Geist wiederholte immer wieder: ‚Du bist ein Kind des Königs, eine wichtige Person. Handle wie der große Boß, der du bist!'" [79]

> „‚Hier kann es nicht geschehen. Hier ist ein zu harter Boden.' Diese negativen Aussagen müssen aus unserem Vokabular verschwinden; ein für allemal. Stattdessen müssen wir anfangen, die Sprache des Heiligen Geistes zu sprechen und ein neues Erfolgsdenken in den Köpfen unserer Leute aufbauen." [80]

> „Um andere zu motivieren, sich etwas zuzutrauen, müssen wir selber ein Erfolgsdenken haben, nicht nur in unseren Worten, sondern auch in unserer ganzen Lebensweise. Viele Gemeinden haben eine Stillstandhaltung, weil ihr Pastor kein besonderes Selbstimage besitzt. Aber ein gesundes Selbstwertgefühl ist die Grundvoraussetzung für seine leitende Funktion. Die Ursache eines mangelhaften Selbstwertgefühls kann etwa das folgende sein: keine attraktive Erscheinung, mangelhafte Ausbildung, zu wenig Disziplin, einfache Herkunft, wenig Können und schlechte Gesundheit. Diese Liste könnte man noch lange fortsetzen, aber die genannten Beispiele sind repräsentativ für die Ausreden, die jemand mit mangelndem Selbstwertgefühl von sich gibt." [81]

> „Was war der Schlüssel zu unserem praktischen Geschäftserfolg? Wir haben unsere Gemeindeglieder gelehrt, wie sie die Kräfte ihrer vierten Dimension einsetzen können. Sie stellen sich ihren Erfolg bildlich vor. Wir befassen uns nicht mit negativem Denken, sondern aufgrund unseres positiven Denkens sprechen wir auch positiv." [82]

Obwohl Y. Cho – und das fällt positiv auf – persönlich einen „einfachen Stil" lebt und von sich sagt, „alles, was ich übrig habe, gebe ich unserem internationalen Missionsdienst", so predigt er doch anderen ein Wohlstandsevangelium:

„Ich glaube, daß es Gottes Wille ist, daß wir geistlich, leiblich und finanziell im Wohlstand leben."[83]

„Armut ist ein Fluch Satans. Gott möchte, daß sein ganzes Volk erfolgreich und gesund ist, so wie es ihren Seelen wohlgeht (3. Joh. 1,2)."[85]

„Was meine eigene Erfahrung betrifft, so ist das erste, was ich jeden Morgen – wenn der neue Tag ohne Wesen und Gesicht an mich herantritt – tue, daß ich diesem Tag einen Namen gebe und sein Wesen bestimme; so gebe ich diesem Tag ein ‚Gesicht'. Ich pflege zu sagen: ‚Vater, ich danke dir, daß du mir diesen neuen Tag schenkst. Neuer Tag, dein Name sei ‚Erfolg'. Heute von frühmorgens bis spät am Abend wirst du mir mit erfolgreicher und großer Wirksamkeit dienen.' Dann wird mir dieses ‚Geschöpf', der Tag, sicherlich mit weitgehendem und tiefgreifendem Erfolg dienen."[85]

2. Visualisierung („Inkubation", Visionen und Träume)

Norman Vincent Peale, einer der Väter des positiven Denkens, nannte die Visualisierung „das positive Denken um eine Stufe weiterentwickelt"[86].
Im Okkultismus, in heidnischen Religionen und teilweise auch in der Psychologie wird die Visualisierung als „Materialisierung mit Hilfe der intensiven Bildvorstellung" verstanden und praktiziert. Man lehrt, daß bildliche Vorstellungen stufenweise entwickelt werden, „bis sie die Wirklichkeit so sehr bestimmen, daß sie schließlich selbst die Wirklichkeit werden"[87].
Die Theorie ist einfach und scheinbar plausibel: Die Naturwissenschaften lehren, daß Materie in Energie verwandelt werden kann. Daher ist ihrer Meinung nach die Umkehrung auch möglich, daß Energie zu Materie wird. Da Gedanken und Geist Energie sind, soll also eine Materialisierung durch bestimmte Bewußtseinstechniken oder durch schöpferische Phantasie möglich sein.
In den deutschen Übersetzungen von Yonggi Chos Büchern kommt der Begriff „Visualisierung" selten vor, dafür aber entsprechende Begriffe wie „Inkubation" (= entwickelnde Einflußnahme), „brüten", „Visionen und Träume", „das Unterbewußtsein entwickeln", „intensive Vorstellungen". Cho berichtet, daß ihm die Erkenntnisse über die vierte Dimension in Verbindung mit der Vorstellungskraft durch eine besondere Offenbarung Gottes geschenkt wurden.

Als ehemaliger Buddhist kannte Cho Krankenheilungen durch Yoga und Meditation und wußte von Zusammenkünften der japanischen „Sokakakai", bei denen Taube, Blinde und Stumme geheilt werden. Die Tatsache, daß innerhalb der christlichen Kirche im Gegensatz zu den orientalischen Religionen keine Wunder geschahen, brachte ihn in große Konflikte:

> „Eines Tages war ich in großen Schwierigkeiten, denn viele unserer Christen maßen Gottes Wundertaten keine besondere Bedeutung bei. Sie sagten: ‚Wie können wir an Gott glauben als ein absolut göttliches Wesen, wie können wir Jahwe-Gott den einzigen Schöpfer im Himmel nennen? Wir sehen doch auch die Wunder im Buddhismus, im Yoga, bei den Sokakakai sowie in anderen orientalischen Religionen. Warum sollten wir behaupten, daß Jahwe-Gott der einzige Schöpfer des Universums ist?' ...So brachte ich ihre Fragen in einem Gebetsanliegen vor Gott... Dann kam eine herrliche Offenbarung in mein Herz. Von dieser Zeit an begann ich, diese Begebenheiten durch Vorträge in meiner Kirche in Korea zu erklären...
> Da sprach Gott zu meinem Herzen: ‚Sohn, so wie die zweite Dimension die erste einschließt und kontrolliert und die dritte die zweite umfaßt und unter Kontrolle hat, so umschließt auch die vierte Dimension die dritte und hält sie unter Aufsicht, wodurch sie eine Schöpfung der Ordnung und Schönheit hervorbringt.'
> Der Geist ist die vierte Dimension. Jedes menschliche Geschöpf ist ebenso ein geistliches wie ein körperliches Wesen. Die Menschen haben die vierte Dimension genauso wie die dritte Dimension in ihren geistlichen Herzen."[88]

> „Ein Traum oder eine Vision ist das Grundmaterial, das der Heilige Geist benutzt, um etwas für uns zu bauen. Die Bibel sagt: ‚Wo keine Vision ist, geht das Volk zugrunde' (Spr. 29,18). Ohne Vision produziert man nichts.
> Träume und Visionen sind das Grundmaterial, mit dem der Heilige Geist arbeitet. Ich sage immer, daß Träume und Visionen die Sprache des Heiligen Geistes sind. Wenn man die Sprache nicht spricht, bringt es keine Frucht. Der Heilige Geist möchte mit uns reden, aber Er kann es nicht ohne unsere Träume und Visionen. Wenn Gott in der Bibel irgend etwas für irgend jemanden tun wollte, hat Er immer zuerst Träume und Visionen in ihr Herz gelegt."[89]

Die Folgerungen aus diesen Erkenntnissen sehen so aus:

> „Also können sie dadurch, daß sie ihre geistliche Sphäre der vierten Dimension durch Entwicklung konzentrierter Visionen

und Träume in ihren Vorstellungen erforschen, über der Dimension ‚brüten' und sie entwickeln, indem sie auf sie Einfluß nehmen und sie verändern. Das lehrte mich der Heilige Geist."⁽⁹⁰⁾

„Wenn Ihnen Gott einmal eine Vision gegeben hat, dann müssen Sie lernen, sich Zeit zu nehmen, darüber zu ‚brüten'. Sie müssen mit dieser neuen Vorstellung buchstäblich schwanger gehen, gleichgültig, was andere davon halten.
Das ist der Kern meiner christlichen Philosophie. Hierauf basieren alle Prinzipien der Arbeit für das Gemeindewachstum. Ich nenne dies ‚Visionen und Träume'. Ich habe in der ganzen Welt viele Beispiele gesehen, wie die Anwendung von ‚Visionen und Träumen' tatsächlich das Vorstellungsvermögen eines Menschen erweitert."⁽⁹¹⁾

Um seine „christliche Philosophie" biblisch abzustützen, führt Y. Cho folgende Belege an:

„In der Genesis entwickelte sich der Geist des Herrn und brütete über dem Wasser; Er war wie eine Henne, die auf ihren Eiern sitzt und Küken ausbrütet, indem sie sie zur Entwicklung bringt."⁽⁹²⁾

„...Dann versprach ihm (dem Abraham) der himmlische Vater: ‚Deine Kinder werden so zahlreich wie diese Sterne sein.' Abrahams Gefühle gingen mit ihm durch! ...Er konnte nicht einschlafen, wenn er seine Augen schloß; denn er sah all die Sterne, die sich in die Gesichter seiner Nachkommen verwandelten und immer wieder riefen: ‚Vater Abraham!'
– Diese Bilder kamen fortwährend in seine Gedanken und wurden seine eigenen Träume und Bilder: Sogleich wurden sie Teil seiner vierten Dimension, in der Sprache geistlicher Visionen und Träume über seinen hundert Jahre alten Körper, so daß dieser bald umgewandelt wurde, als wäre er ein junger Leib... Also konnten ein Traum und eine Vision diese Veränderungen bei Abraham bewirken; nicht nur in seinen Gedanken, sondern ebenso auch in seinem Leib."⁽⁹³⁾

„Abrahams vierdimensionale Kraft begann ihre Arbeit, die dazu führte, daß ein hundertjähriger Mann auf natürliche Weise ein Kind zeugen konnte. Dies geschah, weil die vierdimensionalen Umstände die dreidimensionalen physikalischen Umstände beherrschten."⁽⁹⁴⁾

Weitere Beispiele sieht Cho im Leben Jakobs (die Vermehrung seiner Viehherden), in Josefs Träumen, im Bau der Stiftshütte, nachdem Mose eine „Vision" empfangen hatte, im Leben der Propheten und im Leben des Petrus, der nach seiner Interpretation deswegen ein

"Fels" wurde, weil er eine Vision in seinem Herzen trug. Dagegen blieb Isaaks Leben nach Yonggi Chos Überzeugung mittelmäßig, weil er kein Träumer war.

Alltagserfahrungen mit „Visualisierung"

Um deutlich zu machen, wie sich Chos Lehren über die vierte Dimension und Inkubation im Alltag auswirken, möchte ich einige Beispiele, die Cho in seinen Büchern erzählt, anführen. (Leser, die sich ein wenig mit positivem Denken usw. befaßt haben, werden bei der folgenden Geschichte erkennen, daß sie genausogut in Napoleon Hills Bestseller „Denke nach und werde reich" stehen könnte.)

Eines Tages kam ein Bäcker zu Cho, der um Fürbitte bat, weil seine Bäckerei trotz aller Bemühungen vor dem Konkurs stand. Cho berichtet:

> „Nachdem ich für ihn gebetet hatte, erklärte ich ihm das Prinzip der Visionen und Träume. Ich sagte: ‚Gehen Sie zurück in Ihre Bäckerei, Herr Ho. Stellen Sie sich vor, das Geschäft läuft wieder glänzend. Fangen Sie an, Ihr Geld zu zählen in der leeren Kasse. Und sehen Sie sich die Kundschaft an, die vor Ihrem Laden Schlange steht!'
> …Nach ungefähr zwei Monaten kam ein lächelnder Herr Ho in mein Büro. ‚Dr. Cho, Sie hatten recht. Ich habe es erst nicht verstanden, was Sie sagten. Ehrlich gesagt, ich habe das für verrückt gehalten. Aber Sie sind ein Mann Gottes, und ich glaube, dem Pastor muß man gehorchen. Jetzt müssen meine Frau und ich der Kirche einen Scheck überreichen'. Ich schaute nach unten und sah zu meinem Erstaunen einen Scheck über tausend Dollar. Es war sein Zehnter."[95]

Die folgende Geschichte spielte sich in Deutschland ab. Nach einem Vortrag kamen zwei Prediger zu Cho, in der Hoffnung, einen VW von ihm zu bekommen. Sein Rat lautete:

> „‚…Warum brüten Sie nicht jetzt gleich für einen?'
> ‚Wie sollen wir brüten?' erkundigten sie sich staunend. ‚Brüten ist ein wichtiger Vorgang beim Gebet'. erläuterte ich. ‚Wenn Sie immer hoffen, können Sie niemals brüten… Fangen Sie also an zu brüten. Schlagen Sie ihre Notizbücher dort auf, wo leere Seiten sind. Und nun wies ich sie an, ‚Stellen Sie sich genau den VW vor, den Sie wollen. Wieviele haben darin Platz? Welche Farbe hat er?'
> ‚Er ist grün und hat für vier Personen Platz', gaben sie zur Antwort. ‚Gut. Schreiben Sie das auf. Schließen Sie dann die

Augen und stellen Sie sich den VW in Gedanken vor. Fangen Sie nun an, alle Möglichkeiten zu durchdenken, wie Sie genügend Geld zum Kauf des VW auftreiben könnten. Kleben Sie sich eine Beschreibung Ihres VW an die Wand in Ihrem Schlafzimmer. Lesen Sie den Zettel abends vor dem Schlafengehen... Stellen Sie sich vor, wie Sie einsteigen, den Zündschlüssel einstecken... Sagen Sie sich dann: Dies ist mein VW. Danken Sie Gott für Ihren VW und glauben Sie. Hoffnung trägt nicht den vollentwickelten Embryo einer Idee in sich, aber wenn wir mit Glauben über einer von Gott gegebenen Vorstellung brüten, ist da etwas Reales.'"[96]

Nach wenigen Monaten besaßen die beiden Prediger den „ausgebrüteten" VW und Cho erklärte dazu:

„Wir müssen das Prinzip des Brütens anwenden und so aus dem Embryo eines Gedankens die Realität eines Wunders werden lassen."[97]

Ähnlich verläuft die Geschichte, die Cho von einer Frau berichtet, die bisher vergeblich nach einem Mann gesucht hatte. Cho forderte sie auf, die gewünschten Eigenschaften ihres Traummannes zu notieren: die Nationalität, Größe, Körperform, Beruf, Hobby usw. Schließlich sagte er ihr, nachdem sie noch einmal die Liste ihrer Wünsche vorgelesen hatte:

„Nun schließen Sie bitte ihre Augen. Können Sie ihren zukünftigen Gatten jetzt sehen?' ‚Ja', erwiderte sie, ‚ich kann ihn mir genau vorstellen.'
‚Okay, dann wollen wir ihn jetzt bestellen. Ehe Sie ihn nicht deutlich in Ihrer Vorstellung sehen, können wir ihn nicht von Gott erbitten, da Er nie antworten würde...'
...Dann bat ich sie noch: ‚Schwester, nehmen Sie bitte dieses beschriebene Blatt mit nach Hause und kleben Sie es an einen Spiegel, und jeden Morgen und Abend lesen Sie es laut und preisen Gott für die Antwort.'"[98]

Nach einem Jahr war die Schwester mit dem bestellten Mann glücklich verheiratet. An ihrem Hochzeitstag nahm ihre Mutter das beschriebene Papier mit den zehn Punkten und las es den Gästen vor, um es danach zu zerreißen.

3. Die schöpferische Kraft des gesprochenen Wortes

Cho geht von der Theorie aus, daß das Sprachzentrum im Gehirn die Herrschaft über alle anderen Nerven besitzt. Diese Theorie hat er von einem Neurologen übernommen, der ihn davon überzeugt hat, daß das gesprochene Wort jemandem Kontrolle über seinen ganzen Körper geben und ihn nach eigenen Wünschen manipulieren könne. Der Neurologe erklärte u.a.:

> „Wenn sich also jemand immer wieder einredet: ‚Ich bin alt und erschöpft und kann das nicht tun', dann reagiert sofort die Kontrolle in der Sprechzentrale und gibt entsprechende Anweisungen, die das bewirken. Die Nerven reagieren dann: ‚Ja, wir sind zu alt und sind bereit fürs Grab; laßt uns bereit sein, uns aufzulösen.' Wenn jemand immer wieder sagt, daß er alt sei, dann wird diese Person tatsächlich bald sterben."[99]

Cho bekannte nach dieser Begegnung:

> „Diese Unterhaltung hatte große Bedeutung für mich und hinterließ einen nachhaltigen Eindruck auf mein weiteres Leben, denn ich konnte daraus ersehen, daß der Gebrauch des gesprochenen Wortes eine wichtige Voraussetzung für ein erfolgreiches Leben ist."[100]

Bedeutsam ist jedoch, daß Y. Cho behauptet, daß Gott selbst ihm auch dieses Prinzip offenbart hat. Während er im Anfang seines Dienstes predigte, sah er „auf dem Bildschirm seines Inneren", wie Menschen von Tuberkulose geheilt wurden, Tumore verschwanden, und Krüppel ihre Krücken wegwarfen, weil sie plötzlich wieder gehen konnten. Cho empfand diese Bilder zunächst als eine Störung Satans und sagte jedesmal: „Du Geist der Behinderungen, verlasse mich! Ich befehle Dir auszufahren, verschwinde!"[101]

> „Doch dann hörte ich in meinem Herzen Gottes Stimme zu mir reden: ‚Mein Sohn, das ist keine Behinderung Satans; es ist das Verlangen des Heiligen Geistes, was du siehst. Es ist das Wort der Weisheit und der Erkenntnis. Gott möchte diese Menschen heilen, doch er kann es nicht tun, bevor du sprichst.'"[102]

Seit dieser „Offenbarung" sprach dann Cho in den Versammlungen alle Heilungen aus, die er in seinem Inneren sah. „Während ich also dastehe, zeigt mir der Herr die Heilungen, die stattfinden und ich rufe sie aus. Ich schließe einfach meine Augen und spreche los. Im Erkennen der Tatsache, daß sie geheilt sind, stehen Menschen auf."[103]

Diese Erfahrungen veranlaßten Y. Cho zu folgenden Aufforderungen:

> „Beanspruchen Sie und sprechen Sie das Wort der Zusicherung; denn ihr Wort geht tatsächlich hinaus und ist schöpferisch. Gott

sprach, und die ganze Welt kam zustande. Ihr Wort ist das Material, welches der Heilige Geist verwendet, um schöpferisch zu sein."[104]

Schließlich geht Cho noch einen Schritt weiter und lehrt, daß wir Kraft unseres gesprochenen Wortes die „Gegenwart Christi" hervorbringen und „die Kraft Jesu" freisetzen können:

„Jesus wird gebunden an das, was Sie aussprechen. Ebenso, wie Sie die Kraft Jesu durch Ihr gesprochenes Wort freisetzen können, so können Sie auch die Gegenwart Christi dadurch bewirken. Wenn Sie nicht das Wort des Glaubens klar aussprechen, kann Christus niemals freigesetzt werden."[105]

„Seien Sie kühn; empfangen Sie die Gabe der Kühnheit, und sprechen Sie das Wort! Sprechen Sie es klar aus und erzeugen Sie die besondere Gegenwart Jesu Christi. Setzen Sie diese Nähe Jesu für ihre Gemeinde frei, und Sie werden bestimmte Ergebnisse erhalten."[106]

„Letztlich formt Ihr Wort Ihr Leben, denn Ihr Sprach-Nervenzentrum kontrolliert alle Nerven. Darum ist das Sprechen in anderen Zungen das Anfangszeichen der Taufe im Heiligen Geist. Wenn der Heilige Geist das Sprachzentrum übernimmt, dann erfaßt er alle Nerven und kontrolliert den ganzen Körper. Wenn wir also in anderen Zungen sprechen, werden wir mit dem Heiligen Geist erfüllt... Geben Sie das Wort dem Heiligen Geist, so daß Er etwas dadurch schaffen kann. Dann führen Sie die Gegenwart Jesu Christi herbei und setzen sie frei durch Ihr gesprochenes Wort... Darum denken Sie daran, daß Christus von Ihnen abhängig ist und von Ihrem gesprochenen Wort, um Seine Gegenwart freizusetzen."[107]

Abschließend möchte ich noch einmal betonen, daß Y. Cho sich zwar auf „Gottes Offenbarung" beruft, aber keinen einzigen Bibelvers nennen kann, um diese Theorien zu stützen.

Reinhard Bonnke – der „Mähdrescher Gottes"

R. Bonnke wurde 1940 als Sohn eines Pfingstpredigers in Schleswig-Holstein geboren. Mit neun Jahren erlebte er seine Bekehrung. Ein Jahr später hatte während einer kleinen Hausversammlung eine anwesende Besucherin ein „Gesicht", in dem sie einen kleinen

Jungen sah, der Tausenden von schwarzen Menschen das Brot brach. Dann wandte sie sich Reinhard zu, der neben seinem Vater stand und sagte: „Dies ist der kleine Junge, den ich im Gesicht gesehen habe."[108]

Bereits als Elfjähriger stand sein Entschluß fest, Missionar in Afrika zu werden, und als Teenager sah er im Traum eine Landkarte von Afrika, worauf der Name einer Stadt stand: „Johannesburg". Als R. Bonnke 15 Jahre alt war, erlebte er zum ersten Mal den „Kraftstrom Gottes":

> „In einer Gebetsstunde in einem kleinen Kreis durchströmte mich plötzlich der Kraftstrom Gottes. Es war, als ob ich mit den Händen in eine Steckdose gefaßt hätte. In meinem Herzen hörte ich ganz deutlich die Worte: ,Steh auf, lege der Schwester hinter dir die Hände auf! Sie ist in großer Not.' Eine entsetzliche Not packte mich. Was sollte mein Vater denken? Er war der Prediger dieser Gemeinde. Doch der Herr verstärkte den Strom, denn ich spürte ihn noch intensiver. Schließlich sprang ich auf und legte dieser Frau die Hände auf. Ich spürte, wie dieser Strom der Kraft aus meinen Händen in sie hineinfloß."[109]

1959 besuchte R. Bonnke eine Bibelschule in Suvansea/Wales, die zum Erstaunen seiner Eltern und der Gemeinde „durchaus nicht pfingstlich, sondern sehr konservativ-evangelikal" war. Dort war er trotzdem in der Lage, im Gebet in Zungen zu sprechen, ohne seine Mitschüler und Lehrer zu verärgern, denn „sie glaubten, er rede in Deutsch"[110]. Auf dieser Bibelschule lernte er von den Mitarbeitern, „im Glauben" zu leben. Alle Bedürfnisse der Mitarbeiter und der Bibelschule wurden von Gott erbeten, ohne daß die Öffentlichkeit etwas davon erfuhr. Als der Direktor wieder einmal den Schülern eine Gebetserhörung mitteilte, sprach Bonnke ein eigenartiges Gebet: „Herr, ich möchte ein Mann des Glaubens werden, wenn Du bereit bist, mir zu vertrauen."[111]

1961 beendete Bonnke seine zweijährige Ausbildung und wurde am Tag seiner Abreise nach Deutschland während eines Zugaufenthaltes in London in das Haus George Jeffereys geführt, der in den vergangenen Jahrzehnten „das Feuer des vollen Evangeliums dem britischen Volk" gebracht hatte, mit „mächtigen Zeichen und Wundern". R. Bonnke berichtet selbst von dieser Begegnung: „...Er sah aus wie 90, war aber erst 72. ,Was willst Du', fragte er. Ich stellte mich vor, und dann sprachen wir über das Werk Gottes. Plötzlich fiel der große Mann auf seine Knie, riß mich mit hinunter und begann mich zu segnen. Die Kraft des Heiligen Geistes erfüllte den Raum, und die Salbung schien mir wie Aarons Öl über meinen Kopf ,bis hinab zu dem Saum meiner Kleider' zu fließen. Wie benommen stand ich auf und verabschiedete mich. Vier Wochen später ging Jefferey in die Herrlichkeit ein. Es war ähnlich wie bei Elia..."[112]

In Deutschland angekommen machte R. Bonnke die ersten Erfahrungen mit Zeltevangelisationen und half mit, in Flensburg eine Gemeinde aufzubauen. Bald heiratete er seine Frau Anni und zog 1967 mit ihr nach Südafrika, um dort in den ersten Jahren vor allem in Lesotho zu missionieren.

Dort hatte er 1970 u.a. auch eine Erfahrung mit der „Herrlichkeit und Gegenwart Gottes", die er nicht in Worte fassen konnte. In einer finanziellen Notsituation hörte er eine Stimme sagen: „Der Mehltopf wird nicht leer werden und der Ölkrug nicht versiegen", worauf Bonnke antwortete: „Also gut, Herr ...eines ist der Topf und das andere der Krug. Meine Aufgabe ist auszugießen; und Du wirst die Aufgabe übernehmen, sie immer zu füllen."

Bonnke: „Seither bin ich mit den Aufgaben, die Gott mir gegeben hat, noch nie in rote Zahlen gekommen: Wenn ich ein Konto manchmal überzog, entdeckte ich, daß dafür schon wieder unerwartete Spenden eingegangen waren."[113]

Etwa in diese Zeit fällt auch eine Evangelisation, in welcher R. Bonnke die ersten Heilungen erlebte. Er hatte einen bekannten Evangelisten eingeladen, in seinem 400 Mann-Zelt zu predigen. Doch dieser „Mann Gottes" brach mitten in einer Verkündigung ab und bat Bonnke, die Evangelisation weiterzuführen. Als dieser dann am nächsten Tag die Verkündigung übernahm, kam die „Kraft Gottes" über ihn, seinen Übersetzer und seine Zuhörer:

> „Ich konnte kaum weiterreden. Eine klare Stimme drang in mein Herz, und ich hörte Worte, die ich nie zuvor gehört hatte. Der Herr sprach: ,Meine Worte in deinem Munde sind genauso kraftvoll wie meine Worte in meinem Munde.'"[114]

> „Wieder drängte ihn die Stimme des Heiligen Geistes: ,Rufe alle, die völlig blind sind, und sprich das Wort der Autorität'... Er blickte die armen Blinden an und erklärte mutig: ,Ich werde jetzt mit Gottes Autorität zu euch sprechen, und ihr werdet einen weißen Mann vor euch stehen sehen. Eure Augen werden sich öffnen.'"[115]

Nachdem Bonnke gerufen hatte: „Im Namen Jesu Christi, ihr blinden Augen, öffnet euch!", wurde eine seit vier Jahren blinde Frau sehend und ein verkrüppeltes Kind geheilt.

Aus dieser Erfahrung schloß Bonnke, daß Gott ihm eine größere Dimension im Dienst anvertraut hatte und zog von Lesotho nach

Johannesburg. In dieser Zeit prägte Bonnke seinen zwar mit der Bibel nicht belegbaren, aber griffigen „Kriegsruf": „Wir werden die Hölle plündern und den Himmel bevölkern!"[116]. Später kam noch der Zusatz hinzu „...und den Teufel glattrasieren."

Ab 1975 wurde dann R. Bonnkes Missionsarbeit unter dem Namen „Christus für alle Nationen" (CfaN) geführt.

„Erschlagen vom Heiligen Geist"

1976 predigte Bonnke in Botswana und hatte für diesen Zweck das Stadion gemietet. Dort erlebte er zum ersten Mal, daß Menschen zu Boden fielen. Als er nach einer Erklärung gefragt wurde, antwortete er: „Es ist kein Wunder, wenn jemand umfällt, aber sicher ein Zeichen – ein Zeichen der Gegenwart Gottes."[117]
Am Ende der Evangelisation wurde Bonnke vom „Heiligen Geist" gedrängt: „Bete für die Menschen, damit sie die Taufe im Heiligen Geist empfangen!"
Darauf bat er einen Mitarbeiter, den Zuhörern eine Bibelstunde über die Geistestaufe zu halten, „doch es kam nicht allzu viel dabei heraus; und etwas sehr Wichtiges vergaß er völlig, nämlich vom Reden in anderen Zungen zu sprechen"[118].
Als die Menschen anschließend aufgerufen wurden, kamen etwa 1000 von ihnen nach vorne, und dann geschah folgendes:

> „In dem Augenblick, als sie ihre Hände emporhoben, war es, als explodiere etwas in ihrer Mitte. Innerhalb einiger Sekunden lagen alle, die eben noch gestanden hatten, flach auf der Erde. Und sie alle beteten und priesen den Herrn in neuen Zungen. Reinhard schaute voller Staunen auf diese heilige Unordnung. Noch nie hatte er so etwas erlebt."[119]

Dieses Phänomen ist kennzeichnend für den Dienst R. Bonnkes. Im allgemeinen predigt er an einem Evangelisationsabend über die „Taufe mit Geist und Feuer", worauf oft Tausende in wenigen Sekunden umfallen – meist auf den Rücken – und in Zungen reden.
Diese oft chaotische „Unordung" von teilweise übereinander liegenden Menschen wird mit „slain in the spirit", oder „slain by the power of God" bezeichnet. In Deutschland redet man vom „Ruhen im Geist" oder „Umfallen im Geist".
1980 erzählte R. Bonnke auf dem „Charismatischen Kongreß" in Berlin:

> „Am letzten Tag hatten wir unsere sogenannte Heilig-Geist-Nacht, und ich predigte über die Taufe mit Geist und Feuer. Als

wir fragten, wer gerade jetzt die Taufe im Heiligen Geist empfangen wollte, da kamen etwa 5.000 in den inneren Teil des Stadions. Und in dem Moment, wo sie ihre Hände emporhoben, da begannen sie auch schon in der nächsten Sekunde Jesus zu preisen. Es war, als wenn eine Bombe explodierte. Und in ungefähr drei Sekunden lagen die 5.000 flach auf der Erde ...und als ich durch sie hindurchging und sie wieder aufstanden, konnte ich hören, wie Tausende unter ihnen den Herrn in neuen Sprachen priesen. Und der Herr sagte: ‚Der Tag der Sichel ist vorbei, dies ist der Tag der Mähdrescher!' Ich warte jetzt auf mein neues Zelt, das 34.000 Menschen Platz geben wird. Gott hat uns schon die Hälfte des Geldes gegeben, ist das nicht phantastisch? Und ich bin sicher, daß der Rest auch bald reinkommen wird. Und dann werden wir in Afrika den Teufel glattrasieren! Hallelujah!"[120]

Massenevangelisationen

Nach der Evangelisation in Garborone wurde ihm „die Aufgabe eines Massenevangelisten" klar. Seitdem spielen große Zahlen in seinen Berichten eine wichtige Rolle.

„Große Zahlen faszinieren ihn. Aber nicht um seiner selbst willen, sondern um der Sache Gottes und seines Auftrags wegen. Er sagt: ‚Die Öffentlichkeit ist nicht an Bildern von einer Handvoll Leute interessiert. Große Massen beeindrucken. Wenn die Menschen nicht mehr in Scharen zu uns kommen, sollten wir beginnen, uns ernstlich zu prüfen.'"[121]

Bereits 1976 wurde R. Bonnke klar, daß er für seine Evangelisationen ein großes Zelt benötigte. Als während einer Zeltevangelisation mit dem kleinen Zelt ein Wolkenbruch hernieder prasselte und bald die Fluten durch das Zelt strömten, schrie Bonnke zu Gott: „Bitte gib uns doch ein anständiges Dach über den Kopf." Wie ein Blitz stand die Antwort in seinem Herzen: „Vertraue Mir für ein Zelt mit 10.000 Plätzen!" Seine Antwort lautete: „Ich vertraue Dir, Herr."[122]
Zwei Jahre später traf das Zelt in Südafrika ein, wo inzwischen in Witfield das neue Verwaltungsgebäude gebaut wurde.
Doch bald erwies sich auch dieses Zelt als zu klein und nachdem „Gott sehr klar" zu ihm gesprochen hatte: „Der Tag der Sichel ist vorbei; heute ist der Tag des Mähdreschers", kam der Wunsch nach eben jenem Zelt – dem größten Zelt der Welt – für 34.000 Personen auf.

„Mit diesem Zelt wollen wir in erster Linie Südafrika erreichen, aber Gott hat unserem Team vor kurzem gezeigt, daß Er es auf dem ganzen Kontinent einsetzen will: ‚Ich will die Ernte verdreifachen, denn die Zeit ist kurz. Ich werde euch aber auch ein dreifaches Maß an Salbung des Heiligen Geistes geben.'"[123]

Zuerst glaubte Bonnke, innerhalb von 18 Monaten dieses Zelt in Afrika zu haben, aber es dauerte doch 5 Jahre, bis 1984 das Zelt eingeweiht werden konnte.

1981 war R. Bonnke auch als Redner auf den „Berliner Bekenntnistagen", die aufgrund einer Vision V. Spitzers organisiert wurden. Dort berichtete er begeistert:

„...Es geschehen Zeichen und Wunder wie zur Zeit der Apostelgeschichte. In Deutschland kam ein Optiker zu mir und sagte: ‚Ich möchte Ihnen gerne eine Spende geben für Afrika.' Natürlich freute ich mich sehr, denn wir brauchten dringend Geld. Doch er fuhr fort: ‚Ich möchte Ihnen 3.000 Brillen nach Afrika mitgeben, damit Sie diese unter den armen Schwarzen verteilen können.' ‚Brillen? In unseren Evangelisationen verteilen wir keine Brillen, wir sammeln sie ein! Wie oft haben wir erlebt, wie Gott blinde Augen öffnete. Wie stellen Sie sich das vor? Zuerst beten wir für die Blinden, sie werden sehend – und anschließend sollen wir Brillen verteilen? Das paßt doch nicht zusammen!.'"[124]

(Inzwischen ist R. Bonnke allerdings selbst auch Brillenträger und wird Brillenspenden gegenüber heute möglicherweise positiver eingestellt sein.)

1982 folgte R. Bonnke einer Einladung Y. Chos nach Seoul, um dort dessen Kirche zu besuchen. Bonnke stellte Cho „tausend Fragen" und „kehrte mit gestärktem Glauben nach Südafrika zurück". „Als ich sah, was Cho tut und wie der Herr ihn segnet, habe ich gesagt: ‚Herr, ich habe Dir noch viel zu wenig zugetraut.'"[125]

Inzwischen galt R. Bonnke schon als „Afrikas Billy Graham", war mittlerweile „in der ganzen Welt als eine der führenden Figuren auf dem Gebiet der Evangelisation anerkannt"[126] und bekam aus aller Welt Einladungen. Auch im Ausland wurden seine Evangelisationen mit „Zeichen und Wundern" begleitet, und in Helsinki (1983) fiel sogar ein Mann „unter der Kraft Gottes zu Boden", nachdem er R. Bonnke an der Jacke gezupft hatte.

So war es naheliegend, daß er auch 1983 nach Amsterdam zur „Billy-Graham-Konferenz" für Evangelisten flog.

„Reinhards Erwartungen waren groß. Nicht nur, weil er die Gelegenheit bekam, dort zu sprechen, sondern weil er hoffte, in Amsterdam so viele Evangelisten wie möglich aus Afrika kennenzulernen... Er wollte gleichgesinnte Männer treffen, seine Vision mit ihnen teilen, ihr Vertrauen und ihre Zusammenarbeit gewinnen."[127]

Dort hatte er auch zum ersten Mal ein Gespräch mit Billy Graham, „der Reinhard mit seinem Wissen über das CfaN – Werk überraschte"[128].

In diesem Jahr besuchte er auch den bekannten, aber auch von den meisten Pfingstgemeinden abgelehnten extremen Heilungsevangelisten T.L. Osborn.

Osborn läßt z.B. seine Mitarbeiter mit Lieferwagen, Projektoren, Wunderfilmen, Predigt-Tonbändern usw. in alle Welt fahren, um seine Botschaft zu verbreiten. Diese ausgerüsteten Wagen nennt Osborn „Mähdrescher". Bekannt ist, daß Osborn „gesegnete" Karten und Tücher gegen Geldspenden verschickt, die vor Unglück bewahren und von Krankheiten heilen sollen. Kurt Hutten schreibt über ihn:

> „Eine Gipfelleistung an Geschmacklosigkeit vollbrachte Osborn mit einem quadratischen Holzstückchen, das er im November 1976 versandte: Es stammte angeblich von einer alten Plattform, auf der Osborn bei einer Versammlung gestanden hatte und auf der während seines Heilungsdienstes viele Wunder geschehen seien: Auf ihr habe auch die Leiche eines von einem Baum gestürzten Zuhörers zwei Stunden lang gelegen und sei dann ‚von den Toten auferweckt' worden. Da ihm Gott eröffnet habe, ‚daß die gleiche Kraft, die auf der Plattform ruhte, auch auf jedem Partner ruht', schickte er jedem Spender ein Holzstückchen: ‚Verschenke oder verliere es nicht, sondern bewahre es sicher auf, denn es ist nur für dich persönlich bestimmt und kann nicht ersetzt werden!' Vergleiche der Holzstückchen ergaben, daß sie von verschiedener Herkunft waren und nicht von einem einzigen Brett stammen konnten." (Hutten: Seher, Grübler, Enthusiasten, S. 370)

Bonnke nutzte die Möglichkeit, um sich mit Osborn zwei Stunden über seine „Hoffnungen und Zukunftspläne auszutauschen".

> „Die beiden Männer schieden im Geist der Liebe und Partnerschaft voneinander. Ehe Reinhard Osborns Büro verließ, bat er den großen Evangelisten, für ihn zu beten. ‚Nein, Bruder', antwortete Osborn, ‚Bete du für mich.' Der Amerikaner war beeindruckt von seinem deutschen Evangelisten-Bruder und der Größe seiner Vision für Afrika."[129]

Auch mit Pat Robertson, dem Gründer und Leiter von CBN, dem größten christlichen Fernsehsender Amerikas (der sich übrigens 1988 für die US-Präsidentschaftswahl aufstellen ließ), hatte Bonnke in diesem Jahr ein Treffen. Robertson „versprach CfaN einen ansehnlichen Geldbetrag für 1984 und ein anderer großer Betrag wurde sofort gegeben"[130], sodaß Bonnke mit erheblichen Spenden und Spendenzusagen nach Südafrika zurückkehren konnte.

Im Laufe der Jahre hat sich R. Bonnkes Haltung zu Spendenaufrufen verändert. Ende der 70er Jahre hatte er noch in einer Predigt gesagt: „Wir erlebten Wunder auf Wunder. Ohne einen Kredit aufzunehmen, konnten wir alles bezahlen. So ist es bis heute geblieben; wir haben noch nie einen Pfennig Zinsen bezahlt. Ich bitte nie um Geld, ich bete darum"[131], und auch noch 1983 äußerte er: „Gott bezahlt alles, was Er bestellt und das große Zelt ist nicht meine Sache, sondern Seine."[132] Doch dann wurden seine direkten und indirekten Spendenaufrufe mit jedem Jahr deutlicher:

1985:

> „Der Herr hat mir gezeigt, daß Er Herzen bewegen wird, wie wir es noch nie erlebt haben und daß das Geld in Form von Wundern, als Antwort auf Gebet, bald eingehen wird. Die Zahlung des Geldes ist am 15.1.86 fällig..."

1987:

> „...Aber es sind immer noch 1,65 Mio. DM Schulden, die uns bedrücken – besonders mich – allein, wenn ich an die Zinsen denke... Ganze Großevangelisationen hingen am seidenen Faden... Ich danke im voraus für alle Fürbitte und praktische Hilfe – auch wenn sie noch so klein ist..."[133]

1988:

> „...Aber wir brauchen dringend stärkere finanzielle Unterstützung, wenn wir dieses Tempo beibehalten wollen... Wir brauchen dringend mehr AKTIVE PARTNER! Partner, die ernstlich Fürbitte tun und finanziell mithelfen wollen..."[134]

1989:

> „...Viele Empfänger der MISSIONS-REPORTAGE haben sich in all den Jahren noch nicht einmal bei uns gemeldet. Mit diesem Wort strecke ich ihnen die Hand entgegen: Wir brauchen eine verbindlichere Partnerschaft. Es wird gemeinsames Gebet wie auch gemeinsame Opfer kosten, wenn wir das von Gott gesteckte Ziel erreichen wollen..."[135]

Inzwischen erscheint kaum ein Missions-Report oder Rundbrief, in welchem nicht mehr oder weniger massiv um Geld gebeten wird.

Am 18.2.1984 war der Einweihungstag des großen Zeltes, zu dem Gäste aus vielen Ländern angereist kamen. Der Einweihungsgottesdienst wurde von N. Bhengu und Paul Schoch geleitet, die Hauptpredigt hielt R. Bonnke. Dem Aufruf, Jesus als Retter anzunehmen, folgten 5.000 Menschen. Doch bereits 11 Wochen später, am 6. Mai, während Bonnke sich auf einer Konferenz der „Geschäftsleute des vollen Evangeliums" in Kalkutta befand, zerfetzte ein Sturm das Dach des neuen Zeltes, das in Kapstadt aufgestellt war:

> „Das weltgrößte Evangeliumszelt war dahin! An seiner Stelle stand ein Skelett von Stahlmasten und Seilen. Einige Reste des Zeltdachmaterials hingen noch, aber ein Großteil der ca. 20 Tonnen Zeltdach flatterte nun durch die Straßen und Gärten von Valhalla...Beinahe fünf Jahre Arbeit wurden hier in wenigen Stunden zunichte gemacht. Es war unglaublich."[136]

Derjenige, der ausgezogen war, um „den Teufel glattzurasieren", mußte sich nach seiner Rückkehr aus Indien der Tatsache stellen, daß „die Stahlmasten sich kahl und starr emporreckten. Daneben lagen abgerissene Zeltplanenstücke, die man zusammengerollt und gebündelt hatte"[137]. Bonnke selbst hatte am 6. Mai in Kalkutta „in aller Stille dort in Indien den Herrn gelobt und gepriesen, daß ich auf den Tag genau 25 Jahre in Seinem Dienst stehen durfte"[138]. (Die genannten 25 Jahre kommen zustande, wenn die zweijährige Bibelschulausbildung als „Dienst" mit eingerechnet wird.) Nun stellte er nach der Zerstörung des Zeltes die Frage: „War der Angriff auf das Zelt des Teufels Jubiläumsgeschenk?"
Doch in Südafrika angekommen erklärte er mutig: „Das ist nur der Beginn. Der Teufel hat die ihm gesteckte Marke überschritten. Ich weiß in meinem Herzen, daß etwas Phantastisches im Kommen ist. Dieser Dienst besteht aus Wundern."[139]

18 Monate später konnte das Zelt wieder aufgestellt werden, nachdem Kenneth Copeland, Schüler K. Hagins und Prediger des „Wohlstandsevangeliums" die Bezahlung des neuen Zeltdaches zugesagt hatte.

> „Das Geld für das neue Zeltdach erhielt ich von dem bekannten und beliebten Bibellehrer in den USA, Kenneth Copeland. Es waren genau 2,53 Mio. DM."[140]

Umzug nach Deutschland

Im Jahr 1985, welches als „das traumatischste Jahr für Reinhard und das Team" eingestuft wurde, beschloß CfaN, das Hauptbüro von

Witfield nach Frankfurt zu verlegen, wo Bonnke Ende des Jahres ein Grundstück mit Büros und Wohnräumen kaufen konnte. Diese Umstellung brachte mit sich, daß viele langjährige Mitarbeiter ausschieden.

„Feuer-Konferenz" in Harare/Simbabwe 1986

Bereits 1983 war R. Bonnke – mit dem Plan einer „Feuer-Konferenz" in Afrika – nach Amsterdam zur Evangelistenkonferenz gefahren, um dort mit afrikanischen Evangelisten Kontakt aufzunehmen. Im April 1986 war es dann soweit: Im modernen Kongreß- Zentrum in Harare kamen ca. 4.000 Delegierte aus aller Welt zusammen.
Unter den Rednern waren Loren Cunningham (der Gründer von „Jugend mit einer Mission"), Kenneth und Gloria Copeland und Robert Schuller, der Prediger des „positiven Denkens". Während dieser Konferenz wurde auch das reparierte Zelt von dem Spender Kenneth Copeland „neu eingeweiht". Die Konferenz selbst wurde „ein zweites Pfingsten" genannt. Copeland berichtete begeistert:

> „Wir nähern uns der größten Heilsstunde Gottes. Wir sehen die Errettung eines ganzen Kontinents. Ich habe Dinge auf der FEUER-KONFERENZ miterlebt, die ich nie zuvor gesehen habe. Die Atmosphäre war mit ERWECKUNG, GLAUBEN und EINHEIT geladen, was mein Herz erquickte. Es ist eine Tatsache, daß es der herrlichste Erweckungsgeist gewesen ist, den ich je erlebt habe."[141]

Während der Konferenz wurde auch von Dave Newburry über R. Bonnke „ein Wort der Weissagung" ausgesprochen, nachdem R. Bonnke „unter der Salbung des Geistes zu Boden" gesunken war. „Darin wurde kund, daß eine größere Ausgießung des Geistes Gottes kommen würde und daß Reinhard im Namen Jesu Völker erreichen und vor Herrschern und Königen stehen würde. Außerdem wurde hinzugefügt, daß der Herr eine mächtige Armee sammeln und den Dienst von CfaN verstärken würde und daß dies die Zeit einer neuen Bewegung des Heiligen Geistes in der Welt sei."[142]

„Auftakt zur größten Ausgießung des Heiligen Geistes in Europa" „Feuer-Konferenz" in Frankfurt 1987

Der Umzug von Südafrika nach Frankfurt bedeutete natürlich auch, daß Bonnkes Aktivitäten sich nicht mehr vorwiegend auf Afrika konzentrierten, sondern immer mehr auch Europa mit einschlossen.

„Der Geist des Herrn hat klar gesagt, daß unser Umzug nach Frankfurt mit Gottes Plan für Europa zusammenhängt." So war es naheliegend, daß im Jahr 1987 auch eine „Feuer-Konferenz" in Frankfurt geplant und durchgeführt wurde. Auf den Einladungszetteln wurde versprochen:

> „Auftakt zur größten Ausgießung des Heiligen Geistes in Europa... Gott wird Zeichen und Wunder tun. Ein neuer Tag ist für Europa angebrochen... Deutschland, die Schweiz, Österreich – ja, ganz Europa wird von der Herrlichkeit und Kraft des Heiligen Geistes erfaßt werden..."

R. Bonnke, der die weise Mahnung Salomos in Sprüche 27,2 offensichtlich überlesen hat, scheute sich nicht, auf dieser Einladung zu schreiben:

> „Nach mehr oder weniger sieben Jahren lokaler Missionsarbeit auf Sparflamme als Missionar in Afrika, erlebte ich eine geistliche Wende... Zeichen und Wunder geschahen. Menschen begannen sich in Scharen zu bekehren. Hunderttausende strömten in einen einzigen Gottesdienst, um Gottes Wort zu hören. Millionen von kostbaren Seelen durfte ich ein Wegweiser zu Jesus sein. Ja, ich habe 1986 erlebt, wie in einer Versammlung etwa 100.000 Menschen mit dem Heiligen Geist und mit Feuer getauft wurden. Ein so gewaltiges Gotteswirken kann man nur ein GEISTLICHES ERDBEBEN nennen.
> Und Europa? Ich bin davon überzeugt, daß Gott in Europa noch Größeres vorhat. Er kann und will über Nacht die Ebbe in Flut verwandeln! DIE ZEIT IST GEKOMMEN! Wellen der Herrlichkeit Gottes werden über Europa rollen! Niemand kann Gottes Wirken einschränken... Ich sehe diese Konferenz als EIN FEUERLEUCHTEN GOTTES, als ein Signal für ganz Europa an. Der Herr hat ganz konkret zu mir gesprochen, und ich schließe nicht einmal mehr den Einsatz unseres afrikanischen Großzeltes in Europa aus. Wir werden es dringend benötigen, wenn die Ernte beginnt... Eine neue geistliche Epoche ist für Europa angebrochen... Dieses Blatt ist Gottes AUFFORDERUNG für Sie, lieber Leser, in Frankfurt mit dabei zu sein..."

Vom 5.-9. August 1987 waren bis zu 14.000 Menschen auf dem Frankfurter Messegelände versammelt. Unter den Rednern waren u.a. Loren Cunningham, Ray McCauley, Benny Hinn, Paul Schoch, Vinson Synan.
Besonders in den Abendveranstaltungen wurde die Atmosphäre angeheizt. Musik, „Zungensingen", Zungenreden, Weissagungen, Heilungen, es wurde geklatscht („Klatschopfer") und schließlich

auch getanzt: „Geschwister, Fernsehen hin, Fernsehen her, jetzt muß getanzt werden."
Wenn eine „besondere Salbung" angeboten wurde, drängten sich die Teilnehmer nach vorne, um sich diese „Salbung" durch Handauflegung zu holen und anschließend „vom Geist erschlagen" zu Boden zu fallen. Benny Hinn scheute sich nicht zu verkündigen: „Der Heilige Geist hat mir gesagt, wen ich heute abend anblase, der empfängt die besondere Salbung." Er blies dann durchs Mikrofon und schneisenweise – je nach dem, in welche Richtung Hinn blies – fielen die Menschen um, die teilweise beim Aufstehen in ein Gelächter ausbrachen, das von Hinn als „das Lachen des Heiligen Geistes" erklärt wurde.
R. Bonnkes Verkündigung in den Abendveranstaltungen bestand aus einem Gemisch von geflüsterter, mit weinerlicher Stimme vorgetragener und schließlich gebrüllter Predigt, die oft durch „Weissagungen", „Zungenreden", „Zungensingen" und Halleluhjah-Rufe unterbrochen und von den Zuhörern mit Beifall bedacht wurde.
Am letzten Abend forderte Bonnke alle anwesenden Evangelisten auf, zu einer „besonderen Salbung" nach vorne zu kommen, worauf sich der größte Teil der Anwesenden nach vorne drängte, um sich von R. Bonnke im Schnellverfahren die Hände auflegen zu lassen und anschließend „von der Kraft Gottes angerührt" umzufallen.
Vielleicht trifft der Kommentar des Kasseler Sonntagblattes den Nagel auf den Kopf, wenn dort berichtet wurde:

> „In einer Suggestionsshow, die von dramaturgischen Meisterleistungen nur so strotzte, gelang es Reinhard Bonnke nach anfänglichen Schwierigkeiten – er war von Heiserkeit geplagt, die Zehntausend in seinen Bann zu ziehen."[143]

C. Lemke dagegen, der Redakteur der CfaN „Missions-Reportage", schrieb rückblickend:

> „Ich bin überzeugt, daß in Frankfurt ein bestimmter Abschnitt im Heilsplan Gottes begonnen hat...Es fließt etwas zusammen. Viele Einzelfeuer werden zu Flächenbränden, und bald wird ein Feuersturm entstehen. Das ist biblisch und verheißen. Warum sollten wir es nicht annehmen?"[144]

„Euro-Feuer-Konferenz" in Birmingham/England 1988

Vom 19.-24. Juli 1988 fand in Birmingham eine weitere Konferenz statt. Bonnke schrieb in der Einladung:

> „...Doch nun soll der zweite Schlag folgen: Vom 19. bis 24. Juli in

Birmingham/England. Wir erwarten zwischen 30.000 und 40.000 Teilnehmer und haben vorsichtshalber schon das Villa-Park-Stadion angemietet, weil die Hallen zu klein sein werden. Ganz besonders freut mich, daß auch der Vorsitzende der Evangelischen Allianz von Großbritannien, Rev. Clive Calver, einer der Redner sein wird. Unsere Akzeptanz als Pfingstler und Charismatiker ist außerhalb der Bundesrepublik gewaltig groß. Das Feuer des Heiligen Geistes erfaßt die breite Basis des Volkes Gottes – und das ist Grund zum Jubel...
Der Herr hat mir ein Europa gezeigt, das im Glanz Seiner Herrlichkeit glüht! Es wird zu einem Massendurchbruch kommen...
Also: Niemand, der einen Hunger nach Erweckung und Evangelisation im Heiligen Geist hat, kann es sich leisten, nicht nach Birmingham zu kommen..."[145]

Es kamen zwar nicht die erwarteten 40.000 Teilnehmer, aber immerhin erschienen zur Abschlußversammlung nach eigenen Angaben 19.000 Besucher.

Der CfaN „Missions-Report" zog nach dieser Veranstaltung einen Vergleich zwischen Frankfurt und Birmingham:

„Euro-Feuer-Frankfurt war brausend, gewaltig, bestimmt nicht leise. Die Tragik des geteilten Landes wurde nicht verschwiegen. Das Medienecho war groß und über Erwarten positiv. Die Kirchen und die Gemeinden horchten auf und warten, was Gott tun wird.
Euro-Feuer-Birmingham war auch hör- und spürbar. Auch dort wurde gejubelt, gelacht, getanzt, aber auch aus Trauer über Sünde und Schuld oder aus Freude geweint. Dennoch war alles sanfter, selbstverständlicher und – ja, irgendwie gelassener. Für die Medien war es nicht das Ereignis. Aber für die Christen aus vielen Kirchen und Gemeinden – auch für die, die nicht dabei waren – war es ein Zeichen Gottes. Und das zählt und wird auch Kontinentaleuropa erreichen!"[146]

Rückblickend auf das Jahr 1988 schrieb R. Bonnke:

„1988 war für mein Team und mich das bis jetzt segensreichste und fruchtbarste Jahr des Lebens. Ohne Übertreibung und mit einem demütigen Herzen kann ich sagen, daß wir noch nie eine so gewaltige Seelenernte für Jesus Christus haben einbringen dürfen. Millionen von Menschen hörten das Evangelium und empfingen Jesus Christus als ihren persönlichen Retter und Herrn. Hunderttausende empfingen die Taufe im Heiligen Geist und Unzählbare erlebten die heilende Kraft Jesu an ihren kranken Körpern! Das sind die Zeichen, die Gott heute setzt – aber wir haben Grund zu glauben, daß noch mehr geschehen wird!... Und damit komme ich zum neuen Jahr 1989. Der Herr hat uns das ‚Programm' gegeben: Von Afrika bis Singapur und Indonesien, von der Sowjetunion bis in die USA, von Südamerika bis Skandinavien!"[147]

Merkmale der „Dritten Welle" bei R. Bonnke

Da R. Bonnke weniger lehrt als evangelisiert, kann man nur aus seinen Praktiken, Predigten und Berichten den Einfluß bestimmter Lehren feststellen.

Träume und Visionen

Der bisherige Lebensweg von R. Bonnke war immer von Träumen, Visionen und Erscheinungen begleitet. Die folgenden Ausführungen Bonnkes über „Träume" zeigen die Nähe zu Yonggi Cho:

> „Träumer sind das Volk, das die Welt verändert. Josua war kein junger Mann mehr und eignete sich im voraus das Prophetenwort Joels an, ‚Eure Ältesten werden Träume haben'. Träume von Inbesitznahme der Welt für Christus sind ein charismatisches Merkmal. Das war die eigentliche Vision, die die Leute am Anfang der Pfingstbewegung veranlaßte, die Kraft des Heiligen Geistes inständig zu suchen. Das war es auch, wozu Gott Seine Kraft gab. Das ist der dritte Schritt des göttlichen Erfolgs. Entwickle eine geistliche Schau von dem, was Du für Gott tun willst, und dann arbeite und setze sie um. Ohne Vision geht das Volk Gottes zugrunde."[148]

Die „vierte Dimension"

Auch diese Lehre Y. Chos spiegelt sich in R. Bonnkes Dienst wieder:

> „Auf der menschlichen Verstandesebene können wir unmöglich Gott dienen. Immer wieder staune ich über die Menschen, die meinen, sie könnten Gottes Wunderkraft logisch erklären. Wie läßt sich zum Beispiel logisch erklären, daß Jesus auf dem Meer wandelte?
> Das hat alles nichts mit Logik, sondern mit der vierten Dimension, mit der wunderwirkenden Kraft Gottes zu tun. Hier bewegen wir uns auf einer anderen Ebene, auf Gottes Ebene..."[149]

„Die Macht des gesprochenen Wortes"

Ebenso wie Y. Cho bekommt Bonnke Bilder und Eindrücke von Heilungen, die er dann ausspricht:

> „Während Reinhard nun schwieg und auf den Übersetzer wartete, hörte er in seinem Inneren ‚Worte‘, die ihn fast sprachlos machten. Er hörte: ‚Meine Worte sind in deinem Mund genauso mächtig wie Meine Worte in Meinem eigenen Mund‘. Er überlegte fieberhaft, während die ‚Stimme‘ den Satz wiederholte. Dann sah Reinhard wie in einem Film die Kraft des Wortes Gottes. Gott sprach, und es geschah. Jesus hatte Seinen Jüngern gesagt, sie sollten zu dem Berg reden, und er würde im Meer verschwinden... Der Übersetzer hatte sich wieder erhoben, und Reinhard predigte weiter. Wieder drängte ihn die Stimme des Heiligen Geistes: ‚Rufe alle, die völlig blind sind, und sprich das Wort der Autorität.‘ Er glaubte selbst kaum, was er im Inneren hörte, wagte aber auch nicht, dem Heiligen Geist ungehorsam zu sein..."[150]

Am Ende dieser Begebenheit schreibt der Biograph Bonnkes: „Reinhard war in eine neue Dimension seines Dienstes für Jesus eingetreten. Er hatte echten Honig gekostet und würde nie mehr mit Ersatz zufrieden sein."[151]

„Wohlstand und Erfolg"

Die Prägung von Y. Cho, die enge Verbindung zu Kenneth Copeland, dem bekannten Prediger des Wohlstandsevangeliums, die Zusammenarbeit mit Robert Schuller, die intensiven Beziehungen zu „Wort des Glaubens" in Deutschland und die in den letzten Jahren immer engere Zusammenarbeit mit Ray McCauley haben im Leben und Dienst Bonnkes Spuren hinterlassen. McCauley, ehemaliger Bodybuilder und jetziger Pastor der Rhema-Gemeinde in Randburg/Südafrika, ist Schüler und enger Freund K. Hagins und ebenfalls mit K. Copeland befreundet. McCauley predigt unmißverständlich ein „Wohlstandsevangelium" und gehört inzwischen zum Beraterstab von CfaN.

Ron Steele, der Biograph Reinhard Bonnkes und Ray McCauleys schreibt über die Zusammenarbeit der beiden Evangelisten:

> „In dem Maß, wie sich der Dienst von Reinhard Bonnke ausdehnte, wurde auch die Beziehung zu Ray immer stärker. Ray diente nicht nur bei der Feuerkonferenz, die im April 1986 von Bonnke in Harare, Zimbabwe, veranstaltet worden war, sondern

er teilte auch im August desselben Jahres bei der Zweiten Glaubenskonferenz in München mit ihm die Kanzel. 1987 wurde Ray als einer der Hauptredner zur Euro-Feuer-Konferenz nach Frankfurt eingeladen, und es gibt guten Grund zu der Annahme, daß Ray und Bonnke in den nächsten Jahren gemeinsam größere Evangelisationseinsätze in Europa starten werden. Beide Männer haben in Europa die ersten Vorboten einer geistlichen Erweckung entdeckt und sehen dort ein weiteres reifes Erntefeld, das für den Herrn Jesus Christus eingebracht werden muß."[152]

Übertragung von „Geistesgaben" durch Handauflegung

Ähnlich wie John Wimber ist R. Bonnke der Überzeugung, daß er Geistesgaben per Handauflegung übertragen kann. Auf der „Feuer-Konferenz" in Harare 1986 legte er den Delegierten die Hände auf, nachdem er folgendes verheißen hatte:

> „Etwas Wunderbares wird sich jetzt ereignen, und das wird nicht nur für diese Evangelisation zutreffen. Hört des Herrn Wort: Ihr werdet jetzt eine Salbung der Heilung empfangen und es wird wie Feuer in euren Händen brennen. Wenn ihr dann vorwärts geht und eure Hände auf die unheilbar Kranken legt, wird die Kraft Gottes wie Feuer durch die Kranken fließen und sie werden geheilt sein, und das Reich Gottes wird dadurch gebaut werden und Satans Werke werden zerstört."[153]

Die „Gabe der Kühnheit"?

Der bisherige Lebensabriß Bonnkes zeigt, daß dieser Mann große Pläne und kühne Visionen hat. Manche Aussprüche von ihm erwecken den Anschein, als ob die Tugenden Bescheidenheit und Demut nicht zu der Frucht des Geistes Gottes gehören:

> „Ganz Afrika wird durch das Blut Jesu gerettet werden."

> „Ohne Furcht vor Übertreibung können wir als Team sagen, daß wir erlebt haben, wie ein ganzes Land von der Kraft Gottes erschüttert wurde. Einige Hunderttausende von kostbaren Seelen nahmen Jesus Christus als Retter an!"

> „Der Herr hat verheißen, daß sich ganze Nationen zu Christus wenden werden, wenn wir auf dem Weg von Kapstadt nach Kairo die Länder einnehmen."

> „Ich stand dort und sprach wie ein Befehlshaber im Heiligen

Geist, wie ein Mundstück des allmächtigen Gottes."

„Ich sehe mich irgendwie – und manchmal fast visionär – als neutestamentlicher Priester das Blut Jesu zu den Völkern dieses großen und wunderbaren Kontinents tragen."

„Gott wird ein Werk an Europa erfüllen. Dieser Kontinent wird von der Kraft Gottes erschüttert werden. Eine Feuerwelle des Heiligen Geistes, eine Welle der Herrlichkeit Gottes kommt über dieses Land."

„Gott wird Zeichen und Wunder tun. Ein neuer Tag ist für Europa angebrochen!"

„In einigen Versammlungen machten wir die überwältigende Erfahrung, daß dem Ruf zur Errettung 70 bis 90% der jeweils Anwesenden folgten. Wahrhaft gigantische Ausmaße!"

Manche Aussprüche von R. Bonnke haben selbst seinen Mitarbeitern Anlaß gegeben zu fragen, ob er den Mund nicht ein wenig zu voll nehme. Es ist aber auch möglich, daß diese Sätze nicht Ergebnis einer törichten Selbstüberschätzung, sondern Früchte der tragischen Selbsttäuschung sind: „Meine Worte sind in deinem Mund genauso mächtig wie Meine Worte in Meinem eigenen Mund."

R. Bonnke ist sicher von einer Leidenschaft erfüllt, Menschen für Christus zu gewinnen. Ohne Zweifel hat er eine ausgeprägte Redegabe und eine evangelistische Begabung von Gott bekommen, allerdings vermißt man bei ihm Bescheidenheit und Demut. Der Starkult, den andere um ihn machen und den er nicht verhindert, droht ihm zum Fallstrick zu werden. Wenn ein begabter Evangelist zudem noch alle Register der Rhetorik zieht, bewußt oder unbewußt die Gesetze der Suggestion und Gruppendynamik nutzt und noch Musik und Tanz als Stimulanz einbezieht, ist die Gefahr groß, daß er zum Massenverführer wird.

Leider ist R. Bonnke für Korrektur kaum zugänglich, – „meine Kritiker können mir den Buckel runterrutschen" – und leider sieht er in jeder Kritik „den Feind aus den Löchern kriechen und zum Angriff antreten"[154], sodaß für ihn zu befürchten ist, was in den letzten Monaten manche „geisterfüllte" Evangelisten bitter erleben mußten: „Noch nie hat sich ein Heiliger wegen seiner schönen Federn stolz aufgebläht, dem der Herr sie nicht alle nach und nach ausgerupft hätte." (C.H. Spurgeon)

Die „Dritte Welle" in Deutschland

Aus den Aktivitäten und Kontakten R. Bonnkes ergibt sich eine deutliche Einflußnahme der „Dritten Welle" in Deutschland.
Auch die „Wimber-Kongresse" in Hochheim (1986) und Frankfurt (1987 und 1988) haben das Anliegen der „Dritten Welle" einem breiten Publikum und vor allem vielen kirchlichen Mitarbeitern vorgestellt. Organisatoren dieser Veranstaltungen waren „Projektion J"(damals noch mit G. Oppermann) in Verbindung mit der „Geistlichen Gemeindeerneuerung".

Der Einfluß von Yonggi Cho ist auch in Deutschland größer, als allgemein angenommen wird. V. Spitzer war einer von denen, die von Cho entscheidend geprägt wurden, und in den Jahren 1979-1981 lud er ihn immer wieder zu Vorträgen nach Berlin ein.
Ebenso ist Siegfried Müller und sein Missionswerk „Weg zur Freude" ohne Y. Cho nicht denkbar. S. Müller war 1973 mit seinem Freund V. Spitzer zum ersten Mal in Seoul und lernte dort auf einer Konferenz Cho und seine Gemeinde kennen. Müller bekennt, daß damals in Seoul „etwas geboren wurde, was später das Wachstum unserer Gemeinde in Karlsruhe in entscheidender Weise beeinflußt hat"[155].

1975 war Y. Cho auf Einladung von S. Müller in Karlsruhe und wurde dort in der gemieteten Konzerthalle von V. Spitzer übersetzt. Der letzte Tag fand in der Schwarzwaldhalle mit 4.000 Teilnehmern statt. In der Abschlußpredigt teilte Cho mit, daß Gott sehr klar zu ihm gesprochen habe in bezug auf eine große Erweckung, die Europa erleben werde. Wörtlich sagte er: „Dieselbe kann von Karlsruhe ausgehen, und ich möchte dabeisein und mich von Jesus gebrauchen lassen."[156]
Als S. Müller seinen Gast zum Flugplatz fuhr, „sprach der Geist ganz deutlich" zu ihm: „Baue meinem Namen ein Haus mit 2.000 Sitzplätzen."

S. Müller, in dessen Verlag „Der Weg zur Freude" in der Folgezeit einige Bücher von Cho, darunter „Die vierte Dimension", herausgeben wurden, hat die von Cho vermittelten Lehren gleich in die Tat umgesetzt. Da das alte Klavier in seinem Gemeindesaal „alles andere als ein Schmuckstück war" und Müller aus Prinzip „Gott nie das Zweitbeste, sondern stets nur das Beste" zu geben bemüht war, betete er: „Herr, ich wünsche mir einen Steinway-Flügel, 2,20 Meter lang soll er sein und schwarz."[157] Ein paar Wochen später waren die benötigten 33.000 DM eingegangen, so daß Müller schreiben konnte: „Jeden Sonntag freuen wir uns erneut darüber, wie dieses Instrument himmlische Klangfülle und herrliche musikalische Harmonien hervorbringt zur Ehre Gottes."[158]

Für S. Müller ist es eine Verunehrung Gottes, wenn ein Christ einen rostigen Wagen fährt, er predigt ebenso wie Cho, Schuller, Hagin und Copeland ein Erfolgsevangelium, nach dem jeder finanziell gesegnet wird, wenn er Müllers Missionswerk unterstützt.

Er bezeichnete sich selbst in einer Predigt vom 19.10.86 als „König von Karlsruhe" und seine Gemeindeglieder als „Königskinder".

Auch Krankheiten werden durch S. Müller nach dem Muster von Y. Cho diagnostiziert und geheilt:

> „Immer wieder, wenn Siegfried Müller durch den Geist Gottes Krankheiten gezeigt bekommt, die er dann während des Gottesdienstes bekanntgibt, teilt er sie den betreffenden Geschwistern nie ohne den wichtigen Nachsatz mit: ‚Nimm jetzt Deine Heilung im Glauben an und danke dem Heiland.'"[159]

> „Gleich zu Beginn des Gottesdienstes in Mettmann zeigte der Herr Siegfried Müller, daß eine Person im Raum sei, die soeben am Fußgelenk berührt würde. Noch während er dieses bekanntgab, brach eine Frau unter der Kraft Gottes auf ihrem Sitzplatz zusammen... Sofort nach dem Gottesdienst kam die Frau... freudestrahlend auf Bruder Müller zu und erzählte ihm noch ganz aufgeregt: ‚Bruder Müller, heute hat mich Gott gleich von drei Krankheiten geheilt. Alle drei Leiden wurden von Ihnen während des Gottesdienstes ausgerufen, und nun verlasse ich die Stadthalle als völlig geheilt.'"[160]

Ein weiteres Missionswerk, durch welches das Gedankengut der „Dritten Welle" verbreitet wird, ist „Wort des Glaubens", Feldkirchen, wo Schüler von Hagin und Copeland unter anderem solchen, die Konkurs gemacht haben, „den Geist der Armut" austreiben. „Wort des Glaubens" unter der Leitung von John Angelina arbeitet eng mit R. Bonnke, McCauley, W. Margies (Pastor der „Philadelphiagemeinde" in Berlin) und Terry D. Jones („Christliche Gemeinde Köln") zusammen.

Hermann Riefle, Gründer und Leiter des „Jugend-, Missions- und Sozialwerk Altensteig e.V.", hat ebenfalls entscheidende Impulse von Y. Cho erhalten. Riefle hörte Cho 1976 in Karlsruhe zum ersten Mal und hatte plötzlich „die Gewißheit, daß der Herr mich durch Pastor Cho, den ich zuvor noch nicht persönlich gesprochen hatte, weiterführen würde"[161].

Am nächsten Tag holte er ihn von Karlsruhe ab und fuhr ihn zu seinem Missionswerk nach Altensteig. Dort ausgestiegen hob Cho seine Hände gen Himmel „und fing an, in einer gewaltigen Schau Dinge zu prophezeien, die der Herr in Zukunft tun wollte". Riefle berichtet:

> „Nachdem wir gegessen hatten, sprach Pastor Cho erneut in einer geistlichen Schau lange über die gesamte Entwicklung des Werkes. Er redete von einer internationalen Arbeit mit einem ungeheuren Aktionsradius und einer Dimension, die ich fast nicht begreifen konnte. Viele dieser Dinge sind inzwischen bereits ansatzweise erfüllt, der größere Teil steht jedoch noch aus, wird aber zu seiner Zeit ebenfalls in Erfüllung gehen."[162]

Diese genannten Missionswerke haben jedoch bisher relativ wenig Einfluß auf den kirchlichen und freikirchlichen Teil der Evangelikalen und sind vor allem im süddeutschen Raum in charismatischen Kreisen aktiv.

Der Einfluß von W. Kopfermann, der das Anliegen der „Dritten Welle" teilt und in Deutschland weiten Kreisen bekannt gemacht hat, bleibt nach der Gründung seiner Anskar-Kirche abzuwarten.

Die Gemeindewachstumsbewegung in Deutschland

Einige der Gruppen, die sich mit Gemeindewachstum befassen, haben in den letzten Jahren die Lehren und Praktiken der „Dritten Welle" wesentlich effektiver verbreitet.
Da die Gemeindewachstumsbewegung in Deutschland viele Gesichter hat und einige Gruppen sich mit Sicherheit nicht mit den Erkenntnissen Wimbers und Chos identifizieren, möchte ich versuchen, die Geschichte dieser Bewegung kurz darzustellen, um Mißverständnisse zu vermeiden.

Als „Vater" der internationalen Gemeindewachstumsbewegung gilt der 1897 in Indien geborene Missionarssohn Donald A. McGavran, der sich sicher nicht zur „Dritten Welle" zählen wird.
Von 1923 – 1954 arbeitete er als Missionar in Indien und 1955 schrieb er das Buch: „The Brigdes of God", welches den Beginn der Gemeindewachstumsbewegung markiert. In den folgenden Jahren untersuchte McGavran in verschiedenen Ländern das Wachstum von Gemeinden. 1961 wurde in Eugene/USA das erste „Institute of Church Growth" gegründet, welches McGavran die Möglichkeit gab, noch intensiver die Strukturen und Prinzipien von Gemeindewachstum zu erforschen.
1965 wurde dieses Institut dem „Fuller Theological Seminary" in

Pasadena eingegliedert.
Fünf Jahre später erschien das Buch „Understanding Church Growth", das als Standardwerk der Bewegung gilt, und in diesem Jahr begann auch C. Peter Wagners Mitarbeit am Institut, der neben McGavran als weltweit führender Gemeindewachstums-Experte gilt.

In Deutschland waren es vor allem Bernd Schlotthoff (Herne), Roger Bosch, Dennis Griggs (Gießen) und Jörg Knoblauch (Giengen), die das Anliegen der Gemeindewachstumsbewegung Ende der 70er Jahre bekannt gemacht haben.
1976 veranstaltete der Unternehmer J. Knoblauch die erste Studienreise in die USA, und 1978 wurde vom „Institut für Gemeindeaufbau" in Gießen das erste Gemeindewachstumsseminar unter der Leitung von Roger Bosch, dem ehemaligen Assistenten von C.P. Wagner, durchgeführt.
1979 erschien die erste Ausgabe der Zeitschrift „Gemeindewachstum", welche bis heute das auflagenstärkste und bekannteste Organ dieser Bewegung ist. Inzwischen wird diese Zeitschrift von der „Arbeitsgemeinschaft für Gemeindeaufbau e.V." („AGGA") unter der Schriftleitung von Christian A. Schwarz herausgegeben. Zur Redaktion gehören (1989) Sven Jakobsen, Wilhelm Hecke, Jörg Knoblauch, Roger Bosch, Bernd Schlotthoff und Martin Wollin.
Im Jahr 1979 erschienen auch die ersten Bücher zum Thema Gemeindewachstum, wovon besonders die Bücher „Überschaubare Gemeinde" in drei Bänden von dem Herner Superintendenten Fritz Schwarz bekannt wurden.
Ab 1980 wurden in Herne von Pfarrer Bernd Schlotthoff jährlich Pfarrer und kirchliche Mitarbeiter in einem Studienkolleg im evangelistischen Besuchsdienst geschult. 1985 wurde die „AGGA" gegründet, die sich aus vier Institutionen zusammensetzt:

1. „Gemeindewachstum – Arbeitskreis für Gemeindeaufbau" (Giengen)
2. „Evangelisches Studienkolleg für Gemeindewachstum/Überschaubare Gemeinde" (Herne)
3. „Institut für Gemeindeaufbau" (Gießen)
4. „Aktion Gemeindeaufbau" (Limburgerhof)

Der 1. Vorsitzende, Bernd Schlotthoff, äußerte damals: „Die Zeit der Abgrenzung von Christen untereinander ist endgültig vorbei. Jetzt geht es darum, gemeinsam zu planen, zu arbeiten und zu beten."[163]

Zum Vorstand gehören nicht nur die Vorsitzenden der vier Institutionen, sondern auch Vertreter weiterer Gruppen, die Gemeindewachstum fördern wollen, wie z.B. W. Kopfermann, Jürgen Blunck und Klaus Eickhoff. Das Konzept der „AGGA" lautet: Gemeindeaufbau innerhalb der Volkskirche.

Bernd Schlotthoff äußerte dazu in einem Interview:

> „Unser Schwerpunkt sind die evangelischen Landeskirchen. Das schließt die Zusammenarbeit mit Freikirchen keinesfalls aus, aber man muß doch sehen, daß die Probleme in Landes- und Freikirchen sehr unterschiedlich sind. Im übrigen sehen wir gerade in der so stark angegriffenen Volkskirche so viele Chancen für den Gemeindeaufbau, so viel Offenheit und gute Zusammenarbeit, daß wir den Auftrag, den wir in dieser Kirche haben, nutzen wollen."[164]

W. Kopfermann bezeichnete die „AGGA" als „Brückenpfeiler und Gesprächsforum" der verschiedenen geistlichen Bewegungen in Deutschland. Arbeitsbereiche der „AGGA" sind vor allem:

– Zeitschrift „Gemeindewachstum" (vierteljährlich)
– Herausgabe und Vertrieb von Studienmaterial und Büchern zum Thema Gemeindewachstum
– Seminare und Gemeindewachstumstage
– Studienreisen in die USA und nach Südostasien

In den Jahren von 1979 bis zu seinem frühen Tod im Jahr 1985 war der Herner Superintendent Fritz Schwarz einer der „Hauptmotoren" der Gemeindewachstumsbewegung. Die zahlreichen Bücher und Aufsätze von Schwarz haben besonders innerhalb der evangelischen Landeskirche viele Diskussionen ausgelöst und viele Türen für diese Bewegung geöffnet. F. Schwarz hatte einen pietistischen Hintergrund und war eine kurze Zeit hauptamtlich als Gemeinschaftsprediger tätig, bevor er Pfarrer und schließlich bis ans Lebensende Superintendent in Herne wurde.

Für Kirchenfunktionäre war Fritz Schwarz ein unbequemer und herausfordernder Gesprächspartner, dem ein „brüderlicher, fröhlicher Streit" immer gelegen kam und der eine Möglichkeit zur Provokation mit Freuden nutzte. Sein Sohn Christian A. Schwarz berichtet darüber:

> „Theologische Dispute, in denen er teilweise auf die immer gleichen Abwehrmechanismen eingehen mußte, machten ihm ungeheuren Spaß. Er empfand derartige Auseinandersetzungen geradezu als ausgesprochen entspannend."[165]

Schwarz gehörte zu den wenigen Theologen, die alles andere als langweilig waren und er verstand es, auch seine Bücher so zu schreiben, daß sie von Freunden und Kritikern zumindest gelesen wurden, wenn sie auch teilweise auf Ablehnung gestoßen sind.

Erfrischend ist sein Sinn für Humor und wohltuend seine manchmal ironische Selbstkritik und Aufrichtigkeit, wie sie z.B. in seinem Buch „Unter allen Stühlen" deutlich wird. Doch bei aller Sympathie und Wertschätzung für den Menschen Fritz Schwarz, kann man die Augen nicht vor der Tatsache verschließen, daß seine Theologie des kleinsten gemeinsamen Nenners unhaltbar und verhängnisvoll ist. Er relativiert tatsächlich die Frage nach der Wahrheit: „Jesus selbst lieber zu haben als das eigene Kirchentum und die eigene Dogmatik – das ist keine Relativierung der Wahrheitsfrage, sondern ihr höchstes Ernstnehmen"[166] klingt zwar fromm und ist sicher auch so gemeint, geht aber am Kern der Problematik vorbei. Und diesen Vorwurf muß man heute leider vielen evangelikalen Theologen machen, daß sie möglicherweise ein „pietistisches Herz", jedoch einen „historisch-kritischen Kopf" haben und sich dabei dieser Schizophrenie nicht bewußt sind.

Fritz Schwarz „verweigerte sich". Er wollte nicht wählen zwischen Bekenntnisbewegung und „GGE", zwischen Kopfermann und Deitenbeck, weil er beide schätzte und mit beiden zusammenarbeiten wollte.

Auch in der Frage des Schriftverständnisses verweigerte er sich dem Streit „zwischen historisch-kritischer Forschung und Fundamentalismus", weil er sich mit beiden verbunden fühlte.

> „Ich verweigere mich dem Streit zwischen historisch-kritischer Forschung und dem Fundamentalismus. Schwestern und Brüder, die sich der historisch-kritischen Forschung konservativ oder auch progressiv verpflichtet wissen, haben mir den auferstandenen Herrn so vollmächtig bezeugt, daß mein Glaube gestärkt wurde. Ich gebe allerdings zu, daß ich manchmal auch Klägliches, Arrogantes, Dummes, Selbstsicheres von ihnen zu hören bekam."[167]

> „Ich verweigere mich, wenn sie fordern, ich müsse die Finger weg lassen von der historisch-kritischen Methode der Theologen, um mich zur Ehre Gottes auf einen Fundamentalismus einzulassen. Historisch-kritische Theologie hat mir bei allem Unsinn, den sie auch hervorgebracht hat, so viel Schönes gezeigt, daß ich auf sie nicht verzichten will."[168]

> „Aber entscheidend wichtig ist mir, daß ein Mensch dem Herrn begegnet, den das so wunderbar einfache Evangelium bezeugt, um sich am Heiland Gottes von ganzem Herzen zu freuen. Mag er sich auf pietistisch oder auf entmythologisiert, auf orthodox oder auf liberal daran freuen."[169]

Die Formel vom „einfachen Evangelium", die F. Schwarz aufgestellt hat, lautet: „Wer dieses Geschenk Gottes annimmt und Jesus für

konkurrenzlos wichtig in seinem Leben werden läßt, der ist Christ geworden."[170] Alle anderen Fragen waren für ihn zwar nicht unwichtig, aber nicht entscheidend.
Dieses „einfache Evangelium" machte es F. Schwarz unmöglich, Männern die Bruderschaft zu verweigern, die diesem Evangelium zustimmten, hießen sie nun Bultmann, Käsemann, Moltmann, Bergmann oder Huntemann.

„Der Gemeindeaufbau setzt keinesfalls eine Einheitstheologie voraus. Für ihn ist nicht entscheidend, wie jemand seine trinitarischen Probleme löst, welchen Schrifttheorien er den Vorzug gibt, wie er Gesetz und Evangelium einander zuordnet, mit welchem Abendmahlsverständnis er operiert."[171]

Ebenso „verweigerte" sich Schwarz, die Trennung von Evangelischen und Katholiken zu „durchleiden". Wie bereits aufgezeigt wurde, zählte Fritz Schwarz den kath. Dogmatiker Heribert Mühlen zu denen, welchen er „entscheidende Impulse für sein eigenes geistliches Leben verdankte". So sind dann auch seine Ausführungen über die „wahre Ökumene auf höchster Ebene" folgerichtig und ein Spiegelbild seiner Auffassungen und Träume:

„Die ökumenische Kommission, die sich demnächst auf lokaler oder höchster Ebene trifft, beginne ihre Begegnung mit einem Fest der Einheit in der Liebe Christi! Ich stelle mir vor: Prälaten und Kardinäle, Oberkirchenräte und Bischöfe tanzen um den Altar – gleichgültig, ob es ein evangelischer oder katholischer ist –, klatschen in die Hände, strahlen sich an, singen, jauchzen, lachen, weinen vor Freude, weil sie in Christus geliebt sind, in dem Christus, der alle Barrieren zwischen ihnen und Gott – und damit auch zwischen ihnen untereinander niedergerissen hat."[172]

„AGGA" und die „Dritte Welle"

Auch wenn einzelne führende Männer der „AGGA" die Nähe der Gemeindewachstumsbewegung zur „Dritten Welle" herunterspielen, so sprechen folgende Tatsachen für sich:

Studienreisen

Ziel der Studienreisen, die vor allem von J. Knoblauch organisiert werden, sind nach wie vor Centren der „Dritten Welle" in den USA und das „Mekka der Charismatiker": Seoul/Korea. Begegnungen mit C.P. Wagner stehen auf dem Programm und ebenso Besuche von

R. Schullers „Crystal Cathedral" und J. Wimbers „Vineyard", sowie Yonggi Chos Kirche in Seoul.

Literaturempfehlungen

Zu den Büchern, die regelmäßig in „Gemeindewachstum" unter dem Gütezeichen „für Sie ausgewählt und geprüft" empfohlen werden, gehören u.a. die Bücher von C.P. Wagner und das Buch von R. Schuller „Your Church Has Real Possibilities".

Zeitschrift „Gemeindewachstum"

In den Ausgaben der letzten Jahre sind immer wieder Artikel, Interviews, Konferenzberichte von oder über J. Wimber, Y. Cho, C.P. Wagner und – allerdings etwas vereinzelter- auch von R. Bonnke zu lesen, in welchen diese Repräsentanten der „Dritten Welle" zu Wort kommen oder als Musterbeispiele für Gemeindewachstum vorgestellt werden.

Natürlich kann man in „Gemeindewachstum" auch sehr gute Artikel lesen. Es kann auch nicht geleugnet werden, daß durch die Arbeit der Gemeindewachstumsbewegung das Wort „Bekehrung" in vielen evangelischen Kirchen wieder zu einem Begriff und einer lebendigen Erfahrung geworden ist, wofür wir Gott dankbar sein können. Auch kann man erstaunt feststellen, daß einige Autoren in „Gemeindewachstum" sich nicht scheuen, Tatsachen beim Namen zu nennen und damit den Unwillen der kirchentreuen Gemeindewachstumssympathisanten herauszufordern. So hat z.B. Bernd Schlotthoffs treffende Bemerkung „98% der Pfarrer wissen nicht, wie man Menschen zu Jesus führt"[173] ziemlichen Kirchenstaub aufgewirbelt. Man kann auch nur dankbar sein, daß durch die Gemeindewachstumsbewegung wichtige neutestamentliche Prinzipien (Geistesgaben zum Aufbau der Gemeinde usw.) zur Sprache gekommen sind und zur Belebung vieler Christen innerhalb der Landeskirche beigetragen haben.

Die große Gefahr dieser Bewegung sehe ich in ihrer liberalen Haltung in der Frage des Schriftverständnisses (Inspirationsverständnis) und auch extremen charismatischen Lehren und Praktiken gegenüber. Bernd Schlotthoff hat als 1. Vorsitzender der „AGGA" die Einstellung zur charismatischen Bewegung und zur „Dritten Welle" folgendermaßen ausgedrückt, – wobei die Nähe zu Fritz Schwarz auffällt:

> „In der Gemeindeaufbau-Bewegung arbeiten Christen mit, die sich als ‚Charismatiker' sehen und solche, die sich als ‚Nichtcharismatiker' einstufen würden. Beide Gruppen können zusammen arbeiten, weil sie sich im Ziel einig sind: Gemeinde Jesu zu bauen. Ihre unterschiedliche Akzentuierung im Blick auf ‚Zeichen und

Wunder' ist keine Bedrohung, sondern eine Bereicherung... Ich bin davon überzeugt: Gemeindeaufbau kann mit und ohne ‚Zeichen und Wunder' geschehen. Ich halte nicht viel davon, mich nach allen Seiten abzugrenzen. Ich möchte mit allen zusammenarbeiten, mit denen ich in der Liebe zu Jesus und im Ziel des Gemeindeaufbaus einig bin."[174]

Schlußfolgerungen

Die „Dritte Welle" ist unterwegs mit der Absicht, die „nichtcharismatischen" Evangelikalen mit dem „Wirken des Heiligen Geistes in diesem Jahrhundert" vertraut zu machen. David B. Barrett schätzt die Zahl derer, die sich zur „Dritten Welle" zählen, weltweit auf 33 Mill. (Stand 1990). Man hat es weitgehend verstanden, „Uneinheit schaffende Elemente" aus dieser Bewegung fernzuhalten, um auf diese Weise Vorurteile abzubauen. Dadurch wird eine „Sowohl-als-auch-Mentalität" bei vielen Führern dieser Bewegung geschaffen, die es möglich macht – wie J. Wimber – sich z.B. als „Dispensationalist" zu bezeichnen, obwohl man die typischen Lehren der Dispensationalisten für falsch hält. Reizworte und extreme Lehren werden – zumindest von Vertretern der Gemeindewachstumsbewegung – vermieden oder relativiert, obwohl andererseits äußerst bedenkliche unbiblische Lehren und Praktiken (Visualisierung, „Positives Denken" usw.) von extremen Charismatikern übernommen oder zumindest toleriert werden, die in manchen Fällen sogar einen okkulten Hintergrund zu haben scheinen.

Wenn die „zweite Welle", (die Charismatische Bewegung) sich teilweise liberalen Auffassungen geöffnet und die Wahrheitsfrage relativiert hat um einer Erfahrungstheologie den Vorrang zu geben, so sind die Leiter der „Dritten Welle" noch einen Schritt weiter gegangen und haben sich mit „power evangelism" Praktiken geöffnet, die ihre Quellen in der Psychologie und im Heidentum haben und mit neutestamentlichen Auffassungen vom Wesen und Wirken des Heiligen Geistes wenig oder nichts mehr zu tun haben. Von einer Erweckungsbewegung im neutestamentlichen Sinn kann daher keine Rede sein.

Teil II: Eine Darstellung und Beurteilung der wichtigsten Lehren

4

„Die Geistestaufe"

In den meisten Pfingstgemeinden und in charismatischen Kreisen gehört die sog. „Geistestaufe" zu den zentralen Glaubenserfahrungen, auch wenn keine einheitliche Lehre darüber vorhanden ist. Wie wir bereits festgestellt haben, wurde zuerst im frühen Methodismus eine „zweite Erfahrung" gelehrt, die teilweise auch „völlige Heiligung" genannt wurde. Ch. Finney war dann einer von den ersten, die diese Erfahrung „Geistestaufe" nannten und darunter den Empfang einer besonderen Kraft zum Dienst verstanden.

D.L. Moody berichtete, daß er 1871 die „Geistestaufe" empfing, die er – ähnlich wie Finney – als eine „Salbung zum Dienst" empfand. Sein Mitarbeiter und späterer Nachfolger R.A. Torrey verkündigte am deutlichsten in Wort und Schrift seine Lehre von der „Geistestaufe", die auch er als Kraftausrüstung zum Dienst definierte, die man nicht nur einmal, sondern bei Bedarf immer wieder beanspruchen könne. Ähnlich lehrten auch die Männer der Heiligungsbewegungen wie F.B. Meyer, Andrew Murray, A.P. Simpson, Markus Hauser und zeitweise auch zahlreiche Väter der deutschen Gemeinschaftsbewegung.

Erst mit der Pfingstbewegung wurde die Lehre verbreitet, daß der Beweis der Geistestaufe das Zungenreden sei. Eine Ausnahme bildet der „Christliche Gemeinschaftsverband Mühlheim", der mit seinen Führern J. Paul, C.O. Voget u.a. trotz aller anfänglicher Wirren die Lehre von der Geistestaufe als zweite Erfahrung mit dem Kennzeichen der Zungenrede ablehnte:

> „Der Versuch, die Geistestaufe als grundsätzlich von der Wiedergeburt zu unterscheidended zweite geistliche Erfahrung hinzustellen, hat keinen Schriftgrund. Weder in der Weise, wie es in der Heiligungsbewegung durch Murray, Torrey und noch in etwa auch Markus Hauser geschieht, soviel inspirierende Einflüsse von diesen Gottesmännern auch ausgegangen sind. Weite, zu diesem Lehrschematismus neigend pfingstliche Kreise vertreten außerdem noch den biblisch unhaltbaren Satz, daß Geistestaufe unter allen Umständen mit Zungenreden als dem anfänglichen Zeichen verbunden sein müsse.
>
> Keine frühere oder gegenwärtige oder zukünftige Geistesbewegung, sie möge so gesegnet und groß sein, wie sie wolle, hat das Recht, sich als Wiederholung von Pfingsten zu bezeichnen oder als Spätregen vor der Wiederkunft Jesu gegenüber dem Frühregen im Pfingstfest. Das heißt die geschichtliche Einmaligkeit von Pfingsten antasten."[1]

In Deutschland sind es vor allem die im BFP (Bund Freikirchlicher Pfingstgemeinden) vereinigten freien Pfingstgemeinden und die charismatischen Kreise, welche die „Geistestaufe" als „zweite Erfahrung" lehren. Allerdings wird seit einigen Jahren von evangelischen und katholischen Charismatikern immer mehr der Begriff „Geisterneuerung" oder „Firmerneuerung" gebraucht, um nicht mit den Dogmen der Kirchen (Taufe = Wiedergeburt, Firmung = Geistempfang) in Konflikte zu kommen.

Aus der reichhaltigen Literatur über das Thema „Geistestaufe" hier einige Auszüge verschiedener Autoren:

Dennis Bennett:

> „…Da du den Herrn Jesus angenommen hast, wohnt auch der Heilige Geist in dir. Es braucht Ihn dir also niemand zu geben, auch dann nicht, wenn es jemand könnte. Jesus lebt in dir und ist bereit, dich mit dem Heiligen Geist zu taufen, sobald du dich dafür öffnest… Wir haben schon gesagt, daß in der Bibel das Zungenreden immer wieder das Zeichen für die Taufe mit dem Heiligen Geist ist. Offensichtlich hatten die ersten Christen eine Möglichkeit, sofort zu sagen, ob die Neubekehrten den Heiligen Geist empfangen hatten oder nicht…"[2]

Kenneth Hagin:

> „Es gibt ein Erlebnis, das nach der Errettung kommt, und dieses nennt man die Erfüllung mit dem Heiligen Geist, oder das Empfangen des Heiligen Geistes… Das Sprachengebet ist ein natürliches Anfangszeichen oder Zeugnis für die Erfüllung mit dem Heiligen Geist…"[3]

Larry Christenson:

"Über die Bekehrung hinaus, über die Heilsgewißheit hinaus, über das Innewohnen des Heiligen Geistes hinaus gibt es eine Taufe mit dem Heiligen Geist... Es gibt eine begründete biblische Theologie über die Taufe mit dem Heiligen Geist. Aber die Taufe mit dem Heiligen Geist ist nicht eine Theologie, die diskutiert und analysiert wird, sondern eine Erfahrung, in die man eintritt... Beim Erlebnis der Taufe mit dem Heiligen Geist haben wir mit dem Zungenreden ein objektives Zeichen..."[4]

Harold Horton:

"In der Wiedergeburt hat der Herr Jesus auf Seine gezeugten Kinder den Stempel Seines Lebens und Seiner Lieblichkeit gedrückt. In der Taufe mit dem Heiligen Geist hat Er sie mit Seiner himmlischen Kraft betraut..."[5]

Wolfhard Margies:

"Die christliche Wassertaufe ist ein Gehorsamsakt nach erlebter Wiedergeburt. Sie stellt das Ende des Ereignisses (bei manchen auch des Prozesses) der Bekehrung dar. Folglicherweise wird die Taufe im Heiligen Geist auch der Abschluß der Erfüllung mit dem Heiligen Geist sein..."[6]

Reinhold Ulonska:

"Die Geistestaufe kann sehr wohl von der Heilserfahrung unterschieden, aber nicht von ihr geschieden werden. Sie ist keine abgekoppelte Erfahrung, sondern sie ist die Folge der Heilserfahrung. Sie kann nur dort erfahren werden, wo man von neuem geboren ist und um Vergebung der Sünden durch das Blut Jesu weiß... Die Verheißung der Geistestaufe ist keine abgegoltene Verheißung. Jesus ist heute noch der, der mit Geist und Feuer tauft..."[7]

Heribert Mühlen:

"Wer zum ersten Mal in einem Durchbruchserlebnis die Anwesenheit des Heiligen Geistes erfährt, fühlt sich gleichsam ‚eingetaucht' in den Strom der göttlichen Freude und Liebe. Darum nennt man in den Pfingstkirchen, in neupfingstlerischen und manchen katholischen Kreisen diese Erfahrung im Anschluß an Mt 3,11; Apg 1,5 auch ‚Geistestaufe' oder ‚Taufe im Heiligen Geist'. Dabei wird außerdem häufig der Empfang der Sprachengabe als Bestätigung angesehen. Dem Zeugnis des Neuen Testamentes und der Lehre der Kirche entsprechend wird der

Heilige Geist jedoch bereits in der Wassertaufe mitgeteilt (vgl. Joh 3,5; Tit 3,5; 1 Kor 6,11), ohne daß dabei Sprachengabe erwähnt wird.
Das mit ‚Geistestaufe' erwähnte Phänomen, insofern dieses eine Durchbruchserfahrung ist, wird in diesen Leitlinien als eine Form der ‚Geist-Erfahrung' verstanden..."[8]

Kardinal Suenens:

„Ich habe sehr ernst genommen, was die charismatische Erneuerung als ‚Taufe im Heiligen Geist' bezeichnet. Ich habe selbst darum gebetet. Und ich glaube, genau hier, im Mittelpunkt der charismatischen Erneuerung mit der Taufe im Heiligen Geist liegt der Grund, daß diese Erneuerung einen derart wichtigen Beitrag für die Kirche leistet... Es bestehen sicher Probleme der Terminologie, aber worüber in der charismatischen Erneuerung gesprochen und was dort als ‚Taufe im Geist' erfahren wird, ist das, wonach wir gesucht haben. Es ist das, wohin wir die Leute führen müssen. Wir haben teil am Geist durch Taufe und Firmung. Aber es besteht für viele von uns die Notwendigkeit, im Geiste getauft zu werden, eine Befreiung des Geistes zu erfahren, sich ihm auszuliefern und dem Geiste Gottes es zu erlauben, vollen Besitz zu nehmen..."[9]

Jakob Zopfi:

„Der Weg vom Tod ins Leben bricht sich nur durch verschiedene Krisen Bahn: durch die Krisis der Bekehrung, die Krisis der Wiedergeburt, die Krisis der Glaubenstaufe, die Krisis der Geistestaufe, die Krisis der Taufe in die Gemeinde hinein, die Krisis der Berufung. Taufe hat immer einmalige Bedeutung. Wenn Gott neben dem erneuernden Werk des Heiligen Geistes in der Wiedergeburt eine Taufe zur Kraftausrüstung vorgesehen hat, sollten wir dies niemals schmälern..."[10]

Was lehrt die Bibel?

Zunächst ist es wichtig festzustellen, daß der Begriff „Geistestaufe" an keiner Stelle in der Bibel vorkommt, wohl aber die Worte „im (oder ‚in') Heiligen Geist taufen".
An sieben Stellen werden diese Worte gebraucht und vier davon beinhalten die Vorankündigung durch Johannes den Täufer:

„Ich zwar taufe euch mit Wasser zur Buße; der nach mir Kommende aber ist stärker als ich, dessen Sandalen zu tragen ich nicht

würdig bin; er wird euch mit Heiligem Geist und Feuer taufen."
Matth. 3,11; vgl. Mark. 1,8; Luk, 3,16–17; Joh. 1,33)

Die drei weiteren Stellen lauten:

„Und als er mit ihnen versammelt war, befahl er ihnen, sich nicht von Jerusalem zu entfernen, sondern auf die Verheißung des Vaters zu warten – die ihr von mir gehört habt; denn Johannes taufte zwar mit Wasser, ihr aber werdet mit Heiligem Geist getauft werden nach nunmehr nicht vielen Tagen." (Apg. 1,4–5)

„Ich gedachte aber an das Wort des Herrn, wie er sagte: Johannes taufte zwar mit Wasser, ihr aber werdet mit Heiligem Geist getauft werden." (Apg. 11,16)

„Denn auch in einem Geist sind wir alle zu einem Leib getauft worden, es seien Juden oder Griechen, es seien Sklaven oder Freie, und sind alle mit einem Geist getränkt worden." (1. Kor. 12,13)

Keine einzige dieser Stellen spricht von einem „zweiten Segen", einer „zweiten Erfahrung" oder einer „Kraftausrüstung" zum Dienst. Wahrscheinlich sind die Begriffe „Taufe mit dem Geist" und „Erfüllung mit dem Geist" ausgetauscht worden und haben für diese Begriffsverwirrung mit allen bedauerlichen Folgen gesorgt. Die angeführten Stellen reden nicht von einer Einzelerfahrung des Gläubigen, sondern von einem einmaligen Ereignis, das in den Evangelien und in Apg. 1,4–5 angekündigt wurde und in Apg. 11,16 und 1. Kor. 12,13 als in der Vergangenheit bereits geschehen erwähnt wird: das Kommen des Heiligen Geistes am Pfingsttage und den zu diesem Zeitpunkt durch Ihn geschehenen Beginn der neutestamentlichen Gemeinde – „durch den Geist zu einem Leib getauft."

„Wenn von der Taufe mit Heiligem Geist gesprochen wird, ist damit immer das Kommen des Geistes Gottes am Pfingsttage gemeint. Damals nahm Er Wohnung in den versammelten Gläubigen und machte sie dadurch zu dem Leibe Christi, der Versammlung Gottes. Das ist eine einmalige Tatsache, die nicht wiederholt wird. Heute empfängt jeder, der das Evangelium des Heils glaubt, den Heiligen Geist als Siegel und Unterpfand. Er wird zum Leib Christi hinzugefügt, aber diese Tatsache wird im Neuen Testament nie Taufe mit Heiligem Geist oder „Geistestaufe" genannt."[11]

Beachtenswert ist auch, daß bei allen Stellen, welche die Aussage Johannes des Täufers zitieren, die zweite Hälfte – „und Feuer" – weggelassen wird. Feuer ist bekanntlich ein Bild des Gerichtes, und das Volk Israel, das seinen Messias verwarf, wurde im Jahr 70 mit „Feuer" getauft, Das Gebet um eine „Feuertaufe" ist im Grunde eine Bitte um Gericht.

Verschiedene Autoren (A. Kuen, A. Seibel, P. Mayer u.a.) verstehen unter der Taufe mit Heiligem Geist „das geistliche Ereignis, das uns das Heil zuspricht und uns in den Leib Christi eingliedert"[12]. Andere Autoren (z.B. Wim Ouweneel, Henk Medema) verstehen unter „Geistestaufe" zunächst das geschichtliche Ereignis in Apg. 2, sehen aber zusätzlich das praktische Wirksamwerden der Taufe mit dem Heiligen Geist bei jeder Wiedergeburt, in der ein Mensch dem Leib Christi hinzugefügt wird.

Schlußfolgerungen

1. Der Begriff „Geistestaufe" kommt in der Bibel nicht vor.
2. Die Bibel lehrt keine „zweite Erfahrung" oder einen „zweiten Segen", der mit „Geistestaufe" bezeichnet wird.
3. Viele Männer und Frauen der Erweckungsbewegung, Heiligungsbewegung und Gemeinschaftsbewegung haben nach ihrer Bekehrung eine tiefgehende Erfahrung gemacht, die sie bedauerlicherweise mit „zweitem Segen" oder „Geistestaufe" bezeichnet haben.
4. Jeder, der zum Glauben an den Herrn Jesus kommt wird dem Leib Christi zugefügt, wird mit dem Heiligen Geist versiegelt (Eph. 1,13), sein Leib wird zum „Tempel des Heiligen Geistes" (1. Kor. 6,19).
4. Alle Bibelstellen über die „Taufe mit Heiligem Geist" weisen auf Pfingsten hin, wo die Gläubigen zu einem Leib zusammengefügt wurden, welcher seit Pfingsten „Wohnstätte" oder „Tempel" (1. Kor. 3,16) des Heiligen Geistes genannt wird.

Literaturempfehlung:

A. Remmers: „Geistesgaben oder Schwärmerei?", Verlag und Schriftenmission der Ev. Gesellschaft Wuppertal.
A. Kuen: „Der Heilige Geist – Biblische Lehre und menschliche Erfahrung", Brockhaus Verlag (Ich empfehle dieses interessante Werk, auch wenn ich in einigen Punkten nicht die Ansichten des Autors teilen kann).

5

Das Zungenreden

Über dieses Thema, das nun schon etwa 90 Jahre lang die Gemüter vieler Christen bewegt, ist viel geschrieben worden. Es gibt einige gute Bücher, die dieses nicht leichte Thema ausgewogen behandeln, sodaß ich mich auf einige wesentliche Punkte beschränken kann.

Grundsätzlich gibt es unter den Evangelikalen heute etwa folgende Positionen:

1. Die Zungenrede ist der erkennbare Beweis der „Geistestaufe" und deshalb für das Glaubensleben wichtig und notwendig.
2. Die Zungenrede ist eine Gabe unter vielen Gaben, sie ist nicht das Kennzeichen der Geistestaufe, aber als Gabe zur Selbstauferbauung und zur besonderen Anbetung Gottes nützlich.
3. Zungenreden war ein Zeichen für die Ungläubigen und ist heute nur in Ausnahmefällen (Missionssituationen) als eine Gabe, in einer einem selbst unbekannten Sprache sprechen zu können, denkbar.
4. Zungenreden gehört zu den zeichenhaften Gaben, die an die Zeit der Apostel gebunden waren und war vor allem ein Gerichtszeichen für die ungläubigen Juden. Mit dem Ableben der Apostel und der Entstehung des neutestamentlichen Kanons hat diese Gabe aufgehört. Alles heutige Zungenreden ist seelischen oder dämonischen Ursprungs.

Zungenreden dämonischen Ursprungs

Auch von einsichtigen Befürwortern des Zungenredens wird nicht bestritten, daß es dämonisches Zungenreden gibt. Zungenreden ist kein „christliches" Phänomen, sondern ist in allen Religionen, im Okkultismus und in vielen Sekten bekannt. Dafür zwei Beispiele:

Gerald Jampolsky, ein Psychologe, Autor und Redner in den USA, berichtet von seinem Zusammentreffen mit dem bekannten Guru Swami Muktananda:

> „Er berührte mich mit Pfauenfedern. Ich hatte allmählich den Eindruck, daß unsere Gedanken in eins zusammenliefen. Dann berührte er mich wieder und legte mir die Hand auf den Kopf. Danach erschienen rund um mich her wunderschöne Farben, und es kam mir vor, als hätte ich meinen Körper verlassen und sähe mir von oben aus zu. Ich sah Farben, deren Tiefe und Leuchtkraft schöner war als alles, was ich mir bis dahin je hatte vorstellen können. Ich fing an, in Zungen zu reden. Ein herrlicher Lichtstrahl kam in den Raum, und in dem Moment entschloß ich mich, nicht mehr zu bewerten, was hier eigentlich vor sich ging, sondern einfach eins zu sein mit der Erfahrung, ganz darin aufzugehen... In den nächsten drei Monaten hatte ich viel mehr Energie als sonst und brauchte nur wenig Schlaf. Ich war von dem Bewußtsein der Liebe erfüllt, ganz anders als ich es vorher je gekannt hatte."[1]

Ein weiteres erschütterndes Beispiel finden wir in der Lebensgeschichte von „Moses David", dem Begründer der Sekte „Children of God". Er berichtet selbst, wie sein „Geistführer" Abrahim, zu dem er in einem Zigeunerlager in Kontakt gekommen war, in ihm in Zungen betete:

> „Da lag ich zwischen Martha und Maria und betete inbrünstig, und ganz plötzlich, bevor ich überhaupt merkte, was da eigentlich passierte, betete ich in Zungen... das war wahrscheinlich Abrahim... Ich hatte mich jahrelang nach dieser Gabe des Zungenredens gesehnt, weil das ein so herrliches Zeichen für mich war. Eine andere Sprache sprechen zu können, die man nie im Leben gelernt hatte! Das war ein offensichtliches Wunder, ein sichtbarer Beweis für das Wunderbare. Aber der Herr schenkte mir das nie, jahrelang nicht! Ich bettelte ihn an! Ich beschwor ihn! Ich fiel aufs Gesicht vor ihm! Ich tat einfach alles! ...Und dann endlich fing er an, mir diese hörbar demonstrierbare Gabe zu schenken, als ich es am wenigsten erwartete. Ich lag dort nackt zwischen zwei nackten Frauen im Bett am hinteren Ende unseres Wohnmobils, als ich zum ersten Mal die Gabe des Zungenredens empfing."[2]

Seelisches Zungenreden

In der Beurteilung des Zungenredens kann ich mich denen nicht anschließen, die jedes Zungenreden als dämonisch verurteilen. Auch wenn das in manchen oder in vielen Fällen so sein mag und ich die Gefahr auf keinen Fall unterschätzen möchte, so habe ich doch den

Eindruck, daß zahlreiche einfache, schlichte Geschwister das Zungenreden übernommen oder gelernt haben und es als ein „seelisches Ventil" gebrauchen, ohne damit automatisch unter dem Einfluß dämonischer Mächte zu stehen. Damit möchte ich in keiner Weise „seelisches" Zungenreden rechtfertigen, aber davor warnen, vorschnell jeden, der in Zungen redet, als von Dämonen besessen einzuordnen. Allerdings scheint der evangelikale Theologe J.I. Packer das Problem des seelischen Zungenredens ziemlich zu vereinfachen, wenn er es so beschreibt:

> „Die Glossolalie (das Zungenreden) ist vielmehr ein erwünschtes und begrüßtes Sprechereignis, bei dem sich, in einem bestimmten religiösen Rahmen, die Zunge mit dem Gemüt, aber losgelöst vom Verstand bewegt; vergleichbar etwa der Phantasiesprache von Kindern, dem aus nonsens-Silben bestehenden „Scat"-Jazzgesang eines Louis Amstrong, dem Jodeln in den Alpen oder dem Trällern unter der Dusche."[3]

Zungenreden aus der Sicht der Befürworter

Unter denen, die das Zungenreden heute verteidigen, gibt es eine Fülle Meinungen und Begründungen, von denen ich hier einige wiedergeben möchte:

Kenneth Hagin:

> „Das Sprachengebet ist ein übernatürliches Anfangszeichen oder Zeugnis für die Erfüllung mit dem Heiligen Geist...In meinem eigenen Leben habe ich herausgefunden: Je mehr ich in Sprachen bete und Gott anbete, desto mehr Offenbarungen der anderen Gaben des Geistes habe ich. Je weniger ich in Sprachen bete, um so weniger manifestieren sich die anderen Geistesgaben. Das Sprachengebet ist die Tür für die weiteren Gaben des Geistes."[4]

Wolfhard Margies:

> „Wir glauben nicht, daß das Sprachengebet die einzige Anbetung im Geist und in der Wahrheit ist, sie ist aber die intensivste und reinste Form der Anbetung. Vom Gesichtspunkt der absolut lauteren und unverfälschten Anbetung, die frei von jedem Makel und menschlicher Selbstsucht ist, stellt die Fremdsprachigkeit der Sprachenrede also ein unbedingtes Erfordernis dar, weil nur dadurch das hohe Ziel erreicht werden kann. Wenn Anbetung das höchste Handeln des Menschen überhaupt ist, dann wird auch verstehbar, weswegen diese hochwertige menschliche Äußerung an das Ende des Prozesses der Geisterfüllung gehört."[5]

Christian Krust:

„Der Betende soll keine bestimmte Gabe vom Herrn erflehen, sich aber offenhalten für das, was der Heilige Geist ihm geben will. Wenn es nun die Gabe der Zungen ist, so wird es meistens so erlebt, als ob plötzlich warme Ströme fließender Liebe den Beter durchströmen. Mehr und mehr wird das Herz des im Gebet vor Gott Verharrenden so mit göttlicher Liebe erfüllt, daß Schweigen unmöglich ist. ...Und jetzt fängt der Betende an, Worte auszusprechen, die ihm zwar völlig fremd sind, aber vom Heiligen Geist eingegeben werden."[6]

Larry Christenson:

„Die Zungen wurden nicht in erster Linie als ein Mittel gegeben, um darin das Evangelium weiterzusagen, sondern als ein übernatürliches Zeichen dafür, daß Gott inmitten der Gläubigen ist."[7]

Morton T. Kelsey:

„Wenn man vom Jungschen Begriff des kollektiven Unbewußten ausgeht, kann gesagt werden, daß eine numinose (göttliche), überpersönliche Kraft in das Leben dessen eingegangen ist, der in neuen Zungen spricht. Dieses Phänomen ist daher nicht pathologisch oder infantil. Es kann vielmehr das Bewußtsein mit seiner Existenzgrundlage im kollektiven Unbewußten verbinden... Reden in Zungen kann eine sehr konkrete Hilfe sein, um vor dem Herrn Freude und Lobpreis zum Ausdruck zu bringen. Es ist auch ein Zeugnis dafür, daß der Heilige Geist im Leben eines Menschen wirksam ist und sein Werk in den unbewußten Seelentiefen tut, um eine neue Ganzheit und seelische Integration zustande zu bringen, das, was die Kirche normalerweise als Heilung bezeichnet."[8]

Reinhold Ulonska:

„Wie ich selbst erlebt habe, ist gerade in Gebetskämpfen die Zungengabe eine ungeheure Hilfe. Kranke wurden unter Gebet in Zungen geheilt, Christen empfingen die Geistestaufe oder neue Kraft, und selbst hartnäckige Fälle von Besessenheit erlebten Befreiung... Christen haben auch persönliche Probleme, Versagen und Verfehlungen. Nicht immer können sie diese vor anderen Ohren ausbreiten. Durch die Gabe der Zungen aber können sie ihr Herz vor Gott ausschütten und Heilung ihrer Seele erlangen. Psychiater haben festgestellt, daß das Psychogramm von Zungenrednern sich durch häufiges Zungenreden positiv verändert."[9]

Yonggi Cho:

> „Die Zungenrede ist die Sprache des Heiligen Geistes, und wenn ich in Zungen spreche, erfahre ich Seine Anwesenheit in meinem Bewußtsein. In meinem Gebetsleben spreche ich mehr als 60% der Zeit in Zungen. Ich bete in Zungen, wenn ich schlafe. Ich wache auf, in Zungen betend. Ich bete in Zungen, während ich die Bibel studiere, und ich bete in Zungen während meiner Andachten. Wenn ich irgendwie die Gabe der Zungenrede verlieren sollte, glaube ich, daß mein Dienst um ca. 50% beschnitten würde. Wann immer ich in Zungen rede, behalte ich den Heiligen Geist in meinem Bewußtsein."[10]

Was lehrt die Bibel über Sprachenreden (Zungenreden)?

Grundsätzlich ist festzustellen, daß an allen Stellen, die in der Bibel dieses Thema behandeln, eine wirklich vorhandene Sprache gemeint ist, kein unverständliches Lallen oder ähnliche Lautäußerungen. Aufschlußreich ist in diesem Zusammenhang die Anwendung des biblischen Grundsatzes, daß keine Schrift von eigener Auslegung ist. Zuverlässigen Aufschluß über die Bedeutung eines Begriffes bekommt man oft, wenn man nachprüft, wo und in welchem Zusammenhang der Begriff zum ersten Mal in der Bibel gebraucht wird: In 1. Mose 11,1–9 ist der Beginn der verschiedenen Sprachen eindeutig die Folge des Gerichtes Gottes über den Hochmut des Menschen. Das neutestamentliche Sprachenreden ist in gewissem Sinn die Umkehrung davon. Im AT finden wir nur eine Stelle, die Sprachenreden prophezeit und dieser Text wird von Paulus in 1. Kor. 14,21–22 zitiert:

> „Ja, durch stammelnde Lippen und durch eine fremde Sprache wird er zu diesem Volk reden, er, der zu ihnen sprach: Dies ist die Ruhe, schaffet Ruhe dem Ermüdeten; und dies ist die Erquickung! Aber sie wollten nicht hören." (Jes. 28,11)

Der Zusammenhang macht deutlich, daß diese „fremde Sprache" ein Gericht Gottes über das abgöttische Volk Israel mit seinen untreuen Propheten und Priestern ist. Somit ist das Sprachenreden in Jes. 28 nichts anderes als ein Gerichtszeichen für das Volk Israel.

In den Evangelien finden wir nur eine Stelle, wo Sprachenreden in Verbindung mit dem Missionsbefehl als eines der Zeichen beschrieben wird, welche denen folgen, die glauben:

> „Diese Zeichen aber werden denen folgen, welche glauben: In

meinem Namen werden sie Dämonen austreiben; sie werden in neuen Sprachen reden..." (Mark. 16,17)

In der Apostelgeschichte wird das Sprachenreden nur an drei Stellen erwähnt:

> „Und sie wurden alle mit Heiligem Geist erfüllt und fingen an, in Sprachen zu reden, wie der Geist ihnen gab auszusprechen." (Apg. 2,4)

> „Und die Gläubigen aus der Beschneidung, so viele ihrer mit Petrus gekommen waren, gerieten außer sich, daß auch auf die Nationen die Gabe des Heiligen Geistes ausgegossen worden war; denn sie hörten sie in Sprachen reden und Gott erheben." (Apg. 10,45–46)

> „Als sie es aber gehört hatten, wurden sie auf den Namen des Herrn Jesus getauft; und als Paulus ihnen die Hände aufgelegt hatte, kam der Heilige Geist auf sie, und sie redeten in Sprachen und weissagten." (Apg. 19,5–6)

In den Briefen des NT lesen wir nur in 1. Kor. 12–14 etwas über das Sprachenreden. In Kapitel 14 geht Paulus ausführlicher darauf ein, weil die fleischlich gesinnten Korinther die Sprachenrede offensichtlich als besonders attraktive Gabe bewertet und praktiziert haben. Er macht dort folgendes deutlich:

– Weissagen ist wichtiger als Sprachenreden (Vers 1–6)
– Sprachenreden hat nur Sinn, wenn es ausgelegt und von den Zuhörern verstanden wird (Vers 7–19)
– Sprachenreden ist ein Zeichen für die Ungläubigen (Vers 20–22)
– In einer Versammlung sollen höchstens drei nacheinander in einer Sprache reden und einer soll auslegen (Vers 26–27)

Zungenreden – ein Zeichen für die Ungläubigen

An keiner Stelle wird gelehrt, daß Sprachenreden ein Zeichen oder Kennzeichen dafür ist, daß jemand die sog. „Geistestaufe" erhalten hat. Im Gegenteil – Paulus betont sehr deutlich, daß Sprachenreden ein Zeichen für die Ungläubigen und daher nur sinnvoll ist, wenn Ungläubige anwesend sind, die entweder als Ausländer in ihrer eigenen Sprache das Evangelium hören, oder aber als ungläubige Juden erkennen müssen, daß Gott jetzt nicht mehr nur durch Juden und zu Juden spricht, sondern sich an alle Nationen wendet. Für die Juden – auch für die gläubigen Juden – war das zunächst eine unfaßbare Tatsache und wir wissen, daß selbst der Apostel Petrus Schwierigkeiten hatte zu lernen, daß Gott keinen Unterschied mehr zwischen Juden und Heiden macht. Das Sprachenreden war das äußere Zeichen vom Anbruch dieser neuen Heilszeit. Sowohl in Markus 16 finden wir das Zungenreden in Verbindung mit dem Missionsauftrag, und ebenso lesen wir in 1. Kor. 14,22, daß das Zungenreden ein Zeichen „nicht den Glaubenden, sondern den Ungläubigen" ist. Das bedeutet aber, daß die Gabe der Sprachenrede heute nur dann einen Sinn hätte, wenn es darum geht, Menschen anderer, uns unbekannter Sprachen das Evangelium zu verkündigen.

Was Sprachenreden nicht ist

Nirgendwo lehrt die Bibel, daß die Gabe der Sprachenrede die Möglichkeit bietet, Gott in einer besonderen Weise anzubeten, besonders kraftvoll in der Fürbitte zu sein oder aus geheimnisvollen Kraftquellen zu schöpfen, wie es von vielen behauptet wird. Diese Behauptung ist schon deswegen absurd, weil eine Gnadengabe den Aussagen der Bibel gemäß niemals unsere Beziehung zu Gott bestimmt oder verändert, sondern „zum Nutzen" der Heiligen und zur Auferbauung des Leibes Christi dient (1. Kor. 12,7; 14,4.26).

Wenn es anders wäre, würde jeder, der die Sprachengabe nicht hat, in seiner Beziehung zu Gott benachteiligt sein. Daher wird auch in den seelsorgerlichen Briefen des NT, wo es um das persönliche Glaubensleben und um die praktische Gemeinschaft mit dem Herrn geht, das Sprachenreden nicht mit einem Wort erwähnt. Wenn gesagt wird, daß Zungenredner ein besseres „Psychogramm" als andere Christen haben – mir sind gegenteilige Beobachtungen bekannt! – dann kann das bestenfalls psychologisch, aber nicht biblisch erklärt werden.

Schlußfolgerungen

1. An keiner Stelle im NT wird gelehrt, daß die Gabe der Sprachenrede ein Kennzeichen oder Siegel der „Geistestaufe" ist.
2. In 1. Kor. 14 wird Sprachenreden als ein Zeichen für Ungläubige definiert. Durch dieses Zeichen wird deutlich, daß die Frohe Botschaft sich nun an Menschen aller Nationen und Sprachen wendet und nicht mehr auf das Volk Israel begrenzt ist.
3. Gleichzeitig war das Sprachenreden ein Gerichtszeichen für die ungläubigen Juden (1. Kor. 14,21).
4. Sprachenreden als besondere Gebetssprache, „Engelsprache" oder geistliche Kraftquelle zu bezeichnen, kann mit keiner Bibelstelle belegt werden und widerspricht dem Wesen und Wirken des

Heiligen Geistes, der unseren Verstand niemals ausschaltet (1. Kor. 14,19.20.32) und widerspricht dem Wesen und Zweck der geistlichen Gaben an sich.

Literaturempfehlung:

R. Shallis: „Zungenreden aus biblischer Sicht", CLV Bielefeld
G.F. Rendall: „Ich rede mehr als ihr alle in Zungen", Schwengeler Verlag

6

Krankenheilung

Bei allen drei „Wellen des Heiligen Geistes" haben Krankenheilungen eine wesentliche Rolle gespielt. Bekannte Pfingstprediger und Charismatiker wie Oral Roberts, T.L. Osborn, K. Kuhlmann, A. Sanford, Y. Cho, R. Bonnke usw. wurden besonders durch ihre Heilungsversammlungen bekannt. In der Beurteilung von Herkunft und Wesen der Krankheiten gehen allerdings die Meinungen sehr auseinander, und auch in der Praxis der Krankenheilung gibt es große Unterschiede. Ich möchte einige der am häufigsten vertretenen Standpunkte nennen:

1. Krankheit ist niemals von Gott gewollt, Jesus hat unsere Krankheiten auf sich genommen, und daher können wir körperliche Gesundheit im Glauben beanspruchen.

Wolfhard Margies:

„Ein nicht geringer Teil aller Enttäuschungen nach erfolglosem Gebet um Heilung hat in dem Glaubensmangel seine Ursache. Gott will heilen und hat seine Heilungskraft für uns dadurch verfügbar gemacht, daß Jesus unsere Sünde und unsere Krankheit getragen hat. Diese göttlichen Kräfte werden jedoch nur durch die Inanspruchnahme des Glaubens wirksam."[1]

Kenneth Hagin:

„Krankheit und Gebrechen sind nicht der Wille Gottes für Sein Volk. Er möchte nicht, daß auf Seinen Kindern ein Fluch wegen ihres Ungehorsams lastet, sondern Er möchte sie mit Gesundheit segnen... Zur Zeit des Alten Testamentes war es nicht Gottes Wille, daß die Kinder Israel krank waren, und sie waren Gottes Knechte. Heute sind wir Gottes Kinder. Wenn es nicht einmal Sein Wille war, daß Seine Knechte krank waren, kann es auch nicht Sein Wille sein, daß Seine Kinder krank sind! Krankheit und

Gebrechen sind keine Beweise der Liebe. Gott ist Liebe."[2]

Jonathan Paul:

„Wir sagen nicht, daß ein Christ nicht mehr sündigen, krank sein und sterben kann. Aber wir behaupten mit dem Wort der Wahrheit in Christo Jesu, daß die lebendigen Glieder am Leibe Christi nicht mehr sündigen müssen. Und da er ihre Krankheiten getragen hat, sie auch nicht mehr krank sein müssen. Und die Stunde ist nahe, wo sie auch nicht mehr sterben müssen."[3]

Harold Horton:

„Medizin und Chirurgie sind der Weg der Welt. Gottes Weg, der einzige Weg, der in dem Wort geoffenbart ist, ist die Heilung durch übernatürliche, göttliche Kraft... Göttliche Heilung ist die einzige in der Bibel bevollmächtigte Heilung. Medizinische Heilung ist nicht – wie viele erklären – ‚Gottes zweitbester Weg'. Sie ist einzig und allein ein Produkt der gebildeten Welt. Gott hat nichts Zweitbestes!"[4]

2. Die Verkündigung der Frohen Botschaft schließt auch Heilung von Krankheit ein. Jesus heilt, nicht der Glaube, auch nicht der Glaubensheiler.

Roland Brown:

„Die Verkündigung ist die Frohe Botschaft, daß alles vollkommen werden kann, auch körperliche Not... Die Frohe Botschaft will alle Sünde auslöschen, will deine Krankheit heilen... Jesus starb für unsere Krankheit, genau wie für unsere Sünde. Durch die ganze Schrift finden wir immer, daß Sünde und Krankheit zusammengehören... Manche Menschen werden dir sagen: ‚Wenn dein Glaube groß genug ist, kannst du gesund werden.' Nachdem ich 30 Jahre auch auf diesem Gebiet arbeite, kann ich sagen, daß es nicht so ist. Es ist sehr hilfreich, wenn wir Glauben haben, aber manchmal werden Menschen ohne Glauben gesund. Und manchmal, wenn ich für jemand bete, ohne daß er viel Glauben hat, wird er trotzdem gesund... Der Glaube ist sehr bedeutsam, aber es ist nicht mein Glaube, daß ich nun gesund werden will, es ist Jesus, der das tut."[5]

3. Alle Werke des Teufels hat Jesus am Kreuz zerstört, dennoch müssen wir zugeben, daß Gott nicht jedes Gebet um Krankheit erhört.

John Wimber:

„Die Situation des Epaphroditus, Timotheus, Trophimus und

Paulus – sowie meine eigene – ist demütigend und erinnert uns daran, daß sich unsere vollkommene Erlösung erst bei Jesu Wiederkunft offenbaren wird. Wir wissen, daß Jesu Sühnetod uns Heilung für den Leib gebracht hat; wenn Gott aber nicht jede Bitte um Heilung erhört, so haben wir trotzdem nicht das Recht zu folgern, daß unser Glaube oder Gottes Treue mangelhaft seien."[6]

4. **Ursache der Krankheit ist der Sündenfall, aber nicht unbedingt persönliche Sünde. Wir leben als Christen in der Solidarität mit einer gefallenen Welt, deswegen werden trotz Gebet nicht alle Kranken geheilt.**

Reinhold Ulonska:

„Manche haben im Neuen Testament gelesen, daß ein Zusammenhang zwischen Krankheit und Sünde besteht. Daraus haben sie leider die gefährliche Schlußfolgerung gezogen, daß in jedem Fall zwischen Kranksein und persönlicher Versündigung eine Verbindung bestehen muß. ...Gewiß, die Bibel zeigt klar, daß Krankheit, Tod und Übel mit der Sünde zu tun haben, aber sie denkt dabei zuerst an die Folgen des Sündenfalls Adams. Die Ursache der Krankheit ist immer Sünde, aber nicht unbedingt persönliche Versündigung. Es werden ja z.B. auch Menschen schon krank geboren, Kleinkinder werden krank, und selbst vorbildliche Christen erkranken. Wir leben auch als Christen in der Solidarität mit einer gefallenen Welt."[7]

Methoden der Krankenheilung

Es würde den Rahmen des Buches sprengen, wenn man die vielen Theorien und Praktiken im Zusammenhang mit Krankenheilungen darstellen wollte. Daher möchte ich nur einige der häufigsten Methoden der Krankenheilung nennen:

– Heilung durch Handauflegung (J. Wimber, R. Bonnke)
– Heilung durch Visualisierung (Y. Cho, A. Sanford, M.T. Kelsey)
– Heilung durch Inanspruchnahme im Glauben (K. Hagin, K. Copeland, W. Margies)
– Heilung durch die Macht des gesprochenen Wortes (Y. Cho, R. Bonnke)
– Heilung durch Gebrauch der Sakramente (F. MacNutt)

Was lehrt die Bibel?

Auf den ersten Blättern der Bibel wird deutlich, daß Krankheit und Tod Folgen des Sündenfalls sind. Außerdem ist im AT tatsächlich ein Zusammenhang zwischen persönlicher Sünde und Krankheit erkennbar, obwohl es auch da Ausnahmen gibt. Im allgemeinen jedoch wird Gottes Segen im AT im sichtbaren, materiellen Bereich deutlich: Reichtum, Gesundheit, viele Kinder, ein langes Leben (5. Mose 28, 1–14).

Die Segnungen im NT aber sind vor allem geistlicher Art, die in den „himmlischen Örtern" (Eph. 1,3), in Christus selbst, zu finden sind und zunächst einmal nicht aus materiellen, sichtbaren Werten bestehen. Materieller Reichtum und Gesundheit werden uns im N.T. nicht verheißen, und deswegen finden wir dort eine Anzahl treuer, gesegneter Männer, die krank waren und deren Krankheit nicht im Zusammenhang mit persönlicher Sünde stand:

– Epaphroditus war krank, „dem Tode nahe" (Phil. 2,25–27),
– Trophimus war krank (2. Tim. 4,20),
– Timotheus war krank (schwach, 1. Tim. 5,23),
– Paulus berichtet oft, daß er „schwach" war (2. Kor. 11,29; 12,9; Gal. 4,13), das „Urteil des Todes" in sich hatte (2. Kor. 1,9;) und von einem „Engel Satans" geschlagen wurde (2. Kor. 12,7).

Bedenkenswert ist auch, daß wir in der Apostelgeschichte und in den Briefen kein ausdrückliches Beispiel dafür finden, daß ein Gläubiger durch ein Wunder geheilt wurde. Wohl finden wir, daß einige Gläubige aus dem Tod auferweckt wurden, aber alle Beispiele von Wunderheilungen geschahen an Ungläubigen. Wenn wir das N.T. sorgfältig lesen, wird deutlich, daß Krankheit

– eine Folge des Sündenfalls ist,
– Folge einer persönlichen Sünde sein kann (1. Kor.11,30; Jak. 5,15),
– nicht immer Folge einer persönlichen Sünde sein muß (Joh. 9,3),
– vorbeugende Wirkung haben kann (2. Kor.12,7),
– zu Gottes weisen, uns manchmal nicht verständlichen Erziehungsmethoden gehört (Hebr.12, 6–11).

Natürlich können und sollten wir für Kranke beten. Gott kann auch heute auf übernatürliche Weise von Krankheiten heilen, ebenso wie Er durch Ärzte und Medikamente Heilung schenken kann. Jedoch haben wir kein Recht auf Gesundheit, weil unser Leib eben noch nicht von dem Fluch und den Folgen der Sünde befreit ist.

„...auch wir selbst seufzen in uns selbst, erwartend die Sohnschaft: die Erlösung unseres Leibes."(Rö. 8,23)

Sicher ist es wichtig zu betonen, daß wir im Fall einer Krankheit nicht nur die Ärzte, sondern vor allem auch Gott suchen. Viele Krankheiten sind Folgen eines nicht an Gottes Wort orientierten Lebensstiles und die Kranken benötigen nicht Medikamente, sondern biblische Seelsorge.

Krankheiten, welche eindeutig die Folge einer ungerichteten Sünde sind, sollten wir nach Jakobus 5,15–16 behandeln. Sünde sollte bekannt werden, damit Heilung erfolgen kann. „Bekennet denn einander die Vergehungen und betet füreinander, damit ihr geheilt werdet; das inbrünstige Gebet eines Gerechten vermag viel."(Jak. 5,16) Aber wir dürfen Gott auch um Kraft bitten, Ihn in unserer Krankheit zu verherrlichen und alle Beschwerden geduldig zu ertragen, wenn wir uns nach ernster Selbstprüfung keiner Sünde als Ursache der Krankheit bewußt sind.

Ist die Heilung des Leibes im Sühneopfer Jesu enthalten?

Viele Männer und Frauen der Pfingst- und Charismatischen Bewegung lehren, daß der Herr Jesus am Kreuz nicht nur unsere Sünden gesühnt, sondern auch unsere Krankheiten stellvertretend getragen hat. Sie berufen sich auf Jes. 53,4 und Matth. 8,17 und folgern daraus: „Es kann nicht Gottes Wille sein, daß Sie unter einer Krankheit leiden, für die bereits Jesus gelitten hat."[8]

Nun lehrt das N.T. deutlich, daß die Versöhnung und Stellvertretung am Kreuz geschehen ist, als der Herr Jesus in den drei Stunden der Finsternis mit unserer Sünde beladen von Gott gerichtet wurde (2. Kor. 5,18–21; Kol. 1,21–22; 1. Petr. 2,24). Matth. 8,17 macht aber deutlich, daß Jes. 53,4 nicht am Kreuz, sondern am Anfang des Dienstes Jesu erfüllt wurde und deswegen nichts mit Stellvertretung und Sühnung zu tun haben kann. Was bedeutet aber nun „...er trug unsere Krankheiten"(Matth. 8,17)? J.N. Darby hat die Bedeutung dieser Stelle treffend in einem Satz ausgedrückt: „Unser Herr heilte niemals einen Kranken, ohne in Seinem Geist und auf Seinem Herzen die Last dieser Krankheit als Frucht der Macht des Bösen zu tragen."[9] So wie wir in Jes. 63,9 lesen „In all ihrer Bedrängnis war er bedrängt", litt der Herr unter den sichtbaren Folgen der Sünde. Er empfand tiefes Mitleid und tiefen Schmerz, aber das hat nichts mit Stellvertretung oder Sühnung zu tun. Wenn auch der Herr Jesus am Kreuz für die Sünde der Welt gestorben ist (Joh. 1,29; 1.Joh. 2,2) und damit die Grundlage dafür gelegt hat, daß einmal der Fluch der Sünde (und damit auch Krankheit und Tod) weggenommen wird, so steht doch die „Erlösung unseres Leibes" (Rö. 8,23) noch bevor, unser Körper wird „der Leib der Niedrigkeit" (Phi. 3,21) und auch „sterblicher Leib" (Rö. 8,11) genannt und ist dem Verfall unterworfen (2. Kor. 4,16). Die eigene Erfahrung der Glaubensheiler steht im Widerspruch zu ihrer Lehre, denn die meisten von ihnen tragen sowohl Zahnersatz als auch Brillen und spüren am eigenen Leib, daß die Folgen der Sünde eben noch nicht beseitigt sind.

Schlußfolgerungen

1. Krankheit und Tod sind Folgen des Sündenfalles.
2. Krankheit kann, muß aber nicht die Folge einer persönlichen Sünde sein.
3. Gott kann auf übernatürliche Weise Krankheiten heilen, er kann aber auch Ärzte und Medizin benutzen. Das Lukasevangelium und die Apostelgeschichte wurden von Lukas, dem „geliebten Arzt" (Kol. 4,14), geschrieben.
4. Das NT berichtet von verschiedenen treuen Gläubigen, die krank waren, aber nicht durch ein außergewöhnliches Wunder geheilt wurden. Alle im NT aufgezählten Beispiele von Krankenheilungen durch ein Wunder betreffen Ungläubige.
5. Wir können und sollen für Kranke beten, haben aber keine Verheißung, die uns grundsätzlich körperliche Gesundheit und Heilung zusichert.
6. Die Lehre, daß wir körperliche Heilung wie die Erlösung „im Glauben beanspruchen" können, muß als unbiblisch abgelehnt werden, weil wir noch auf die Erlösung unseres Leibes warten (Rö.8,23).
7. Die verschiedenen Methoden der Krankenheilungen durch „Visualisierung", „Macht des gesprochenen Wortes" usw. müssen wir als unbiblische, okkulte Heilmethoden ablehnen (siehe Kapitel „Visualisierung").

7

Handauflegung

In der Pfingstbewegung und noch mehr in der Charismatischen Bewegung, sowie auch im Bereich von „Power Evangelism", trifft man immer wieder die Praxis der Handauflegung an. Auch zu diesem Thema gibt es keine einheitliche Lehre. Praktiziert wird Handauflegung u.a. zum Zweck der

- Krankenheilung
- Inneren Heilung
- Dämonenaustreibung
- Übermittlung von Geistesgaben
- Segnung und Salbung
- Geistestaufe

Die Methode

Bei der Praxis der Handauflegung werden die Hände meist auf den Kopf des Betreffenden gelegt, oft auch auf die kranken Körperteile. Manchmal – besonders auf Großveranstaltungen – wird empfohlen, sich gegenseitig oder sogar sich selbst die Hände aufzulegen, und es gibt Fernsehprediger, welche die Zuschauer an den Empfangsgeräten auffordern, beim abschließenden Gebet die Hände auf den Fernsehapparat zu legen, um auf diese Weise Heilung oder eine Salbung zu bekommen.

Aus den vielen Berichten über Handauflegungen nun einige, die besonders typisch und aufschlußreich sind.

Mike Flynn, ein Pfarrer aus Kalifornien berichtet von einer Begegnung mit Agnes Sanford. Er hatte sie aufgesucht, weil er über einige Erfahrungen beunruhigt war.

„Nach der Begrüßung kam sie gleich zur Sache. ‚Wofür soll ich beten?' fragte sie. Nun, die Fragen, die ich gehabt hatte, hatten sich zum Teil schon geklärt, darum wußte ich eigentlich nicht, wofür sie beten sollte. Agnes, die hinter meinem Stuhl stand, sagte, sie würde trotzdem für mich beten. Sie ließ mich wissen, daß sie beim Beten zittere. Ich solle mich davon nicht stören lassen. Sie legte mir die Hände auf den Kopf und war eine Weile still. Dann bat sie Gott, mir ihre Salbung für die Heilung von Erinnerungen zu geben... Zwei Wochen später kam eine Frau in mein Büro und erzählte mir von ihren Schwierigkeiten. Nach einer kurzen Auseinandersetzung mit Gott stimmte ich zu, für innere Heilung zu beten. Zu meinem großen Entsetzen stellte ich jedoch fest, daß ich nicht die geringste Ahnung hatte, wie ich es tun sollte. Ich hatte mir angewöhnt, mir Jesu Gegenwart bildlich vorzustellen. Überall, wo ich war, konnte ich ihn auf dem Thron sitzen sehen. So blickte ich zu Jesus. Er erhob sich von seinem Thron, kniete sich neben die Frau, legte den rechten Arm um ihre Schulter, griff mit seiner Linken in ihr Herz und holte etwas heraus, das wie eine schwarze, gallertartige Masse aussah. Diese Masse tat er in sein eigenes Herz, wo sie schrumpfte, bis sie sich in nichts auflöste. Dann griff er erneut in sein Herz und holte eine weiße Masse heraus, die er vorsichtig in das Herz der Frau legte, an die Stelle, wo vorher die dunkle Masse gewesen war. Schließlich wandte sich Jesus mir zu und sagte: ‚Tu das'. Ich kam mir sehr töricht vor, sprach dann jedoch im Gebet aus, was ich Jesus hatte tun sehen. Die Frau wurde sehr gesegnet und augenblicklich geheilt. Innerhalb der nächsten Jahre betete ich in ähnlicher Weise für Hunderte von Menschen und lehrte viele diese Art des Gebets."[1]

Dieses Beispiel zeigt, wie mediale Fähigkeiten durch Handauflegung übertragen werden.

In vielen Berichten wird bezeugt, daß durch Handauflegung ein Strom von Hitze und Energie übertragen wird. So berichtet Carol Wimber von ihrem Mann John:

„So ging John im Zimmer umher und betete für uns. Von seinen Händen strömte eine unglaubliche Kraft. Wenn er Menschen berührte, fielen diese einfach um. Für John war es, als ob aus seinen Händen eine geistliche Kraft strömte, ähnlich wie Elektrizität. Es war das erste Mal, daß John tatsächlich fühlte, wie Kraft von ihm ausging."[2]

Interessant ist auch das Zeugnis Anne Watsons – der Frau des bekannten Charismatikers David Watson, der am Lebensende an Leberkrebs erkrankt war:

„Als wir aus einem Restaurant kamen, wo wir mit John, Carol und einigen anderen gegessen hatten, fingen meine Hände stark an zu zittern. John (Wimber) nahm sie und legte sie David mit den Worten auf, es sei schade, die ganze Kraft zu verschwenden. Dieses Zittern hielt manchmal eine ganze Weile an. Oft beteten wir anschließend noch für viele andere Menschen."[3]

Wichtig scheint mir die Tatsache zu sein, daß viele Charismatiker sich in der Frage der Handauflegung nicht auf die Bibel, sondern auf eine persönliche Offenbarung berufen. So berichtet John Wimber:

„Dann sagte mir Gott, daß ich die Gabe (der ‚Erkenntnis') weitergeben solle; das hieß, ich sollte anderen die Hände auflegen und dafür beten, daß auch sie diese Gabe empfingen. Ich sprach nur ein einfaches Gebet: ‚Herr, bitte gib diesem Menschen Worte der Erkenntnis', woraufhin die meisten die Gabe empfingen."[4]

John Wimber praktiziert und empfiehlt seitdem die Handauflegung zur Weitergabe von „Geistesgaben" auf seinen Großveranstaltungen. So berichteten Fritz Laubach, Theo Wendel und Hans Grüber von Wimbers Mitarbeiterkongreß in Frankfurt 1988:

„Die meisten der Kongreßteilnehmer empfinden sich nicht als Konsumenten, sondern möchten sich auf ihre Art beim Singen und Beten mit einbringen. Dies wurde besonders am vorletzten Abend deutlich, als Wimber in Anlehnung an Matthäus 10 seinen Hörern sagte: ‚Jünger Jesu tun, was Jesus auch tat: Kranke heilen, Dämonen austreiben, Tote auferwecken.' Wer das tun wolle, solle nach vorne kommen. Mehr als die Hälfte standen auf und kamen nach vorn. Alle sollten die Hände emporheben, um für diesen Dienst den Heiligen Geist zu empfangen. Immer wieder rief er: ‚Laß sie kommen! Laß sie kommen!' Dann befahl er mehrfach der Menge, in Zungen zu reden und sich gegenseitig zu segnen. Schließlich ließ er sie zur Musik tanzen, um so die Ausgießung des Heiligen Geistes zu feiern."[5]

Auch Kenneth Hagin praktiziert die Handauflegung aufgrund einer Vision:

„Ich tue es, weil der Herr mir in einer Vision im Jahre 1950 erschien und sagte: ‚Ich habe dir einen Dienst der Handauflegung gegeben. Bevor du ihnen die Hände auflegst, zitiere immer Apg. 19,6: ‚Und als Paulus ihnen die Hände auflegte, kam der Heilige Geist auf sie, und sie redeten in Zungen und weissagten.' Jesus fuhr fort: ‚Sage den Betreffenden, daß Ich dir aufgetragen habe, ihnen dies mitzuteilen, wenn du ihnen die Hände auflegst, dann wird der Heilige Geist über sie kommen…'"[6]

Cameron Peddie, Autor des Buches „Die vergessene Gabe", beschreibt, wie er als zunächst ablehnender Pfarrer schließlich doch mit seiner kranken Frau und seinem Sohn zu einer Spiritualistin ging, die als Medium und Heilerin bekannt war. Diese für seinen weiteren Dienst entscheidende Begegnung schildert er so:

> „Sie empfing uns mitfühlend und freundlich und erzählte uns, wie sie durch den Tod ihres Sohnes in seiner Kindheit zu dieser Tätigkeit geführt worden war. Sie bot sich Gott für das Heilungsamt an und entdeckte nach einigen Jahren, als sie schon die Hoffnung aufgegeben hatte, von ihm angenommen zu werden, daß sie unter der Leitung eines körperlosen Geistes heilen konnte. Sie saß auf einem gewöhnlichen Stuhl und erzählte uns ihre Geschichte und wir warteten und beobachteten, was geschehen würde. Allmählich schienen sich ihre Gesichtszüge zu wandeln und ein östliches Aussehen anzunehmen. Sie befand sich im Trancezustand. ‚Guten Morgen', sagte der Geist, und sie brachte ihm eines der schönsten Gebete dar, die ich je gehört habe. Wir hatten das Gefühl, in der Gegenwart eines Engels zu sein – gewiß nicht in der des Teufels. Sie legte meiner Frau die Hände auf. Sie tat das etwa eine halbe Stunde lang und erwies unserem Sohn denselben Dienst. Die Schmerzen meiner Frau verschwanden zum ersten Mal seit zehn Jahren, und das Befinden des Kindes wurde viel besser."[7]

C. Peddie begann nach dieser Erfahrung seinen Heilungsdienst, der später von über hundert Pfarrern der Schottischen Kirche übernommen wurde. Er beschreibt auch, wie er durch Handauflegung Energien und Kräfte überträgt:

> „Ich weiß wohl, daß es schwer ist, sich das Wirken und die Rolle des Heiligen Geistes vorzustellen... Jedenfalls ist es eine Tatsache, daß während einer Heilungsandacht, bei der die Hände aufgelegt werden, der Strom der göttlichen Kraft auf verschiedene Weise verändert wird. Er nimmt allmählich an Stärke zu und nimmt wieder langsam ab, wenn genügend Kraft angewandt worden ist. Dann ist es Zeit, die Hand wegzunehmen und auf eine andere Stelle zu legen, wenn dies notwendig wird. Der, der die Behandlung durchführt, ist sich dabei stets dessen bewußt, daß Kraft durch ihn strömt (wenn er in seinem Inneren genügend empfänglich ist), und der Patient spürt ein eigenartiges Hitze- oder Kältegefühl."[8]

Diese Beispiele zeigen, daß viele Charismatiker überzeugt sind, daß man durch Handauflegung geistliche Kraft, Geistesgaben, Heilung und andere Geistwirkungen übertragen kann.

Handauflegung

Was lehrt die Bibel

Handauflegung im AT

Im AT finden wir eine große Anzahl von Berichten und Anordnungen über Handauflegungen, besonders in Verbindung mit dem Opferdienst. In 1. Mose 48,8–20 lesen wir, wie Jakob seinen Enkeln Ephraim und Manasse segnend die Hände auflegt. In 3. Mose 4 findet sich die Anordnung, daß beim Schuld- und Sündopfer die Schuldigen den Opfertieren die Hände auflegen mußten, bevor das Tier stellvertretend für die durch Bekenntnis und Handauflegung übertragene Sünde getötet wurde. Besonders deutlich wurde das am Versöhnungstag:

> „Und Aaron lege seine beiden Hände auf den Kopf des lebendigen Bockes und bekenne auf ihn alle Ungerechtigkeiten der Kinder Israel und alle ihre Übertretungen nach allen ihren Sünden; und er lege sie auf den Kopf des Bockes und schicke ihn durch einen bereitstehenden Mann fort in die Wüste..."(3. Mose 16,21)

Auch dem Brand- und Friedensopfer wurden die Hände aufgelegt. Bei diesen Opfern wurden keine Sünden übertragen, sondern der Wert des Opfertieres ging auf den Opfernden über (2. Mose 29,10; 3. Mose 1,4; 3,2; 8,18).

Weiter wurde das Volk Israel angewiesen, den Leviten die Hände aufzulegen, bevor diese zum Dienst eingesetzt wurden. Die Leviten standen stellvertretend für die Erstgeborenen der Israeliten Gott zum Dienst zur Verfügung. Durch die Handauflegung wurde die Einheit oder Identifikation symbolisch ausgedrückt (4. Mose 8,10). Diese angeführten Stellen zeigen deutlich, daß Handauflegung im AT Identifikation (Einsmachung oder Gemeinschaft) ausdrückt.

Handauflegung im NT

In den Evangelien wird uns berichtet, wie der Herr Jesus folgenden Menschen die Hände auflegte:
– Kranken und Schwachen, um sie zu heilen (Mark. 6,5; 8,23; Luk. 13,13)
– Kindern, um sie zu segnen (Matth. 19,15; Mark. 10,16)
Es fällt auf, daß nur relativ wenigen Kranken die Hände aufgelegt wurden (die meisten wurden durch ein Wort des Herrn geheilt) und daß Besessenen die Hände nicht aufgelegt wurden. Bei den

Beispielen von Krankenheilungen, bei denen der Herr die Hände auflegte, zeigt die Handauflegung in erster Linie eine Identifikation mit der betreffenden Person und mit dem Volk Israel insgesamt, und es erfüllte sich eine auch im NT angeführte alttestamentliche Prophetie:

> „Und er heilte alle Leidenden, damit erfüllt würde, was durch den Propheten Jesajas geredet ist, welcher sagte: ,Er selbst nahm unsere Schwachheiten und trug unsere Krankheiten'" (Matth. 8,16–17).

Ein ähnliches Beispiel finden wir in Ap. 28,8, wo Paulus dem Vater des Publius die Hände auflegt und ihn heilt, nachdem er gebetet hatte. Außer diesem Beispiel der Krankenheilung finden wir in der Apostelgeschichte fünf weitere Beispiele von Handauflegungen:

Apg. 6,6:
Die Apostel legen den sieben Diakonen die Hände auf und stellen sich damit hinter ihren Dienst, um weiteren Streit oder Kompetenzfragen auszuschalten.

Apg. 8,17:
Den Gläubigen in Samaria werden von Petrus und Johannes die Hände aufgelegt und sie empfangen daraufhin den Heiligen Geist. Hier sollte durch die Handauflegung für alle sichtbar gemacht werden, daß die gläubigen Juden und die gläubigen Samariter ohne Unterschied zum Leib Christi gehören. Die Apostel mußten als Gesandte Gottes und als Repräsentanten der „jüdischen" Christen öffentlich durch Handauflegung bezeugen, daß die über Jahrhunderte bestehende tiefe Kluft von diesem Moment an aufgehoben war. Für beide Teile war das eine demütigende, aber gesegnete Erfahrung, die jeden weiteren Streit und Dünkel ausschalten sollte.

Apg. 9,17:
Ananias legt Saul (Paulus) die Hände auf, worauf Saul sehend und mit Heiligem Geist erfüllt wird. Mit dieser Handauflegung sollte Ananias die Anerkennung (Identifikation) des ehemaligen Christenverfolgers und jetzigen Bruders ausdrücken.

Apg. 13,3:
Die Propheten in Antiochien legen Paulus und Barnabas die Hände auf und entlassen sie zu ihrer ersten Missionsreise nach Europa. Mit dieser Handauflegung stellen sie sich hinter den Dienst der beiden Apostel und drücken ihre Zustimmung und Gemeinschaft aus.

Apg. 19,6:
Den zwölf Jüngern Johannes des Täufers legt Paulus die Hände auf, nachdem sie getauft worden sind und sie empfangen den Heiligen

Geist. Auch durch diese Handauflegung wird die Gemeinschaft der vorher getrennten Gruppen für alle sichtbar ausgedrückt. Sie waren nun keine Jünger des Johannes mehr, sondern Christen.

Handauflegung in den Briefen

Nur in den beiden Briefen an Timotheus finden wir die Handauflegung erwähnt.

„Vernachlässige nicht die Gnadengabe in dir, welche dir gegeben worden ist durch Weissagung mit Hände-Auflegen der Ältestenschaft." (1. Tim.4,14)

„Die Hände lege niemand schnell auf und habe nicht teil an fremden Sünden."(1. Tim. 5,22)

„Um welcher Ursache willen ich dich erinnere, die Gnadengabe Gottes anzufachen, die in dir ist durch das Auflegen meiner Hände." (2. Tim. 1,6)

Timotheus hatte also eine Gnadengabe bekommen durch die Handauflegung des Apostels Paulus, die dann auch von den Ältesten durch Handauflegung bestätigt oder anerkannt wurde. Wenn ich diese Stelle richtig verstehe, haben wir hier das einzige Beispiel dafür, daß eine Geistesgabe durch die Handauflegung eines Apostels vermittelt wurde.

Timotheus selbst wird aufgefordert, niemand schnell die Hände aufzulegen, d.h. keine vorschnelle Anerkennung oder Identifikation durch eine Handauflegung auszudrücken. Die Gefahr der Täuschung ist groß und ebenso die Gefahr, dadurch „teil an fremden Sünden" zu haben.

Aus allen Stellen des AT und NT wird deutlich, daß Handauflegung Gemeinschaft, Identifikation und Übertragung symbolisiert. Wir finden keinen Befehl, die Hände zum Zweck der Krankenheilung, Gabenübertragung oder Segnung aufzulegen, wohl aber eine ausdrückliche Warnung, Hände vorschnell aufzulegen, weil man sich unter Umständen damit schuldig machen kann.

Beobachtungen aus der Seelsorge

Tatsache ist, daß manche Christen, denen die Hände aufgelegt wurden, Depressionen oder auch unreine Gedanken bekommen haben. Andere hatten seitdem keine Freude mehr zum Gebet oder zum Bibelstudium. Manche bekamen Zwangsgedanken und sahen beim Beten immer die Person vor sich, die ihnen die Hände aufgelegt hatte. Diese und viele weitere Beispiele zeigen die akute Gefahr, daß es durch ein unbiblisches Verständnis und eine unbiblische Praxis der Handauflegung zu einer Übertragung fremder, ungöttlicher Mächte und Kräfte kommen kann. Das scheint oft dann der Fall zu sein, wenn Handauflegung nicht zum Zweck der Anerkennung oder Identifikation, sondern zur Übertragung von „Energien" usw. vorgenommen wird. Die Warnung des Apostel Paulus, niemand vorschnell die Hände aufzulegen, darf in unserer Zeit sicher auch so angewandt werden, daß man vorsichtig sein soll, sich die Hände auflegen zu lassen.

Schlußfolgerungen

1. Handauflegung ist eine biblische Praxis, die im AT und NT bezeugt wird.
2. Ein Vergleich aller Bibelstellen macht deutlich, daß Handauflegung Gemeinschaft, Identifikation oder Anerkennung symbolisiert. Wir sehen, daß in der Apostelgeschichte in einigen Fällen auf diese durch Handauflegung symbolisierte Anerkennung und Identifikation der Heilige Geist ausgegossen wurde.
3. In zwei Bibelstellen wird durch Handauflegung körperliches Wohlbefinden (Mark. 16,18) oder eine Geistesgabe (2. Tim. 1,6) vermittelt. Da es sich in beiden Fällen um die Handlung eines Apostels handelt, kann man daraus keine Praxis für die heutige Zeit ableiten. In den neutestamentlichen Briefen finden wir keine Aufforderung zur Handauflegung, sondern nur eine Warnung vor zu schneller Handauflegung gegenüber Timotheus, dem einzigen, den der Apostel Paulus zur Handauflegung autorisiert hatte (1. Tim. 5,22) finden.
4. Die heutige Praxis, durch Handauflegung zu heilen, „Geistesgaben" zu vermitteln oder Energien und Kräfte zu übertragen, muß als unbiblisch abgelehnt werden.
5. Viele der zu Beginn aufgezählten negativen Praktiken zeigen auch in den Auswirkungen starke Ähnlichkeiten mit okkulten Heilmethoden. Auch diese Beobachtung macht die Notwendigkeit größter Vorsicht und Wachsamkeit deutlich.

8

„Power evangelism"

Bevor ich versuche, eine biblische Antwort zu geben, fasse ich kurz zusammen, was C. Peter Wagner und John Wimber – die bekanntesten Prediger der „Dritten Welle des Heiligen Geistes" – über „Zeichen und Wunder" gelehrt haben:

- Zeichen und Wunder sind die „Visitenkarte" des Reiches Gottes, sie sind nicht an die Zeit Jesu und der Apostel gebunden.[1]
- Nur in seltenen Fällen wird Gemeindewachstum durch die Verkündigung allein bewirkt.[2]
- „Power evangelism" macht die Größe Gottes erfahrbar, überwindet Vorurteile und Widerstände der Ungläubigen, sodaß viele zum Glauben kommen.[3]

Was lehrt nun die Bibel?

1. Sind Zeichen und Wunder die „Visitenkarte" des Reiches Gottes?

Zunächst einmal möchte ich versuchen deutlich zu machen, daß die Begriffe „Zeichen" und „Wunder" nicht identisch sind. Wunder sind nicht in jedem Fall auch Zeichen, während Zeichen gleichzeitig auch Wunder sind, allerdings mit einer besonderen Absicht: Sie zeigen auf eine Person, sie sind Zeichen einer göttlichen Legitimation. Wunder Gottes hat es zu allen Zeiten gegeben. Zeichen und zeichenhafte Gaben hingegen standen immer in Verbindung mit dem Beginn einer neuen Heilszeit.

Zeichen und Wunder im AT

Als Gott das Volk Israel aus Ägypten herausführen wollte und damit ein neuer Heilsabschnitt für dieses Volk begann, gab Gott Wunder und Zeichen, um die Autorität des von Gott berufenen Führers Mose zu unterstreichen, „auf daß sie glauben, daß der Herr dir erschienen ist, der Gott ihrer Väter..." (2. Mose 4,5).

Rückblickend sagte Mose kurz vor seinem Tod: „Und der Herr führte uns aus Ägypten heraus mit starker Hand...und mit Zeichen und mit Wundern"(5. Mose 26,8). Diese Zeichen sollten auch dem Pharao und seinem Volk die Größe und Macht Gottes zeigen (Nehem. 9,10; Ps. 135,9).

Diese Zeichen waren also:

– Ein Gericht über die Ägypter,
– eine göttliche Bestätigung des von Gott gewählten Führers und Propheten Mose, dessen Worten das Volk Israel Glauben schenken sollte.

Danach finden wir nur noch vereinzelt zeichenhafte Wunder bei Josua (Jos. 10,12–14), bei dem Mann Gottes in 1. Kö. 13, bei den Propheten Elia und Elisa und im Buch Daniel.

Zeichen und Wunder im NT

Im Neuen Testament finden wir wieder Zeichen und Wunder in Verbindung mit der Geburt Jesu und dann vor allem im Dienst unseres Herrn. Im Johannesevangelium werden die Wunder Jesu, die Beweise Seiner göttlichen Sendung waren, vielfach „Zeichen" genannt. Auch der Dienst der zwölf Apostel und der siebzig Jünger in Luk. 10 war von zeichenhaften Wundern begleitet. Ihr Dienst war ausschließlich auf Israel begrenzt und mit der Botschaft vom „Reich Gottes" verbunden, welche eine neue Heilszeit für Israel verkündete.

Als Israel das Zeugnis Jesu und Seiner Jünger verwarf und schließlich den Sohn Gottes kreuzigte, wurden die Apostel mit einem neuen Auftrag ausgesandt, das Evangelium nicht mehr nur den Juden, sondern auch allen Nationen zu verkündigen. Das Zeitalter der Gnade, der Gemeinde, begann. Auch diese neue Botschaft wurde anfangs durch Zeichen und Wunder bestätigt.

Wir sehen also, daß – mit einzelnen Ausnahmen – vermehrte und auffällige Zeichen und Wunder verbunden waren mit der Verkündigung einer neuen Botschaft und einer neuen Heilszeit.

Im Verlauf der Apostelgeschichte sehen wir, daß die Häufigkeit der Zeichen und Wunder abnimmt und in den Briefen mit Ausnahme des 1. Korintherbriefes nur noch in der Vergangenheitsform (Römer 15,19; 2. Kor. 12,12; Hebr. 2,4) erwähnt, oder aber als

Zeichen und Wunder des kommenden Antichristen (2. Thess. 2,9; Offbg. 13,13–14) erwähnt werden. Auch in Matth. 24,24 warnt der Herr vor den falschen Propheten, „die große Zeichen und Wunder tun", als satanische Bestätigung ihrer antichristlichen Botschaft.

Zeichen und Wunder sind nun tatsächlich in einer Hinsicht die „Visitenkarte" des Reiches Gottes, mit der die neue Botschaft vorgestellt wurde. Zwar hat Johannes der Täufer, der Prediger oder Ankündiger des Reiches Gottes, selbst keine Zeichen und Wunder getan (Joh. 10,41), aber mit dem öffentlichen Dienst Jesu und Seiner Apostel begann das Reich Gottes und bei diesem neuen Anbruch finden wir – wie eine Visitenkarte – Zeichen und Wunder, ein für die Juden sichtbarer Beweis der göttlichen Bestätigung der Person und Verkündigung des Herrn und Seiner Apostel.

Es ist aber nicht zu übersehen, daß die Zeichen und Wunder nach dem Anbruch des Reiches Gottes an Häufigkeit abnahmen. Nachdem die Apostel ihre Briefe geschrieben hatten und das Neue Testament vorhanden war, gehören zeichenhafte Wunder nicht mehr zum Normalfall.

In Hebr. 2, 3–4 lesen wir, daß die Verkündigung des Herrn von den Aposteln, die das Evangelium von Ihm gehört hatten, bestätigt wurde und das Gott außerdem „mitzeugte" (man beachte die Zeitform!) „sowohl durch Zeichen als durch Wunder und mancherlei Wunderwerke und Austeilungen des Heiligen Geistes nach seinem Willen".
In 2. Kor. 12,12 werden „Zeichen und Wunder" als „Zeichen der Apostel" erklärt, die also an die Apostel und ihre Zeit gebunden waren und ihre göttliche Legitimation („Visitenkarte") waren. Allerdings zeigt der Apostel Paulus den Korinthern, die offensichtlich von einigen „Superaposteln" begeistert waren, auch eine andere „Visitenkarte". Im Unterschied zu diesen falschen Aposteln, die damals schon eine Art „power evangelism" verkündigten, zumindest aber durch ein herrschsüchtiges, selbstbewußtes Auftreten die Gläubigen beeindruckten, zählt Paulus einige Kennzeichen seines Dienstes auf, die weder etwas mit „Power evangelism" noch mit einem „Erfolgsevangelium" zu tun haben: Schäge, Gefangenschaft, Steinigung, Schiffbruch, Hunger, Durst, Kälte, Blöße usw.(2. Kor. 11, 23–33).

Folgende Stellen beweisen außerdem, daß selbst in der Apostelgeschichte die Verkündigung des Evangeliums nicht immer mit Zeichen und Wundern verbunden war:

Ap. 8, 26–40 Die Bekehrung des Kämmerers aus Äthiopien
Ap. 9, 22–30 Die ersten Predigten des Paulus
Ap. 11, 19–21 Die Predigten der zerstreuten Jünger in Phönizien,

Cypern und Antiochien, „eine große Zahl glaubte und bekehrte sich zum Herrn".

Ap. 13, 13–52   Paulus und Barnabas in Antiochien (Pisidien)
Ap. 17, 1–9   Paulus und Silas in Thessalonich
Ap. 17, 10–15   Paulus und Silas in Beröa, „viele von ihnen glaubten".
Ap. 17, 16–34   Paulus in Athen
Ap. 18, 1–17   Paulus in Korinth
Ap. 18, 24–28   Apollos in Ephesus
Ap. 22, 1–30   Paulus in Jerusalem
Ap. 24, 1–27   Paulus vor Felix
Ap. 26, 1–29   Paulus vor Agrippa und Festus
Ap. 28, 16–31   Paulus in Rom

Wenn man die Berichte vergleicht, wird deutlich, daß durch die Predigten, die von Zeichen und Wundern begleitet waren, keinesfalls mehr Menschen zum lebendigen Glauben gekommen sind als durch die Predigten, wo Zeichen und Wunder nicht erwähnt werden.

2. Wird Gemeindewachstum nur in seltenen Fällen ohne Zeichen und Wunder bewirkt?

Wie wir soeben festgestellt haben, finden wir in der Apostelgeschichte viele Predigten, die zur Bildung von großen Gemeinden führten, aber nicht von Zeichen und Wundern begleitet waren. Auch ein „Gang" durch die Kirchengeschichte würde beweisen, daß diese Behauptung nicht der Wirklichkeit entspricht.
Die Predigten bekannter Erweckungsprediger wie A.H. Francke, N.L. von Zinzendorf, John Wesley, George Whitefield, C.H. Spurgeon, D.L. Moody usw., die zu einem außergewöhnlichen Gemeindewachstum geführt haben, waren nicht mit aufsehenerregenden Wundern verbunden. Auch bei den Reformatoren finden wir sie nicht. Wenn etwas zeichenhaft mit der Verkündigung verbunden war, dann waren es die Widerstände von Seiten der Zuhörer. Die Evangelisationen von Whitefield und Wesley z.B. wurden anfangs „begleitet" von faulen Eiern, toten Katzen und Ratten, die als Wurfgeschosse verwendet wurden, um die vollmächtigen Prediger zu stören. Auch ein Gang durch die heutige Situation unter den Christen würde die These Wimbers und Wagners nicht stützen. In der UDSSR z.B. gibt es eine Menge großer, ständig wachsender Gemeinden, die jede Art von „Power evangelism" ablehnen würden und mir ist keine einzige große Gemeinde in diesem Land bekannt, die durch Zeichen und Wunder ein auffallendes Wachstum erreicht hätte. Ebenso wenig würde eine Analyse der Situation in Deutschland diese Behauptung

stützen, auch wenn es hier einzelne Gemeinden gibt, die durch „Power evangelism" gewachsen sind.

3. Überwindet „Power evangelism" Vorurteile der Ungläubigen?

Diese These entbehrt jeder biblischen und kirchengeschichtlichen Grundlage. Die Wunderwerke des Herrn Jesus in Chorazin, Bethsaida und Kapernaum haben eben nicht zur Buße geführt. Das war der Grund dafür, daß diese Städte verflucht wurden (Matth. 11, 20–24). In Johannes 12,37 lesen wir: „Obwohl er aber so viele Zeichen vor ihnen getan hatte, glaubten sie nicht an ihn." Die Speisung der 5000 zeigt ebenfalls deutlich, daß dieses wunderbare Zeichen nicht die Gewissen der Menschen erreicht hatte. Der Herr sagte der Ihm folgenden Volksmenge: „Ihr suchet mich, nicht weil ihr Zeichen gesehen, sondern von den Broten gegessen habt und gesättigt worden seid" (Joh. 6,26).

Die Menschenmengen in Lystra, die die Heilung des Lahmen erlebt hatten und von Paulus und Barnabas so begeistert waren, daß sie ihnen opfern wollten, hoben wenige Tage später Steine auf, um diese beiden Männer zu töten (Ap. 14, 8–19). Weder die Zeichen und Wunder anläßlich des Auszugs aus Ägypten und während der Wüstenreise haben die Herzen der Israeliten verändert, noch die Wunder, die von Elia und Elisa gewirkt wurden. Das Neue Testament macht besonders durch die Geschichte des reichen Mannes im Hades deutlich, daß selbst eine Totenauferweckung nicht die Vorurteile und Verhärtung der Menschen überwindet: „Wenn sie Moses und die Propheten nicht hören, so werden sie auch nicht überzeugt werden, wenn jemand aus den Toten aufersteht" (Luk. 16,31). Sind durch die Auferweckung Lazarus und durch die Auferstehung des Herrn Jesus die Vorurteile der Schriftgelehrten und Pharisäer überwunden worden?

Wirkliche und bleibende Erweckung geht einzig und allein davon aus, daß das Wort Gottes von gottesfürchtigen Menschen in aller Deutlichkeit und ohne Abstriche verkündigt wird. Die Erweckungen im Alten Testament unter Josaphat, Hiskia, Josia, Esra und Nehemia z.B. sind ein überzeugender Beweis dafür. Ebenso sind die Erweckungen in den vergangenen 500 Jahren ein deutliches Zeugnis dafür, daß durch ein unverkürzt verkündigtes Evangelium die Herzen verändert werden. Nach wie vor gilt der Grundsatz Gottes: „Also ist der Glaube aus der Verkündigung, die Verkündigung aber durch Gottes Wort" (Rö. 10,17).

Natürlich ist es in der Missionsgeschichte hier und da geschehen, daß der Bann eines Götzen durch ein offensichtliches Wunder vernichtet und dem Evangelium dadurch die Bahn gebrochen wurde. Das geschieht auch heute in besonderen Missionssituationen. Tatsache ist aber ebenso, daß der gesegnete Dienst der meisten Pioniermissionare wie H. Taylor, C.T. Studd, A. Judson und J. Paton eben nicht mit zeichenhaften Wundern für die Ungläubigen verbunden war. Paulus macht in 1. Kor. 1,21–23 deutlich, daß es Gott gefallen hat, die Menschen weder durch die Sinne beeindruckende Zeichen und Wunder noch durch besonders philosophische, hochgeistige Gedankengänge von ihrer Sünde zu überführen:

> „...so gefiel es Gott wohl, durch die Torheit der Predigt die Glaubenden zu erretten; da sowohl Juden Zeichen fordern, als auch Griechen Weisheit suchen; wir aber predigen Christus als gekreuzigt, den Juden ein Ärgernis, und den Nationen eine Torheit; den Berufenen selbst aber, sowohl Juden als Griechen, Christus, Gottes Kraft und Gottes Weisheit" (1. Kor. 1, 21–24).

Zeichen und Wunder nehmen keine Vorurteile weg.

> „Obwohl er aber so viele Zeichen vor ihnen getan hatte, glaubten sie nicht an ihn (Joh. 12,37)."

Der Herr nennt die „glückselig, die nicht gesehen und geglaubt haben" (Joh. 20,29) und spricht ein vernichtendes Urteil über die Philosophie, die hinter „power evangelism" steckt:

> „Ein böses und ehebrecherisches Geschlecht begehrt ein Zeichen, und kein Zeichen wird ihnen gegeben werden, als nur das Zeichen Jonas, des Propheten (Matth. 12,39)."

Die Berichte der Bibel zeigen deutlich, daß Zeichen und Wunder die Menschen eine kurze Zeit lang oberflächlich begeistern können, daß diese Begeisterung aber in Haß umschlägt, wenn die Wundersucht der Menschen nicht mehr gestillt wird, oder die Menschen Worte hören, die ihren Egoismus und ihr böses Herz aufdecken.

Leider wird in den oft großartigen Berichten der heutigen „Power-Evangelisten" nichts von der Enttäuschung und Verhärtung derer erzählt, die als Kranke mit großen Erwartungen zu den Heilungs-Veranstaltungen kommen und trotz aller „Weissagungen" und Handauflegungen genauso krank und zudem noch verbittert diese Versammlungen verlassen. Wie oft wurde in der Vergangenheit der Zynismus und die Vorurteile von Ungläubigen durch diese Art „Power evangelism" genährt. Menschen die ihre Sinne durch Zeichen und Wunder beeindrucken lassen, stehen außerdem in großer Gefahr, der Faszination der Zeichen und Wunder der für die Endzeit angekündigten falschen Propheten und des Antichristen zu erliegen.

Die folgenden drei Bibelstellen über Zeichen und Wunder sollten uns äußerst vorsichtig und kritisch aller Art von Veranstaltungen gegenüber werden lassen, die mit Zeichen und Wundern Reklame machen:

> „Denn es werden falsche Christi und falsche Propheten aufstehen und werden große Zeichen und Wunder tun, um so, wenn möglich, auch die Auserwählten zu verführen (Matth. 24,24)."

> „...ihn (der Gesetzlose), dessen Ankunft nach der Wirksamkeit des Satans ist, in aller Macht und allen Zeichen und Wundern der Lüge..." (2. Thess. 2,9)

> „...und es (das Tier = der falsche Prophet) tut große Zeichen, daß es selbst Feuer vom Himmel auf die Erde herabkommen läßt vor den Menschen; und es verführt, die auf der Erde wohnen wegen der Zeichen, welche vor dem Tier zu tun ihm geboten wurde." (Offbg. 13, 13–14)

Schlußfolgerungen

1. Gott kann heute wie in allen vergangenen Zeiten Wunder tun, die Seinem souveränen Willen entsprechen und in den meisten Fällen die Antwort Gottes auf anhaltendes, vertrauendes Gebet der Gläubigen sind.

2. Gottes übernatürliches Eingreifen wie z.B. Krankenheilung, materielle Versorgung usw., kann aber nicht als Zeichen im Sinn von Mark. 16, 17 +20 und 2. Kor. 12,12 (Zeichen der Apostel) bezeichnet werden.

3. Wir können Gottes Wunder nicht herausfordern, wie es z.B. bei vielen Totenauferweckungsversuchen vergeblich versucht wurde, sondern nur demütig darum bitten, wenn diese Bitte dem Willen Gottes entspricht.

4. Der Zusammenhang der Bibel und das Studium der Kirchengeschichte zeigen deutlich, daß zeichenhafte Wunder nicht zu allen Zeiten, sondern in besonderen Umständen und zu Beginn neuer Heilszeiten geschahen. Daher ist die Behauptung, daß auch heute unsere Evangelisationen von Zeichen und Wundern begleitet werden sollten, als unbiblisch abzulehnen.

5. Zeichen und Wunder sind nicht die von Gott geplanten Mittel, um Menschen zum lebendigen Glauben zu bringen. Für uns gilt nach wie vor Rö. 10, 17.

6. Wunder Gottes haben niemals Show-Charakter und sollten nicht zu Propagandazwecken eingesetzt werden.
7. Da Zeichen und Wunder für die Endzeit als Werke falscher Propheten vorausgesagt wurden, ist äußerste Vorsicht geboten. Männer, die Zeichen und Wunder zum Markenzeichen ihres Dienstes machen, stehen unter dem Verdacht, falsche Propheten zu sein.
8. In Zeiten, wo Gott seine Macht durch Zeichen und Wunder offenbarte, richtete Gott auch zeichenhaft Sünde im Volk Gottes. Würde Gott heute wie damals in der Apostelgeschichte Heuchelei sofort mit dem Tod richten (vgl. Ananias und Sapphira, Apg. 5,1–11), wären unsere Gemeinden ausgestorben. Dann hätte die säkulare Presse kein Material mehr, um spöttische, sensationelle Artikel über das Doppelleben bekannter Fernsehevangelisten und sonstiger christlicher Persönlichkeiten zu schreiben.

Literaturempfehlung:

B. Peters: „Zeichen und Wunder", Schwengeler Verlag
H.L. Heijkoop: „Gebetsheilungen, Zungenreden, Zeichen und Wunder im Lichte der Schrift", E. Paulus Verlag

9

„Ruhen im Geist"

In den letzten Jahren ist auf charismatischen Versammlungen ein Phänomen besonders bekannt geworden, welches man „Ruhen im Geist", „Erschlagen (,hingestreckt') vom Geist" oder „Fallen unter die Kraft" genannt hat. Obwohl behauptet wird, daß dieses Phänomen aus der Kirchengeschichte bekannt sei[1], kann man diese These nicht mit Beispielen belegen, denn die Ohnmachtsanfälle in den Erweckungsversammlungen von Wesley, Whitefield, oder auch der mittelalterlichen Bußprediger wie z.B. Tauler, hatten andere Ursachen und wurden anders gedeutet. Als biblische Belege für das „Umfallen" werden folgende Personen genannt:

Hesekiel (Hes. 1,28), Daniel (Dan. 8,17; 10, 8–9), die Soldaten bei der Gefangennahme (Joh. 18,6), die Jünger auf dem Berg der Verklärung (Matth. 17,6), die Wachsoldaten am Grab Jesu (Matth. 28,4), Johannes auf Patmos (Offb. 1,17)

Wenn auch zu Beginn der Pfingstbewegung des öfteren die Menschen „umfielen", so ist dieses Phänomen in der jüngeren Vergangenheit durch die Veranstaltungen von Kathryn Kuhlman, Kim Kollins, Reinhard Bonnke und John Wimber einer breiten Öffentlichkeit bekannt geworden.

John Wimber beschreibt das „Umfallen" so:

> „Dieses Phänomen, daß Menschen umfallen und manchmal mehrere Stunden auf dem Rücken oder auf dem Bauch liegenbleiben, kennen wir nicht nur aus vielen Berichten der Kirchengeschichte, sondern es tritt auch heute häufig auf. Die meisten Menschen verspüren dabei ein Gefühl der Ruhe und großer Gelassenheit in bezug auf ihre Lebensumstände. Gewöhnlich lassen sich nachträglich weder positive noch negative Auswirkungen feststellen. Gelegentlich kann der Zustand zwölf bis achtundvierzig Stunden anhalten; in solchen Fällen wird von Menschen berichtet,

daß sie eine tiefgehende geistliche Veränderung erlebt haben. Dramatisch kann es sein, wenn ein Pastor oder ein geistlicher Leiter in dieser Weise umfällt; manche scheinen regelrecht vom Geist auf ihr Angesicht geworfen zu werden und bleiben dann auf dem Bauch liegen. Es hat auch einige Fälle gegeben, bei denen ein Pastor etwa eine Stunde lang rhythmisch seinen Kopf auf den Boden geschlagen hat. (Merkwürdigerweise scheint dies weder Kopfschmerzen noch irgendwelche Schäden hervorzurufen.) Die Veränderungen, die einer solchen Erfahrung folgen, können sehr groß sein. Es scheint, als ob gerade Pastoren durch dieses Erlebnis neue Vollmacht und Wirksamkeit für ihren Dienst empfangen."[2]

Allerdings fallen die Menschen nicht – wie Wimber schildert – „auf den Bauch", sondern fast ausschließlich auf den Rücken. Viele bezeugen, daß sie in diesem Zustand Visionen bekommen, in einem „Zustand der Glückseligkeit ruhen", in Zungen reden oder mit neuer Kraft für ihren Dienst erfüllt werden. Manche brechen auch in das sogenannte „heilige Lachen" aus.

Häufig fallen Menschen um, nachdem ihnen die Hände aufgelegt wurden oder es zu einem anderen Körperkontakt mit entsprechenden Personen gekommen ist. Andere fallen um, wenn sie – wie in Frankfurt auf der „Feuer-Konferenz" – durch das Mikrofon „angeblasen" werden. R. Bonnke berichtet, daß auf seinen Großevangelisationen oft Tausende innerhalb weniger Sekunden im Augenblick ihrer „Geistestaufe" oder einer „Geistausgießung" zu Boden fallen und hat Bilder veröffentlicht, auf denen zu sehen ist, wie Tausende in einem chaotischen Durcheinander auf dem Boden liegen.

Meist werden auf solchen Versammlungen Helfer eingesetzt, um die Umfallenden aufzufangen und hinzulegen, sodaß die Bühnen mancher Veranstaltungen ein merkwürdiges Bild vermitteln. Es kommt vor, daß auch der Verkündiger, oder sein Übersetzer „vom Geist erschlagen" wird.

J. Buckingham schreibt in seiner Biographie über Kathryn Kuhlman:

„Eines Sonntagnachmittags im Shrine-Auditorium rief Kathryn alle Geistlichen – Katholiken, Protestanten und Juden – aufs Podium. Fast 75 Personen kamen ihrer Aufforderung nach und stellten sich zu ihr aufs Podium. Zweimal streckte sie die Hand aus, einmal rechts und einmal links, und alle diese Männer fielen zu Boden, übereinandergestapelt wie ein Stoß Holz. In Miami, Florida, ging sie einmal mitten durch den Chor, um mit denen zu beten, die sie berühren konnte, und fast 400 Menschen sanken ‚unter der Kraft' zu Boden."[3]

Buckingham berichtet auch, daß in seiner Gemeinde der Film über den „Weltkongreß über den Heiligen Geist" (1974 in Jerusalem) gezeigt wurde, welcher mit einem längeren Ausschnitt über einen Heilungsgottesdienst mit Kathryn Kuhlman schloß. Als nach dem Film die Anwesenden aufgefordert wurden, sich zum Gebet zu erheben, hörte man plötzlich Stühle rutschen und Menschen zu Boden fallen:

> „Ich öffnete die Augen und sah, daß fast ein Drittel der Gemeinde – so schien es – auf dem Boden lag oder auf Stühle hingesunken war – unter der Kraft. Dies war eine der gewaltigsten Demonstrationen der latenten Kraft des Heiligen Geistes, die ich je miterlebte."[4]

Obwohl das „Umfallen" häufig innerhalb der katholisch-charismatischen Bewegung geschieht (besonders durch den Dienst von Kim Kollins und Francis MacNutt), kamen warnende Stimmen erstaunlicherweise gerade aus diesem Lager. Kardinal Suenens, der „Vater" der katholisch-charismatischen Bewegung, hat dieses Phänomen sehr kritisch beurteilt und die katholische Erneuerungsbewegung eindringlich als einem parapsychologischen Phänomen davor gewarnt.[5] Der Psychoanalytiker Karl Guido Rey, Mitglied des Leitungsteams der charismatischen Erneuerung in der katholischen Kirche der deutschsprachigen Schweiz, kommt in seinem Buch „Gotteserlebnisse im Schnellverfahren" zu folgender Beurteilung:

> „Das Ruhen im Geist schließt die Gefahr mehrfacher Täuschung in sich. Man glaubt sich Gott hinzugeben, während man sich einem Menschen ausliefert. Man entfesselt Gefühle für Gott, die aber im Menschlichen stehenbleiben. Man meint Gott zu erfahren, während man sich in einer seelischen Regression an eigener Lust freut. Man glaubt, vom Heiligen Geist umgeworfen zu sein, während man sich massenpsychologischen Mechanismen unterzogen hat. Man glaubt, sich in die sichere Hand Gottes fallen zu lassen, während man Gefahr läuft, sich in den intimsten und empfindsamsten Regungen seines Herzens menschlich mißbrauchen zu lassen."[6]

Was lehrt die Bibel

Die wenigen biblischen Beispiele von Menschen, die auf den Rücken fielen, machen deutlich, daß es sich um ein Zeichen des Gerichtes über diese Personen handelt. Der Hohepriester Eli, dessen Gericht schon in 1. Sam. 2 angekündigt wurde, starb, indem er rückwärts von seinem Stuhl fiel und sich das Genick brach (1. Sam. 4,18). In Jes. 28 wurde das Gericht über die Propheten und Priester Ephraims angekündigt, die in einem unnüchternen Zustand („sie wanken beim Gericht, schwanken beim Rechtsprechen") ihren Dienst taten. Ihnen wurde prophezeit, daß sie rücklings fallen und zerschmettert und verstrickt und gefangen würden (Jes. 28,13). Auch die Schar derer, die Jesus gefangen nehmen wollten, „wichen zurück und fielen zu Boden" (Joh. 18,6), nachdem der Sohn Gottes „Ich bin's" gesagt hatte. Auch hier wird deutlich, wie Gott ihnen auf diese Weise ihre Hilflosigkeit und Ohnmacht deutlich macht.

Menschen, die von der Größe und Heiligkeit Gottes ergriffen, anbetend vor Ihm niederfallen, fallen ausnahmslos auf ihr Angesicht und nicht auf den Rücken. Sie wenden ihr Angesicht von der Herrlichkeit Gottes ab, sie „bedecken" sich gleichsam in der Gegenwart Gottes:

Abram
„Da fiel Abram auf sein Angesicht, und Gott redete mit ihm."(1. Mose 17,3)

Mose
„Da verbarg Mose sein Angesicht, denn er fürchtete sich, Gott anzuschauen."(2. Mose 3,6)

Das Volk Israel
„...Und das ganze Volk sah es, und sie jauchzten und fielen auf ihr Angesicht." (3. Mose 9,24)

Bileam
„...Und er neigte sich und warf sich nieder auf sein Angesicht." (4. Mose 22,31)

Elia
„Und es geschah, als Elia es hörte, da verhüllte er sein Angesicht mit seinem Mantel, und er ging hinaus..." (1. Kö. 19,13)

Hesekiel
„Und als ich es sah, fiel ich nieder auf mein Angesicht." (Hes. 1,28)

Daniel
„Und als er mit mir redete, sank ich betäubt auf mein Angesicht zur Erde." (Dan. 8,18)

Der geheilte Aussätzige
„Und er fiel auf sein Angesicht zu seinen Füßen und dankte ihm." (Luk. 17,16)

Die Engel, Ältesten und vier „lebendigen Wesen"

„...Und sie fielen vor dem Thron auf ihre Angesichter und beteten Gott an..." (Offb. 7,11)

Auch von dem Ungläubigen, der in eine Zusammenkunft der Christen kommt und dort von dem Geist Gottes überführt wird, heißt es: „...Und also, auf sein Angesicht fallend, wird er Gott anbeten und verkündigen, daß Gott wirklich unter euch ist."(1. Kor. 14,25)

Diese kleine Auswahl von Bibelstellen zeigt, daß Menschen in der Gegenwart Gottes auf ihr Angesicht fallen und nicht wie in vielen charismatischen Versammlungen auf den Rücken, wo sie manchmal in einer derart unanständigen Weise liegen, daß Schwestern beauftragt werden müssen, die Röcke der „Umgefallenen" zurechtzuziehen. Sollte das nötig sein, wo der Heilige Geist wirkt?

A. Seibel hat in seinem Artikel „Wie ist das Fallen auf den Rücken biblisch einzuordnen?" auf einen Aspekt hingewiesen, den man in diesem Zusammenhang überdenken sollte:

> „Der Teufel als der ‚Affe Gottes' wirkt oft genug das Gegenteil des Heiligen Geistes. So ist es bekannt, daß in Satanszirkeln als lebendige Altäre die Menschen (gewöhnlich Frauen) auf dem Rücken liegen. Es bedeutet dies Aufdecken der Blöße vor Gott. Deswegen durfte im AT der Altar nicht auf Stufen errichtet werden: ‚Du sollst nicht auf Stufen zu meinem Altar hinaufsteigen, daß nicht deine Blöße aufgedeckt werde vor ihm' (2. Mose 20,26). Der Mensch, der sich vor Gott aufs Angesicht wirft, bedeckt seine Blöße. Wer aber auf dem Rücken liegt, deckt sie auf. Es ist der Geist des Widersachers, der den Menschen entblößt (Offb. 16,15), nie und nimmer aber ist so etwas das Wirken des Heiligen Geistes."[7]

Schlußfolgerungen

1. Das „Ruhen im Geist" kann mit der Bibel nicht belegt werden. Im Gegenteil — die wenigen Beispiele in der Bibel sind alle negativ, d.h. Zeichen des Gerichtes Gottes.
2. Wenn dieses Phänomen nicht vom Geist Gottes bewirkt ist, dann bleiben folgende Möglichkeiten offen:
- es ist ein Ergebnis der Suggestion, Manipulation oder Gruppendynamik,
- es wird bewußt „gemacht", ist also eine Sache der Show und damit der Unredlichkeit,
- es sind okkulte Kräfte am Werk und bemächtigen sich der Menschen, die sich durch Passivität dem Einfluß dämonischer Mächte

– öffnen. Sicher sollte man vorsichtig im Urteil sein und nicht sofort von Besessenheit reden, wenn Menschen „umgefallen" sind. Aber andererseits sollte man auch bedenken, daß Satan letztlich auch die Gesetze der Suggestion und Gruppendynamik zu seinem Vorteil nutzt.

Bekanntlich wurde die erste große Erweckungsbewegung in Deutschland ausgelöst durch Speners Schrift: „Pia desideria". Diese Schrift beginnt mit dem Zitat aus Jer. 9,1:

> „O daß mein Haupt Wasser wäre und mein Auge ein Tränenquell, so wollte ich Tag und Nacht beweinen die Erschlagenen der Tochter meines Volkes!"

Heute werden die „Erschlagenen" nicht beweint, sondern als Beweise der Wirksamkeit des Heiligen Geistes gewertet. Damit wird deutlich, wie weit wir von einer biblischen Erweckung entfernt sind.

Literaturempfehlung:

A. Seibel: „Die sanfte Verführung der Gemeinde", Verlag der Ev. Gesellschaft, Wuppertal.

10

„Positives Denken"/ „Denken in Möglichkeiten"

„Die Kraft positiven Denkens" – dieses weitverbreitete Buch von Norman Vincent Peale hat das „Positive Denken" in Deutschland zuerst bekannt gemacht. N.V. Peale studierte an der Universität in Boston Theologie und war zuletzt Pastor der Marble Collegiate Church in New York. Mit dem Psychiater Dr. S. Blanton, einem Schüler und Mitarbeiter Freuds, gründete Peale das „Institut für Religion und Gesundheit", über welches Peale urteilt: „Diese Organisation darf als Verdienst in Anspruch nehmen, die langjährige Feindschaft zwischen Religion und Psychiatrie begraben zu haben."[1] N.V. Peale hat 25 Bücher geschrieben, von denen einige eine große Verbreitung unter den Evangelikalen gefunden haben. Auch in Deutschland wurde eines seiner Bücher in einem bekannten evangelikalen Verlag herausgegeben. Trotz dieser Tatsache kann der New Yorker Pfarrer und Autor auch nicht im weitesten Sinn zu den Evangelikalen gerechnet werden. Er selbst macht kein Geheimnis daraus, daß er die Notwendigkeit der Wiedergeburt im Sinne des NT verneint und berichtet, daß er in einem Shinto Tempel in Japan „ewigen Frieden" für seine Seele gefunden hat[2].

Peales Theorien sind – laut Charles Braden – einmal von seinem eigenen Vater treffend beschrieben worden:

> „Du hast eine neue christliche Bewegung entwickelt, die ihr Gewicht hat und die eine Mischung ist aus Bewußtseinswissenschaft, Metaphysik, Christlicher Wissenschaft, medizinischer und psychologischer Praxis, dem Evangelium der Baptisten, dem Zeugnis der Methodisten und einem soliden holländisch-reformierten Calvinismus."[3]

So ist es auch naheliegend, daß Peale freundschaftliche Beziehungen zu den Mormonen, zur Christlichen Wissenschaft und zu anderen Sekten pflegt. Offensichtlich ist das Denken Peales entscheidend von dem Schriftsteller Ralph Waldo Emerson (1803 – 1882) beeinflußt worden, auf dessen Schriften Peale immer wieder hinweist:

„Drei Männer haben entscheidenden Einfluß auf die Denkweise des amerikanischen Volkes genommen: Emerson, Thoreau und William James. Wenn man den amerikanischen Geist bis in die heutigen Tage verfolgt, stellt man immer wieder fest, daß der wahre Geist der Pioniere, der sich nie durch irgendwelche Hindernisse und Schwierigkeiten einschüchtern ließ, stark von der positiven Philosophie dieser drei Männer beeinflußt worden ist. Einer der fundamentalen Grundsätze Emersons besagt, daß der menschliche Geist mit göttlicher Kraft erfüllt werden kann; William James betonte, daß der stärkste Faktor bei jedem Unternehmen der Glaube daran ist, und Thoreau wußte, daß wir mit unserer Vorstellungskraft ein lebendiges Bild des erstrebten Zustandes in unserem Geist wachhalten."[4]

Emerson wird in der Philosophie und Theologie als „Transzendentalist" bezeichnet, der die „Quelle des Göttlichen im Inneren des Menschen" sieht und dessen „Vertrauen auf die Göttlichkeit der eigenen Natur" der Kernpunkt seiner Lebensanschauung ist. „Denn das Wesen unseres Ich, unseres Geistes, ist ja göttlich. Wir finden in uns selbst das Sein, die Kraft Gottes, aus denen wir leben und handeln sollen."[5]

In seinen Büchern behandelt Emerson Themen wie „Selbstvertrauen" und „Die Überseele", die sich in Peales Schriften teilweise wiederfinden.

Peales Philosophie ist einfach und eindeutig:

„Glaube an Dich selbst! Habe Vertrauen in deine Fähigkeiten! ...Selbstvertrauen bringt Erfolg."[6]
„Glaube an deine eigenen, gottgegebenen Kräfte."[7]
„Eine große Bedeutung des Gebets liegt in der Fähigkeit, schöpferische Ideen hervorzubringen. In unserem Geist schlummern alle Quellen und Kräfte, die nötig sind, unser Leben erfolgreich zu gestalten."[8]

Die Bibelverse, die Peale und seine Schüler immer wieder als Belege für ihre Auffassungen zitieren, sind folgende:

„Dem Glaubenden ist alles möglich." (Mark. 9,23)
„Euch geschehe nach eurem Glauben." (Matth. 9,29)
„Nichts wird euch unmöglich sein." (Matth. 17,20)
„Alles vermag ich in dem, der mich kräftigt." (Phil. 4,13)

Robert Schuller und das „Denken in Möglichkeiten"

Während Napoleon Hill mit seinem Bestseller „Denke nach und werde reich" im säkularen Bereich besonders unter Geschäftsleuten das „Positive Denken" bekanntgemacht hat (siehe Kapitel „Visualisierung"), war es besonders Robert Schuller, der das „Positive Denken" unter Evangelikalen verbreitet hat. R. Schuller hat viel von Peale übernommen und scheint besonders mit ihm verbunden gewesen zu sein, denn Peale hat sowohl das Vorwort zu Schullers Buch: „Es gibt eine Lösung für jedes Problem" geschrieben, als auch die Eröffnungsrede in Schullers Kristallkirche gehalten. R. Schuller (geb. 1926) gilt heute als einer der bekanntesten Fernsehprediger in den USA. 1969 hatte Billy Graham ihn inspiriert und ermutigt, mit der Fernsehsendung „Die Stunde der Kraft" zu beginnen, die inzwischen jeden Sonntag von etwa 200 Fernsehsendern ausgestrahlt und von mehr als 3 Millionen Zuschauern gesehen wird. Am 2. April 1989 erschienen zum Jubiläum der tausendsten Fernsehsendung alle fünf lebenden Präsidenten und Expräsidenten der USA, ebenso Billy Graham, N.V. Peale und Mrs. Martin Luther King (jr.). Als besonderer Höhepunkt wurde ein Interview Schullers mit Mutter Theresa – „eine historische Begegnung" – ausgestrahlt. Billy Graham beendete seine Ansprache mit einem Lob auf Schuller und dessen Botschaft des „Denkens in Möglichkeiten" mit den Worten:

> „Bob, ich möchte dir danken und sagen: Gott segne dich, deine Familie und Mitarbeiter, deine Versammlung und jeden, der hinter dir steht. Mögest du noch viele weitere Jahre des Dienstes mit der ‚Stunde der Kraft' haben." (CIB-Bulletin, Mai 1989)

Einige der Bücher Schullers sind zu Bestsellern geworden und inzwischen teilweise auch in deutscher Sprache in den Verlagen Oesch, Ariston und Coprint erschienen. Auch im Wirtschaftsleben ist Schuller durch seine Vorträge über „Erfolgreiches Management" bekannt geworden und seine Philosophie scheint manche Unternehmen wie „Amway" inspiriert zu haben. R. Schuller studierte Psychologie und Theologie und baute die berühmte „Kristallkirche" (Crystal Cathedral) mit einem Kostenaufwand von mehr als 20 Mill. Dollar, die durch Spenden und den Verkauf von 11.000 Fenstern dieser Kirche finanziert wurde. Am 5.11.1961 wurde diese Kirche mit einer Predigt von N.V. Peale eröffnet. Obwohl R. Schuller gute Beziehungen zu bekannten Evangelikalen wie Billy Graham unterhält und seine Kirche das Reiseziel vieler Gemeindewachstumsgruppen ist, wird er von konservativen Evangelikalen als Irrlehrer abgelehnt. Das war besonders der Fall, nachdem sein Buch „Self-Esteem – The New Reformation" („Selbstliebe – Die neue Refor-

Spiel mit dem Feuer

mation") in einer Stückzahl von 250.000 Exemplaren kostenlos an Pfarrer, Gemeindeleiter usw. verschickt wurde. Laut Dave Hunt war der Präsident der „Napoleon Hill-Stiftung"(!) der Spender dieser Aktion.

Die in deutscher Sprache erschienenen Bücher Schullers scheinen auf den ersten Blick evangelikal zu sein, wenn man aber weiß, wie Schuller den Begriff „Glauben" definiert, erkennt man die Gefahr seiner Schriften:

> „Der Ausgangspunkt jeglichen Glaubens ist jenes besagte Samenkorn, das in Humusboden fällt; es ist eine Idee, die in Ihrem Kopf auftaucht, ein Gedanke, der wie ein Ei in ein Vogelnest gelegt wird... Ich glaube, daß nichts so gefährlich für die Wunder wirkende Kraft des Glaubens ist, wie der Mangel an Selbstvertrauen."[9]

> „Glauben Sie an Ihr Anliegen, Ihren großen Wunschtraum. Vertrauen Sie Ihrem Glauben, haben Sie Zweifel nur an Ihren Zweifeln!"[10]

Das Wort „Möglichkeit" ist für R. Schuller ein Wort, das „eine gewaltige Kraft hat" und einer der Schlüssel des Erfolgs, und das Wort „Unmöglichkeit" ist für ihn „unangenehm, ekelhaft, ja geradezu obszön" und hat einen „vernichtenden Effekt", wenn es „laut ausgesprochen" wird.[11]

Die folgenden Auszüge aus seinen Büchern zeigen, daß er eine Botschaft verkündigt, die den Menschen nach humanistischem Vorbild aufwertet und entsprechend den Herrn Jesus, Sein stellvertretendes Leiden und Sterben am Kreuz, abwertet. „Negative" Begriffe wie „Sünde", „Verlorenheit", „Unwürdigkeit" und „Selbstverleugnung" haben in seiner Philosophie keinen Platz.

> „Die allerernsteste Sünde ist der Gedanke, der mich veranlaßt zu sagen: ‚Ich bin unwürdig. Ich kann keinen Anspruch auf göttliche Sohnschaft haben, wenn all das Schlimme vor dir offengelegt ist.' Wenn eine Person erst einmal glaubt, daß sie ein ‚unwürdiger Sünder' ist, ist es zweifelhaft, daß sie wirklich ehrlich die rettende Gnade Gottes annehmen kann, die Gott in Jesus Christus anbietet."[12]

> „Jesus kannte seinen eigenen Wert, sein Erfolg stärkte sein Selbstbewußtsein... Er litt am Kreuz, um seine Selbstachtung zu heiligen. Und er trug das Kreuz, um auch Ihr Selbstbewußtsein zu heiligen. Und ebenso wird das Kreuz den Ego-Trip heiligen!"[13]

> „Wenn das Evangelium von Jesus Christus tatsächlich als eine

Theologie des Selbstwertgefühls verkündet werden kann, dann stellen Sie sich nur einmal vor, welche Gesundung es auf diese Weise in der Gesellschaft hervorbringen könnte!"[14]

„Während die Reformation im 16. Jahrhundert unser Interesse zurückführte auf die Heilige Schrift als die einzige unfehlbare Richtschnur für den Glauben und das tägliche Leben, wird die neue Reformation unser Interesse auf das heilige Recht eines jeden Menschen auf die Selbstwerterfahrung lenken!"[15]

Selbstwert – Selbstliebe – Selbstvergötterung

Wenn der Mensch kein Bewußtsein mehr von seiner Unwürdigkeit und von der Größe und Herrlichkeit Gottes hat, sondern von der eigenen Größe und dem eigenen Selbstwert fasziniert ist, dann ist der Schritt nicht mehr weit, daß er sich selbst vergöttert und anbetet. So äußerte Kenneth Copeland folgerichtig: „Sie haben nicht einen Gott, der in Ihnen lebt, nein, Sie sind selbst einer!"[16]

Wohin dieses irregeleitete Denken führt, zeigt anschaulich der folgende Auszug aus einer Predigt des Pfarrers Casey Treat, der im „Zentrum des christlichen Glaubens", Seattle, vor 3.500 Zuhörern verkündigte:

„Der Vater, der Sohn und der Heilige Geist hatten eine kleine Besprechung, und sie sagten: ‚Laßt uns Menschen machen, die eine exakte Kopie von uns sind.‘ Ich weiß ja nicht, wie es Ihnen dabei geht, aber mir geht das unter die Haut! Eine genaue Kopie Gottes! Sagen Sie das mal laut: ‚Ich bin eine genaue Kopie Gottes!‘ (Die Gemeinde wiederholt die Worte, zunächst noch versuchsweise und ein bißchen zaghaft.) Na, kommen Sie, sagen Sie es einmal! (Er führt den Sprechchor an.) ‚Ich bin eine Kopie Gottes!‘ Und noch einmal! ‚Ich bin eine genaue Kopie Gottes!‘ (Die Gemeinde wird langsam warm, sie spricht bei jeder Wiederholung lauter und mutiger, begeisterter.) Sagen Sie es so, wie Sie es meinen! (Mittlerweile schreit er schon.) ‚Ich bin eine genaue Kopie Gottes!‘ Schreien Sie es ruhig heraus! Rufen Sie es! (Die Leute schreien mit ihm im Chor.) ‚Ich bin eine genaue Kopie Gottes!‘ (oft wiederholt) ...Wenn Gott in den Spiegel sieht, dann sieht er mich! Wenn ich in den Spiegel sehe, dann sehe ich Gott! Oh, Hallelujah! ...Wissen Sie, manchmal sagen die Leute zu mir, wenn sie sauer sind und mir eins auswischen wollen... ‚Sie glauben wohl, Sie wären ein kleiner Herrgott!‘ Ja, danke! Hallelujah! Das haben Sie genau richtig verstanden! ‚Was glauben Sie eigentlich, wer Sie sind, etwa Jesus?' Jawohl! Hören Sie mich? ‚Laufen Sie denn hier alle herum wie die Götter?' Ja, warum eigentlich nicht? Gott hat mir das so gesagt! ...Und weil ich eine genaue Kopie Gottes bin, werde ich auch handeln wie Gott!"[17]

Ein neues Zeitalter?

Natürlich verträgt sich die Philosophie des „Positiven Denkens" und des „Denkens in Möglichkeiten" auch nicht mit den „negativen" Prophezeiungen der Bibel für die Endzeit. Sicherlich leugnen nicht alle Prediger des „Positiven Denkens" die Wiederkunft Jesu zur Entrückung der Gemeinde, aber die Zahl derer, die von einem jetzt schon anbrechenden Friedensreich träumen und predigen und sich damit in guter Gesellschaft mit den „New – Age"- Philosophen befinden, wird immer größer. Daß der „Abfall" und die „Trübsalszeit" mit allen Gerichten über die Christenheit und über den Antichristen dem Tausendjährigen Reich voraufgehen, wird als „durch und durch düstere Eschatologie" bezeichnet. So sagte Pfarrer Robert Tilton, mit dessen „Wort des Glaubens-Zentrum" in Dallas etwa 1.400 weitere Gemeinden per Satellit verbunden sind:

> „Ich sah es genauso deutlich wie ich jetzt diese Gemeinde vor mir sehe, und ich sah es auch nicht im Tausendjährigen Reich, sondern jetzt und hier... Wir sind eine mächtige Gruppe, und wir werden einmal nicht nur hinkend und gerade noch so eben (in das Reich Gottes) einziehen... Als Gott die Kinder Israel erlöste, wurden sie auch mit Silber und Gold beladen... Er hat uns die Macht gegeben, Wohlstand zu schaffen, und wir sehen jetzt schon, wie das geschieht... Ich sage Ihnen, wir leben in der großartigsten Stunde, die die Kirche jemals erlebt hat... Ich sage Ihnen, wir werden diese Stadt einnehmen, dieses Land und die ganze Welt mit der guten Nachricht... von Jesus Christus!"[18]

Der Pfarrer und Autor Earl Paulk erklärt noch deutlicher:

> „Als wir anfingen, davon zu reden, daß die Kirche... dastand und nur (dumm) in den Himmel hinaufstarrte und auf irgendeine dramatische Flucht aus dieser Erde heraus wartete, da schrien erst einige: ‚Ketzerei!' Aber... das Wort Gottes beweist, daß diese Erde des Herrn ist und daß die Herrschaft über sie die erste Aufgabe ist, welche die Kirche bewältigen muß... Schieben Sie die Traditionen beiseite und hören Sie, was der Geist Gottes heute der Kirche sagen will... Warten Sie nicht darauf, daß Sie in einer

‚Entrückung' gerettet werden! ...Wenn Sie Christus wieder auf diese Erde zurückbringen wollen, dann können Sie das selbst tun... JA, WIR KÖNNEN DAS MACHEN! Nehmen Sie sich die Zeit und schreiben Sie uns. Gott mobilisiert seine Armee."[19]

Wenn man die Theorien dieser Männer analysiert, kommt man zu dem Ergebnis, daß das „Positive Denken" die Ausgangsbasis für alle weiteren Theorien wie „Visualisierung", „Die Macht des gesprochenen Wortes" und dem „Wohlstandsevangelium" ist. Obwohl Männer wie Yonggi Cho und Reinhard Bonnke viel von Robert Schuller übernommen haben und mit ihm zusammenarbeiten – Schuller war Gastredner bei der „Feuerkonferenz" in Harare und hat das Vorwort zu Y. Cho's Buch „Die vierte Dimension" (amerikanische Ausgabe) geschrieben – so haben sich doch viele Pfingstgemeinden in den USA deutlich von diesen Lehren distanziert. So schreibt z.B. der Pfingstprediger David Wilkerson:

„Es gibt einen bösen Wind ...der in Gottes Haus hineinweht und viele seiner Auserwählten betrügt... Es liegt eine Verfälschung der Heiligen Schrift in dem Buch von Napoleon Hill: ‚Positives Denken und Reichwerden'. Dieses verdrehte Evangelium versucht, aus Menschen Götter zu machen. Man sagt ihnen: ‚Euer Schicksal liegt in der Macht eurer Gedanken... Erfolg, Glück, vollkommene Gesundheit, all das gehört euch, wenn ihr nur bereit seid, eure Gedanken schöpferisch einzusetzen'... Hier muß ein für allemal klargestellt werden, daß Gott seine Herrschaft nicht an die Macht unserer Gedanken abtreten wird, seien sie nun negativ oder positiv. Wir sollen nur nach der Gesinnung Jesu streben, und seine Gedanken sind nicht materialistisch, sie konzentrieren sich nicht auf Erfolg oder Reichtum. Die Gesinnung Jesu zielt nur auf die Verherrlichung Gottes und auf den Gehorsam gegenüber seinem Wort. Keine andere Lehre beachtet so wenig das Kreuz und die Verdorbenheit des menschlichen Geistes. Diese Lehre vom positiven Denken geht einfach über das Böse in unserer zerstörten alten menschlichen Natur hinweg. Sie wendet den Blick des Christen weg vom Evangelium Christi, von der ewigen Erlösung und konzentriert sich nur auf irdischen Gewinn. Ihr Heiligen Gottes, flieht vor diesen Gedanken!"[20]

Was lehrt die Bibel

Auch wenn führende Männer des „Positiven Denkens" die Bibel als „das bedeutendste Buch der Positiven Geisteshaltung" bezeichnen, wird jeder Bibelleser wissen, daß das Wort „positiv" nicht in der Bibel vorkommt. Schuller bezeichnet Jesus als „den Größten, der je zu positivem Denken und Leben führte"[21]. Dennoch wird jeder, der die Evangelien gelesen hat, bezeugen können, daß Jesus Christus mindestens ebenso viele „negative" Worte der Ermahnung, Warnung und des Gerichtes ausgesprochen hat, wie Worte der Aufmunterung, Tröstung und Verheißung. Daher wird Jesus Christus im NT nicht als der „Positive", sondern als „Treu und Wahrhaftig" (Offb. 19,11) bezeichnet. Deswegen finden wir folgende Aufforderung in der Bibel, die nicht mit „positiv", sondern mit „wahr" beginnt:

> „Übrigens, Brüder, alles was wahr, alles was gerecht, alles was rein, alles was lieblich ist, alles was wohllautet, wenn es irgend eine Tugend und wenn es irgend ein Lob gibt, dieses erwäget."(Phil. 4,8)

Timotheus wird von Paulus aufgefordert: „Überführe, strafe, ermahne mit aller Langmut und Lehre" (2. Tim. 4,2; vgl. 1. Tim. 5,20), und an vielen weiteren Stellen werden wir aufgefordert, zu prüfen, zu beurteilen und zu richten. Das heißt nun nicht, daß wir unseren Mitmenschen mit einer „negativen" Einstellung begegnen sollen, sondern mit einer liebevollen Haltung, die sich aber „nicht über die Ungerechtigkeit, sondern mit der Wahrheit freut" (1.Kor. 13,6) und ansonsten die in diesem Kapitel beschriebenen Charakterzüge der göttlichen Liebe zeigt.

Selbstvertrauen?

Die zahllosen Appelle von N.V. Peale und R. Schuller, das Selbstvertrauen zu stärken und an sich selbst zu glauben, zeigen, daß diese Männer grundlegende Wahrheiten der Bibel ignorieren. Die Bibel lehrt nicht, daß der Mensch „wunderbar", „gut" oder „göttlich" ist, oder sonst irgendetwas besitzt, auf das er vertrauen könnte.

> „Alle sind abgewichen, sie sind allesamt untauglich geworden; da ist keiner, der Gutes tue, da ist auch nicht einer." (Rö. 3,12)

Genau das, was R. Schuller als den „Ruin der Kirche" bezeichnet, ist die erste Voraussetzung, um gerettet zu werden: Der Mensch muß anerkennen, daß er als Sünder unwürdig und unfähig ist, irgendetwas zu tun, was Gott gefallen könnte.

Das Urteil der Bibel über den Menschen ist:

- kraftlos (Rö. 5,6),
- gottlos (Rö. 5,6),
- Sünder (Rö. 5,8),

– Feind Gottes (Rö. 5,10)
– „tot in Sünden und Übertretungen" (Eph. 2,1).

Erst dann, wenn der Mensch mit dem Bekenntnis zu Gott kommt „Vater, ich habe gesündigt gegen den Himmel und vor dir, ich bin nicht mehr würdig, dein Sohn zu heißen" (Luk. 15,18) – und damit laut Schuller die „allerernsteste Sünde" begeht – , ist die Voraussetzung da, daß Gott ihn rechtfertigen kann.

Sich selbst lieben?

Die Worte Jesu zu diesem Thema sind so deutlich, daß man sich nur wundern kann über die Zustimmung, welche die Vorträge und Bücher über „Selbstliebe" finden, in denen man versucht, die unmißverständlichen Worte Jesu auf den Kopf zu stellen. Da es inzwischen einige bibelorientierte Bücher zu diesem Thema gibt, möchte ich mich darauf beschränken, den Worten Schullers die Worte unseres Herrn gegenüberzustellen.

Robert Schuller:

„Die Liebe zu sich selbst ist die Krönung des Selbstwertgefühls. Sie ist eine erhebende Empfindung der Selbstachtung... ein bleibender Glaube an sich selbst, die aufrichtige Überzeugung vom eigenen Wert. Sie entsteht durch die Selbstentdeckung, die Selbstdisziplin, die Vergebung sich selbst gegenüber und die Annahme des eigenen Ichs. Und sie bringt Selbstvertrauen und eine innere Sicherheit hervor, die uns eine tiefe Ruhe gibt."[21]

Jesus Christus:

„Wer irgend mir nachkommen will, verleugne sich selbst und nehme sein Kreuz auf und folge mir nach." (Mark. 8,34)

„Wenn jemand zu mir kommt und haßt nicht seinen Vater und seine Mutter und seine Frau und seine Kinder und seine Brüder und seine Schwestern, dazu aber auch sein eigenes Leben, so kann er nicht mein Jünger sein; und wer nicht sein Kreuz trägt und mir nachkommt, kann nicht mein Jünger sein." (Luk. 14, 27–28)

„Wer sein Leben liebt, wird es verlieren; und wer sein Leben in dieser Welt haßt, wird es zum ewigen Leben bewahren." (Joh. 12,25)

An sich selbst glauben?

Man sträubt sich fast gegen die Notwendigkeit, zu dieser These der „positiven Denker" Stellung zu nehmen. Gäbe es einen einzigen Grund, auf sich selbst zu vertrauen oder an sich selbst zu glauben, dann hätten wir keinen Heiland und Erlöser nötig, der uns zuruft:

> „Wer an den Sohn glaubt, hat ewiges Leben; wer aber dem Sohn nicht glaubt, wird das Leben nicht sehen, sondern der Zorn Gottes bleibt auf ihm." (Joh. 3,36)

> „Wer mein Wort hört und glaubt dem, der mich gesandt hat, hat ewiges Leben und kommt nicht in das Gericht, sondern er ist aus dem Tode in das Leben hinübergegangen." (Joh. 5,24)

> „Wer an mich glaubt, hat ewiges Leben." (Joh. 6,47)

Die Psalmen sind voll von Gebeten Davids und anderer Männer, die davon zeugen, daß sie auf Gott vertrauten, weil sie kein Vertrauen zu sich oder zu anderen Menschen hatten.

> „Nur auf Gott vertraut still meine Seele, von ihm kommt meine Rettung. Nur er ist mein Fels und meine Rettung, meine hohe Feste; ich werde nicht viel wanken." (Ps. 62,1–2)

> „Es ist besser, auf den Herrn zu vertrauen, als sich zu verlassen auf den Menschen." (Ps. 118,8)

> „Herr der Heerscharen! Glückselig der Mensch, der auf dich vertraut!" (Ps. 84,12)

Wenn es auch nur einen Grund gäbe, auf sich selbst zu vertrauen, dann sollten wir aufhören mit jeder Art von Evangelisation und statt dessen Psychologen ausbilden, mit dem Ziel, das Selbstvertrauen der Menschen zu stärken. Jahrhundertelang haben die Christen mit aller Deutlichkeit die biblische Botschaft gepredigt, daß ein Sünder erst gerettet werden kann, wenn er mit seinem Vertrauen auf sich am Ende ist, wenn er von seiner völligen Verlorenheit überzeugt ist. War Paulus ein Psychopath, als er sich selbst als den größten Sünder bezeichnete?

> „Das Wort ist gewiß und aller Annahme wert, daß Christus Jesus in die Welt gekommen ist, Sünder zu erretten, von welchen ich der erste bin." (1. Tim. 1,15)

War Martin Luther nicht auf der Höhe seiner Geisteskraft, als er sich selbst einen „elenden Madensack" nannte und in seinen Liedern seine Ohnmacht und Erlösungsbedürftigkeit ausdrückte? Haben sich Männer wie John Bunyan, John und Charles Wesley, George Whitefield, John Newton, C.H. Spurgeon und viele andere geirrt, wenn sie in ihren Predigten, Liedern und Büchern den Wert der Stunde beschrieben haben, in der die unbegreifliche Gnade Gottes sie aus dem Sumpf der Verlorenheit gerettet hat? Hatte Sören Kierkegaard ein falsches Bild von sich, als er als junger Student unter seiner Sündenlast zusammenbrach, die Gnade Gottes im Glauben ergriff und später schrieb:

> „Vor allem gibt es etwas, wovon du nicht weißt, sondern was du dir sagen lassen mußt, und was du glauben sollst: Du bist in Sünde empfangen, in Übertretungen geboren; du bist von Geburt an ein Sünder, in der Gewalt des Teufels; falls du in diesem Zustande bleibst, ist dir die Hölle sicher. Da hat Gott in unendlicher Liebe eine Veranstaltung zu deiner Erlösung getroffen, hat seinen Sohn geboren werden, leiden und sterben lassen. Glaubst du das, dann wirst du ewig selig. Dies wird dir verkündigt, diese frohe Botschaft."[22]

Gottes Wort hat ein unmißverständliches Urteil über den Menschen, der auf sich vertraut:

> „Wer auf sein Herz vertraut, der ist ein Tor." (Spr. 28,26)

Sind wir „kleine Götter"?

Auch mit dieser Behauptung wird eine biblische Wahrheit bis zur Unkenntlichkeit verzerrt. Die Bibel lehrt, daß wir Geschöpfe Gottes sind, die aufgrund der Sünde unter der Herrschaft des Teufels stehen und keine Verbindung zu Gott haben.

> „Daher sage ich euch, daß ihr in euren Sünden sterben werdet; denn wenn ihr nicht glauben werdet, daß ich es bin, so werdet ihr in euren Sünden sterben." (Joh. 8,24)

> „Ihr seid aus dem Vater, dem Teufel, und die Begierden eures Vaters wollt ihr tun." (Joh. 8,44)

Diejenigen, die ihre Verlorenheit erkennen, ihre Sünden bekennen und an Jesus Christus als ihren Stellvertreter und Herrn glauben, dürfen folgende Verheißungen in Anspruch nehmen:

– Sie sind „Kinder Gottes" (Joh. 1,12; 1. Joh. 3,1),
– sie sind „aus Gott geboren" (1. Joh. 3,9),
– sie haben „ewiges Leben" (Joh. 3,16),
– sie haben den „Geist der Sohnschaft" empfangen (Rö. 8,15),
– sie sind „Erben Gottes und Miterben Jesu Christi" (Rö. 8,17),

– sie „erwarten die Sohnschaft: die Erlösung unseres Leibes" (Rö. 8,23).

Unter all den wunderbaren Verheißungen, die wir bekommen haben, findet sich keine, daß wir „kleine Götter" oder „Gott" selbst sind und über schöpferische Kräfte verfügen. Von dem „Sohn des Verderbens", dem „Mensch der Sünde", der in den Johannesbriefen als der „Antichrist" bezeichnet wird, lesen wir, daß er „sich selbst erhöht über alles, was Gott heißt oder ein Gegenstand der Verehrung ist, sodaß er sich in den Tempel Gottes setzt und sich selbst darstellt, daß er Gott sei." (2. Thess. 2,4)

Es ist erschütternd, daß die alte Lüge Satans „ihr werdet sein wie Gott"(1. Mose 3,5) inzwischen nicht nur von Hinduisten, Mormonen und Anhängern der New-Age-Philosophie, sondern nun auch von bekennenden Christen geglaubt wird.

Der Apostel Paulus, der in seinen Briefen deutlich gemacht hat, aus welchen Tiefen uns Gott gerettet und zu welchen Höhen Er uns durch Seine Gnade erhoben hat, drückt aus, was jeder begnadigte Sünder dankbar nachsprechen kann:

„Denn durch die Gnade seid ihr errettet aus Glauben; und das nicht aus euch, Gottes Gabe ist es." (Eph. 2,8)

„Von mir aber sei es ferne, mich zu rühmen, als nur des Kreuzes unseres Herrn Jesus Christus, durch welchen mir die Welt gekreuzigt ist, und ich der Welt." (Gal. 6,14)

Schlußfolgerungen

1. „Positives Denken" und „Denken in Möglichkeiten" haben ihre Wurzeln nicht in der Bibel, sondern entstammen der humanistischen Philosophie und Psychologie.
2. Diese Lehren und Praktiken leugnen die völlige Verdorbenheit des Menschen. Sie verleiten dazu, bei aller Religiosität nicht auf Gott, sondern auf sich selbst zu vertrauen und sind dadurch ein Angriff auf den biblischen Glauben.
3. „Positives Denken" und „Denken in Möglichkeiten" zielen nicht auf die Verherrlichung Gottes, sondern bewirken eine Aufwertung des Ego.

Literaturempfehlung:

Dave Hunt/McMahon: „Die Verführung der Christenheit", CLV
Dave Hunt: „Rückkehr zum biblischen Christentum", CLV
P. Brownback: „Selbstliebe – Eine biblische Stellungnahme", Herold
W. Bühne: „Sich selbst lieben?", CLV

11

Visualisierung

Die Lehren und Praktiken der Visualisierung sind nahe verwandt mit den Theorien des „Positiven Denkens", des „Denkens in Möglichkeiten", der „Heilung durch Erinnerung" und „Inneren Heilung". N.V. Peale, einer der bekanntesten Prediger des „Positiven Denkens", hat selbst erklärt, daß Visualisierung eine Weiterentwicklung des „Positiven Denkens" ist. Andere Begriffe, die für Visualisierung gebraucht werden, sind: „Positives Verbildlichen", „Positive Phantasie", oder auch „Träume und Visionen".

Um Mißverständnissen vorzubeugen: Nicht jeder, der die Begriffe „Vision" oder „Schau" benutzt, ist ein Prediger der Visualisierung. Jeder von uns hat bestimmte Lebensziele und Vorstellungen, die manchmal mit „Vision" oder „Schau" bezeichnet werden. Derjenige, der etwas bauen oder herstellen möchte, hat zunächst einmal eine geistige Vorstellung, die er dann verwirklicht. Eine reiche Phantasie und Vorstellungsfähigkeit sind nicht negativ, sondern für eine gesunde seelische Entwicklung gut und nötig. Als Eltern haben wir bei unseren Kleinkindern eine Phase festgestellt, in welcher sie besonders viel Phantasie entwickelten und manchmal in einer Phantasiewelt spielten. Gefährlich wird es aber – und darum geht es hier – wenn heute Psychologen, Motivationstrainer und leider auch viele Charismatiker lehren, daß unsere Phantasie oder intensive Bildvorstellung die Wirklichkeit beeinflussen, verändern oder sogar schaffen kann. Die Visualisierung, von der wir jetzt reden, ist eine alte, okkulte Praktik, die schon seit Jahrtausenden von Zauberern und Medizinmännern angewandt wird. Man entwickelt in seiner Phantasie intensive Bilder oder Vorstellungen, die man dann zum Segen oder Fluch auf andere richtet, entweder um zu heilen oder Reichtum zu schaffen, oder aber um Fluch in Form von Krankheit, Armut und Tod auf andere zu bringen.

Führende Okkultisten definieren Visualisierung so:

> „Bei den ägyptischen Anhängern des Hermes, die glaubten, daß alles nur Geist sei, galt als sicher, daß man eine Krankheit heilen konnte, indem man sich vollkommene Gesundheit vorstellte. Bei den Navajo-Indianern werden ausgearbeitete, sehr konkrete Visualisierungen, an denen mehrere Leute teilnehmen, eingesetzt, um einen kranken Menschen zu heilen. Dieser Ritus hilft dem Patienten, sich selbst als gesund zu sehen... Paracelsus, ein Schweizer Alchimist und Arzt im 16. Jahrhundert, glaubte, ‚daß die Macht der Phantasie ein wichtiger Faktor in der Medizin ist. Sie kann Krankheiten im Menschen hervorrufen, und sie kann sie auch heilen'. Ende des 19. Jahrhunderts entdeckte Mary Baker Eddy die Christliche Wissenschaft ...die sich auf die Auffassung gründete, (daß)...Krankheit ihrem Wesen nach ein Produkt des menschlichen Geistes ist... ‚der Ursprung aller Krankheit liegt im Seelischen... jede Krankheit wird vom göttlichen Geist geheilt.'"[1]

Visualisierung in der Psychologie

Dave Hunt hat in seinen äußerst wichtigen Büchern „Die Verführung der Christenheit" und „Rückkehr zum biblischen Christentum" nachgewiesen, daß besonders der Psychoanalytiker C.G. Jung dazu beigetragen hat, daß die alten, okkulten Lehren und Praktiken in einem neuen, wissenschaftlichen Gewand zunächst von Psychologen, dann von Geschäftsleuten und schließlich von Christen verbreitet wurden. Er schreibt darin:

> „Die Psychologie verwandelt ‚auf wissenschaftliche Art' den Okkultismus in eine ‚Erforschung der inneren Welt der Psyche', reinigt sie von Dämonen und dem tatsächlichen Bösen, indem sie kurzerhand neue Definitionen einführt, und macht aus dem Spiritismus eine rein innerseelische Erfahrung, die sehr wohltuend sein soll und jetzt als Heilmittel für vielfältige Formen der Psychotherapie und der Selbstverwirklichung verschrieben wird. Die Theorien von C.G. Jung bieten eine angeblich wissenschaftliche Deutung, die in Wirklichkeit nur den Okkultismus entmythologisiert, damit die, die ihn praktizieren, sichergehen können, daß sie nicht mit tatsächlichen Geistwesen zu tun haben, sondern eine Verbindung zu archetypischen Bildern im kollektiven Unbewußten aufbauen. Das ermöglicht es dem Jung'schen Analytiker, sich unter psychologischen Vorzeichen in der althergebrachten Zauberkunst zu betätigen."[2]

Visualisierung im Wirtschaftsleben

Inzwischen werden auch in Deutschland auf vielen Motivationskursen, auf Seminaren für Manager, Unternehmer und Führungskräfte im Wirtschaftsleben diese Theorien verbreitet. Auch in deutscher Sprache ist der amerikanische Bestseller von Napoleon Hill: „Denke nach und werde reich" übersetzt und verbreitet worden. Hill bekennt, daß er mit jedem Problem zu seinen verstorbenen „unsichtbaren Beratern" (Emerson, Paine, Edison, Darwin, Lincoln, Burbank, Napoleon, Ford und Carnegie) geht, die ihn durch zahllose Schwierigkeiten hindurchgeführt hätten. Hills folgende Ratschläge haben viele Geschäftsleute übernommen:

> „Selbstbewußter Glaube an dich ist eine unverzichtbare Grundlage für ein gutes Leben... Ein gesundes Selbstbewußtsein macht dich empfänglicher für die Einflüsse, die aus einem Bereich kommen, der für unsere fünf Sinne nicht erkennbar ist... Unsichtbare, schweigende Mächte beeinflussen uns ständig... es sind unsichtbare Beobachter... Ich kann einen Glauben finden, der meine Kräfte in ungeheurer Weise vermehrt... ich weiß immer, daß ich Herr über mein Schicksal bin, ich bin der Kapitän im Schiff meines Lebens..."[3]

Visualisierung bei den Evangelikalen

Wie war es möglich, daß diese okkulten Lehren Eingang bei den Evangelikalen fanden? In den USA waren es vor allem Agnes Sanford und Morton Kelsey, beides Schüler von C.G. Jung, welche in zahlreichen Büchern, Vorträgen und Seminaren dieses Gedankengut verbreitet haben. Von ihnen haben Francis MacNutt, John und Paula Sandford, Larry Christenson, Richard Foster, William Vaswig, John Wimber und viele andere gelernt. In Deutschland wurde das Buch von Agnes Sanford „Heilendes Licht" bereits 1978 im Oekumenischen Verlag Dr. R.F. Edel, mit einem Geleitwort von Larry Christenson, herausgegeben. Daß der ehemalige Baptistenpastor Wilhard Becker dieses Buch warm empfohlen hat, wundert nicht. Erstaunlich ist, daß Rudolf Seiß und selbst Werner de Boor mit einigen Einschränkungen freundliche Worte für dieses Buch gefunden haben, die im letzten Teil des Buches als Buchbesprechungen abgedruckt wurden. Agnes Sanford gibt sich deutlich als Pantheistin zu erkennen, sie empfiehlt Autosuggestion („Alle diese Vorbereitungen zum Gebet können ruhig auch von den kreatürlichen Gesetzen der Autosuggestion Gebrauch machen, denn auch diese sind aus und in Gottes Hand"[4]) und glaubt an die „Gegenwart Jesu in der heiligen Messe", die das Leben Jesu und Heilung für den Körper vermittelt. Hier einige kurze Zitate aus ihrem Buch, die das pantheistisch-mystisch-okkulte Gedankengut der Autorin deutlich machen:

„Ich sprach zum Beispiel einmal mit einem ganz mutlos gewordenen Mann in einem Militärhospital... Ich versuchte, ihm von dem Leben zu erzählen, das seinen gebrochenen Rücken wiederherstellen könne. ‚Die Ärzte sagen Ihnen doch, daß die Natur Sie heilen werde', sagte ich, ‚aber was ist Natur? Ist sie nicht im Grunde genommen Gottes Leben in Ihnen?' ‚Es kann sein', murmelte er voller Zweifel. Ich versuchte, ihm zu erklären, daß es auch eine Art geistiger Blutübertragung gebe, die sich auf seinen Körper auswirken könne. ‚Aber das geht gegen meine Religion', wandte er ein, ‚ich bin römisch-katholisch.' ‚Nein, das läuft Ihrem Glauben keineswegs zuwider', antwortete ich. ‚Es ist sogar das, was Ihre Kirche lehrt. Sagt sie nicht, daß unser Herr sein wahrhaftiges Leben in die Elemente des heiligen Sakramentes legt?' ‚O doch', sagte er mit aufleuchtenden Augen. ‚Nun denn, wenn er im Sakrament mit Fleisch und Blut gegenwärtig ist, sind da nicht auch die Knochen eingeschlossen? Und kann sich das nicht in Ihrem Rückgrat auswirken?' ‚Ach ja, gewiß! Daran habe ich noch nie gedacht.' ‚Dann will ich für Sie beten, daß Sie in dieser Weise ihn empfangen dürfen. Und ich will meine Freundinnen, die Krankenschwestern, bitten, daß sie jeden Morgen in der hl. Messe für Sie beten. Neues Leben wird von der Gegenwart Jesu in der hl. Messe durch die Gebete in Ihr Rückgrat strömen; warten Sie nur, Sie werden es schon erfahren.'"[5]

„Im selben Spital war ein jüdischer Soldat, der es sehr nötig hatte, daß jemand die heilenden Kräfte seines Körpers vermehrte, aber er kannte den Herrn nicht. Ich sagte ihm ganz einfach, daß die Natur in ihm ein Teil der Natur in der ganzen Welt sei und gab ihm eine einfache Anweisung, wie er durch tägliche Versenkung in Gott ein Wachstum seines Lebens von außen her erlangen könne. Ich zeigte dem Katholiken, wie er auf dem Weg des Sakramentes geheilt werden könne, und dem Juden wies ich die Möglichkeit, vom Geiste her den Leib zu beeinflussen. Beide genasen sehr schnell. Aber der Weg des einen, Gott zu verstehen, wäre dem anderen nicht gemäß gewesen."[6]

„Mache dir im Geist ein Bild von deinem gesunden Körper. Denke besonders an den Teil deines Körpers, der das Gesundwerden am nötigsten hat. Sieh ihn geheilt und vollkommen vor dir, von

Gottes Licht erfüllt. Und danke dafür, daß es schon im Werden ist (Mark. 11,22–24 und 9,23)." [7]

„Er (Jesus) stellte nicht nur das ursprüngliche Verhältnis mit Gott wieder her, sondern er verband durch die Hingabe seines Blutes Gott noch viel inniger mit der Welt. Sein Körper blieb nicht auf dieser Erde zurück. Er wurde aus einem stofflichen in einen geistigen Leib verwandelt, Zelle um Zelle erneuert und verklärt. Aber sein Blut ließ er auf Erden zurück, diesen geheimnisvollen Lebensstoff des Körpers, der in wunderbarer Weise das wahre Wesen und die Persönlichkeit enthält. Dieses Blut, als göttliches Pfand und Samen unserer Welt zurückgelassen, wurde gleichsam in Form von Plasma durch die Winde des Himmels in jedes Land unter der Sonne getragen, in geistlicher Vollmacht sich entladend wie eine Kettenreaktion der Atome, in der jede Explosion eine Reihe weiterer auslöst, in stets wachsender Fülle ohne Aufhören."[8]

In Deutschland hat in den letzten Jahren besonders Yonggi Cho durch seine Vorträge und Bücher über „Die vierte Dimension" und „Visionen und Träume" zu einer Verbreitung dieser Lehren beigetragen. Dadurch, daß Cho in der Gemeindewachstumsbewegung eine führende Rolle spielt, werden seine Bücher auch von evangelikalen Theologen empfohlen. Seine Lehren und Praktiken haben wir bereits auf den Seiten 130–140 dargestellt. Interessant ist, daß Cho seine Erkenntnisse nicht aus der Bibel, sondern angeblich durch eine besondere „Offenbarung Gottes" empfangen hat. Erst nachträglich hat er Belege für seine Theorien in der Bibel gesucht.

Eines seiner beliebtesten Beispiele möchte ich aufgreifen, weil hier deutlich wird, daß Yonggi Cho und andere Lehrer der Visualisierung den biblischen Begriff „Glauben" mit einem völlig unbiblischen Inhalt füllen. Cho führt aus, wie Gott Abraham aufforderte, die Sterne zu zählen und ihm sagte, daß seine Nachkommen so zahlreich sein würden. Dann beschreibt er Abrahams Reaktion:

„Abrahams Gefühle gingen mit ihm durch! Bald begannen aus seinen Augen Tränen zu quellen, und sein Blick wurde völlig verschleiert. Als er dann wieder zu den Sternen aufsah, war alles, was er sehen konnte, die Angesichter seiner Kinder... Er konnte nicht einschlafen, wenn er seine Augen schloß; denn er sah all die Sterne, die sich in die Gesichter seiner Nachkommen verwandelten und immer wieder riefen ‚Vater Abraham!'
– Diese Bilder kamen fortwährend in seine Gedanken und wurden seine eigenen Träume und Bilder. Sogleich wurden sie Teil seiner vierten Dimension, in der Sprache geistlicher Visionen und

Träume über seinen hundert Jahre alten Körper, so daß dieser bald umgewandelt wurde, als wäre er ein junger Leib...Wodurch konnte Abraham denn nun so stark verändert werden? Es kam der Heilige Geist, mit dessen Kraft Gott die Wirksamkeit der vierten Dimension ausgelöst hatte. Also konnten ein Traum und eine Vision diese Veränderungen bei Abraham bewirken; nicht nur in seinen Gedanken, sondern ebenso auch in seinem Leib."[9]

Y. Cho macht in seinen Ausführungen deutlich, daß er „Glauben" nicht mehr als ein Vertrauen auf Gott und auf Seine Verheißungen versteht, sondern als eine „vierdimensionale Kraft", die man durch Visualisierung in sich entwickelt, um damit Dinge zu schaffen, zu beeinflussen oder zu verändern:

„Meine Gemeinde ist nicht deshalb so sehr angewachsen, weil ich der begabteste Pastor der Welt bin. Nein! Sie ist bis zur heutigen Größe von 275 000 Mitgliedern angewachsen, weil ich Abrahams Prinzip der Vergegenwärtigung befolgt habe. Ich kann sehen, daß meine Gemeinde im Jahr 1984 eine halbe Million Glieder hat. Ich kann sie zählen. Ich kann ihre Gesichter in meinem Herzen sehen. Für 1985 sehe ich, wie unser Fernsehprogramm in ganz Korea und Japan ausgestrahlt wird und die englische Sendung in den USA und in Kanada. Ich sehe es! In meinem Büro hängen Landkarten und ich habe eine ganz klare Vision über die Fernsehstationen, die die Programme ausstrahlen."[10]

„Durch Visionen und Träume können wir die Mauer der Begrenzungen beseitigen und uns ins Universum ausstrecken... Wenn Sie keine Vision haben, dann sind Sie nicht schöpferisch... Visionen und Träume sind die Sprache der vierten Dimension, denn der Heilige Geist teilt sich durch sie mit. Nur durch eine Vision und einen Traum können Sie sich vorstellen, wie Sie eine größere Kirche bauen können... Durch Vorstellungen und Träume können Sie ihre Zukunft auch entwickeln und zur Ausreifung bringen."[11]

Y. Cho schreibt selbst, daß die Yogis und Buddhisten dieselben Kräfte der vierten Dimension nutzen, versucht aber, diese Kräfte und Fähigkeiten umzudeuten und dem Volk Gottes als eine Gabe Gottes zu empfehlen. Sicherlich hat Cho dabei keine bösen Absichten, aber das ändert nichts an der Tatsache, daß er maßgeblich daran beteiligt ist, okkulte Praktiken christlich verpackt zu verbreiten. Seine Gemeindewachstumserfolge und seine in einigen Bereichen gesunden Ansichten dürfen uns für diese äußerst ernste Tatsache nicht die Augen verschließen. Da Yonggi Chos Lehren den biblischen Glauben zerstören, muß er als ein Irrlehrer bezeichnet werden.

Was lehrt die Bibel über den Glauben Abrahams?

Im Brief an die Römer hat der Apostel Paulus den Glauben Abrahams deutlich beschrieben:

„...Vor dem Gott, welchem er glaubte, der die Toten lebendig macht und das Nichtseiende ruft, wie wenn es da wäre; der wider Hoffnung auf Hoffnung geglaubt hat, auf daß er ein Vater vieler Nationen würde, nach dem was gesagt ist: ‚Also soll dein Same sein'. Und nicht schwach im Glauben, sah er nicht seinen eigenen, schon erstorbenen Leib an, da er fast hundert Jahre alt war, und das Absterben des Mutterleibes der Sara, und zweifelte nicht an der Verheißung Gottes durch Unglauben, sondern wurde gestärkt im Glauben, Gott die Ehre gebend, und war der vollen Gewißheit, daß er, was er verheißen habe, auch zu tun vermöge." (Rö. 4, 17–21)

Diese Bibelstelle ist eine deutliche Definition dessen, was Gottes Wort unter Glauben versteht: ein völliges Vertrauen auf Gottes Verheißung. Gott hat etwas versprochen und da Er nicht lügen kann, wird Er zu Seinem Wort stehen und es erfüllen, auch wenn es mein Begriffsvermögen übersteigt. Hudson Taylor erfaßte die geistliche Realität, wenn er sagte: „Wir brauchen keinen großen Glauben, sondern Glauben an einen großen Gott!" Biblischer Glaube ist eben nicht eine Kraft, die wir uns einreden, oder die wir in uns entwickeln, visualisieren oder durch Bekenntnis aktivieren, sondern ein festes Vertrauen auf Gottes Treue und auf Seine Verheißungen.

„Durch Glauben empfing auch selbst Sarah Kraft, einen Samen zu gründen, und zwar über die geeignete Zeit ihres Alters hinaus, weil sie den für treu achtete, der die Verheißung gegeben hatte." (Hebr. 11,11)

Daher sind Männer und Frauen des Glaubens immer Männer und Frauen des Gebetes und der Gebundenheit an Gottes Wort gewesen. Wieviel Nöte und Depressionen entstehen unter Geschwistern der charismatischen Kreise, weil ihnen gesagt wird, daß sie nicht genug Glauben haben und deshalb krank oder arm bleiben und die nun krampfhaft versuchen, ihren „Glauben" zu vermehren! Welch eine Befreiung ist damit verbunden, wenn man erkennt, was biblischer Glaube ist!

„Verbildlichen" von Jesus

Ebenso ist jedes „Verbildlichen" von Jesus zum Zweck der „Inneren

Heilung" abzulehnen. Die Bibel gibt wirksame Hilfen, um mit seelischen Verletzungen fertig zu werden. Aber wir finden keinen einzigen Hinweis, daß wir Jesus visualisieren und mit Ihm eine Reise in unsere eigene Vergangenheit antreten sollen, damit irgendwelche seelischen Wunden geheilt werden, wie es von Dennis und Rita Bennett, Francis MacNutt, Ruth Stapleton-Carter, Richard Foster und vielen anderen Predigern der „Inneren Heilung" empfohlen wird. Die Gefahr ist groß, daß auf diese Weise ein Geistführer anstatt Jesus mit auf die Reise geht. Die Jesuitenpater Brüder Linn und F. MacNutt empfehlen, Maria zu visualisieren. Andere visualisieren große Heilige, hinduistische Gurus und der bekannte Autor Morton T. Kelsey visualisierte sogar seine verstorbene Mutter:

> „Dank Jungs Eintreten für die aktive Phantasie und seinem Verständnis der Toten, die in der Wirklichkeit weiterleben, konnte ich dieses besondere Zusammentreffen mit meiner (toten) Mutter erleben... es erschien mir alles ganz echt."[12]

Spätestens hier wird deutlich, welch einen gefährlichen Weg die Lehrer der „Inneren Heilung" betreten haben. A.W. Tozers Mahnung sollte sehr ernst genommen werden:

> „Es gibt in dieser Zeit eine Menge Schein-Christusse unter uns. John Owen, ein alter Puritaner, hat die Menschen seiner Tage schon gewarnt: ‚Ihr habt einen nur eingebildeten Christus, und wenn ihr mit diesem eingebildeten Christus zufrieden seid, dann müßt ihr euch auch mit einem eingebildeten Seelenheil zufriedengeben.'"[13]

Die „schöpferische" Macht der gesprochenen Worte

Wie bereits ausgeführt, wird besonders von Kenneth Hagin, Kenneth Copeland, Yonggi Cho, Reinhard Bonnke und anderen Lehrern der „Wort des Glaubens-Bewegung" die Überzeugung vertreten, daß nicht nur unsere Phantasie, sondern auch unsere Worte schöpferisch sind und wir durch unsere Worte die „Gegenwart Jesu" freisetzen können.

Nun lehrt die Bibel deutlich, daß unsere Zunge tatsächlich ein mächtiges Werkzeug ist.

> „Die Zunge aber kann keiner der Menschen bändigen: sie ist ein unstetes Übel, voll tödlichen Giftes. Mit ihr preisen wir den Herrn und Vater, und mit ihr fluchen wir den Menschen, die nach dem Bilde Gottes geworden sind. Aus demselben Mund geht Segen

und Fluch hervor. Dies, meine Brüder, sollte nicht also sein."
(Jak. 3,8–10)

Mit unseren Worten können wir Freude verbreiten und Schmerz zufügen. Wir können segnen und fluchen, anspornen und mutlos machen. Aber an keiner Stelle lehrt die Bibel, daß unsere Worte schöpferische Kraft haben. Und wenn Y. Cho behauptet, daß „Gott" ihm folgendes gesagt habe, dann ist es jedenfalls nicht der Gott der Bibel gewesen:

„Dann sprach Gott weiter zu mir: Du kannst die Gegenwart des Heiligen Geistes in deiner Kirche spüren, die pulsierende, durchdringende Gegenwart des Geistes Gottes – aber nichts wird geschehen. Keine Seele wird gerettet werden, keine zerbrochene Familie verbunden, bis du das Wort sprichst. Bettele nicht immer wieder um das, was du brauchst. Gib das Wort! Laß mich das Material haben, mit dem ich wunderbare Ereignisse bauen kann, wie ich es bei der Erschaffung der Welt tat. Sprich los! Sage: ‚Es werde Licht!' Oder sprich: ‚Es werde ein Firmament!' Die Realisierung dieser Wahrheit war ein Wendepunkt in meinem Leben."[14]

Welch eine Anmaßung ist mit der Überzeugung verbunden, daß unsere Worte in sich eine schöpferische Kraft bergen können! Daß in heidnischen Religionen eine „Heidenangst" vor der Macht des gesprochenen Wortes eines Medizinmannes existiert, ist verständlich. Mittlerweile wundert man sich aber auch fast nicht mehr, daß eine ähnliche Furcht unter manchen Christen zu beobachten ist, wenn eine „geistliche Autorität" im „Namen des Herrn" eine Weissagung oder Warnung spricht.

Aus welchen Bibelstellen schließt man, daß Gott auf unsere Worte angewiesen ist? Sollte Er, der alle Dinge durch das Wort Seiner Macht trägt (Hebr. 1,3) auf unsere Worte angewiesen sein? Ist es nicht umgekehrt, daß wir auf Gottes Worte angewiesen sind?

Ebensowenig deckt sich folgende Behauptung Chos mit der Bibel:

„Jesus wird gebunden an das, was Sie aussprechen. Ebenso wie Sie die Kraft Jesu durch Ihr gesprochenes Wort freisetzen können, können Sie auch die Gegenwart Christi dadurch bewirken."[15]

Die Bibel lehrt, daß die Gegenwart Jesu verheißen ist, „wo zwei oder drei" in Seinem Namen versammelt sind (Matth. 18,20), aber nirgendwo finden wir eine Stelle, die zu der Annahme berechtigt, daß unsere Worte die Gegenwart Jesu freisetzen können. Der Herr Jesus kann anwesend sein, auch wenn kein Wort gesprochen wird. Seine Kraft wird vor allem freigesetzt, wenn Sein Wort gelesen, mit den

„Ohren des Herzens" gehört und verstanden und dann ausgelebt wird. Selbstverständlich werden die Verkündiger aufgefordert, „Aussprüche Gottes" zu reden (1.Petr. 4,11). Aber das bedeutet, ein Sprachrohr Gottes zu sein, damit Gott durch uns das sagen kann, was Er zu diesem Zeitpunkt gesagt haben möchte. Hier ist es doch deutlich umgekehrt – wir sind darauf angewiesen, durch den Heiligen Geist zu erkennen, was Gott sagen möchte und das kleiden wir in unsere oft mangelhaften Worte. Nur so können die Zuhörer gesegnet werden. Propheten Gottes konnten nur dann vollmächtig zu dem Volk Gottes sprechen, wenn Gott zuvor in der Stille zu ihnen gesprochen hatte. Dafür einige Beispiele:

Mose
„Und der Herr rief Mose, und er redete zu ihm aus dem Zelt der Zusammenkunft und sprach: Rede zu den Kindern Israel und sprich zu ihnen..." (3. Mose 1,1–2; vgl. 4. Mose 5,1; 5,11; 6,1; 8,1; 15,1 usw.)

Samuel
„Und Samuel sprach alle Worte des Herrn zu dem Volk..." (1.Sam.8,10)

Jesaja
„Stimme eines Sprechenden: Rufe! Und er spricht: Was soll ich rufen? ‚Alles Fleisch ist Gras, und alle seine Anmut wie die Blume des Feldes...'" (Jes. 40,6–7)

Jeremia
„...alles was ich dir gebieten werde, sollst du reden." (Jer. 1,7)

„Deine Worte waren vorhanden, und ich habe sie gegessen, und deine Worte waren mir zur Wonne und zur Freude meines Herzens." (Jer. 15,16)

Hesekiel
„Und du sollst meine Worte zu ihnen reden, mögen sie hören oder es lassen; denn sie sind widerspenstig. Und du; Menschensohn, höre, was ich zu dir rede..." (Hes. 2,7–8)

Abschließend noch eine Weissagung aus Gottes Wort über die falschen Propheten, die schon damals Träumen und Visionen mehr Beachtung schenkten als Gottes Wort und ihre eigenen Worte über Gottes Wort stellten:

> „So spricht der Herr der Heerscharen: Höret nicht auf die Worte der Propheten, die euch weissagen; sie täuschen euch, sie reden das Gesicht ihres Herzens und nicht aus dem Mund des Herrn... Ich habe die Propheten nicht gesandt, und doch sind sie gelaufen; ich habe nicht zu ihnen geredet, und doch haben sie geweissagt.

Hätten sie aber in meinem Rat gestanden, so würden sie mein Volk meine Worte hören lassen und es abbringen von seinem bösen Weg und von der Bosheit seiner Handlungen... Ich habe gehört, was die Propheten sagen, die in meinem Namen Lüge weissagen und sprechen: Einen Traum, einen Traum habe ich gehabt! Wie lange sollen das im Sinn haben die Propheten, welche Lüge weissagen und die Propheten des Truges ihres Herzens, welche gedenken, meinen Namen bei meinem Volk in Vergessenheit zu bringen durch ihre Träume, die sie einer dem anderen erzählen, so wie ihre Väter meines Namens vergaßen über dem Baal? Der Prophet, der einen Traum hat, erzähle den Traum; und wer mein Wort hat, rede mein Wort in Wahrheit! Was hat das Stroh mit dem Korn gemein? spricht der Herr. Ist mein Wort nicht also – wie Feuer, spricht der Herr, und wie ein Hammer, der Felsen zerschmettert? Darum siehe, ich will an die Propheten, spricht der Herr, die einer vom anderen meine Worte stehlen. Siehe ich will an die Propheten, spricht der Herr, die ihre Zungen nehmen und sprechen: Er hat geredet. Siehe ich will an die, spricht der Herr, welche Lügenträume weissagen und sie erzählen und mein Volk irreführen mit ihrer Prahlerei; da ich sie doch nicht gesandt und sie nicht entboten habe, und sie diesem Volk gar nichts nützen, spricht der Herr." (Jer. 23,16.21.25–32)

Schlußfolgerungen

1. Die Lehren über Visualisierung und über die Macht des gesprochenen Wortes stammen aus dem Okkultismus und können nicht mit der Bibel belegt werden.
2. Der biblische Begriff Glauben wird durch diese Lehren zu einer Kraft und Fähigkeit umgedeutet, die wir durch intensive Phantasien in uns entwickeln. Dadurch wird das Vertrauen auf Gottes Verheißungen und Treue überflüssig und das Denken des Menschen auf sich selbst und die eigenen „schöpferischen" Kräfte gelenkt.
3. Die Lehren über Visualisierung und Innere Heilung führen dazu, sich ein Phantasie-Bild von Gott oder Jesus zu machen, was ein Verstoß gegen das 2. Gebot ist.
4. Die Visualisierungslehren und -praktiken stehen im Widerspruch zu den Aufforderungen der Bibel, auf Jesus zu sehen und Seine Herrlichkeit anzuschauen, die uns in Sein Bild verwandelt (Hebr. 12,1–2; 2. Kor. 3,18). Diese biblischen Aufforderungen beziehen sich nicht auf visualisieren, sondern auf ein konzentriertes, ehrfurchtsvolles Studium des Wortes Gottes unter Gebet.
5. Die Lehren über die Macht des gesprochenen Wortes werten die

Worte von Menschen auf und setzen den Wert des Wortes Gottes herab, welches allein schöpferische Macht hat. Das Urteil über diese falschen Propheten wird in Jer. 23 ausgesprochen.

Literaturempfehlung:

Dave Hunt/T.A. McMahon: „Die Verführung der Christenheit", CLV Bielefeld.
Dave Hunt: „Rückkehr zum biblischen Christentum", CLV Bielefeld.
(In diesen beiden sehr empfehlenswerten Büchern hat sich der bekannte Autor besonders eingehend mit den Themen „Visualisierung", „Innere Heilung" usw. auseinandergesetzt und gibt eine Fülle von Informationen und biblischen Hilfen.)

12

Evangelium und Wohlstand

Obwohl die Themen „Geld", „Reichtum" und „Besitz" im NT eindeutig und unmißverständlich behandelt werden, stehen immer wieder Männer auf, die mit einem „Wohlstands-Evangelium" versuchen, die „Frohe Botschaft" auf diese Weise „attraktiv" zu machen. Auch wenn man davon ausgeht, daß diese Prediger aus guten Motiven diese Lehren verkündigen, so verraten sie doch das Eigentliche des Evangeliums und sorgen in vielen Fällen für den Spott und die Verachtung der Nichtchristen.

Die Glaubwürdigkeit der Christen hat in den letzten Jahrzehnten besonders unter der Tatsache gelitten, daß bekannte Evangelikale im Luxus leben, diesen Luxus teilweise durch Spendenaufrufe finanzieren und nicht selten in Finanzskandale geraten, oder durch moralische Entgleisungen für Schlagzeilen in der säkularen Presse sorgen.

Besonders merkwürdig erscheint einem diese Tatsache, wenn man bedenkt, daß dort, wo viel von Geistesfülle, Zeichen und Wundern, von Visualisierung und von der Macht des Glaubens gepredigt wird – von einzelnen Ausnahmen abgesehen – auffallend massiv um Geld gebettelt wird. In finanziellen Dingen scheint das Vertrauen auf Gott trotz „Geistesfülle" und der Betonung von „Zeichen und Wundern" recht gering zu sein. Die Wunderkräfte der Apostel sind heute sehr gefragt, aber der Lebensstil der Apostel scheint nicht hoch im Kurs zu stehen.

Leonhard Ravenhill, der nun wirklich kein „Anti-Charismatiker" ist, schreibt mit Recht:

> „Auf den amerikanischen Geldscheinen steht zwar ‚Auf Gott vertrauen wir', aber wer vertraut Ihm wirklich? Vertrauen die Prediger in Rundfunk und Fernsehen darauf, daß Er ihre Bedürfnisse erfüllt? Wenn ja, dann würden sie Seinen Namen nicht in ihren weinerlichen Bettelorgien vor eine zynische Welt zerren... Ich

habe immer noch keine Antwort auf eine Frage bekommen, die ich einigen der führenden Pfingstlern und Charismatikern gestellt habe. Sie lautet: Die 120 Männer und Frauen aus dem Obersaal stellten die Welt auf den Kopf (ohne unsere Verlage, Bibelschulen, Medien usw.); jetzt haben wir die genannten fünf Millionen angeblich geisterfüllten Menschen und noch viele Millionen in anderen Konfessionen – warum haben dann die Sünden in unseren Gemeinden und unseren Ländern ein Ausmaß angenommen wie nie zuvor? Wo ist das Salz geblieben?"[1]

Hier nun einige Ausführungen von Charismatikern zum Thema Wohlstand und Erfolg:

Kenneth Hagin:

„Manche Leute scheinen die Vorstellung zu haben, daß es für einen Christen, für einen Menschen, der an Gott glaubt, ein Zeichen der Demut und der Gottseligkeit ist, in Armut zu leben und nichts zu besitzen. Sie sind der Meinung, man solle mit durchlöchertem Hut, abgelaufenen Schuhen und abgewetztem Hosenboden durchs Leben gehen – so daß man sich gerade so eben über Wasser halten kann. Aber das hat Jesus nicht gesagt... Abrahams Segen war ein dreifacher Segen. Die erste Verheißung, die Gott Abraham gab, war, daß Er ihn reich machen würde. ‚Meinst du damit, daß Gott uns alle reich machen wird?' Ja; genau das meine ich, aber du mußt verstehen, was die Bibel mit ‚reich' meint. ‚Meinst du, daß Er uns alle zu Millionären machen wird?' Nein, das habe ich nicht gesagt. Aber er wird uns reich machen... Weißt du, mein Freund, die meisten von uns sind nicht deswegen arm, weil sie Gott geehrt haben, sondern weil sie Ihn nicht geehrt haben..."[2]

Yonggi Cho:

„Ich glaube, daß es Gottes Wille ist, daß wir geistlich, leiblich und finanziell im Wohlstand leben."[3]

Ray McCauley:

„Was mich betrifft, so weiß ich aber, daß Gott mir eine Botschaft des Glaubens für diese Nation gegeben hat, und ein Teil dieser Botschaft ist biblischer Wohlstand. Mehr als einmal habe ich den Herrn gefragt: ‚Kann ich nicht den Teil mit dem Wohlstand auslassen und nur das andere predigen?' Aber der Herr hat mir befohlen, das gesamte Wort zu predigen und zu lehren und ganz besonders die biblischen Aussagen über Wohlstand... Ich glaube auch nicht, daß Jesus arm war... Die ersten Apostel waren sicherlich auch keine Bettler..."[4]

Gloria Copeland:

„Sie geben einen Dollar her um des Evangeliums willen, und schon gehören 100 Dollar Ihnen; Sie geben 10 Dollar und bekommen schon 1000 Dollar dafür geschenkt; Sie geben 1000 Dollar und erhalten dafür 100000. Ich weiß wohl, daß Sie auch selber multiplizieren können, ich möchte nur, daß Sie es hier noch einmal schwarz auf weiß sehen... Spenden Sie ein Flugzeug, und Sie werden den hundertfachen Wert dieses Flugzeugs wiederbekommen. Schenken Sie ein Auto her, und Sie werden soviele Autos erhalten, wie Sie im ganzen Leben nicht brauchen. Kurz gesagt: Markus 10,30 ist ein gutes Geschäft!"[5]

Norman Vincent Peale:

„Es gab eine Zeit, da ich der irrigen Meinung war, Glaube und Wohlstand ließen sich nicht vereinen. Ich war der Ansicht, Religion sollte nie mit geschäftlichen Dingen verbunden werden, sondern sich einzig und allein auf moralische, ethische und soziale Probleme beschränken. Heute habe ich längst eingesehen, daß ein solcher Gesichtspunkt die göttlichen Kräfte und die Entwicklung der Menschen einschränkt."[6]

Die „biblische" Begründung

Als ich im letzten Jahr auf der Frankfurter Buchmesse einen Verlagsstand besuchte, der verschiedene Bücher der „Wort des Glaubens"-Bewegung herausgab, hatte ich ein Gespräch mit einem der Mitarbeiter, das etwa so verlief: „Habe ich das richtig verstanden, daß Sie glauben, wenn ich mit einem alten, rostigen VW fahre, daß ich dann Gott verunehre, im Gegensatz dazu ihn ehre, wenn ich einen glänzenden Mercedes fahren würde?"

„Ja, natürlich!"

„Haben Sie einen biblischen Beleg für Ihre Ansicht?"

„Nicht nur einen, sondern zwei: In 2. Kor. 8,9 steht, daß Jesus arm wurde, damit wir durch seine Armut reich würden und im 3. Johannesbrief lesen wir, daß Johannes dem Gajus wünscht, daß es ihm wohlgehen möge. Da haben wir doch Reichtum und Wohlstand."

Meist wird in diesem Zusammenhang auch Phil. 4,18 zitiert, wo Paulus erklärt: „Ich habe aber alles in Fülle und habe Überfluß." Allerdings versäumt man zu erwähnen, daß Paulus diese Worte nicht in einer Luxus-Villa oder einem Hilton Hotel, sondern in einem

Gefängnis in Rom geschrieben hat. Weitere Argumente entnimmt man dem AT, man erwähnt den Reichtum Abrahams, Isaaks, Hiobs und Salomos und erinnert an den Reichtum, den Gott den Israeliten für das Land Kanaan verheißen hat. So argumentiert K. Hagin:

„Der Segen Abrahams gehört uns! Man kann ihn uns nicht mehr wegnehmen. Diese Zweifler, Ungläubigen, Freudenräuber und Zweifelshausierer werden ihn uns nicht wegnehmen können. Der Segen Abrahams gehört mir, – der Segen Abrahams gehört dir – durch Jesus Christus! Hallelujah!"[7]

Was lehrt die Bibel

Ist der Segen Abrahams auf uns gekommen?

Wenn man materiellen Wohlstand zu den neutestamentlichen Segnungen rechnet, zeigt man, daß man das Wesentliche des Evangeliums nicht verstanden hat. Das irdische Volk Gottes im AT hatte tatsächlich Verheißungen, die sich auf ihr Erbteil, das Land Kanaan, bezogen. Finanzieller Wohlstand, Gesundheit, ein langes Leben, viele Kinder und Sieg über die Feinde waren Zeichen des Segens, während Armut, Mißernten, Krankheit, Kinderlosigkeit usw. als Gericht Gottes angesehen wurden.

Im Gegensatz dazu hat aber die Gemeinde des NT in erster Linie geistliche, himmlische Segnungen. Unser Reichtum besteht in der Person Jesu Christi.

„Gepriesen sei der Gott und Vater unseres Herrn Jesu Christi, der uns gesegnet hat mit jeder geistlichen Segnung in den himmlischen Örtern in Christus..." (Eph. 1,3)

Natürlich hat Gott darüber hinaus auch verheißen, uns mit Nahrung, Kleidung und allem zu versorgen, was wir zum täglichen Leben benötigen, wenn wir zuerst nach Gottes Reich und Seiner Gerechtigkeit trachten (Luk. 12,31). Auch wird in Eph. 6,1–2 das Gebot, Vater und Mutter zu ehren zitiert, welches mit der Verheißung eines langen Lebens und des Wohlergehens verbunden ist.

Doch „Wohlergehen" und „Wohlstand" ist nicht dasselbe! Im AT wurde das Volk Israel aufgefordert, ihre Augen auf das Land zu richten und es dann praktisch in Besitz zu nehmen. Wir werden im NT aufgefordert, unseren Blick von den irdischen Dingen abzuwenden und ihn auf unser himmlisches Erbteil zu richten:

„Wenn ihr nun mit dem Christus auferweckt worden seid, so suchet was droben ist, wo der Christus ist, sitzend zur Rechten

Gottes. Sinnet auf das, was droben ist, nicht auf das, was auf der Erde ist; denn ihr seid gestorben, und euer Leben ist verborgen mit dem Christus in Gott." (Kol. 3,1–2)

Paulus achtete all das, was er vor seiner Bekehrung für „Gewinn" oder „Wohlstands"-Kennzeichen wertete, um Christi willen für Verlust:

„Aber was irgend mir Gewinn war, das habe ich um Christi willen für Verlust geachtet; ja, wahrlich, ich achte auch alles für Verlust wegen der Vortrefflichkeit der Erkenntnis Christi Jesu, meines Herrn, um dessentwillen ich alles eingebüßt habe und es für Dreck achte, auf daß ich Christus gewinne..." (Phil. 3,7–8)

Für ihn waren diejenigen, die auf das Irdische bedacht waren, „Feinde des Kreuzes" (Phil. 3,18). Und gerade diese Erkenntnis, daß wir mit geistlichen, himmlischen Segnungen beschenkt worden sind, führte – anfangend mit der Apostelgeschichte – in allen Erweckungszeiten dazu, daß man sich von materiellen Gütern löste und sie für Missionszwecke oder Bedürftige weitergab. Man hatte den Reichtum Christi kennengelernt, und damit hatte das Geld dieser Welt keine Macht und keinen Einfluß mehr. Wie das große Vorbild des Herrn Jesus freute man sich, in Armut und Bescheidenheit leben zu können und genoß – wie Hudson Taylor es einmal ausdrückte – „den Luxus, wenig zu besitzen, für das man sorgen muß".

Die Lebensgeschichten von C.T. Studd, J.N. Darby, R. Chapman, N.L. von Zinzendorf und vielen anderen sind lebendige Zeugnisse für diese Haltung, die das Evangelium glaubwürdig macht.

Wenn man sich aber einbildet, Gott durch teure und luxuriöse Kirchenbauten („Gotteshäuser") ehren zu können, zeigt man nur, daß man das Wesen des neutestamentlichen Hauses Gottes nicht verstanden, oder aber vergessen hat. Das Haus Gottes im NT besteht weder aus kunstvollen Glassteinen noch aus kostbaren Marmorsteinen, sondern aus lebendigen „Steinen" (1.Kor. 3,16; 1. Petr. 2,5).

Philipp Spitta hat bereits vor 150 Jahren in dem schlichten, aber zu Herzen gehenden Lied den wirklichen Wohlstand eines Christen beschrieben:

„Ein Wohlstand ohnegleichen ist eines Christen Stand,
wie er bei keinem Reichen in dieser Welt gekannt,
den kann euch niemand rauben, wie feindlich er gesinnt:
Ein Christ ist durch den Glauben des reichsten Vaters Kind.

Er kann mit Freuden kommen vor Gottes Angesicht,
da wird er angenommen und niemand widerspricht,

> was alles ihn betroffen, sei's Freude oder Leid:
> Ihm steht der Zugang offen zum Vater allezeit.
>
> Und geht einmal auf Erden die Kindeszeit zu End':
> Er weiß, was ihm muß werden nach Christi Testament:
> Ein Erbteil in dem reichen, geliebten Vaterland.
> Solch Wohlstand ohnegleichen ist eines Christen Stand."

Selbst David Wilkerson – einer der bekanntesten Männer der Pfingstgemeinden in den USA – stellt uns einige ernste Fragen:

> „Wie viele von uns würden Gott eigentlich noch dienen, wenn Er uns nichts als nur sich selbst bieten könnte? Keine Heilung, keinen Erfolg, keinen Wohlstand, keine weltlichen Segnungen, keine Zeichen und Wunder... Was wäre, wenn wir nicht mehr wohlhabend wären, sondern elend, betrübt und gequält? Wenn das einzig Gute, was uns zur Verfügung stände, Christus selbst wäre?"[8]

Das Vorbild unseres Herrn

Das Leben und die Anweisungen des Sohnes Gottes sollten für jeden Christen absoluter Maßstab sein. Wir sind schuldig, „selbst auch so zu wandeln, wie er gewandelt hat" (1. Joh. 2,6). Unser Herr wurde in Armut geboren. Seine Eltern waren arme Leute, was aus ihrem Opfer (Luk. 2,24) deutlich wird. Als er später mit seinen Jüngern umherzog, hatte er keine Vorräte, sodaß er einen Fisch bestellen mußte, um für sich und Petrus die Tempelsteuer zu zahlen. Als ein junger Mann dem Herrn Jesus begeistert nachfolgen wollte, sagte der Herr zu ihm:

> „Die Füchse haben Höhlen und die Vögel des Himmels Nester; aber der Sohn des Menschen hat nicht, wo er sein Haupt hinlege." (Luk. 9,58)

Wenn alle anderen des Abends „nach ihrem Haus" gingen, führte der Weg des Herrn „nach dem Ölberg" (Joh. 7,53), wo er übernachtete (Luk. 21,37). Er hatte auf dieser Erde kein Zuhause. Vor der Kreuzigung nahm man ihm das letzte, was er an materiellen Gütern hatte: man zog ihm seine Kleider aus.

So starb unser großes Vorbild unter großen Schmerzen und in bitterer Armut. An alttestamentlichen Maßstäben gemessen schien – in Ehrfurcht gesagt – Sein Leben nicht unter dem Segen Gottes zu stehen und macht deutlich, daß wir zumindest keinen Anspruch auf irdische

Güter, Wohlstand, Gesundheit usw. haben. Wenn Gott vielen von uns trotzdem mehr als wir zum Leben brauchen zur Verfügung stellt, ist das unverdiente Güte.

Seine Worte über Reichtum und Wohlstand waren eigentlich eindeutig und unmißverständlich:

> „Sammelt euch nicht Schätze auf der Erde, wo Motte und Rost zerstört, und wo Diebe durchgraben und stehlen; sammelt euch aber Schätze im Himmel, wo weder Motte noch Rost zerstört, und wo Diebe nicht durchgraben noch stehlen; denn wo dein Schatz ist, wird auch dein Herz sein." (Matth. 6,19)

> „Verkaufet eure Habe und gebet Almosen; macht euch Säckel, die nicht veralten, einen Schatz, unvergänglich, in den Himmeln, wo kein Dieb sich naht und keine Motte verderbt. Denn wo euer Schatz ist, da wird auch euer Herz sein." (Luk. 12,33)

Sind wir „Zweifler, Ungläubige, Freudenräuber und Zweifelshausierer" (K. Hagin), wenn wir das Vorbild und die Worte unseres Herrn Jesus ernst nehmen?

Die Apostel

Petrus forderte den Bettler vor der Tempelpforte auf: „Sieh uns an... Gold und Silber habe ich nicht; was ich aber habe, gebe ich dir: In dem Namen Jesu Christi, des Nazaräers, stehe auf und wandle!" (Ap. 3,6). In seinen Briefen ist keine Rede von einem Erfolgsevangelium, sondern von Leiden und Beschwerden um des Gewissens und um der Gerechtigkeit willen. Petrus fordert uns auf, den Fußspuren unseres Herrn zu folgen und zählt die Kennzeichen der falschen Propheten auf: Ausschweifungen, Habsucht, betrügerische Worte, Augen voll Ehebruch, Eigenmächtigkeit (2. Petr. 2).

Paulus, der große Apostel, hat alles andere als ein Wohlstands- oder Erfolgsevangelium verkündet. Er trat nicht mit großem Selbstvertrauen auf, sondern „in Schwachheit und in Furcht und in vielem Zittern" (1. Kor. 2,3). Den Korinthern, die von damaligen „Superaposteln" beeindruckt waren, zählte er die Kennzeichen seines apostolischen Dienstes auf:

– „Als die Letzten, zum Tode bestimmt,
– Narren um Christi willen,
– schwach und verachtet,
– mit Hunger und Durst,
– ohne Kleidung, keine bestimmte Wohnung,

Spiel mit dem Feuer

- sich abmühend, mit eigenen Händen arbeitend,
- geschmäht, verfolgt, gelästert,
- als letzter Dreck geachtet..."

Am Schluß dieser Aufzählung bittet Paulus: „Ich bitte euch nun, seid meine Nachahmer" (1. Kor. 4,9–16).

In 2. Kor. 6, 4–10 finden wir eine Fortsetzung dieser Aufzählung:

- Drangsale, Nöte, Ängste,
- Schläge, Gefängnisse,
- in Mühen, in Wachen, in Fasten,
- durch böses und gutes Gerücht,
- als Verführer und Wahrhaftige,
- als Unbekannte und Wohlbekannte,
- als Sterbende und doch lebend,
- als Gezüchtigte aber nicht getötet,
- als Traurige und sich allezeit Freuende,
- als Arme, aber viele reich machend,
- als nichts habend und alles besitzend.

Schließlich finden wir in 2. Kor. 11, 23–30 eine letzte Liste von den Erfahrungen des Apostels im Dienst des Herrn, nachdem er die Charakterzüge der falschen Apostel (Herrschsucht, Hochmut und Habsucht) beschrieben hat: Er berichtet von Hunger und Durst, von Kälte und Blöße und schließt mit den Worten:

> „Wenn es gerühmt sein muß, so will ich mich dessen rühmen, was meine Schwachheit betrifft."(2. Kor. 11,30)

Man vergleiche diese Aussagen des Apostels mit den folgenden Worten Robert Schullers:

> „Sie müssen daran glauben, daß Sie irgendwann, irgendwie, irgendwo vermöge ihrer eigenen Kraft und mit der Hilfe anderer Menschen das höchste Ziel erreichen, das Sie sich gesetzt haben. Sie müssen glauben, daß Sie es wert sind, Erfolg zu haben. Sie müssen daran glauben, daß Sie alles erreichen können, was Sie erreichen möchten."[9]

Besitzer oder Verwalter?

Im NT werden wir Christen als Verwalter gesehen, die kein Eigentum besitzen, sondern materielle Güter im Auftrag Christi verwalten.

> „...die Kaufenden als nicht Besitzende, und die der Welt Gebrauchenden als ihrer nicht als Eigentum Gebrauchende, denn die Gestalt dieser Welt vergeht."(1. Kor. 7,31)

Die Bibel empfiehlt uns nicht ein Leben im Wohlstand, sondern in Genügsamkeit:

> „Die Gottseligkeit aber mit Genügsamkeit ist ein großer Gewinn; denn wir haben nichts in die Welt hineingebracht, so ist es offenbar, daß wir auch nichts hinausbringen können. Wenn wir aber Nahrung und Bedeckung haben, so wollen wir uns daran genügen lassen."(1. Tim. 6,6–8)

Weiter schreibt Paulus, daß diejenigen, die reich werden wollen, „in unvernünftige und schädliche Lüste" fallen, „denn die Geldliebe ist eine Wurzel alles Bösen" (1. Tim. 6,10).

Wenn heute immer mehr Wohlstandsevangelisten nicht mehr die Wiederkunft Jesu zur Entrückung der Gemeinde, sondern die „Einnahme der Welt" predigen und davon reden, daß „der Leib Christi schließlich alles Geld besitzen wird, weil Gottes Wille der Wohlstand ist" (K. Copeland), dann beweisen sie mit solchen Aussprüchen nur, daß nicht die Christen die Welt, sondern die Welt die Christen eingenommen hat.

David Wilkerson, der die Prediger des Wohlstandsevangeliums seit vielen Jahren kennt und ihre Botschaft untersucht hat, kommt zu folgendem Ergebnis:

> „Noch einmal möchte ich mit größtem Nachdruck herausstellen, daß die Wohlstandspropheten für das Zustandekommen des Laodizäa-Geistes in unseren Gemeinden verantwortlich sind. Sie verblenden die Gläubigen; sie wenden den Blick der Christen von der Notwendigkeit ab, alle Sünde und Weltförmigkeit aus ihrem Leben zu entfernen... Sie haben von der Frucht des Erfolges und des Wohlstandes selbst gekostet und vergiften nun die Schafe mit dem gleichen verdrehten Evangelium. Manche von ihnen würden gerne das Wort ‚Wohlergehen' an die Stelle von ‚Reinigung' setzen...

> Ich habe mich intensiv mit der Lehre des Wohlstandsevangeliums befaßt, immer in der Hoffnung, etwas darin zu finden, mit dem ich übereinstimmen kann – irgendeine gemeinsame Basis. Aber es war alles umsonst. Man hält mir entgegen, daß die Wohlstandslehre die Botschaft für diese letzte Zeit sei. Ich kann mich nur in mein Gebetskämmerlein verkriechen und zu meinem Vater im Himmel schreien: ‚Wie kann man nur so verblendet sein? Wie können Männer Gottes so etwas zum Inhalt ihrer Evangeliumsverkündigung machen?' Da ist keine Last für Seelen, kein Blut, keine Selbstverleugnung, kein Opfer, kein Kreuztragen, kein Anprangern von Sünde und Unrecht. Keine Aufforderung zu einem

geheiligten, abgesonderten Leben, kein Ruf zur Buße und
Beugung, kein Wort über Zerbruch, Sündenerkenntnis, Fürbitte
oder Erbarmen mit den Verlorenen."[10]

Der dänische Denker und Dichter Sören Kierkegaard (1813–1855)
hat bereits im vergangenen Jahrhundert Worte und Bilder gebraucht,
um die Christenheit vor einem Wohlstandsevangelium zu warnen, das
er mit scharfem Auge durchschaut hat. In einem seiner Werke hat er
sein Vermächtnis, sein letztes Wort an die Christenheit formuliert,
welches heute aktueller denn je ist:

„Wenn mir Macht gegeben wäre, ein einziges Wort oder einen einzigen Satz so auszurufen, daß er sich einprägen müßte und niemals vergessen würde – meine Wahl wäre getroffen, ich habe das Wort, ich würde sagen: Unser Herr Jesus Christus machte sich zu – ‚Nichts‘ (Phil. 2,7); gedenke dessen, o Christenheit!"[11]

Zum Schluß noch ein Hinweis auf unser großes, göttliches Vorbild:

„Denn diese Gesinnung sei in euch, die auch in Christus Jesus war, welcher, da er in Gestalt Gottes war, es nicht für einen Raub achtete, Gott gleich zu sein, sondern sich selbst zu nichts machte und Knechtsgestalt annahm, indem er in Gleichheit der Menschen geworden ist, und, in seiner Gestalt wie ein Mensch erfunden, sich selbst erniedrigte, indem er gehorsam ward bis zum Tod, ja zum Tod am Kreuz."(Phil. 2,5–8)

Schlußfolgerungen

1. Die Verkündiger des „Wohlstandsevangeliums" unterscheiden nicht die vorwiegend materiellen Segnungen des Volkes Israel im AT von den „geistlichen", vorwiegend nichtmateriellen Segnungen, die der Gemeinde des NT verheißen sind.
2. Die Verkündigung des „Wohlstandsevangeliums" bestätigt und bestärkt viele Christen in ihrer weltlichen und irdischen Gesinnung. Sie ignoriert aber die deutlichen Vorbilder und Lehren des NT über Jüngerschaft, Selbstverleugnung, Bescheidenheit und Genügsamkeit.
3. Das „Wohlstandsevangelium" nimmt der Christenheit die Glaubwürdigkeit und Kraft, die besonders in Zeiten der Verfolgung, der Armut und des Leides erwachsen und zum geistlichen Überleben notwendig sind.
4. Verkündiger dieser unbiblischen Lehre können unbefestigte Christen, die Krankheit, Armut und Verfolgung erleiden, in geist-

liche Krisen und Verbitterung stürzen und Zweifel an der Liebe und Fürsorge Gottes wecken.
Diese Lehren fördern den Laodicäa-Charakter der endzeitlichen Christenheit und berauben mit ihren materiellen Versprechungen ihre Anhänger um das Eigentliche des Evangeliums.

Literaturempfehlung:

W. MacDonald: „Der vergessene Befehl", CLV Bielefeld
W. MacDonald: „Wahre Jüngerschaft", Hänssler
A.N. Groves: „Seid nicht besorgt", CLV Bielefeld

13

„Befreiungsdienst" und „Geistliche Kampfführung"

„Eine herausragende Botschaft des Heiligen Geistes heute an sein Volk ist die, daß wir als Gemeinde Jesu durch kriegerisches Gebet die Fürsten und Gewaltigen in der unsichtbaren Welt und in der Luft unter unsere Kontrolle bringen können."[1]

Wolfhard Margies

Der „Befreiungsdienst" und die „Geistliche Kriegsführung" gehören zu den Praktiken, die nicht nur, aber vor allem in der „Dritten Welle" gelehrt und praktiziert werden. In der Pfingstbewegung werden diese Lehren allgemein abgelehnt. Laut C.P. Wagner hat die größte pfingstliche Denomination, die „Assemblies of God", in einer Stellungnahme zum Thema "Können wiedergeborene Gläubige von Dämonen besessen sein?" mit einem deutlichen „Nein!" geantwortet[2]. Auch in der deutschen Pfingstbewegung teilt man weithin diese Haltung, auch wenn einige Gemeinden, Prediger und Verlage unter dem Einfluß von J. Wimber, K. Hagin, W. Margies usw. von der allgemeinen Einstellung abweichen.

Einer der Führer der deutschen Pfingstbewegung, R. Ulonska, sagt z.B. deutlich: „Eine Besessenheit bei Gläubigen kann vom NT her klar abgelehnt werden...weder in den Paulusbriefen noch in der Apostelgeschichte gibt es einen Fall, daß ein Gläubiger noch von einem satanischen Bann gelöst wurde, oder wo man ihm Dämonen ausgetrieben hätte."[3]

Zu den bekanntesten Männern, die innerhalb der Charismatischen Bewegung und „Dritten Welle" den „Befreiungsdienst" und „Geistliche Kampfführung" praktizieren, gehören u.a.: P. Yonggi Cho, Michael Harper, Francis MacNutt, Jack Hayford, John Wimber, Charles Kraft, Derek Prince, C. Peter Wagner, Lester Sumrall, Omer Cabrera, Kenneth Hagin, Don Basham, Bob Mumford, Reinhard Bonnke.

Was versteht man unter „Befreiungsdienst"?

Unter „Befreiungsdienst" versteht man in charismatischen Kreisen die Befreiung von Dämonen und dämonischen Belastungen bei Christen und Nichtchristen.

Im allgemeinen wird gelehrt, daß Christen durch eigene Sünde unter den Einfluß und unter die Herrschaft von Dämonen kommen können, oder aber durch „ererbte" Dämonen, also durch Dämonen, die von Eltern auf Kinder übergehen, gebunden sein können. Als biblische Belege werden im allgemeinen Saul (1. Sam. 16,14), die verkrüppelte Frau (Luk. 13,16), Petrus (Luk. 22,31), Ananias und Saphira (Ap. 5,3) usw. genannt, obwohl Männer wie C.P. Wagner zugeben, daß es „keine Textstelle in der Bibel gibt, die sich direkt mit dieser Thematik beschäftigt"[4]. Fast alle Erkenntnisse auf diesem Gebiet der Besessenheit und Befreiung kommen aus der praktischen Seelsorge, sind also Erfahrungswerte und nicht Ergebnisse von Bibelstudien.

Allgemein wird gelehrt, daß es verschiedene Grade von Besessenheit oder „Dämonisierung" gibt, die dann auch entsprechend der Anzahl und der Hartnäckigkeit der „innewohnenden Dämonen" verschieden behandelt werden müssen. Als Kennzeichen dämonischer Gebundenheit werden von John Wimber u. a. folgende Symptome genannt:

– Drogen- oder Alkoholsucht
– Zwänge wie Begierde, Unzucht, Masturbation, Stehlen, Lügen, Eßsucht
– Gebundenheit durch Gefühle wie Furcht, Angst, Depression, Zorn
– Selbsthaß, Unversöhnlichkeit, Bitterkeit, Groll, Verachtung
– Chronische körperliche Krankheiten

So spricht man teilweise von Dämonen der Lust, der Müdigkeit, der Armut, des Zorns, der Häßlichkeit und sogar der „satanisch nachgemachten Zungenrede"[5].

Wolfhard Margies zählt zu den bereits genannten Symptomen noch folgende Krankheiten hinzu, die seiner Überzeugung nach Folgen dämonischer Belastung sind:

– Vegetative Störungen und Krankheiten (Schlafstörungen, Magersucht, psychosomatische Herzbeschwerden)
– Alle Formen einer chronischen rheumatischen Arthritis, alle chronischen Ekzeme, Allergien, Asthma, Neurodermitis
– Tumor, Krebs
– Schizophrenie, Epilepsie, Psychosen[6]

Die „Therapie"

Über die Befreiung von angeblichen Dämonen gibt es verschiedene Anweisungen. John Wimber erwähnt vier Arten von Befreiung: „Selbstbefreiung", Brüderliche Befreiung", „Pastorale Befreiung" und Befreiung durch solche, die eine „ besondere Gabe zur Unterscheidung der Geister, sowie die besondere Vollmacht haben, den Teufel und die bösen Geister dort zu besiegen, wo ihre Aktivität am intensivsten ist"[7].

Der in charismatischen Kreisen bekannte und viel gelesene Francis MacNutt empfiehlt, vor der eigentlichen Befreiung um Schutz für alle Beteiligten zu beten:

> „Ich bete, daß die Kraft des Blutes Christi alle Anwesenden umgibt und beschützt. Dann bete ich, daß Maria, die Mutter Gottes, und der heilige Erzengel Michael, alle Engel und Heiligen und auch die himmlischen Heerscharen mit uns für den Betreffenden einstehen."[8]

Danach werden im allgemeinen die Dämonen aufgefordert, ihre Namen zu nennen. John Wimber pflegt zuerst dem Dämonen zu gebieten, ihm zuzuhören und anschließend seinen Namen zu nennen: „In Jesu Namen gebiete ich dir, deinen Namen zu nennen."[9] Es offenbaren sich dann Dämonen mit Namen wie „Schmerz", „Angst", „Lust", „Häßlichkeit", „Tod", „Müdigkeit", „Gefräßigkeit", „Wollust"(so Wimber, Wagner und Basham), deren Namen oft unter Würgen, Spucken usw. ausgesprochen werden. Anschließend werden diese „Dämonen" durch Befehle ausgetrieben, oft unter Begleiterscheinungen wie „Hinfallen, Schreien, Stöhnen, tiefes Ausatmen, faulige Gerüche"[10] usw. W. Margies beschreibt seine Praxis, Dämonen auszutreiben, so:

> „Im Namen Jesu ergehen unsere Befehle derart, daß wir zunächst den Feind bei seinem Namen ansprechen und ihn in der Autorität unseres Herrn binden. Unter Binden verstehe ich, daß wir die uns vom Herrn gegebene Macht über alle Gewalt des Feindes erklären und damit die einzelne dämonische Macht lähmen und inaktivieren. Sie ist uns also jetzt untertan und muß gehorchen..."[11]

Der Exorzismus wird als beendet betrachtet, wenn sich auf Befragen keine Dämonen mehr melden, oder — wie Wimber berichtet — „Prickeln in den Händen, Wärme, übernatürlicher Friede aufhören"[12].

Interessant ist, daß der „Befreiungsdienst" in dieser oder ähnlicher Form auch von Nichtcharismatikern und auch von Antichristmatikern verschiedenster Schattierungen praktiziert wird, während

„Geistliche Kampfführung" meines Wissens nach ausschließlich von Charismatikern gelehrt und praktiziert wird.

„Geistliche Kampfführung"

In den letzten Monaten sind einige Berichte und Erfahrungen veröffentlicht worden, die teilweise großes Aufsehen erregt haben und zu einer neuen „Welle" in verschiedenen charismatischen Kreisen geworden sind.
Diese neue „Welle" wird „Geistliche Kampfführung" genannt und man versteht darunter einen erweiterten Befreiungsdienst, der sich nicht zunächst auf Menschen, sondern auf „Territorien" bezieht. Es geht darum, die „territoriale" Gewalt Satans über Länder, Städte, Bezirke, Straßen und Häuser im „kosmischen Raum" zu brechen.
C.P. Wagner berichtet z.B. von dem argentinischen Pastor Omar Cabrera, der „Erfahrungen im Umgang mit örtlich begrenzt wirksamen Dämonen hat"[13], die er auch in körperlicher Form zu sehen bekommt, deren Namen er erkundet und ihre Macht über ein Territorium bricht. Gemeinsam mit anderen „hervorstechenden christlichen Leitern in Argentinien" fordern sie „ Satan direkt heraus und verfluchen ihn".
C.P. Wagner weist auch auf den Psychiater McAll hin, der endlich die Ursache für das rätselhafte Verschwinden vieler Schiffe am berüchtigten „Bermuda-Dreieck" erkannt zu haben glaubt: Dort hätten früher Sklavenhändler etwa 2 Mill. Sklaven über Bord geworfen, die Versicherungsgelder dafür kassiert und damit einen Fluch mit Spukerscheinungen auf dieses Gebiet gelegt. 1977 habe dann eine „Jubiläums-Eucharistiefeier" von vielen Priestern und Bischöfen stattgefunden, um den Fluch aufzulösen und die Befreiung der Seelen zu erlangen, die am Bermuda-Dreieck ein vorzeitiges Ende gefunden haben[14].
In der Praxis kann „Geistliche Kampfführung" so aussehen:

„Bei evangelistischen Einsätzen unserer Gemeinde auf der Frankfurter Zeil binden wir aus diesem Grund die Mächte und Kräfte am Ort, die wir durch den Geist Gottes erkannt haben. Die Luft, die eben noch zum Schneiden war, wird dünner, geistliche Widerstände werden gebrochen, und Menschen finden schneller und leichter zum Herrn. Das Lösen und Binden im Namen Jesu (Matth. 16,19) bezieht sich nicht nur auf dämonisierte Personen. Manchmal müssen ganze Gebäude von Spuk- und Belästigungsphänomenen freigebetet werden, manchmal ein überschaubarer Bezirk einer Stadt"[15].

Als biblische Begründung für diese Praxis wird Eph. 6,12 zitiert, wo es um unseren Kampf gegen die „Weltbeherrscher dieser Finsternis, wider die geistlichen Mächte der Bosheit" geht. Einen weiteren Beleg sieht man in Dan. 10, wo die Kämpfe zwischen satanischen und göttlichen „Fürsten" geschildert werden, die für bestimmte Gebiete (Territorien) zuständig sind.

Was lehrt die Bibel

1. Zum Thema „Befreiungsdienst"

Im NT finden wir kein einziges Beispiel von dämonischer Besessenheit bei Gläubigen und daher auch kein Beispiel von einem Exorzismus an Wiedergeborenen.
Natürlich kann ein Christ von Dämonen und vom Teufel beeinflußt, verführt und betrogen werden – viele Personen und Gemeinden des NT sind dafür ein warnendes Beispiel – aber es steht im Widerspruch zu den Lehren des NT, das ein Christ, der ein „Tempel des Heiligen Geistes"(1. Kor. 6,19) ist und unter der Herrschaft Christi steht, vom Satan „besessen" sein kann und daher einen Exorzismus oder einen „Befreiungsdienst" nötig hat.
Wenn z.B. jemand in den „Fallstrick des Teufels" geraten ist, dann soll er „zurechtgewiesen" werden (2.Tim. 2,24-26). Da ist keine Rede von Dämonenaustreibung. Auch die oft zitierten Textstellen Matth. 16,19 und 18,18 („Lösen und Binden im Namen Jesu") haben absolut nichts mit Dämonen, sondern mit Aufnahme in die Gemeinde bzw. Gemeindezucht zu tun, wie der Kontext eindeutig zeigt.

In dieser Frage hat sich eine Erfahrungstheologie entwickelt – was zahlreiche Exorzisten auch freimütig zugeben – die in keiner Weise biblisch begründet werden kann. Zu welch unsinnigen Ansichten eine solche Erfahrungstheologie führt, zeigt das Beispiel von dem Jesuitenpater Rodewyk, der bei seinen Befreiungsdiensten Weihwasser, den Rosenkranz, das „Bild" des Erzengels Michael, Sakramentalien und Reliquien einsetzt[16].
Kann man aus Rodewyks angeblich erfolgreichen Befreiungsdiensten schließen, daß der Teufel das Weihwasser fürchtet und von Sakramentalien geheimnisvolle Kräfte ausgehen? Benutzt nicht Satan vielmehr diese Erfahrungen, um Menschen in ihrem Aberglauben zu bestätigen? Satan ist ein Lügner (Joh. 8,44), und das, was

Dämonen sagen und vortäuschen, darf niemals als Wahrheit ernstgenommen werden.
Wieviel Unheil ist dadurch entstanden, daß man Dämonen befragt und ihren Auskünften und Reaktionen Glauben geschenkt hat. Selbst wenn Dämonen etwas äußern, was der Wahrheit entspricht (vgl. Ap. 16,17), hat Paulus sich diese „Propaganda" entschieden verboten.
Dazu kommen noch einige seelsorgerliche Probleme: Es ist viel leichter, sich in einem „Befreiungsdienst" von angeblichen Dämonen befreien zu lassen, als Sünde im eigenen Leben zu erkennen, zu bekennen, zu verurteilen und zu beseitigen. In vielen Fällen wird die Verantwortung für Sünde und Fehlverhalten auf innewohnende Dämonen oder belastete Vorfahren geschoben und damit eine biblische Buße und Umkehr erschwert oder sogar verhindert.
Auffallend oft entsteht auch eine sehr starke Bindung an einen „vollmächtigen" Seelsorger, der unter Umständen weit entfernt wohnt und manchmal über Jahre aufgesucht wird, um schubweise von Dämonen befreit zu werden. Diese Praxis verhindert biblische Seelsorge, die möglichst am Ort geschehen sollte und niemals zu einer starken Bindung an den Seelsorger führen darf.
Biblische Befreiung hat immer dieses Muster: Sünde erkennen, bereuen, verurteilen, bekennen und lassen. Die Christen in Ephesus, die offensichtlich vor ihrer Bekehrung aktiv okkulte Praktiken getrieben hatten, „bekannten und verkündeten ihre Taten" und verbrannten öffentlich ihre Bücher(Ap. 19,18-20). Von Dämonenaustreibung oder einem „Befreiungsdienst" von seiten des Apostels lesen wir kein Wort.

2. Zum Thema „Geistliche Kampfführung"

An keiner Stelle im NT werden Christen aufgefordert, die „territoriale Gewalt" Satans über Bezirke, Städte und Länder im kosmischen Raum" zu brechen. Die Gefahr ist groß, daß man mit diesen Praktiken und der damit verbundenen Dämonenbefragung und Teufelsverfluchung in die Nähe des Spiritismus gerät. Fehlten dem Erzengel Michael Erkenntnisse in „Geistlicher Kampfführung", als er in der Auseinandersetzung mit dem Teufel um den Leib Mose kein „lästerndes Urteil über ihn zu fällen wagte" (Jud. 9)?

Geistlicher Kampf nach Eph.6 hat absolut nichts mit Dämonenbefragung usw. zu tun, wohl aber mit Wahrhaftigkeit, Gerechtigkeit, Evangelisation, Wort Gottes, Glaube und Gebet.

Haben wir „Apostolische Vollmacht" oder „Vollmacht über den Teufel"?

Aufgrund der Worte Jesu an die Jünger „Siehe, ich gebe euch die Gewalt (Vollmacht), auf Schlangen und Skorpione zu treten, und über die ganze Macht des Feindes..."(Luk. 10,19) schließen besonders Männer der „Glaubensbewegung" oder der „Wort-des-Glaubens" Bewegung, daß wir in gleicher Weise Autorität über den Teufel ausüben können. Kenneth Hagin, der „Vater" dieser Bewegung, die innerhalb der Charismatischen Bewegung großen Einfluß hat, aber – wie Dave Hunt und D.R. McConnell nachgewiesen haben – stark vom „Neuen Denken", „Unitarismus" und der „Christlichen Wissenschaft" beeinflußt worden ist und deren Theorien teilweise übernommen hat, äußert sich dazu folgendermaßen:

> „Die Vollmacht über den Teufel gehört dir"[17], „...du hast die Macht über all diese unsichtbaren Kräfte. Du kannst sogar über andere Autorität ausüben, solange sie sich in deiner Gegenwart befinden... ich weiß von Ehefrauen, die dem Teufel vollmächtig gebieten, wenn ihre Ehemänner nach Hause kommen und ihnen die Hölle heiß machen. Sie bedrohen Satan und nehmen ihre Autorität über ihn in Anspruch."[18]
>
> „Gottes Plan für dich ist, im Leben zu herrschen und zu regieren – über Umstände, Armut, Krankheit und alles, was dich bedrückt. Du herrschst, weil du Autorität hast."[19]

Wolfhard Margies, der das deutsche Sprachrohr von Kenneth Hagin zu sein scheint, dessen Bücher jedenfalls Hagins „Theologie" zum Ausdruck bringen, äußert sich ähnlich:

> „Wir sind dem Satan und seinem Reich überlegen... wir haben aktive Vollmacht über ihn."[20]

Dieser anmaßende Irrtum führt konsequenterweise dazu, daß Margies ein vernichtendes Urteil über die Christen im Ostblock fällt, die seiner Meinung nach jahrzehntelang nicht von ihrer Vollmacht Gebrauch gemacht haben:

> „Märtyrer zu sein und Verfolgungsleid auf sich zu nehmen ist nicht die erste Priorität des Christen. Wer dennoch diesen unbiblischen Akzent setzt, schadet sich selbst...
>
> Unsere kostbaren und hingegebenen Brüder und Schwestern im osteuropäischen Raum haben sich die Tradition des Unterdrücktwerdens und des Leidens selbst verordnet... haben durch ihre unbiblischen, dem Willen Jesu zuwiderlaufenden Leidenspriori-

täten die Obrigkeit indirekt in die jahrhundertelangen antigöttlichen Herrschaftsformen getrieben.
Mit ihrem verkehrten Verständnis haben sie dann schließlich das geerntet, was sie gesät haben."[21]

Wenn man diese Ausführungen liest, muß man davon ausgehen, daß dem Apostel Paulus diese Vollmacht fehlte, als er den Thessalonichern schrieb:

„Deshalb wollten wir zu euch kommen... einmal und zweimal, aber der Satan hat uns verhindert."(1. Thess. 2,18)

Es würde mich sehr interessieren, welche Erklärung W. Margies für die eindeutigen Worte in 2. Tim. 3,12 hat:

„Alle aber auch, die gottselig leben wollen in Christus Jesus, werden verfolgt werden."

Hatte Stephanus – trotz Geistesfülle – unbiblische Leidensauffassungen, die seine Steinigung bewirkten?
Fehlte dem Apostel Jakobus Unterricht in „Geistlicher Kampfführung", daß er von Herodes getötet wurde? Wenn es so selbstverständlich ist, daß man „Mächte und Kräfte am Ort bindet", warum hat dann Jesus nicht von dieser Möglichkeit während der Versuchung in der Wüste Gebrauch gemacht, um uns damit praktische Anleitung für den Umgang mit dem Teufel zu geben?

Wenn wir uns einbilden, „Vollmacht über den Teufel" zu haben, erliegen wir einer tragischen Selbsttäuschung. Die Bibel und auch der Lebensalltag von Charismatikern zeigt, daß wir diese Vollmacht eben nicht haben und es wäre besser, diesen Tatbestand demütig anzuerkennen und „stark in der Gnade" (2. Tim. 2,1) zu sein, als derart unnüchtern auf vermeindliche Autorität zu pochen.

Man kann nur hoffen, daß diese unbiblischen Theorien und Praktiken, die – wie mir scheint – in vielen Kreisen die „Wellen" der „Inneren Heilung" und des „Ruhens im Geist" ablösen, von vielen durchschaut werden und einer Rückbesinnung auf die unveränderlichen Grundlagen eines biblischen Evangeliums Platz machen.

Schlußfolgerungen

1. Für den „Befreiungsdienst" in Form von Dämonenaustreibung bei Gläubigen gibt es im NT weder ein Beispiel noch eine Aufforderung. Daher ist diese Art der Seelsorge als unbiblisch abzulehnen.

2. Da der Teufel der Vater der Lüge ist, müssen die Begleiterscheinungen beim Exorzismus und die Aussagen angeblicher Dämonen als Täuschungsmanöver gewertet und die Möglichkeit in Betracht gezogen werden, daß die Beteiligten dadurch irregeführt werden.
3. Da zahlreiche Christen, die aus Unwissenheit vergeblich Hilfe beim „Befreiungsdienst" gesucht haben, durch eine nüchterne, biblische Seelsorge Hilfe bekommen haben, zeigt auch die Erfahrung, daß der „Befreiungsdienst" ein Irrweg ist.
4. Die angebliche Autorität über den Teufel ist eine tragische Fehleinschätzung, die entweder zu Hochmut und Vermessenheit oder bei Nichterfolg zu Depressionen und zur Resignation führt.
5. Der in charismatischen Kreisen geführte „Geistliche Kampf" gegen territoriale Dämonen und Mächte ist eine Verzerrung dessen, was das NT über geistlichen Kampf lehrt und rückt in die Nähe des Spiritismus.
6. Immer dann, wenn unser Interesse und unsere Blicke von unserem Herrn Jesus weg auf andere Personen, Mächte oder Dinge gerichtet werden, verlieren wir geistliche Kraft und erliegen einem Betrug.

Wir sollten den Teufel nicht dadurch ehren, daß wir ihm mehr Beachtung schenken, als unbedingt nötig ist.

14

Biblische Alternativen

In den vorausgegangenen Kapiteln sind manche Fehlentwicklungen innerhalb der Christenheit deutlich geworden und vielleicht hier und da ebenfalls die Tatsache, daß jeder Irrweg, den Christen eingeschlagen haben, auch durch irgendein Versagen des Volkes Gottes mitverursacht worden ist. Die Geschichte Israels im AT lehrt, daß Niederlagen, Mißernten, Seuchen usw. eine Antwort Gottes auf Untreue, Ungehorsam und Götzendienst waren. In 2. Chron. 7,13 sagt Gott dem König Salomo:

> „Wenn ich den Himmel verschließe, und kein Regen sein wird, und wenn ich der Heuschrecke gebiete, das Land abzufressen, und wenn ich eine Pest unter mein Volk sende und mein Volk, welches nach meinem Namen genannt wird, demütigt sich, und sie beten und suchen mein Angesicht, und kehren um von ihren bösen Wegen: so werde ich vom Himmel her hören und ihre Sünde vergeben und ihr Land heilen."

Wenn dieses Gericht Gottes eintrifft, wird keine Nahrung wachsen können, und die Nahrung, die noch vorhanden ist, wird von den Heuschrecken abgefressen werden und die Pest, diese ansteckende Krankheit, wird das Volk Gottes dezimieren mit dem Ziel, daß es zur Besinnung kommt, sich demütigt und zum Herrn umkehrt.

Jeder Notstand, jede geistliche Krankheit im Volk Gottes ist also eine Zucht Gottes, die uns zur Umkehr bewegen soll.

Die Entwicklungen in der Christenheit allgemein und in den „drei Wellen" speziell sollten uns alle zu einer aufrichtigen, ernsten Selbstprüfung führen. Möglicherweise würde es diese Bewegungen nicht geben, wenn wir nicht einige wichtige Lehren des NT vernachlässigt und klare Anweisungen des Herrn ignoriert hätten. Diese Tatsache verbietet uns, in einer selbstgerechten, selbstzufriedenen Haltung über Geschwister der Charismatischen Bewegung zu urteilen.

Daher hat die Geschichte der Pfingst- und Charismatischen Bewegung uns einige Fragen zu stellen, denen wir nicht ausweichen sollten. Einige dieser von uns vernachlässigten Themen der Bibel möchte ich aufzählen und kurz erläutern.

Anbetung

Es ist beschämend, daß den Evangelikalen dieses zentrale Anliegen Gottes, dieses Herzstück unseres geistlichen Lebens, durch die Charismatische Bewegung neu bewußt gemacht werden muß. Zwar gibt es unter den sogenannten „Nichtcharismatikern" einige Kreise – so z.B. die „Brüderbewegung" und einige liturgische Bewegungen innerhalb der Evangelischen Landeskirche – , welche der Anbetung Gottes in ihren Gottesdiensten einen wichtigen Platz einräumen. Aber oft hat man auch dort eine verzerrte Vorstellung und glaubt, Anbetung Gottes bestehe darin, daß man eine Stunde in der Woche zusammenkommt, Gebete spricht und Lieder singt, die irgendwie das Thema Anbetung berühren.

In den meisten evangelikalen Kreisen hat man die Bedeutung des Wortes „Gottesdienst" auf den Kopf gestellt und versteht darunter, daß Gott uns dient durch Predigten usw. Doch Gottesdienst bedeutet zuerst einmal, daß unser Leben auf Gott ausgerichtet ist, wir Ihn loben, anbeten und Ihm danken mit „Herzen, Mund und Händen".

Petrus beschreibt uns in seinem ersten Brief als „heiliges" und „königliches" Priestertum mit einer zweifachen Aufgabe:

1. „Heilige" Priester – unser Dienst Gott gegenüber

– Wir haben Gott „geistliche Schlachtopfer" zu bringen:
– „Frucht der Lippen" (Hebr. 13,15), Lob, Dank, Anbetung,
– das Opfer unseres Leibes.

> „Ich ermahne euch nun, Brüder, durch die Erbarmungen Gottes, eure Leiber darzustellen als ein heiliges, Gott wohlgefälliges Schlachtopfer, welches euer vernünftiger Gottesdienst ist." (Rö. 12,1)

2. „Königliche" Priester – unser Dienst den Menschen gegenüber

– Die Verkündigung des Evangeliums (1. Petr. 2,9; Rö. 15,16),
– „wohltun und mitteilen" (Hebr. 13,16) bei Bedürftigen,
– Menschen in Not und Einsamkeit beistehen (Jak. 1,27).

Es liegt auf der Hand, daß unsere erste Aufgabe Gott gegenüber sehr vernachlässigt worden ist, während in charismatischen Kreisen die Bedeutung der Anbetung Gottes stark betont wird – wenn auch das, was heute vielerorts „Anbetung" genannt wird, etwas völlig anderes ist, als was die Bibel darüber lehrt. Anbetung ist sicher nicht eine religiöse Stimmung, in die man durch „Anbetungsmusik" und „Anbetungstanz" von einem „Anbetungsteam" gehoben wird. Anbetung setzt Erkenntnis Gottes voraus und ist das Ergebnis eines von Gottes Größe und Herrlichkeit ergriffenen und erfüllten Herzens und Lebens.

Geistesgaben

In den neutestamentlichen Briefen haben wir einige Kapitel, die uns eindeutige Anweisungen über die Bedeutung und Funktion der Geistesgaben geben (Rö. 12,4–8; 1. Kor. 12 und 14; Eph. 4,4–16). In den vergangenen Jahrhunderten ist – anfangend von den Reformatoren über Spener, Zinzendorf usw. – immer wieder vom „allgemeinen Priestertum der Heiligen" geredet worden. Dennoch werden in den meisten evangelikalen Gemeinden die Gläubigen von einem Pastor, Prediger oder „Laienprediger" versorgt, der alle Geistesgaben zu verkörpern hat. Gibt es für diese Praxis einen einzigen biblischen Beleg? In den Bewegungen der „Drei Wellen" nimmt das Thema der Geistesgaben einen großen Raum ein. Viele Bücher sind darüber geschrieben worden, wie man seine Gaben entdecken und entfalten kann. Selbst wenn man mit Recht beanstandet, daß dort einige spektakuläre Gaben besonders beachtet und andere Gaben vernachlässigt werden, so bleibt doch die Tatsache bestehen, daß in diesen Kreisen ein wichtiges Thema entdeckt und ernstgenommen wird, während in manchen nichtcharismatischen Kreisen eine umgekehrte Entwicklung zu beobachten ist.

Geistesleitung

Sowohl im Alltagsleben als auch in den Zusammenkünften als Gemeinde sollten wir offen für die Leitung des Heiligen Geistes sein. Auch das müssen wir uns neu sagen lassen. Die verständliche Angst vor Fehlentwicklungen und Entgleisungen, wie wir sie in charismatischen Versammlungen sehen, und die Furcht vor unberechenbaren Zwischenfällen oder Situationen darf nicht dazu führen, daß unsere Versammlungen nach einem Schema ablaufen, in einer toten Liturgie erfrieren und kein Raum mehr für das spontane Wirken des Heiligen Geistes vorhanden ist.

Wie nötig haben wir im biblischen Sinn „charismatische", d.h. solche

Versammlungen, in denen Gott uns das, was Er uns in unserer speziellen Situation sagen möchte, durch die verschiedenen Gaben, die Er der Gemeinde gegeben hat, auch sagen kann. Dem möglichen Mißbrauch, daß jemand aus der Geistesleitung eine Art Narrenfreiheit für sich macht, kann begegnet werden, indem ältere, weise Brüder mit der Gabe der „Regierung" (1. Kor. 12,28) Unordnung vermeiden und notfalls einem „zügellosen Schwätzer" den Mund stopfen (Titus 1, 10–11). Auch in dieser Frage, die für ein gesundes Gemeindeleben äußerst wichtig ist, sollten wir uns neu nach dem Wort Gottes ausrichten und eine biblische und nüchterne Praxis der Geistesleitung anstreben.

Ein geisterfülltes Leben

Wie wir bereits festgestellt haben, lehrt die Bibel keine „Geistestaufe" als „zweite Erfahrung". Wir finden aber andere deutliche Aufforderungen:

– „...seid mit dem Geist erfüllt." (Eph. 5,18)
– „Und betrübet nicht den Heiligen Geist Gottes..." (Eph. 4,30)
– „Den Geist löschet nicht aus..." (1. Thess. 5,19)

Während die Versiegelung mit dem Heiligen Geist an das Hören und Glauben des Evangeliums gebunden ist (Eph. 1,13), bleibt die Erfüllung mit dem Heiligen Geist abhängig von unserem Gehorsam und unserer Hingabe. In Ap. 4,31 lesen wir von den Christen in Jerusalem, daß sie mit Heiligem Geist erfüllt wurden, nachdem sie gebetet hatten, und von den sieben Diakonen in Ap. 6 wird berichtet, daß sie „voll Heiligen Geistes" sein sollten. Dem Stephanus wird dieses Zeugnis ausgestellt (Ap. 7,55) und auch von Barnabas lesen wir, daß er ein „guter Mann und voll Heiligen Geistes und Glaubens" (Ap. 11,24) war. Geistesfülle ist nicht eine Sache, die man nach theoretischer Kenntnis einiger „geistlicher Gesetze" oder durch Handauflegung bekommt, sondern ist verbunden mit Hingabe, Bibelstudium, Gebet und Gehorsam. Die Geistesfülle haben wir nicht ein für allemal, sondern sie kann durch Untreue, Gleichgültigkeit und Lauheit getrübt werden. Die Männer, von denen die Bibel berichtet, daß sie mit Heiligem Geist erfüllt waren, zeichneten sich nicht durch „Zungenreden" aus, sondern durch Glauben und geistliche Kraft zum Dienst und Zeugnis. Man erkennt die „Geistesfülle" an der „Frucht des Geistes":

> „Die Frucht des Geistes aber ist: Liebe, Freude, Friede, Langmut, Freundlichkeit, Gütigkeit; Treue, Sanftmut, Enthaltsamkeit."
> (Gal. 5,22)

Ein geisterfüllter Christ wird in seinem Leben die Eigenschaften des Heiligen Geistes zeigen:

> „Wenn aber jener, der Geist der Wahrheit, gekommen ist, wird er euch in die ganze Wahrheit leiten; denn er wird nicht aus sich selbst reden, sondern was irgend er hören wird, wird er reden, und das Kommende wird er euch verkündigen. Er wird mich verherrlichen, denn von dem Meinen wird er empfangen und euch verkündigen." (Joh. 16,13–14)

Viele jüngere und ältere Christen sehnen sich nach einem kraftvollen, geisterfüllten Leben, das ihnen scheinbar in der charismatischen Bewegung attraktiv angeboten wird, wo man allerdings oft Geistesfülle mit Enthusiasmus verwechselt. Die Frage an uns ist, ob solche Christen bei uns das Wirken des Heiligen Geistes erkennen können. Hier haben wir allen Grund, für unsere Lauheit, Mittelmäßigkeit und „Geistlosigkeit" Buße zu tun. Wir können mit der Bibel in der Hand und mit dem Recht auf unserer Seite gegen manche Mißstände und Irrlehren in der Charismatischen Bewegung argumentieren, aber unsere Worte werden wirkungslos sein, wenn unser Leben keine anziehende und überzeugende biblische Alternative ausdrückt.

Liebe zu Jesus Christus

Liebe zum Herrn ist unmittelbar mit der Geistesfülle verbunden. Ein im biblischen Sinn geisterfüllter Christ redet nicht viel vom Heiligen Geist, wenig von sich, aber gerne von Jesus Christus, den er liebt und der sein Leben erfüllt. Wie ein verliebter Bräutigam jede Gelegenheit nutzt, um irgendwie das Gespräch auf das Mädchen zu lenken, das sein Herz ausfüllt, sollte unsere Liebe zu dem Herrn Jesus so tief sein, daß wir sie einfach ausstrahlen. Aber wo finden wir heute ältere oder jüngere Christen, die ihre „erste Liebe" nicht verlassen haben? Wer von uns kann die Frage des Herrn: „Hast du mich lieb?" so aufrichtig wie Petrus beantworten:

> „Herr, du weißt alles, du erkennst, daß ich dich lieb habe." (Joh. 21,17)

Wie oft zitieren wir 1. Kor. 13, und wie häufig hören wir Predigten über das Sendschreiben an Ephesus, aber wann haben wir das letzte Mal in aufrichtiger Betroffenheit Buße getan über unsere Gleichgültigkeit dem gegenüber, der sein Leben für uns gelassen hat? Er betet unaufhörlich für uns und sehnt sich nach seiner Braut, für die er alles hingegeben hat. Aber Seine Braut scheint für andere Personen und Dinge mehr Interesse als für Ihn zu haben. Große Aktivität in der

Evangelisation, vorbildliche Sozialarbeit und aller Kampf um die reine Lehre des Wortes Gottes darf uns nicht blind machen für das, was der himmlische Bräutigam vor allem bei Seiner Braut sucht: ein liebendes Herz.

Bibelstudium

Um im Glauben gesund zu wachsen und um Kraft für unsere Aufgaben als Christen zu haben, ist eine tiefe Liebe zu Gottes Wort und eine größere Bereitschaft zum Bibelstudium nötig. Trotz aller Kurse, Seminare und Bibelschulen ist die Bibelkenntnis unter uns Christen erschreckend gering. Wir sollten ernsthaft um geisterfüllte Männer beten, die Gottes Wort kennen und begabt sind, anderen die Zusammenhänge der Schrift zu erklären und etwas von der Herrlichkeit des Wortes Gottes deutlich zu machen. Eine solide Bibelkenntnis ist die beste Bewahrung vor der Flut von Irr- und Sonderlehren, die auf uns zurollt. Die Charismatische Bewegung und leider auch große Teile der Evangelikalen kranken an der Tatsache, daß in den eigenen Reihen eine liberale, bibelkritische Theologie toleriert wird. Die Folge wird sein, daß sich auf lange Sicht ein Christentum etablieren wird, das mit dem Christentum des Neuen Testamentes nicht mehr viel zu tun hat, sondern mehr und mehr der „religiösen Welle" gleichen wird, wie sie Georg Huntemann in seiner Arbeit über Bonhoeffer treffend beschrieben hat:

> „Was wir heute als 'religiöse Welle' beobachten, ist eine Religiosität, die sich von der naiven Religiosität dadurch unterscheidet, daß sie nicht gegeben, sondern daß sie stimuliert wird. Was wären unsere modernen Evangelisten heute ohne ihr Marketing und ohne ihre eingeplante emotionale Stimulation, die oft mit einem Maschinenpark von Elektronik begleitet wird? ...Die Neureligiosität, soweit sie sich christlich gibt, ist völlig ausgerichtet auf Lebenssteigerung im Sinne rein subjektiver, konsumierender Selbstverwirklichung – sie ist ganz und gar Heilsegoismus... Diese Religiosität ist eine Religiosität der Versprechungen des 'powerful life', die sogar so konkret werden kann, daß sie dem Bekehrten nicht nur Gesundheit, sondern auch Wohlstand und Reichtum verspricht. Bei dieser Art von Evangelisationen wird man 'high' gemacht. Hier gibt es statt echter Wiedergeburt nur produzierte Hocherlebnisse, die aber als Augenblickskonsum völlig partiell sind, weil sie keinerlei Bedeutung für den allgemeinen Lebensvollzug in der modernen Welt haben. Die neue religiöse Welle nimmt Religion als Konsum. Sie offenbart sich als utopischer

Heilsegoismus. Daß diese Religiosität nichts, aber auch gar nichts mit dem Christentum zu tun hat, erkennt man daran, daß in der sogenannten New-Age-Bewegung völlig andere religiöse Inhalte, etwa fernöstliche Meditationspraktiken und Mythologien, für diesen Markt religiöser Bedürfnisbefriedigung eingebracht werden können."[1]

Vor einer solchen Entwicklung kann uns nur eine eindeutige Haltung in der Autoritätsfrage der Heiligen Schrift bewahren und ein anhaltendes, betendes Bibelstudium, das uns in allen Fragen des Glaubens und Lebens Licht und Kraft geben wird, ein nicht auf uns selbst, sondern auf Gott ausgerichtetes Leben zu führen.

Gebet

Wir alle reden oft von der Notwendigkeit des Gebets und wissen von Kindesbeinen an, daß Gebet der Schlüssel zur Erweckung ist. Und doch ist die Gebetsarmut nach wie vor das auffallende Kennzeichen unseres persönlichen und gemeinsamen Glaubenslebens. Hier sollte unsere Umkehr beginnen. Ganz gleich, wie dunkel die Zeiten werden und wenn auch die Schatten des Antichristentums immer deutlicher sichtbar werden, wird dennoch dort , wo eine Gemeinde ihre Schuld, ihren Mangel und ihr Versagen aufrichtig vor Gott bekennt, Erweckung schenken. Gott steht zu Seinem Wort. Wenn wir uns auf Ihn werfen, werden wir erfahren, daß Er Seine Verheißungen wahr macht.

Bescheidener Lebensstil

Mögen Wohlstandsevangelisten die Herzen und Augen auf sich selbst, auf die Dinge dieser Welt, Ansehen, Erfolg und Macht lenken, – wir sollten durch einen bescheidenen Lebensstil signalisieren, wessen Ehre wir suchen und wo unser Herz ist.
„Denn wo euer Schatz ist, da wird auch euer Herz sein." (Luk. 12,34)

Und wenn die Stimmen derer sich mehren, die die Lehre von der Entrückung der Gemeinde verwerfen und als „negativ" bezeichnen, weil sie von der „Einnahme der Welt" träumen, dann sollte unser praktisches Leben ein stiller, aber unübersehbarer Bußruf sein.

„Es seien eure Lenden umgürtet und eure Lampen brennend; und ihr, seid Menschen gleich, die auf ihren Herrn warten..."
(Luk. 12,35–36)

Evangelistischer Lebensstil

Es ist nicht zu leugnen, daß viele Charismatiker an der missionarischen Front stehen und den großen Auftrag unseres Herrn zu erfüllen suchen. Wenn wir auch manche Methoden bedenklich finden oder ganz ablehnen müssen und vielfach ein verkürztes Evangelium verkündigt wird, so müssen wir anerkennen, daß weltweit unsere Geschwister aus der Pfingst- und Charismatischen Bewegung diejenigen sind, die mit allen Mitteln Menschen zu Jesus Christus führen möchten. Gleichzeitig müssen wir uns fragen, warum dieser wichtige Dienst von uns so wenig praktiziert wird. Die evangelistische Arbeit ist für ein gesundes Gemeindeleben von großer Wichtigkeit. Wenn Menschen aus der Welt zum lebendigen Glauben an den Herrn Jesus und zur Gemeinde kommen, bedeutet das für die Gemeinde eine Art „Frischblutzufuhr", die in jeder Beziehung belebend wirkt. Eine Gemeinde, die viele Bekehrungen erlebt, bleibt vor negativen Traditionen und toten Formen bewahrt, weil diese jungen Gläubigen, die keine fromme Tradition kennen, durch ihre Fragen immer wieder dazu herausfordern, uns selbst und unseren Frömmigkeitsstil zu hinterfragen. Eine evangelistisch aktive Gemeinde steht nicht so schnell in Gefahr, sich in weltfremde Spezialerkenntnisse zu verlieren, weil die evangelistische Arbeit uns auf dem Boden der Tatsachen hält, uns immer wieder demütigt und damit die beste Bewahrung vor Perfektionismus und Gesetzlichkeit ist.

Es geht nicht in erster Linie darum, daß wir großangelegte Evangelisationen veranstalten, sondern einen evangelistischen Lebensstil entwickeln, der auf die Menschen in unserer unmittelbaren Umgebung zielt. In der heutigen Zeit ist diese Art der persönlichen Evangelisation besonders nötig und effektiv.

Ein Gleichgewicht zwischen persönlicher und gemeinsamer Verantwortung

Zu allen Zeiten bestand in den Gemeinden die Gefahr des Individualismus, der zu Spannungen und Spaltungen führen kann und andererseits die Gefahr des Klerikalismus, der dazu führt, daß eine Bevormundung in Angelegenheiten praktiziert wird, die in den Verantwortungsbereich des einzelnen gehören. Auch hier müssen wir lernen, zwei Prinzipien, die scheinbar entgegenlaufen und zu vielen Auseinandersetzungen geführt haben, gleichwertig zu beachten.

Das erste Prinzip ist die biblische Wahrheit, daß Gott Seine Arbeiter beruft, sie erzieht, in Seine Erntearbeit sendet und sie versorgt. Die allgemein praktizierte Tradition, daß Missionare, Evangelisten, Hirten und Lehrer von einem Missionswerk oder einer Zentrale ausgesandt, dirigiert und versorgt werden, ist sicher gut gemeint und hat auch viele praktische und organisatorische Gründe für sich, entspricht aber nicht den Anweisungen des NT. Ein Arbeiter des Herrn muß sich in erster und letzter Instanz immer dem Herrn verantwortlich wissen, der ihn in Seinen Dienst gestellt hat. Er darf sich niemals von Menschen abhängig machen, was den Dienst und die Methoden seines Dienstes betrifft. Was aber nicht bedeutet, daß er sich biblisch begründeter Kritik mit dem Hinweis auf persönliche „Freiheiten" entziehen kann.

Das zweite Prinzip ist die Aufforderung an die Gemeinde, die gottgegebenen Gaben zu erkennen, zu fördern, zu einer guten Entfaltung zu bringen, sie zu korrigieren und zu unterstützen. Die Gemeinde kann einen Diener des Herrn ermahnen, warnen, sie kann Wünsche äußern und Empfehlungen geben, aber sie darf sich niemals zwischen den Herrn und Seinen Knecht stellen. Nur im Fall falscher Lehre oder moralischer Sünde hat sie das Recht und die Pflicht einzugreifen und Gemeindezucht zu praktizieren. Aber andererseits hat der Arbeiter kein Recht auf Anerkennung oder Unterstützung, wenn diese aus irgendwelchen Gründen ausbleibt. Die Gemeinde kann sich hinter einen Diener Gottes stellen, ihm – im übertragenen Sinne – „die Hände auflegen" (Ap. 13,3) und sich mit seinem Dienst identifizieren. Sie kann aber auch eine abwartende Position beziehen und damit dem Diener die Gelegenheit zur Bewährung geben, oder aber die Anerkennung und Unterstützung verweigern und den Diener dem Herrn und Seiner Erziehung überlassen. Niemals sollte aber eine finanzielle oder organisatorische Abhängigkeit bestehen, die es dem Arbeiter schwer macht, dem Ruf Gottes zu folgen oder andererseits unter Umständen die Gemeinde verpflichtet, einen Arbeiter zu tragen und zu unterstützen, dessen göttliche Berufung und Befähigung zweifelhaft ist. Auch hier wird es nicht leicht sein, zu einer biblischen, gesunden Praxis zurückzukehren. Aber wir alle würden dann mit mehr Verantwortungsbewußtsein und mit mehr Gebet um klare Führung unseren Dienst tun und dabei wertvolle Glaubenserfahrungen machen. Die meisten Pioniermissionare und Erweckungsprediger haben ihren Dienst nicht im Auftrag einer Missionsgesellschaft oder Gemeinde getan, sondern sie wußten sich von Gott berufen, ausgesandt und Ihm verantwortlich. Deswegen haben sie auch entsprechende Glaubenserfahrungen gemacht, die uns heute weithin fehlen.

Natürlich sollte sich jeder Arbeiter des Herrn ernstlich prüfen, ob Gott ihn wirklich gerufen hat, wenn ihm kein Vertrauen von seiten der Gemeinde entgegengebracht wird und er sollte jede Korrektur dankbar annehmen. Wenn der Diener und die Gemeinde in einer guten geistlichen Haltung zum Herrn und zueinander stehen, wird es zu einer harmonischen und fruchtbaren Zusammenarbeit unter dem vollen Segen Gottes kommen.

Jim Elliot, der 1956 von den Aukas ermordete junge Missionar, schrieb in sein Tagebuch einen Satz, der in diesem Zusammenhang besonders beachtenswert ist:

> „Begib dich einem anderen oder einer Gruppe gegenüber nicht in eine Lage, auf Grund derer sie dir dann Verhaltensweisen vorschreiben können in Dingen, von denen du weißt, daß sie nur durch deine persönliche Selbstprüfung vor Gott entschieden werden können. Laß nie eine Organisation den Willen Gottes diktieren."[2]

Und kurze Zeit später schrieb er:

> „Es war eine lange Lehrzeit, bis ich das gelernt hatte: nur vor Gott zu leben, sich das Gewissen nur von Ihm formen zu lassen und nichts zu fürchten als das Abweichen von Seinem Willen."[3]

Gott schenke, daß das Nachdenken über die Entwicklungen in der Christenheit uns alle neu anspornt, Seinen Willen in Seinem Wort zu erkennen und ihn in Hingabe, Demut und Treue zu praktizieren.

„Dem aber, der euch ohne Straucheln zu bewahren und vor seiner Herrlichkeit tadellos darzustellen vermag mit Frohlocken, dem alleinigen Gott, unserem Heiland, durch Jesus Christus, unseren Herrn, sei Herrlichkeit, Majestät, Macht und Gewalt vor aller Zeit und jetzt und in alle Ewigkeit! Amen." (Jud. 25)

Anhang 1

Die „Berliner Erklärung"

Die unterzeichnenden Brüder erheben warnend ihre Stimme gegen die sogen. Pfingstbewegung.

1. Wir sind nach ernster gemeinsamer Prüfung eines umfangreichen und zuverlässigen Materials vor dem Herrn zu folgendem Ergebnis gekommen:

a) Die Bewegung steht im untrennbaren Zusammenhang mit der Bewegung von Los Angeles, Christiana, Hamburg, Kassel, Großalmerode. Die Versuche, diesen Zusammenhang zu leugnen, scheitern an den vorliegenden Tatsachen.

b) *Die sogen. Pfingsbewegung ist nicht von oben, sondern von unten;* sie hat viele Erscheinungen mit dem Spiritismus gemein. Es wirken in ihr Dämone, welche, vom Satan mit List geleitet, Lüge und Wahrheit vermengen, um die Kinder Gottes zu verführen. In vielen Fällen haben sich die sogen. „Geistbegabten" nachträglich als besessen erwiesen.

c) An der Überzeugung, daß diese Bewegung von unten her ist, kann die persönliche Treue und Hingebung einzelner führender Geschwister nicht irre machen, auch nicht die Heilungen, Zungen, Weissagungen usw., von denen die Bewegung begleitet ist. Schon oft sind solche Zeichen mit ähnlichen Bewegungen verbunden gewesen, z.B. mit dem Irvingianismus, ja selbst mit der „christlichen Wissenschaft" (Christian Science) und dem Spiritismus.

d) Der Geist in dieser Bewegung bringt geistige und körperliche Machtwirkungen hervor; dennoch ist es ein falscher Geist. Er hat sich als solcher entlarvt. Die häßlichen Erscheinungen wie Hinstürzen, Gesichtszuckungen, Zittern, Schreien, widerliches, lautes Lachen usw. treten auch diesmal in Versammlungen auf. Wir lassen dahingestellt, wieviel davon dämonisch, wieviel hysterisch oder seelisch ist, – gottgewirkt sind solche Erscheinungen nicht.

e) Der Geist dieser Bewegung führt sich durch das Wort Gottes ein, drängt es aber in den Hintergrund durch sogen. „Weissagungen". Vgl. 2. Chron. 18,18–22. Überhaupt liegt in diesen Weissagungen eine große Gefahr; nicht nur haben sich in ihnen handgreifliche Widersprüche herausgestellt, sondern sie bringen da und dort Brüder und ihre ganze Arbeit in sklavische Abhängigkeit von diesen „Botschaften". In der Art ihrer Übermittlung gleichen die letzteren den Botschaften spiritistischer Medien. Die Übermittler sind meist Frauen. Das hat an verschiedenen Punkten der Bewegung dahin geführt, daß gegen die klaren Weissagungen der Schrift Frauen, sogar junge Mädchen, leitend im Mittelpunkt stehen.

2. *Eine derartige Bewegung als von Gott geschenkt anzuerkennen, ist uns unmöglich.* Es ist natürlich nicht ausgeschlossen, daß in den Versammlungen die Verkündigung des Wortes Gottes durch die demselben innewohnende Kraft Früchte bringt. Unerfahrene Geschwister lassen sich durch solche Segnungen des Wortes Gottes täuschen. Diese ändern aber an dem Lügencharakter der ganzen Bewegung nichts, vgl. 2. Kor. 11,3.4.14.

3. Die Gemeinde Gottes in Deutschland hat Grund, sich tief zu beugen darüber, daß diese Bewegung Aufnahme finden konnte. Wir alle stellen uns wegen unserer Mängel und Versäumnisse, besonders auch in der Fürbitte, mit unter diese Schuld. Der Mangel an biblischer Erkenntnis und Gründung, an heiligem Ernste und Wachsamkeit, eine oberflächliche Auffassung von Sünde und Gnade, von Bekehrung und Wiedergeburt, eine willkürliche Auslegung der Bibel, die Lust an neuen aufregenden Erscheinungen, die Neigung zu Übertreibungen, vor allem aber auch Selbstüberhebung, – das alles hat dieser Bewegung die Wege geebnet.

4. Insonderheit aber ist die *unbiblische Lehre vom sogen. „reinen Herzen"* für viele Kreise verhängnisvoll und für die sogen. Pfingstbewegung förderlich geworden. Es handelt sich dabei um den Irrtum, als sei die „innewohnende Sünde" in einem begnadigten und

geheilgten Christen ausgerottet. Wir halten fest an der Wahrheit, daß der Herr die Seinigen vor jedem Straucheln und Fallen bewahren will und kann (1. Thess. 5,23; Jud. 24.25; Hebr. 13,21) und daß dieselben Macht haben, durch den Heiligen Geist über die Sünde zu herrschen. Aber ein „reines Herz", das darüber hinausgeht, auch bei gottgeschenkter, dauernder Bewahrung mit Paulus demütig sprechen zu müssen: „Ich bin mir selbst nichts bewußt, aber dadurch bin ich nicht gerechtfertigt", empfängt der Mensch überhaupt auf Erden nicht. Auch der gefördertste Christ hat sich zu beugen vor Gott, der allein Richter ist über den wahren Zustand der Herzen, vgl. 1. Kor. 4,4. „Wenn wir sagen, daß wir keine Sünde haben, so verführen wir uns selbst, und die Wahrheit ist nicht in uns", 1. Joh. 1,8.

In Wahrheit empfängt der Gläube *in Christo* ein fleckenlos gereinigtes Herz, aber die Irrlehre, daß das Herz in sich einen Zustand der Sündlosigkeit erreichen könnte, hat schon viele Kinder Gottes unter ein Fluch der Unaufrichtigkeit gegenüber der Sünde gebracht, hat sie getäuscht über Sünden, die noch in ihrer Gedankenwelt, in ihren Versäumnissen oder in ihrem Zurückbleiben hinter den hohen Geboten Gottes in ihrem Leben liegen. Es kann nicht genug ermahnt werden, für die Sünde ein Auge sich zu bewahren, welches nicht getrübt ist durch eine menschlich gemachte Heiligung oder durch eine eingebildete Lehre von der Hinwegnahme der Sündennatur. Mangelnde Beugung über eigene Sünde verschließt den Weg zu neuen Segnungen und bringt unter den Einfluß des Feindes. Traurige Erfahrungen in der Gegenwart zeigen, daß da, wo man einen *Zustand* von Sündlosigkeit erreicht zu haben behauptet, der Gläubige dahin kommen kann, daß er nicht mehr fähig ist, cinen *Irrtum* zuzugeben, geschweige denn zu bekennen. Eine weitere traurige Folge falscher Heiligungslehre ist die mit ihr verbundene Herabsetzung des biblischen, gottgewollten ehelichen Lebens, indem man mancherorts den ehelichen Verkehr zwischen Mann und Frau als unvereinbar mit wahrer Heiligung hinstellt, vgl. 1. Mos. 1,28 und Eph. 5,31.

5. In der sogen. Pfingstbewegung steht in Deutschland P. Paul als Führer vor der Öffentlichkeit. Er ist zugleich der Hauptvertreter der vorstehend abgewiesenen unbiblischen Lehren. Wir lieben ihn als Bruder und wünschen ihm und der Schar seiner Anhänger in Wahrheit zu dienen. Es ist uns ein Schmerz, gegen ihn öffentlich Stellung nehmen zu müssen. An Aussprachen mit ihm und an Ermahnungen im engeren und weiteren Brüderkreis hat es nicht gefehlt. Nachdem alles vergeblich war, müssen wir nun um seinet- und der Sache Gottes willen hiermit aussprechen: Wir, die unterzeichnenden Brüder, können ihn als Führer und Lehrer in der Gemeinde Jesu nicht mehr anerkennen. Wir befehlen ihn in Liebe, Glaube und Hoffnung der zurechtbringenden Gnade des Herrn.

6. *Wir glauben, daß es nur ein Pfingsten gegeben hat*, Apgsch. 2. Wir glauben an den Heiligen Geist, welcher in der Gemeinde Jesu bleiben wird in Ewigkeit, vgl. Joh. 14,16. Wir sind darüber klar, daß die Gemeinde Gottes immer wieder erneute Gnadenheimsuchungen des Heiligen Geistes erhalten hat und bedarf. Jedem einzelnen gilt die Mahnung des Apostels: ‚Werdet voll Geistes!' Eph. 5,18. Der Weg dazu ist und bleibt *völlige* Gemeinschaft mit dem gekreuzigten, auferstandenen und erhöhten Herrn. In ihm wohnt die Fülle des Geistes leibhaftig, aus der wir nehmen Gnade um Gnade. *Wir erwarten nicht ein neues Pfingsten; wir warten auf den wiederkommenden Herrn.*

Wir bitten hiermit alle unsere Geschwister um des Herrn und seiner Sache willen, welche Satan verderben will: Haltet euch von dieser Bewegung fern! Wer aber von euch unter die Macht dieses Geistes geraten ist, dem sage sich los und bitte Gott um Vergebung und Befreiung. Verzagt nicht in den Kämpfen, durch welche dann vielleicht mancher hindurchgehen wird. Satan wird seine Herrschaft nicht leichten Kaufes aufgeben. Aber seid gewiß: Der Herr trägt hindurch! Er hat schon manchen frei gemacht und will euch die wahre Geistesausrüstung geben.

Unsere feste Zuversicht in dieser schweren Zeit ist diese: *Gottes Volk wird aus diesen Kämpfen gesegnet hervorgehen!* Das dürft auch ihr, liebe Geschwister, euch sagen, die ihr erschüttert vor den Tatsachen steht, vor welche unsere Worte euch stellen. Der Herr wird den Einfältigen und Demütigen Licht geben und sie stärken und bewahren.

Wir verlassen uns auf Jesum, den Erzhirten. Wenn jeder dem Herrn und seinem Worte den Platz einräumt, der ihm gebührt, so wird er das Werk seines Geistes, das er in Deutschland so gnadenreich angefangen hat, zu seinem herrlichen, gottgewollten Ziele durchführen. Wir verlassen uns auf ihn, der da spricht: *„Meine Kinder und das Werk meiner Hände lasset mir anbefohlen sein!"* Jes. 45,11 (wörtl. Übersetzung).

Berlin, den 15. September 1909.

Unterschrieben hatten: Bähren, Hannover; Bartsch, Charlottenburg; Blecher; A. Dallmeyer; Broda, Gelsenkirchen; Dolmann; Engel, Neurode; Evers, Rixdorf; Frank, Hamburg; Grote, Oberfischbach; Hermann, Berlin; Heydorn; Huhn, Freienwalde; Ihloff; Jörn, Berlin; Kmitta; Knippel; Köhler, Berlin; Graf Korff; Kühn, Gr. Lichterfelde; Lammert, Berlin; Lohe; K. Mascher; Fr. Mascher, Lehe; Meister, Waldenburg; Merten, Elberfeld; Michaelis; v. Patow; Rohrbach; v. Rotkirch; Rudersdorf, Düsseldorf; Ruprecht, Herischdorf; Sartorius; Scharwächter; Schiefer, Neukirchen; Schopf, Witten; Schrenk; Schütz, Berlin; Schütz, Rawitsch; Seitz; Simoleit, Berlin; Stockmayer; v. Tiele-Winckler; Thiemann; v. Treskow; v. Thümmler; M. Urban; Urbschat, Hela; Vasel; v. Viebahn; Wächter, Frankfurt; Wallraff, Berlin; Warns, Berlin; Wittekindt; Wüsten, Görlitz; v. Zastrow, Gr. Breesen. Zustimmungen wurden erbeten an Wittekindt in Wernigerode.

Anhang 2:

Die Mühlheimer Erklärung

„Nachdem uns von den am 15.9. in Berlin versammelten Brüdern eine Erklärung gegen die sogenannte Pfingstbewegung zugesandt worden ist, fühlen wir uns veranlaßt, unseren Standpunkt zu derselben klarzulegen.

Vor allen Dingen ist es uns Bedürfnis, zu betonen, daß wir uns mit den teuren Brüdern völlig eins wissen in der Liebe zu Jesus, unserem gemeinsamen Haupte. Wir wollen fleißig sein, zu halten die Einigkeit im Geist durch das Band des Friedens. Daher liegt uns der Gedanke fern, irgendwie auf eine Spaltung oder Trennung der Gemeinde Gottes hinzuarbeiten. Im Gegenteil ist es uns ein tiefes Bedürfnis, mit dem ganzen Volk Gottes in brüderlicher Verbindung zu bleiben.

Zu dieser Erklärung selbst bemerken wir folgendes:

I. Wir danken dem Herrn für die jetzige Geistesbewegung. Wir sehen sie als den Anfang der göttlichen Antwort auf die jahrelangen Glaubensgebete um eine weltumfassende Erweckung. Wir erkennen also in ihr eine Gabe von oben und nicht von unten.

Was ist der Grundzug und die treibende Kraft dieser Bewegung? Es ist die Liebe zu Jesus und der Wunsch, daß er voll zu seinem Rechte in, an und durch uns komme. Wir wollen nichts anderes, als daß er verherrlicht werde. Der Zweck dieser Bewegung ist, daß das Blut Jesu durch völlige Erlösung seine Kraft beweise und daß der Heilige Geist Raum und Herrschaft gewinne, um uns zuzubereiten für das Kommen des Herrn.

Im einzelnen möchten wir hervorheben, daß selbstverständlich auch in dieser Bewegung sich nicht nur Göttliches, sondern auch Seelisches bzw. Menschliches und unter Umständen auch Dämonisches geltend macht. Es ist das eine Erscheinung, die wir bei jeder Erweckung finden. Was die in jener Erklärung erwähnten ‚körperlichen Machtwirkungen' anbetrifft, sind wir weit davon entfernt, sie alle ohne Unterschied als göttliche Wirkungen zu bezeichnen; deshalb brauchen sie aber nicht dämonischen Ursprungs zu sein. Es kommt eben sehr viel darauf an, wie sich das Gefäß den Einwirkungen des Heiligen Geistes gegenüber verhält. Der Mensch ist keine Maschine. Er kann, je nach seiner inneren Stellung, dem Heiligen Geist widerstreben oder auch in fleischlicher Weise nachzuhelfen suchen, und so entsteht ein böses Gemisch von Göttlichem und Menschlichem, das wirklich Anstoß gegeben hat, und mit Recht.

Andererseits wollen wir nicht vergessen, daß auch die Heilige Schrift auffallende körperliche Erscheinungen kennt. Saulus fiel vor Damaskus nicht bloß zur Erde, sondern wurde für 3 Tage blind. Auch als die 120 in Jerusalem mit dem Heiligen Geist erfüllt wurden, hat man zweifelsohne an ihnen auffallende Erscheinungen beobachten können, vgl. v. 33, „was ihr sehet und höret". Das bloße Reden in fremden Sprachen konnte nicht den Eindruck der Trunkenheit hervorrufen. Ebenso sagt Paulus 1. Kor. 14,23, daß das Zungenreden auf Uneingeweihte einen abstoßenden Eindruck machen könne. In diesem allen sieht die Heilige Schrift keineswegs das Wirken eines fremden Geistes. Besondere Beanstandungen haben die hin und her festgestellten sogenannten falschen Weissagungen erfahren. Das ist in der Tat ein Punkt, in dem wir bei unserer allgemeinen Unerfahrenheit auf diesem Gebiet noch viel zu lernen haben werden. Aber die Heilige Schrift wird uns auch hierbei nicht ohne Rat und Aufklärung lassen. In dieser Beziehung sind die Erlebnisse des Apostels Paulus auf seiner letzten Reise nach Jerusalem sehr lehrreich, vgl. Apgsch. 20,21—21,14. Er fühlt sich im Geiste gebunden, nach Jerusalem hinaufzuziehen, obwohl der Heilige Geist ihm in allen Städten bezeugt, daß Bande und Trübsal seiner daselbst warten. In Tyrus aber sagen ihm einige Jünger durch den Geist, er solle nicht nach Jerusalem ziehen (21,4), und in Cäsarea weissagt ihm Agabus, daß er in Jerusalem gebunden und in der Heiden Hände werde überantwortet werden (v. 10.11). Was hätte Paulus bei diesen sich scheinbar widersprechenden Weissagungen tun müssen, wenn er nicht mit der Möglichkeit gerechnet hätte, daß auch Propheten irren können? Er hätte die einen oder den anderen als falsche Propheten bezeichnen und demgemäß handeln müssen. Wir lesen aber nicht, daß Paulus daran denkt, daß irgendein Lügengeist von ihnen Besitz genommen haben könne, sondern er handelt nach der Anweisung, die er uns in Röm. 12,7; 1. Thess. 5,20.21 und 1. Kor. 14,29 gibt: Er verachtet nicht, was die Brüder ihm nach bester Meinung sagen; aber er prüft die Weissagung, um zu erkennen, welches für ihn der Wille Gottes sei.

Ein charakteristisches Beispiel dafür, daß Propheten irren, ja schlimme Dinge tun können, haben wir in 1. Kön. 13, wo der ungenannte alte Prophet zuerst log (v. 18) und dann doch eine echte, göttliche Weissagung erhielt (v. 20 ff.).

Wir erinnern uns weiter an Nathan, 2. Sam. 7. Zuerst als David ihm seinen Plan, dem Herrn ein Haus zu bauen, enthüllte, stimmte er ihm durchaus zu. Danach aber empfing er in der Nacht ein Wort vom Herrn, das gerade das Gegenteil aussprach.

Aus solchen Vorgängen sehen wir, daß wir sorgfältig unterscheiden müssen zwischen dem, was Gott je und je durch seinen Geist einem Propheten gibt, und dem, was dieser selbst aus seinen eigenen Gedanken hervorbringen und eventuell hinzutun kann. Hierauf weist uns auch, was Paulus 1. Kor. 14,32 sagt: Wer ist nach diesem Wort der Weissagende? Offenbar der Geist des Propheten. Gott läßt also nicht in der Weise weissagen, daß er einen Propheten zur bloßen Maschine macht, sondern er bentuzt den Geist des Propheten. Was unter diesem Geist des Propheten zu verstehen ist, geht aus v. 14 hervor. Dort unterscheidet Paulus, nach Luthers Übersetzung, den Sinn und den Geist eines Menschen. Unter dem Sinn versteht er das bewußte und unter dem Geist das unbewußte Geistesleben des Menschen. In dieses unbewußte Geistesleben (modern auch ‚Unterbewußtsein' genannt) legt Gott die Gabe des Zungenredens oder der Weissagung nieder. Diese Gaben sind göttliche, anvertraute Schätze. Bei richtigem Gebrauch sollten sie niemals anders angewandt werden, als wenn der Heilige Geist von oben dazu Leitung und Auftrag gibt. Nun aber besteht zwischen unserem bewußten und unbewußten Geistesleben durch unsere Persönlichkeit ein natürlicher Zusammenhang. Was wir im bewußten Geistesleben denken oder wollen, schlägt sich, ohne daß wir es merken, in dem

Anhänge

unbewußten Geistesleben nieder. Daher kommt es, daß der Prophet selbst auf seinen ‚Geist' einen Einfluß ausüben kann. Das eben meint Paulus, wenn er sagt, daß die Geister der Propheten den Propheten untertan sind.

Halten wir diese Richtlinie fest, so ergibt sich daraus folgendes: Wenn der Heilige Geist von oben den Propheten voll und ganz hinnehmen und beherrschen kann, so wird ihm nun eine göttliche Botschaft anvertraut, die niedergelegt wird in seinem unbewußten Geistesleben, die nun in prophetischer Rede von ihm ausgesprochen wird. Es kommt daher alles darauf an, ob ein mit Prophetengabe ausgerüsteter Mensch allein vom Geiste Gottes abhängig ist oder nicht. Hieraus erklärt sich der vorhin aus Apgsch. 21,4 angeführte Vorgang, als jene Brüder dem Paulus sagten durch den Geist, er sollte nicht nach Jerusalem hinaufgehen. Offenbar hatten sie etwas Göttlich-richtiges erkannt, nämlich, daß ihm Trübsal und Bande bevorstanden; aber weil sie sich in den Gedanken nicht finden konnten, daß Paulus gefangen genommen werden sollte, gaben sie ihre Botschaft nicht rein göttlich wieder, sondern der in ihrem bewußten Geistesleben gehegte Wunsch, den Apostel zu behalten, wurde der Vater des Gedanken, Paulus sollte nicht nach Jerusalem ziehen. Auf diese Weise erklären sich manche betrübende Vorkommnisse, die sich auf dem Gebiet der unrichtigen Weissagungen je und je ereignet haben. Wir sind fern davon, jede Weissagung, die von einem Geistgetauften ausgesprochen wird, von vornherein als göttlich anzuerkennen, sondern wir prüfen sie vielmehr nach den oben besprochenen biblischen Richtlinien. Daraus geht auch hervor, daß wir den Weissagungen nicht einen solchen Wert beilegen können, daß wir etwa eine ganze Reichsgottesarbeit, wie man anzunehmen scheint, in die Abhängigkeit von solchen Botschaften stellen würden. Im Gegenteil würden wir, wo wir solches vorfänden, dies als eine Verirrung bezeichnen. Außerdem ist zu bedenken, daß der Inhalt der Weissagungen in der Regel Erbauung, Tröstung und Ermahnung für die Gemeinde enthält (1. Kor. 14,3).

Fassen wir dies Ergebnis zusammen, so sehen wir, daß die Gefahr menschlicher Einwirkung in erster Linie und dämonischer Beeinflussung erst in zweiter Linie kommen kann. Auf Grund der Schrift haben wir also nicht ohne weiteres das Recht, dort einen Dämon zu vermuten, wo eine Weissagung abgegeben wurde, die sich irgendwie als irrig erweist. Daß dann und wann Besessenheit sich gezeigt haben mag, wollen wir durchaus nicht in Abrede stellen. Wo dies aber vorgekommen ist, lag wohl jedesmal ein besonderer ursächlicher Zusammenhang vor, und wo dieser gehoben wurde, ist noch stets Befreiung eingetreten.

Jedenfalls dürfen wir aus unserer Erfahrung heraus mit demütigem Dank gegen Gott bezeugen, daß wir uns in dieser Pfingstbewegung auf der Linie befinden, welche Mark. 16,17 ff. gezeichnet ist: „Die Zeichen, die da folgen werden..."

II. Hinsichtlich der uns zur Last gelegten Irrlehre, das „reine Herz" betreffend, weisen wir darauf hin, daß in der Erklärung die Lehre von P. Paul über jenen Punkt unrichtig dargestellt ist. Es wird darin gesagt, daß der Gläubige wohl „in Chriso ein fleckenlos gereinigtes Herz empfange", daß es aber P. Pauls Irrlehre sei, „daß das Herz in sich einen Zustand der Sündlosigkeit erreichen könne". In Wirklichkeit hat aber P. Paul, wie jeder, der ihn näher kennt, wohl weiß, in Wort und Schrift immer wieder stark betont, daß man nur in Christo allein sich von der Sünde gereinigt sei, und hat sich ausdrücklich gegen den ihm unterschobenen Ausdruck „Sündlosigkeit" verwahrt, und zwar aus dem Grunde, weil er gerade den Gedanken ablehnen wollte, als könne jemand, losgelöst von Christo, von der Sünde frei sein und als sei man nicht mehr fähig, in eine Sünde hineinzugeraten.

Man hat sich in der Erklärung darauf berufen, daß man mit P. Paul erfolglos verhandelt habe. Jedoch hat sich derselbe gerade bei diesen Verhandlungen bemüht, deutlich hervorzuheben, daß auch ein in Christo Geheiligter immer wieder von der Sünde hingerissen werden könne, wenn er nicht in Christo bleibt. Wir haben bis ans Ende nur Sicherheit unter der beständigen Deckung des Blutes. Die Brüder haben sich in ihrer Darstellung tatsächlich eines Irrtums schuldig gemacht, für dessen Korrektur wir ihnen herzlich dankbar sein würden. Denn er hat tatsächlich nichts anderes gelehrt, als was auch die Erklärung sagt, daß „der Gläubige in Christo ein fleckenlos gereinigtes Herz habe".

Ebenso irrtümlich ist auch die dem P. Paul unterschobene Ansicht über das eheliche Leben, wie sich aus den betreffenden in der „Heiligung" abgedruckten Ausführungen desselben sofort nachweisen läßt. Er hat nur darauf hingewiesen, daß man auch im Eheleben nicht dem Fleische leben, sondern unter der Leitung des Heiligen Geistes stehen müsse. Auch ist es uns nicht bekannt, daß irgendwo in unseren Kreisen die angeführte falsche Anschauung vorgetragen würde, könnten es auch nicht billigen, wenn es irgendwo geschähe.

III. Wir müssen um der Wahrheit willen noch hervorheben, daß viele Dinge, welche man der Pfingstbewegung zur Last legt, sich bei vorurteilsfreier genauer Prüfung keineswegs als „zuverlässiges" Material erweisen, sondern auf falschen Gerüchten oder Mißverständnissen oder einseitigen, oft auch falschen Darstellungen beruhen. Insbesondere sind grobe Irrtümer dadurch entstanden, daß man die Geister der mit Gaben ausgerüsteten Geschwister auf eine ganz falsche Weise zu prüfen suchte. Man hat in ihnen, wie bei spiritistischen Medien, einen „Geist" vermutet und angeredet, während es sich hier doch um eine durch den Heiligen Geist in den Tiefen ihres Geisteslebens geweckte Geistesgabe handelt. So ist es nur zu erklärlich, daß die geprüften Geschwister aus der Einfalt des Glaubens fielen und verwirrt wurden. Die durch solch unbiblisches Vorgehen angerichtete Verwirrung darf nicht der Pfingstbewegung sondern der menschlichen Unwissenheit zugeschrieben werden. Wir legen hiermit feierlich und offen das Bekenntnis ab, daß der Geist, der uns beim Zungenreden, Weissagen und den anderen Geistesgaben beseelt, sich nach 1. Joh. 4,2 und 1. Kor. 12,3 dazu bekennt, daß Jesus Christus ins Fleisch gekommen ist und daß er der Herr ist, dem wir mit ganzem Herzen dienen und zu dessen Ehre allein wir unsere von ihm geschenkten Gaben anwenden. Dieses Bewußtsein ist es, das uns in der ernsten Lage, in die uns die Erklärung unserer Brüder gebracht hat, freudige Zuversicht und die Kraft verleiht, ihm, unserem verherrlichtem Haupt, jedes Oper zu bringen auf dem Weg, auf dem wir uns von ihm geführt wissen."

Anhang 3

Brief von M. Urban und G.F. Nagel

Mission für Südosteuropa, Hausdorf, Krs. Neurode, Schles., den 19. Dezember 1921

Lieber Bruder Nagel!

Anbei sende ich Dir hierdurch eine kurze Niederschrift meiner Gedanken über die letzten Berliner Tage. Ich stelle Dir frei, ob Du dieselben mit meiner vollen Namensnennung veröffentlichen willst oder etwa an Deine Ausführungen anfügst.

Dem Herrn sei Dank für das Beisammensein! Es war keineswegs umsonst. Die Pfingstler sind doch wohl sehr erschüttert.

Herzlichen Weihnachtsgruß

Dein treuer M. Urban

Soeben komme ich von einem 3tätigen Beisammensein mit 11 Pfingstbrüdern, darunter den sogenannten Führern der Pfingstbewegung, und einer Anzahl neuer und alter Pfingstgegner aus Berlin zurück. Auf der Fahrt hin und her habe ich noch einmal die alte und neueste Literatur für und gegen die Pfingstbewegung durchstudiert. Aus dem allen ergibt sich für mich folgender Eindruck:

Anhänge

Die Pfingstleute behaupten stets und auch neuerdings wieder, der üble Geist der Bewegung, der so viel Ärgernis und Schaden verursachte, wäre nur ihr eigener Geist, der dem wahren Pfingstgeiste nicht mehr untertan ist, der aber durch völlige Beugung 1919 in Mühlheim nun eigentlich abgetan sei. Darüberhinaus sagten sich die 11 anwesenden Pfingstführer am 15. Dezember 1921 feierlichst von dem Geiste dieser Bewegung los. Darunter aber verstehen sie nicht den Geist, der sich in ihren Gaben, wie Zungenreden, Weissagungen, Botschaften, Offenbarungen, Gesichte, Träume, Heilungen usw. äußert. An diesen sogenannten Gaben halten sie nach derselben Erklärung als von Gott gegeben ausdrücklich fest.

Die 4 anwesenden Brüder, welche nach ihrer anfänglichen Zugehörigkeit zur Pfingstbewegung nun derselben entsagt haben, verurteilen die heutige Pfingstbewegung aufs schärfste, mißtrauen dem Wesen und der Handlungsweise der gegenwärtigen Führer durchaus und haben sich daher von der Bewegung, dem System, den Leitern und besonders von dem Brüdertag der Bewegung endgültig losgelöst. Dagegen halten sie die Anfänge der Pfingstbewegung für eine von Gott gewollte und echte Segnung. Insonderheit möchten sie die ihnen selbst verliehenen Wundergaben nicht als ungöttlich preisgeben, zumal sie dieselben teilweise schon 1909, dem Haupttermin des Bewegungsanfanges, empfangen hatten. Zum öffentlichen Gebrauch derselben haben sie freilich zur Zeit wenig Neigung.

Während also diese 4 neuen, heftigen Pfingstgegner im wesentlichen die Schuld der heutigen Verwirrung bei den gegenwärtigen Führern suchen und damit ungewollt die Pfingstbewegung gegen diese in Schutz nehmen, stehen wir ursprünglichen Pfingstgegnern gerade umgekehrt. Wir halten die ganze Bewegung von Anfang an für eine Irrung und den herrschenden Geist derselben für einen Truggeist, nicht von Gott gesandt. Das erkennen wir aus den falschen grundlegenden Lehren und aus den traurigen Früchten zur Genüge. Die Brüder, auch gerade die leitenden, bedauern wir als unter dem Banne fremder Mächte stehend. Infolge dessen sind sie nicht voll und nicht allein verantwortlich für die entsetzlichen Folgen der Bewegung. Der falsche Geist in ihr ist nicht nur der Menschen eigener Geist, sondern noch viel mehr jener von ihnen als Heiliger Geist angebetete Gabengeist, der sich in den Botschaften usw. kund gibt, indem er bald Wahrheit und bald Lüge ausspricht. Eine Lossagung vom eigenen Geist ist eigentlich überhaupt ebensowenig möglich wie etwa von der eigenen Person, die naturgemäß auch mit unerkannten Fehlern behaftet ist. Darum hat auch die neueste Lossagung der Pfingstler nicht viel mehr Bedeutung als alle früheren Beugungen. Nötig wäre eine gänzliche Absage an den Botschaftsgeist, der als eine fremde und nicht zu unterschätzende Macht die innere Herrschaft über jeden Gabenträger hat und außerdem auf verschiedene Weise von außen her auf die Pfingstleute einwirkt.

Deshalb genügt auch nicht ein Abschied der neuen Pfingstgegner von der Bewegung als solcher, sondern sie müssen gelöst werden von der Macht des falschen Wundergeistes, der in sie eingezogen ist, sonst bleiben sie eine Pfingstbewegung für sich, d.h. derselbe Irrgeist wird unabhängig von der organisierten Bewegung in ihnen selbst fortwirken und zwar wiederum Betrug, Täuschung und Verwirrung.

Nach Anhörung aller neuesten Zeugnisse der Pfingstler und Gegner und sorgfältiger Vergleichung mit den alten Schriften von 1909 und 1910 tritt mit großer Deutlichkeit zutage, wie überraschend ähnlich das Gesamtbild der Bewegung vor und nach 1909 sowie vor und nach 1919 gewesen und geblieben ist. Es besteht kein Zweifel: Die Pfingstbewegung hat sich nicht durch Schuld der Menschen (weder der Pfingstgegner noch der unheiligen Gabenträger) in ihr eigenes Zerrbild verwandelt, wie es den neuen Gegnern erscheinen möchte. Auch hat sie sich nicht durch Buße und Beugung ihrer Führer zu einer ganz neuen, nunmehr vertrauenswerten Sache entwickelt, was die Pfingstleiter uns so gern glaubhaft machen möchten. Sondern von Anfang an (1905 und 1906) bis heute haben wir es mit der völlig gleichen Bewegung zu tun, die dieselben Fehler in Lehre und Leben trägt (Siehe die Artikel der „Grüße a. d. Heiligtum" vom September und Oktober 1921!).

Sie ist durch ein und denselben Geist hervorgerufen und beherrscht, weder durch menschliche Schuld verunglückt noch durch menschliche Buße gereinigt und erneuert. Sie ist von Anfang an falsch und darum böse und unheilvoll. Auch kann sie gar nicht anders werden, trotz noch so vieler Mühlheimer und Berliner Tage, bis jeder einzelne Träger jenes falschen Geistes restlos von diesem getrennt ist und zur Einfalt in Christo zurückgefunden hat.

Ich bitte hiermit die Pfingstgeschwister inständig, sich doch ganz von diesem schrecklichen Geiste zu lösen, der wahrscheinlich genug Beweise seiner Unheiligkeit gegeben hat. Ebenso wünsche ich den neuen Gegnern von Herzen, sie mögen sich nicht nur von der gegenwärtigen Bewegung und ihrer abschreckenden Methode, sondern durch Gottes Gnade und Macht ebenfalls von dem ursprünglichen Geist der Bewegung ganz befreien lassen.

Es kann wohl kein Unrecht sein, insonderheit Weissagungen, Gesichte, Botschaften usw. einmal für längere Zeit vollständig auszuschalten und nur Gottes geschriebnes Wort wirken zu lassen. Die zweitweise völlige Aufgabe aller ekstatischen und okkulten Erscheinungen wird keinen Schaden bringen. Vielmehr ist es meines Erachtens der einzige Weg zu einem unverwirrten Urteil, zur Wiedererlangung der absoluten Wahrheit und zur völligen und wirklichen Lösung.

Unter den vielen Pfingstlern, die ich genau kannte und noch kenne – und deren sind viele – habe ich nicht einen einzigen gefunden, dessen Wesen mir durch die sogenannte Pfingsttaufe wirklich geistlicher geworden erschiene, oder dessen Urteilsklarheit und Geisteskraft im Dienst erkennbar zugenommen hätte. Das muß ich auch von den neuen Pfingstgegnern behaupten in bezug auf ihre bezeugten früheren sogenannten pfingstlichen Segnungen. Dagegen sind mir eine Unzahl von Fällen einwandfrei feststehend, wo die Träger von Gaben sich seither erkennbar ungünstig entwickelt und auch alsbald in ihrer Arbeit sich Schäden eingestellt haben. Dies ist mein vor Gott wohlerwogenes und begründetes gewissenhaftes Urteil. An den Früchten aber dürfen und sollen wir den Baum erkennen. So ist es nun meine tief gewurzelte Überzeugung, die durch die letzten Berliner Tage noch wesentlich gefestigt worden ist: Hier liegt ein absoluter und großer Betrug des Feindes vor. Fast will es mir scheinen, als spürten das die Pfingstbrüder bereits selber, es fehle ihnen nur an der Demut und dem Mut, Bankrott einzugestehen und zurückzukehren. Deshalb wollen wir mehr als bisher für sie beten und ihnen unsere Hand soweit als möglich zur Hilfe entgegenstrecken.

Hausdorf (Missionshaus), den 16. Dezember 1921.

M. Urban.

Aus: G.F. Nagel: Unsere Stellung zur sogenannten Pfingstbewegung, Brunnen Verlag, 1923

Anhang 4

Stellungnahme des Gnadauer Verbandes zur „Glaubensbewegung Deutsche Christen"

Als Männer, die sich für ihr Volk und die Gemeinde Jesu Christi an ihrem Teil verantwortlich wissen, fühlen wir uns gedrungen, an unsere Gemeinschaften in entscheidender Stunde ein ernstes Wort zu richten.

Es war selbstverständlich, daß bei dem Umbruch unseres Volkslebens auch die Kirche nach neuer Gestaltung rang. Die „Glaubensbewegung Deutsche Christen", die eine

Reformation der deutschen Kirche anstrebt, hat in vielen die Hoffnung auf ein neues volksmissionarisches Wirken erweckt. Dieser Bewegung haben sich nicht wenige aus unseren Kreisen hoffnungsvoll angeschlossen, weil sich den Gemeinschaften dabei neue Türen zum Mitdienst an der Evangelisation zu öffnen schienen.

Aber die „Glaubensbewegung Deutsche Christen" ist durch die in ihr immer noch geltenden ersten Richtlinien in ihrem unevangelischen Charakter gekennzeichnet. Dieser Grundzug trat besonders bei der Sportpalastversammlung in Berlin im November dieses Jahres in Erscheinung. In ihr wurde ganz deutlich kund, daß in führenden Männern der „Glaubensbewegung" ein anderer Geist waltet als im Evangelium. Diese Klärung ist vom Herrn der Kirche geschehen, damit alle Nebel verschwänden.

Wir halten daher den Zeitpunkt für gegeben, alle der „Glaubensbewegung Deutsche Christen" noch angeschlossenen Gemeinschaftsglieder dringend zu bitten, sich aus dieser Bindung zu lösen.

Wir bekennen, daß wir in unserer Augustsitzung durch den unevangelischen Zwang und die daraus erwachsende Forderung des Referenten der Reichsleitung der „Glaubensbewegung Deutsche Christen" nach Übertragung des politischen Führergedankens auf unser Gemeinschaftswesen überraschen ließen.

So beschließen wir denn hiermit nahezu einstimmig folgendes:

1. Der Gnadauer Vorstand erklärt sich geschieden von der „Glaubensbewegung Deutsche Christen".
2. Der in der Augustsitzung beschlossene Führerrat tritt zurück. Der vor dieser Sitzung vorhandene Hauptvorstand mit engerem Vorstand tritt wieder in seine Rechte.
3. Die vom Reichsreferenten der „Glaubensbewegung Deutsche Christen" geforderten Verbindungsmänner zwischen unseren Gemeinschaften und der „Glaubensbewegung Deutsche Christen" werden von uns zurückgezogen.

Durch diese Beschlüsse sind die Gründe hinfällig geworden, aus denen unser Vorsitzender Pastor D. Michaelis seinen Rücktritt im September dieses Jahres erklärte, so daß uns sein Dienst erhalten bleibt.

So rufen wir denn in dieser Entscheidungsstunde auf das Ernsteste zur Prüfung der Geister auf. Es ist keine Schwäche, sondern eine gesegnete Tat des Glaubens, von einer Sache zurückzutreten, die Berechtigtes in sich zu haben schien und viele ernste Christen in ihre Reihe gerufen hat, aber schließlich in ihrem vom Evangelium abführenden Charakter und Geist für alle ans Tageslicht getreten ist.

Wir können aber diesen ernsten Mahnruf nicht hinausgehen lassen, ohne uns zu beugen, daß uns der Geist der Unterscheidung, der Kraft und des Glaubens nicht so geschenkt war, daß wir den von der „Glaubensbewegung Deutsche Christen" an uns gestellten Forderungen nicht sofort widerstanden haben.

Wir bitten unsere Brüder im Lande hin und her, sich mit uns über solcher Schuld zu beugen.
Bad Salzuflen, 13. Dezember 1933
                  Der Vorstand des Deutschen Verbandes
                  für Gemeinschaftspflege und Evangelisation
                  I.A.D.W. Michaelis, Vorsitzender

Anhang 5

Brief von David du Plessis an den Generalsekretär der Assemblies of God (Oktober 1968)

„Herzliche brüderliche Grüße!

Dein Brief vom 14. September, in welchem mir mitgeteilt wurde, daß ‚auf Beschluß der Exekutive nun mein Verhältnis zu den Assemblies of God als ordinierter Geistlicher als für beendet betrachtet wird', kam wie ein Schock zu mir. Nie hätte ich von meinen Brüdern unter diesen Umständen einen solchen Schritt erwartet. Von ganzem Herzen bete ich: Vater, vergib ihnen, denn sie wissen nicht, was sie tun.

Seitdem mir meine Frau an jenem Abend telefonisch diesen Beschluß mitteilte, habe ich tagelang gebetet, um eine Antwort auf all das zu finden. Ich glaube, heute morgen in der Frühe hat mir der Herr das ganze Bild gezeigt.

Ende 1958, nach der Weltpfingstkonferenz in Toronto, Kanada, gebot mir der Herr deutlich, mich von jeglicher Stellung, die ich bekleidete, zurückzuziehen und ihm zu folgen, wohin er mich auch führen würde. Das habe ich getan. Aber ich betrachtete den Besitz des Dienstausweises der Assemblies of God nicht als eine Stellung. Deshalb zog ich mich auch nicht von den Assemblies of God zurück. Das hat nun Unbehagen und Schwierigkeiten verursacht. Im Falle von Abraham und Lot kam es zu Schwierigkeiten zwischen den Hirten, in unserm Falle zwischen den Räten. Die ganze Angelegenheit dreht sich um die Nationale Vereinigung von Evangelikalen, den A.o.G.-Vorstand sowie den Nationalen Rat der Kirchen und den Weltkirchenrat. Von Ältesten, die an der A.o.G.-Ratsversammlung teilnahmen, vernahm ich, daß wiederholt bestätigt wurde: Wir haben nichts gegen den Dienst unseres Bruders. So richtet sich der Einwand also gegen das Tätigkeitsgebiet.

Im Juni stellten mich die Brüder vor die Wahl, entweder diesen Dienst in ökumenischen Kreisen einzustellen oder mich von den Assemblies als Geistlicher zurückzuziehen. Der Geist hieß mich gehen, und ich wagte nicht, mit diesem Dienst aufzuhören. Andererseits wollte ich mich nicht von den Assemblies of God trennen, weil dies die einzige feste Verbindung zur Pfingstbewegung war. Ich bin der Auffassung, daß die Pfingsterweckung außerhalb der offiziellen Kirchen dasselbe ist wie die Pfingsterweckung innerhalb der Kirchen, wobei erstere zum Teil die Ursache für die letztere ist. Mehr als neunzig Prozent der Kirchen und Pfarrer, die die Taufe im Heiligen Geist bejahen und empfangen, gehören jedoch dem Nationalen Rat der Kirchen und dem Weltkirchenrat an. Was die Evangelikalen betrifft, so sind sie wohl zur Gemeinschaft mit Pfingstlern bereit, wollen aber nicht die Pfingsterfahrung akzeptieren, auch nach zwanzig Jahren nicht.

Das offizielle Band mag zerrissen sein, das Band der Liebe aber kann kein Mensch zerreißen. Nehmt bitte zur Kenntnis, daß ich beabsichtige, mit meinen Brüdern in den Assemblies und in allen pfingstlichen Denominationen ebenso – und vielleicht sogar noch mehr – zusammenzuarbeiten wie in der Vergangenheit. Der Wille Gottes ist die Einheit im Geist, und das ist eine viel größere Einheit als der Exekutivrat, der Weltrat oder irgendein anderer Rat.

In seiner Liebe und seinem Dienst verbunden, verbleibe ich Dein Bruder
David J. du Plessis"

Quellenangaben

Kapitel 1: Die Entstehung der Pfingstgemeinden – die erste Welle

1. So z.B. C.P. Wagner und John Wimber in J. Wimber/K. Springer: „Die Dritte Welle", Projektion J, Hochheim 1988, S. 26–30.
2. ebd., S. 29.
3. ebd., S. 29.
4. Wesleys Standart Sermons, Bd.2, S. 390–391, zit. in E. von Eicken: „Die charismatische Frage – Heiliger Geist oder Schwarmgeist", Brendow, Moers 1988, S. 8.
5. M. Schmidt: „John Wesley, Leben und Werk" Bd. 2, Gotthelf Verlag, Zürich 1987, S. 52
6. C.G. Finney: „Erinnerungen und Reden", Verlag von C. Schaffnit, Düsseldorf 1927, S. 16–17.
7. ebd., S. 101.
8. R.S. Latimer: „Eine Bote des Königs – Dr. F.W. Baedeckers Leben und Wirken", E. Müller, Barmen 1927, S. 224.
9. A. Roth: „Otto Stockmayer", Ott, Gotha 1925, S. 163.
10. J. Pollock: „D.L. Moody", Christliche Verlagsanstalt, Konstanz 1973, S. 143.
11. ebd., S. 149.
12. R.A. Torrey: „Der Heilige Geist", Herold, Asslar 1988, S. 9.
13. ebd., S. 135.
14. „Auf der Warte", 2/45, S. 6–7, zit. in W.J. Hollenweger: „Enthusiastisches Christentum", Brockhaus, Wuppertal/Zürich 1969, S. 207.
15. ebd., S. 208.
16. P. Fleisch: „Geschichte der Pfingstbewegung in Deutschland von 1900–1950", Francke, Marburg 1983, S. 24.
17. ebd., S. 27
18. G. von Viebahn in „Unser Verhältnis zum Heiligen Geist", Ostpreußischer Gemeinschaftsbund, Osterode 1903, S. 30.
19. ebd., S. 11.
20. W. Hollenweger, a.a.O., S. 206.
21. Zit. in E. von Eicken, a.a.O., S. 37.
22. P. Fleisch, a.a.O., S. 26.
23. ebd., S. 39.
24. F. Bartleman: „Feuer fällt in Los Angeles", Fliß, Hamburg 1982, S. 8.
25. Nach W. Hollenweger, a.a.O., S. 22.
26. ebd., S. 23.
27. P. Fleisch, a.a.O., S.9.
28. ebd., S. 10.
29. ebd., S. 12.
30. ebd., S. 15.
31. F. Bartleman, a.a.O., S. 76.
32. ebd., S. 86.
33. ebd., S. 88.
34. ebd., S. 94.
35. ebd., S. 181.
36. W. Hollenweger, a.a.O., S. 27.
37. P. Fleisch, a.a.O., S. 20.
38. ebd., S. 22.
39. ebd., S. 33.
40. ebd., S. 35.
41. A. Essen: „Gemeinschaftsbewegung und Zungenbewegung in Schlesien", Buchhandlung der E.G. für Deutschland, Wuppertal, S. 23.
42. ebd., S. 23.
43. ebd., S. 43.
44. H. Giese: „Und flickten die Netze", Franz, Metzingen 1988, S. 48–49.
45. ebd., S. 50–51.
46. ebd., S. 55.
47. H. Rottmann: „Prüfet aber alles und das Gute behaltet", Missionsbuchhandlung, Niedenstein, 1988, S. 12.

48. P. Fleisch, a.a.O., S. 38.
49. ebd., S. 38.
50. ebd., S. 38.
51. ebd., S. 39.
52. H. Dallmeyer: „Die Zungenbewegung", Adastra, Schaumburg-Lippe, S. 72–73.
53. P. Fleisch. a.a.O., S. 41.
54. ebd., S. 42–43.
55. Chr. Krust: „50 Jahre deutsche Pfingstbewegung", Altdorf 1958, S. 49–50.
56. So H. Giese, a.a.O., S. 67.
57. P. Fleisch, a.a.O., S. 47.
58. ebd., S. 49.
59. J. Rubanowitsch: „Das heutige Zungenreden", Neumünster, S. 15.
60. ebd., S. 120.
61. P. Fleisch, a.a.O., S. 64.
62. ebd., S. 58.
63. ebd., S. 59.
64. ebd., S. 79.
65. ebd., S. 109.
66. ebd., S. 109.
67. ebd., S. 134.
68. ebd., S. 135.
69. ebd., S. 143.
70. ebd., S. 173.
71. ebd., S. 179.
72. Chr. Krust, a.a.O., S. 85.
73. P. Fleisch, a.a.O., S. 185.
75. ebd., S. 258–259.
76. ebd., S. 260–261.
77. ebd., S. 267.
78. ebd., S. 269.
79. ebd., S. 276.
80. H. Giese, a.a.O., S. 213.
81. H. Vietheer: „Unter der guten Hand Gottes", Selbstverlag, Berlin 1962, S. 152.
82. P. Fleisch, a.a.O., S. 351.
83. R. Ising: „Kräftige Irrtümer", L. Keipp, Berlin 1965, S. 41.
84. P. Fleisch, a.a.O., S. 85.
85. ebd., S. 117.
86. ebd., S. 118.
87. A. Essen, a.a.O., S. 70.
88. ebd., S. 70–71.
89. ebd., S. 71.
90. H. Dallmeyer, a.a.O., S. 57.
91. J. Seitz: „Ein klärendes Wort gegen Pastor Pauls Schrift ‚Zur Dämonenfrage'", Berlin 1963, Vorwort.
92. E.F. Ströter: „Die Selbstentlarvung von ‚Pfingst – Geistern'", Berlin 1962, S. 16–23.
93. E. Edel: „Der Kampf um die Pfingstbewegung", Missionsbuchhandlung, Altdorf 1966, S. 40–41.
94. W. Nitsche/B. Peters: „Verstrickungen – Biblische Befreiung", Schwengeler, Berneck 1987, S. 164.
95. A. Essen, a.a.O., S. 87.
96. ebd., S. 88.
97. E. Edel, a.a.O., S. 29.
98. ebd., S. 53.
99. H. Giese, a.a.O., S. 110.
100. J. Zopfi: „Schwarmgeist?", Dynamis, Baden 1976, S. 14.
101. W. Margies: „Geistestaufe" Stiwa, Urbach 1979, S. 227.
102. S. Fritsch: „Der Geist über Deutschland", Fix, Schorndorf 1985, S. 170.
103. ebd., S. 169.
104. ebd., S. 186.
105. K. Becker/W. Bühne: „Ein Volk, eine Sprache, ein Ziel", Meinerzhagen 1981, S. 2.
106. „Charisma", Jesus – Haus Düsseldorf, 52/1986, S. 14.
107. „Charisma – Geistliche Erneuerung", Jesus – Haus Düsseldorf, 1985, S. 169.
108. „Charisma", a.a.O., 58/1987, S. 2.

109. L. Cunningham auf der Feuerkonferenz in Frankfurt, am 7.8. 1987.
110. P. Fleisch, a.a.O., S. 346.
111. Chr. Krust, a.a.O., S. 175.
112. J. Lange: „Eine Bewegung bricht Bahn", Brunnen, Gießen 1979, S. 135.
113. P. Fleisch, a.a.O., S. 111.
114. ebd., S. 166–167.
115. W. Michaelis: „Erkenntnisse und Erfahrungen", Brunnen, Gießen o.J., S. 214.
116. H. Klemm: „Elias Schrenk", Brockhaus, Wuppertal 1961, S. 443.

Kapitel 2: Die Charismatische Bewegung – die zweite Welle

1. B. Slosser: „Man nennt ihn Mr. Pentecost", Dynamis, Kreuzlingen, o.J., S. 8–9.
2. ebd., S. 157.
3. ebd., S. 174.
4. ebd., S. 183.
5. D. Bennett: „In der Dritten Stunde", Leuchter, Erzhausen 1971, S. 32.
6. ebd., S. 37.
7. ebd., S. 71.
8. K. Becker/W. Bühne, a.a.O., S. 9.
9. D. Wilkerson: „Es begann mit Kreuz und Messerhelden", Leuchter, Erzhausen 1975, S. 66.
10. B. Slosser, a.a.O., S. 205.
11. K. Becker/W. Bühne, a.a.O., S. 9.
12. E. Mederlet in „Der Aufbruch", Kassel, o.J., S. 7.
13. ebd., S. 9.
14. W. Hollenweger, a.a.O., S. XX.
15. F.A. Sullivan, in „Der Aufbruch", Kühne, Kassel, o.J., S. 51.
16. Zit. in W. Künneth/P. Beyerhaus: „Reich Gottes oder Weltgemeinschaft", Verlag der Liebenzeller Mission, Liebenzell 1975, S. 442.
17. P. Krämer/J. Mohr: „Charismatische Erneuerung der Kirche", Paulinus, Trier 1980, S. 135.
18. „Erneuerung in Kirche und Gesellschaft", Paderborn 1/1977, S. 20.
19. „Charisma – Geistliche Erneuerung", a.a.O., S. 50.
20. „Erneuerung in Kirche und Gesellschaft", Paderborn 4/1978, S. 10.
21. ebd., S. 12.
22. S. Großmann: „Haushalter der Gnade Gottes", Oncken, Wuppertal/Kassel 1977, S. 49.
23. W. Becker: „Nicht plappern wie die Heiden", Oncken, Wuppertal/Kassel 1967, S. 109–110.
24. ebd., S. 146.
25. ebd., S. 140–141.
26. „Der Aufbruch", a.a.O., S. 144.
27. H.D. Reimer: „Wenn der Geist in der Kirche wirken will", Quell, Stuttgart 1987, S. 30.
28. „Charisma", a.a.O., 66/89., S. 10.
29. H. Afflerbach: „Die sanfte Umdeutung des Evangeliums", Brockhaus, Wuppertal 1988.
30. „Der Auftrag", Erstausgabe, Hurlach, S. 3.
31. „CZB – Report", Christliches Zentrum Berlin, Berlin 6/86, S. 6.
32. K. Hagin: „Erlöst von Armut, Krankheit und Tod", Wort des Glaubens, Feldkirchen 1987, S. 9.
33. K. Hagin: „Gottes Medizin", Wort des Glaubens, Feldkirchen 1982, S. 18.
34. K. Hagin: „Der biblische Weg zur Erfüllung mit dem Heiligen Geist", Wort des Glaubens, Feldkirchen 1987, S. 26–27.
35. ebd., S. 30–31.
36. H. Mühlen in L. Christenson: „Die Gnadengabe der Sprachen und ihre Bedeutung für die Kirche", Oekumenischer Verlag R.F. Edel, Marburg 1976, S. 180.
37. ebd., S. 192.
38. H. Mühlen: „Dokumente zur Erneuerung der Kirchen", Mainz 1982, S. 96.
39. F. Schwarz: „Überschaubare Gemeinde" Bd.1, Schriftenmissionsverlag, Gladbeck 1980, S. 68.
40. H. Mühlen: „Einübung in die christliche Grunderfahrung" Bd.1, Grünewald, Mainz 1976, S. 34.
41. ebd., S. 99–100.
42. „Erneuerung in Kirche und Gesellschaft", Paderborn 4/1978, S. 33.
43. H. Mühlen: „Dokumente zur Erneuerung der Kirche", a.a.O., S. 117.
44. „C – Magazin", Ravensburg 1/1987, S. 5–6.
45. D. Wilkerson: „Die Vision", Leuchter, Erzhausen 1974, S. 99–100.
46. A. Kuen: „Die charismatische Bewegung", Brockhaus, Wuppertal 1976, S. 61–62.
47. ebd., S. 62.

48. J. Orsini: „Hört mein Zeugnis", Leuchter, Erzhausen 1979, S. 115.
49. „Erneuerung in Kirche und Gesellschaft", Paderborn 3/1978, S. 17.
50. F. MacNutt: „Die Kraft zu heilen", Styria, Wien/Köln 1976, S. 200.
51. ebd., S. 224–225.
52. W. Kopfermann: „Charismatische Gemeinde Erneuerung", Hamburg 1981, S. 53.
53. ebd., S. 54.
54. „Rundbrief" Nr. 30, Hamburg 1988, S. 33.
55. W. Kopfermann, a.a.O., S. 16–17.
56. ebd., S. 25.
57. ebd., S. 41.
58. „Idea" Dokumentation Nr. 28, Wetzlar 1988, S. 8.
59. ebd., S. 8.
60. ebd., S. 9.
61. „C – Magazin", Ravensburg 5/1988, S. 9.
62. ebd., S. 9.
63. „Gemeindewachstum", Aussaat und Schriftenmissions-Verlag, Gladbeck, 4/1988, S. 24.
64. „Gemeindewachstum", a.a.O., 1/89, S. 12.
65. „C – Magazin", a.a.O., S. 9.
66. „Idea" Dokumentation 28, a.a.O., S. 4.
67. ebd., S. 11.
68. „C – Magazin", a.a.O., 5/88, S. 10.
69. „Idea" Dokumentation 28, Wetzlar 1988, a.a.O., S. 14.
70. „Rundbrief" Nr. 29, Arbeitskreis für Geistliche Erneuerung in der Ev. Kirche, Hamburg, S. 2.
71. „Rundbrief" Nr. 30, a.a.O., S. 33.
72. „Idea", Wetzlar 15/89, S. 9.
73. H.J. Reimer, a.a.O., S. 103–104.
74. K. Hagin: „Sie sollen Gesichte sehen", Leuchter, Erzhausen 1983.
75. D.R. McConnell: „Ein anderes Evangelium", Fliß, Hamburg 1990, S. 18–31.
76. Zit. in McConnell, a.a.O., S. 155.
77. McConnell, a.a.O., S. 147–168, und Dave Hunt, „Rückkehr zum biblischen Christentum", a.a.O., S. 77–99.
78. McConnell, a.a.O., S. 7.
79. ebd., S. 13.
80. ebd., S. 238.

Kapitel 3: „Power evangelism" – die „Dritte Welle"

1. J. Wimber/K. Springer: „Vollmächtige Evangelisation", Projektion J, Hochheim 1986, S. 122–123.
2. J. Wimber/K. Springer: „Die Dritte Welle", a.a.O., S. 47.
3. ebd., S. 49.
4. ebd., S. 52.
5. ebd., S. 55.
6. ebd., S. 56.
7. ebd., S. 56.
8. ebd., S. 57.
9. „Gemeindewachstum", a.a.O., 4/88, S. 28.
10. J. Wimber/K. Springer: „Vollmächtige Evangelisation", a.a.O., S. 8.
11. J. Wimber/K. Springer: „Die Dritte Welle", a.a.O., S. 34.
12. ebd., S. 40.
13. ebd., S. 40.
14. ebd., S. 42.
15. ebd., S. 43.
16. J. Wimber/K. Springer: „Vollmächtige Evangelisation", a.a.O., S. 16.
17. J. Wimber/K. Springer: „Die Dritte Welle", a.a.O., S. 28–29.
18. ebd., S. 29.
19. ebd., S. 234.
20. ebd., S. 233.
21. ebd., S. 29.
22. ebd., S. 30.
23. ebd., S. 30.

Quellenangaben

24. J.I. Packer: „Auf den Spuren des Heiligen Geistes", Brunnen, Basel 1989, S. 228.
25. „Idea", Schweiz, 21/88.
26. J. Wimber/K. Springer: „Vollmächtige Evangelisation", a.a.O., S. 20.
27. J. Wimber/K. Springer: „Heilung in der Kraft des Geistes", Projektion J, Hochheim 1985, S. 26.
28. ebd., S. 34–35.
29. ebd., S. 35.
30. ebd., S. 35.
31. J. Wimber: „Power Healing", Manuskriptdruck, Hochheim 1988, S. 8.
32. J. Wimber/K. Springer: „Vollmächtige Evangelisation", a.a.O., S. 108.
33. ebd., S. 11.
34. ebd., S. 45.
35. ebd., S. 116.
36. ebd., S. 32.
37. ebd., S. 34.
38. ebd., S. 115–116.
39. ebd., S. 151.
40. J. Wimber/K. Springer: „Heilung in der Kraft des Geistes", a.a.O., S. 58.
41. ebd., S. 53.
42. ebd., S. 14.
43. ebd., S. 62.
44. ebd., S. 235.
45. F. MacNutt: „Beauftragt zu heilen", Styria, Graz/Wien/Köln 1985, S. 12.
46. D. Hunt: „Die Verführung der Christenheit", CLV, Bielefeld 1987, S. 132.
47. ebd., S. 133.
48. J. Wimber/K. Springer: „Heilung in der Kraft des Geistes", a.a.O., S. 48.
49. J. Wimber/K. Springer: „Vollmächtige Evangelisation", a.a.O., S. 100.
50. J. Wimber/K. Springer: „Heilung in der Kraft des Geistes", a.a.O., S. 51.
51. ebd., S. 145.
52. ebd., S. 154.
53. ebd., S. 14.
54. siehe Wimber: „Power Healing", a.a.O., S. 94.
55. J. Wimber/K. Springer: „Heilung in der Kraft des Geistes", a.a.O., S. 142.
56. ebd., S. 45.
57. ebd., S. 180.
58. J. Wimber/K. Springer: „Vollmächtige Evangelisation", a.a.O., S. 43.
59. ebd., S. 69.
60. J. Wimber/K. Springer: „Heilung in der Kraft des Geistes", a.a.O., S. 207.
61. J. Wimber/K. Springer: „Vollmächtige Evangelisation", a.a.O., S. 21.
62. J. Wimber/K. Springer: „Die Dritte Welle", a.a.O., S. 176.
63. J. Wimber/K. Springer: „Vollmächtige Evangelisation", a.a.O., S. 28.
64. J. Wimber/K. Springer: „Heilung in der Kraft des Geistes", a.a.O., S. 117–118.
65. ebd., S. 124.
66. ebd., S. 176.
67. J. Wimber/K. Springer: „Die Dritte Welle", a.a.O., S. 41.
68. J. Wimber/K. Springer: „Heilung in der Kraft des Geistes", a.a.O., S. 188.
69. ebd., S. 183.
70. ebd., S. 184.
71. J. Wimber/K. Springer: „Vollmächtige Evangelisation", a.a.O., S. 139.
72. S. Großmann in „Die Gemeinde" 50/87.
73. Y. Cho: „Erfolgreiche Hauszellgruppen", Christl. Gemeinde Köln 1987, S. 125.
74. ebd., S. 124.
75. D. Hunt: „Rückkehr zum biblischen Christentum", CLV, Bielefeld 1988, S. 148–149.
76. D. Hunt: „Die Verführung der Christenheit", a.a.O., S. 15.
77. ebd., S. 15.
78. Y. Cho: „Erfolgreiche Hauszellarbeit", a.a.O., S. 147–148.
79. Y. Cho: „Die vierte Dimension", Bd.1, Christliche Gemeinde Köln 1987, S. 119.
80. Y. Cho: „Nicht nur Zahlen", Verlag Information und Kommunikation, Bad Homburg 1986, S. 22.
81. ebd., S. 23.
82. Y. Cho: „Die vierte Dimension", Bd. 2, a.a.O., S. 69.
83. Y. Cho: „Nicht nur Zahlen", a.a.O., S. 35.
84. Y. Cho: „Die vierte Dimension", Bd.2, Christliche Gemeinde Köln 1987, S. 69.
85. Y. Cho: „Glaube in Aktion", Weg zur Freude, Karlsruhe, S. 10.

86. D. Hunt: „Die Verführung der Christenheit", a.a.O., S. 147.
87. ebd., S. 139.
88. Y. Cho: „Die vierte Dimension", Bd.1, a.a.O., S. 31–32.
89. Y. Cho: „Erfolgreiche Hauszellarbeit", a.a.O., S. 154–155.
90. Y. Cho: „Die vierte Dimension", Bd. 1, a.a.O., S. 31−32
91. Y. Cho: „Nicht nur Zahlen", a.a.O., S. 16.
92. Y. Cho: „Die vierte Dimension", Bd. 1, a.a.O., S. 34.
93. ebd., S. 38–39.
94. Y. Cho: „Die vierte Dimension", Bd.2, a.a.O., S. 64.
95. Y. Cho: „Nicht nur Zahlen", a.a.O., S. 100.
96. Y. Cho: „Der Schlüssel zum sieghaften Leben", Weg zur Freude, Karlsruhe 1981, S. 8–9.
97. ebd., S. 10.
98. Y. Cho: „Die vierte Dimension", Bd.1, a.a.O., S. 16.
99. ebd., S. 56.
100. ebd., S. 57.
101. ebd., S. 60.
102. ebd., S. 60.
103. ebd., S. 61.
104. ebd., S. 24–25.
105. ebd., S. 67.
106. ebd., S. 69.
107. ebd., S. 70–71.
108. R. Steele: „Die Hölle plündern", Leuchter, Erzhausen 1985, S. 15.
109. I. Birkenstock: „Weiß zur Ernte", Schulte + Gerth, Asslar 1983, S. 122.
110. R. Steele: „Die Hölle plündern", a.a.O., S. 17.
111. ebd., S. 18.
112. „Missions Reportage" 3/88, S. 11.
113. R. Steele: „Die Hölle plündern", a.a.O., S. 30.
114. I. Birkenstock: „Weiß zur Ernte", a.a.O., S. 17.
115. R. Steele: „Die Hölle plündern", a.a.O., S. 36.
116. ebd., S. 38.
117. ebd., S. 44.
118. ebd., S. 44–45.
119. ebd., S. 45.
120. Vortrag auf Cassette, CZB 1507.
121. R. Steele: „Die Hölle plündern", a.a.O., S. 46.
122. ebd., S. 65.
123. I. Birkenstock: „Weiß zur Ernte", a.a.O., S. 140.
124. ebd., S. 116–117.
125. R. Steele: „Die Hölle plündern", a.a.O., S. 124.
126. ebd.,S. 135.
127. ebd.,S. 146.
128. ebd., S. 147.
129. ebd., S. 146.
130. ebd., S. 153.
131. I. Birkenstock: „Weiß zur Ernte", a.a.O., S. 24.
132. R. Steele: „Die Hölle plündern", a.a.O., S. 148.
133. „Rundbrief" vom 26.3.1987.
134. ebd., vom 18.4.1988.
135. ebd., vom 15.2.1989.
136. R. Steele: „Den Himmel bevölkern", Leuchter, Erzhausen 1988, S. 19.
137. ebd., S. 24.
138. „Missions Reportage" 22.5.84
139. R. Steele: „Den Himmel bevölkern", a.a.O., S. 16.
140. „Missions Reportage" 25.1.85.
141. ebd., 6/86.
142. R. Steele: „Den Himmel bevölkern", a.a.O., S. 134.
143. „Missions Report" 5/87.
144. ebd.
145. ebd., 2/88.
146. ebd., 5/88.
147. ebd., 1/89.

148. ebd., 2/89.
149. I. Birkenstock: „Weiß zur Ernte", a.a.O., S. 106–107.
150. R. Steele: „Die Hölle plündern" a.a.O., S. 35–36.
151. ebd., S. 37.
152. R. Steele: „Zum Sieg bestimmt", Wort des Glaubens, Feldkirchen 1988, S. 129.
153. Videoaufzeichnung „Ein blutgewaschenes Afrika".
154. „Rundbrief" vom 20.10.1988.
155. S. Müller: „Es gibt keine Grenzen für Jesu Macht", Weg zur Freude, Karlsruhe o.J., S. 13.
156. ebd., S. 29.
157. ebd., S. 159.
158. ebd., S. 160.
159. K. Quatflieg: „Von Gott ausersehen", Weg zur Freude, Karlsruhe 1984, S. 49.
160. ebd., S. 170.
161. H. Riefle: „Nein – ich bin zu dumm", Jugend-, Missions- und Sozialwerk, Altensteig 1986, S. 89.
162. ebd., S. 91–92.
163. „Gemeindewachstum", a.a.O., Nr. 24, S. 17.
164. ebd., S. 17.
165. F. Schwarz: „Ich verweigere mich", Aussaat und Schriftmissionsverlag, Neukirchen-Vluyn 1985, S. 48.
166. ebd., S. 6.
167. ebd., S. 21
168. „Gemeindewachstum", a.a.O., Nr. 21, S. 25.
169. F. Schwarz: „Überschaubare Gemeinde" Bd.1, a.a.O., S. 11.
170. F. Schwarz: „Überschaubare Gemeinde" Bd.2, a.a.O., S. 99–100.
171. F. Schwarz/Chr. Schwarz: „Theologie des Gemeindeaufbaus", Aussaat und Schriftmissionsverlag, Neukirchen-Vluyn 1984, S. 274.
172. F. Schwarz: „Ich verweigere mich", a.a.O., S. 26–27.
173. „Gemeindewachstum", a.a.O., Nr. 32, S. 7.
174. ebd., Nr. 30, S. 4.

Kapitel 4: Die „Geistestaufe"

1. Chr. Krust: „Was wir glauben, lehren und bekennen", Missionsbuchhandlung, Altdorf 1980, S. 107.
2. D. Bennett: „Der Heilige Geist und Du", Leuchter, Erzhausen 1972, S. 58.
3. K. Hagin: „Das Sprachengebet", Wort des Glaubens, Feldkirchen, S. 4.
4. L. Christenson: „Segen und Sinn des Zungenredens", Leuchter, Erzhausen 1983, S. 32.34.47.
5. H. Horton: „Die Gaben des Geistes", Leuchter, Erzhausen 1964, S. 14.
6. W. Margies: „Geistestaufe?", Stiwa, Urbach 1979, S. 96.
7. R. Ulonska: „Geistesgaben in Lehre und Praxis", Leuchter, Erzhausen 1983, S. 20.
8. H. Mühlen: „Dokumente zur Erneuerung der Kirchen", a.a.O., S. 62.
9. zit. in L. Christenson: „Die Gnadengaben der Sprachen", a.a.O., S. 180.
10. J. Zopfi: „Schwarmgeist?", a.a.O., S. 54.
11. A. Remmers: „Geistesgaben oder Schwärmerei?", Verlag der Ev. Gesellschaft, Wupertal 1982, S. 20.
12. A. Kuen: „Die charismatische Bewegung", a.a.O., S. 78.

Kapitel 5: Das Zungenreden

1. D. Hunt: „Die Verführung der Christenheit", a.a.O., S. 58.
2. D. Davis: „Die ungeschminkte Wahrheit", Schulte + Gerth, Asslar 1985, S. 105.
3. J.I. Packer: „Auf den Spuren des Heiligen Geistes", a.a.O., S. 217–218.
4. K. Hagin: „Das Sprachengebet", a.a.O., S. 9–10.
5. W. Margies: „Geistestaufe?", a.a.O., S. 109.
6. Chr. Krust: „Was wir glauben, lehren und bekennen", a.a.O., S. 73.
7. L. Christenson: „Segen und Sinn des Zungenredens", a.a.O., S. 15.
8. M.T. Kelsey: „Zungenreden", Christliche Verlagsanstalt, Konstanz 1970, S. 243.
9. R. Ulonska: „Geistesgaben in Lehre und Praxis", a.a.O., S. 127.129.
10. Y. Cho: „Erfolgreiche Hauszellarbeit", a.a.O., S. 123.

Kapitel 6: Krankenheilung

1. W. Margies: „Heilung durch sein Wort", Bd.2, Stiwa, Urbach, S. 77.79.
2. W. Hagin: „Erlöst von Armut, Krankheit und Tod", Wort des Glaubens, Feldkirchen 1987, S. 18–19.
3. W. Hollenweger: „ Enthusiastisches Christentum", a.a.O., S. 405–406.
4. H. Horton: „Die Gaben des Geistes", a.a.O., S. 130
5. R. Brown: „Beten und heilen", Kühne, Schloß Craheim 1969, S. 74–75.
6. J. Wimber: „Heilung in der Kraft des Geistes", a.a.O., S. 154.
7. R. Ulonska: „Geistesgaben in Lehre und Praxis", a.a.O., S. 60–61.
8. K. u. G. Copeland: Zit. in J. Wimber, „Evangelisation in der Kraft des Heiligen Geistes"II, Manuskriptdruck, S. 89.
9. Zit. in H.L. Heijkoop: „Gebetsheilungen, Zungenreden, Zeichen und Wunder", Neustadt, o.J., Seite 52.

Kapitel 7: Handauflegung

1. J. Wimber/K. Springer: „Die dritte Welle", a.a.O., S. 168.
2. ebd., S. 40.
3. ebd., S. 66.
4. J. Wimber/K. Springer: „Heilung in der Kraft des Geistes", a.a.O., S. 185.
5. Idea, 23.11.88
6. K. Hagin: „Der biblische Weg zur Erfüllung mit dem Heiligen Geist", Wort des Glaubens, Feldkirchen 1987, S. 26–27.
7. C. Peddie: „Die vergessene Gabe", Franz, Metzingen 1972, S. 12.
8. ebd., S. 113.

Kapitel 8: „Power Evangelism"

1. J. Wimber/K. Springer: „Vollmächtige Evangelisation", a.a.O., S. 108.
2. ebd., S. 115–116.
3. ebd., S. 45.

Kapitel 9: „Ruhen im Geist"

1. J. Wimber/K. Springer: „Heilung in der Kraft des Geistes", a.a.O., S. 207.
2. ebd., S. 207.
3. J. Buckingham: „Kathryn Kuhlman", Fix, Schorndorf 1979, S. 229–230.
4. ebd., S. 207.
5. K.G. Rey: „Gotteserlebnisse im Schnellverfahren", Kösel München 1985, S. 25.
6. ebd., S. 130.
7. A. Seibel: „Die sanfte Verführung der Gemeinde", Verlag der Ev. Gesellschaft, Wuppertal 1989.

Kapitel 10: „Positives Denken"/„Denken in Möglichkeiten"

1. N.V. Peale: „Die totale Lebenswende", Schulte + Gerth, Asslar 1981, S. 118.
2. D. Hunt: „Die Verführung der Christenheit", a.a.O., S. 154.
3. ebd., S. 154.
4. N.V. Peale: „Die Kraft des positiven Denkens", Oesch, Thalwil, o.J., S. 147.
5. E. Hirsch: „Geschichte der neueren evangelischen Theologie", Bd.3, Gütersloher Verlagshaus, Gütersloh 1975, S. 375.
6. N.V. Peale: „Die Kraft des positiven Denkens", a.a.O., S. 9.
7. ebd., S. 29.
8. ebd., S. 74–75.
9. R. Schuller: „Harte Zeiten – Sie stehen sie durch!", Ariston, Genf 1985, S. 160.
10. ebd., S. 176.
11. ebd., S. 156.
12. D. Hunt: „Rückkehr zum biblischen Christentum", a.a.O., S. 208.

13. D. Hunt: „Die Verführung der Christenheit", a.a.O., S. 15.
14. D. Hunt: „Rückkehr zum biblischen Christentum", a.a.O., S. 150.
15. ebd., S. 185.
16. D. Hunt: „Die Verführung der Christenheit", a.a.O., S. 84.
17. ebd., S. 82.
18. ebd., S. 220.
19. ebd., S. 221.
20. ebd., S. 21.
21. D. Hunt: „Rückkehr zum biblischen Christentum", a.a.O., S. 163.
22. S. Kierkegaard: „Tagebücher" Bd.5, Diederichs, Düsseldorf 1974, S. 45.

Kapitel 11: Visualisierung

1. D. Hunt: „Die Verführung der Christenheit", a.a.O., S. 143.
2. D. Hunt: „Rückkehr zum biblischen Christentum", a.a.O., S. 219.
3. D. Hunt: „Die Verführung der Christenheit", a.a.O., S. 27.
4. A. Sanford: „Heilendes Licht", Claren, Lüdenscheid 1984, S. 34.
5. ebd., S. 137–138.
6. ebd., S. 137.
7. ebd., S. 32.
8. ebd., S. 132.
9. Y. Cho: „Die vierte Dimension", Bd.1, a.a.O., S. 38.
10. Y. Cho: „Die vierte Dimension", Bd.2, a.a.O., S. 63.
11. Y. Cho: „Die vierte Dimension", Bd.1, a.a.O., S. 35.
12. D. Hunt: „Die Verführung der Christenheit", a.a.O., S. 177.
13. D. Hunt: „Rückkehr zum biblischen Christentum", a.a.O., S. 238.
14. Y. Cho: „Die vierte Dimension", Bd.1, a.a.O., S. 60.
15. ebd., S. 67.

Kapitel 12: Evangelium und Wohlstand

1. L. Ravenhill: „"Erweckung nach dem Herzen Gottes", Schulte + Gerth, Asslar 1985, S. 26–27.
2. K. Hagin: „Befreit von Armut, Krankheit, Tod", a.a.O., S. 6.9.12.
3. Y. Cho: „Nicht nur Zahlen", a.a.O., S. 35.
4. R. Steele: „Zum Sieg bestimmt", a.a.O., S. 133.135.
5. D. Hunt: „Rückkehr zum biblischen Christentum", a.a.O., S. 81.
6. N.V. Peale: „Die Kraft des positiven Denkens", a.a.O., S. 217.
7. K. Hagin: „Erlöst von Armut, Krankheit und Tod", a.a.O., S. 9.
8. D. Hunt: „Rückkehr zum biblischen Christentum", a.a.O., S. 92
9. R. Schuller: „Harte Zeiten – Sie stehen sie durch!", a.a.O., S. 215.
10. D. Wilkerson: „Laß die Posaune erschallen", Fliß, Hamburg 1987, S. 149–150.
11. S. Kierkegaard: „Christenspiegel", Brockhaus, Wuppertal 1979, S. 64.

Kapitel 13: „Befreiungsdienst" und „Geistliche Kampfführung"

1. W. Margies: „Das Kreuz der Gesegneten", Aufbruch, Berlin 1990, S. 68.
2. C.P. Wagner: „Der gesunde Aufbruch", W. Simson Verlag, Lörrach 1989, S. 172.
3. R. Ulonska: „Kann ein Christ besessen sein?" (Kassettennachschrift).
4. C.P. Wagner: a.a.O., S. 177.
5. ebd., S. 166.
6. W. Margies: „Befreiung", Aufbruch, Berlin 1988, S. 41–42, 211–212.
7. J. Wimber: „Heilung in der Kraft des Geistes", Projektion J, Hochheim 1987, S. 125.
8. F. McNutt: „Die Kraft zu heilen", Styria/Franz, 1986, S. 147
9. J. Wimber, a.a.O., S. 222.
10. ebd., S. 224.
11. W. Margies: „Befreiung", a.a.O., S. 201.
12. J. Wimber, a.a.O., S. 225.
13. C.P. Wagner, a.a.O., S. 181.
14. C.P. Wagner: „Territorial spirits and world missions", EMO, 1989, S. 284.

15. A. Hermann, in Gemeindewachstum 42/1990, S. 6.
16. W. Nietsche/B. Peters: „Dämonische Verstrickungen – Biblische Befreiung", Schwengler, Berneck, S. 110.
17. K. Hagin: „Die Autorität des Gläubigen", Verlag Lebendiges Wort, Hohenschäftlarn, 1982, S. 47.
18. ebd., S. 45.
19. ebd., S. 31.
20. W. Margies: „Über den Umgang mit einem besiegten Feind", Aufbruch, Berlin, 1987, S. 7.

Kapitel 14: Biblische Alternativen

1. G. Huntemann: „Der andere Bonhoeffer", Brockhaus, Wuppertal 1989, S. 96.
2. E. Elliot: „Im Schatten des Allmächtigen", Brockhaus, Wuppertal 1986, S. 63.
3. ebd., S. 111.

Personen- und Sachregister

(Die **halbfett** gedruckten Seitenangaben zeigen an, daß an dieser Stelle die Person oder das Thema ausführlicher behandelt wird.)

Aaron **191**
Abram 206, 225, 226, 227, 234, 235, 236
ACD 65
Afflerbach, Horst 83
Agabus 268
AGGA 99, 160, 161, **163 - 164**
Aglow 77, 78
Agrippa 198
Allianzbewegung 17, 20, 22, 40, 64
Allianzblatt 39
Allianzkonferenz 21, 36
Ambrosius 118
Amway 211
Ananias 192, 246
Angelina, John 89, 105, 158
Anglikaner 69, 70
Anskarkirche 100, 103
Antonius 118
Apollos 198
Arbeitsgemeinschaft der Christengemeinden in Deutschland (ACD) 65
Arminianismus 87
Aschoff, Friedrich 98, 99, 102
Aschoff, Udo 99
Assisi 118
Augustinus 118, 119
Autosuggestion 223
Avila, Therese von 118

Baedecker, F.W. 18
Bähren 267
Baptisten 57, 65, 76, 80, 82
Barnabas 198, 199, 258
Barrat, Th.B. **27-29**, 38, 63
Barret, David B. 103, 165
Bartleman, Frank **23-26**
Bartsch 267
Basham Don 245, 247
Baumert, Norbert 93
Becker, Wilhard 12, 72, 79, 80, 81, 82, 83, 223
Befreiungsdienst 125, 126, **245-253**
Bekennende Kirche 57
Bekenntnisbewegung 162
Bennet, Dennis 12, **69-70**, 72, 168, 228
Bergmann, Gerhard 163
Berliner Erklärung **39-62**, **265-267**
Berliner Ostererklärung **59**, 65, 77

Bhengu, N. 148
Bially, Gerhard 55, 87
Bibelschule Wiedenest 82
Biehler, Benno 93
Bileam 206
Billy-Graham-Konferenz 145
Bittlinger, Arnold 12, 70, 71, 77, 79, 80, 82, 92, 96, 99
Blankenburger Allianzkonferenz 21, 35, 36, 48
Blanton, S. 209
Blecher 267
Blessit, Arthur 7, 78
Bloesch, D.G. 114
Blumhard, J.Ch. 52
Blunck, Jürgen 160
Böhringer H. 92
Bonhoeffer, D. 260
Bonnke, Reinhard 55, 77, 78, 90 118, 124, **140-156**, 158, 164, 181, 183, 203, 215, 228, 245
Boom, Corrie ten 82
Boor, Werner de 223
Bosch, Roger 160
Braden, Charles 209
Branham, William 67
Bright, Bill 73, 85
Brockhaus, Rolf 73
Brown, Roland 80, 82, 181
Brownback, Paul 220
Brüderbewegung 13, 62, 256
Buckingham, J. 76, 204, 205
Buddhismus 135, 226
Bühne, Wolfgang 220
Bultmann, Rudolf 163
Bund Freikirchlicher Pfingstgemeinden (BFP) 65
Bunyan, John 218
Buob, Hans 93
Burbank 223
Busch, Johannes 57
Busch, Wilhelm 57

Cabrera, Omer 245, 248
Calver, Cliver 152
Capps, Charles 105
Carnegie 223
Castaneda, Carlos 120
Chapman, Robert 237
Charismatische Bewegung 12, 13, 57, **67-106**, 107, 131, 165, 259, 260, 263
Charismatische Gemeindeerneuerung 92 (siehe auch Geistliche Gemeinde Erneuerung)

Children of God 85, 174
Cho, P. Yonggi 78, 93, 110, **130-140**, 145, 153, 154, 157-159, 164, 176, 181, 183, 215, 225, 226, 228, 229, 234, 245
Christenson, Larry 12, 70, 71, 72, 76, 79, 82, 168, 176, 223
Christliche Wissenschaft 106, 209, 223, 251, 265
Christlicher Gemeinschaftsverband Mühlheim 167 (siehe auch Mühlheimer Verband)
Christliches Zentrum Berlin 59, 77, 87, 88
Christliches Zentrum Bielefeld 87
Christliches Zentrum München 89
Christlieb, Theodor 17
Christus für alle Nationen (CfaN) 143, 146, 147, 149, 151
Church Growth International 131
Coerper, Heinrich 43, 64
Copeland, Gloria 234
Copeland, Kenneth 105, 121, 148,d 149, 154, 158, 183, 213, 228, 241
Corbi, Colette von 118
Cruz, Nicky 78
Cunningham, Loren 56, 78, 86, 149, 150
CVJM 84

Dallmeyer, August 32, 38, 267
Dallmeyer, Heinrich 29-38, 45, 46, 49, 63, 64
Daniel 203, 206
Dannenbaum, Hans 57
Darby, John Nelson 13, 237
Darmstädter Marienschwestern 84
Darwin, Charles 223
David 218, 268
Dawson, Joy 78
Deitenbeck, Paul 162
Dietrich 30
Dietrich, Faith 84, 85
Dippl, Peter 88, 89
Dispensationalismus 13, 108, 115, 116, 117, 165
Dolman 41, 267
Donsbach, H. 83
„Dritte Welle" siehe „Power evangelism"

285

Duke, Charles 78
Durham, W.H. 26

Eckhard, George 110
Eddy, Mary Baker 222
Edel, Eugen 21, 29, 37, 38, 44, 48, 50, 53, 54, 64
Edel, R.F. 72, 79, 80, 82, 223
Edison 223
Edwardson, Aril 78
Eickhoff, Klaus 160
Eliade, Mircea 120
Eli 205
Elia 196, 206
Elim-Gemeinden 65
Elisa 196
Elliot, Jim 264
Emerson, R.W. 210, 223
Engel 276
Epaphroditus 184
Ephraim 191, 206
Episkopalkirche 11, 76
Erweckung in Wales 21, 23, 30
Essen, Adolf 53
Evangelisch Freikirchliche Gemeinde (siehe Baptisten)
Evers 267
Eucharistie 75, 76, 93, 96
Exorzismus (siehe „Befreiungsdienst")

Felix 198
Festus 198
Ferrer, Vincent 118
„Feuerkonferenz" 149, 150, 151, 204
Finney, Ch.G. **16-17**, 19, 20, 28, 167
Flade, Heinz 99
Fleisch, Paul 62
Flynn, Mike 187
Ford 223
Foster, Richard 223, 228
Francke, A.H. 198
Freie Evangelische Gemeinde 83
Fritsch, Siegfried 94
Fuller Institut für Evangelisation 111
Fuller Theological Seminary 107, 108, 159
Fundamentalismus 12, 104, 108, 159
Geistesgaben 155, 257
Geistestaufe 11, 12, 17, 18-20, 23-26, 32, 50, 69, 71, 98, 126, 152, **167-172**, 173, 178, 187, 204
Geistliche Gemeinde-Erneuerung in der Ev. Kirche (GGE) **96-103**
„Geistliche Kampfführung" **245-253**

Gemeindewachstumsbewegung 12, 111, **159-163**, 225
Gemeinschaftsbewegung 17, 20, 22, 29, 35, 40, 46, 62, 63, 64, 167
Gensichen 44
Geschäftsleute des vollen Evangeliums 78, 79, 148
Giese, Ernst 79
Girad, Jacques 118
Gleede, E. 79
Gleiß, Peter 92, 99
Gnadauer Konferenz 22, 45, 61, 64
Gnadauer Verband 12, 57, 60, 272, 273
Gorbatschow 7
Graham, Billy 73, 85, 146, 211
Greatlakes, Valentine 118
Gregersen, Dagmar 29
Gregor von Tours 118
Griggs, Dennis 160
Großmann 49
Großmann, Siegfried 80, 82, 83, 129
Grote 267
Groves, A.N. 243
Gürich, Rolf 26k7

Haarbeck, Theodor 30, 31, 50, 51, 53, 64
Habsburg, Otto von 77
Hagin, Kenneth 89, 90, 121, 148, 154, 158, 168, 175, 181, 183, 234, 236, 239, 245, 251
Handauflegung 89, 127, **187-194**
Harper, Michael 70, 72, 79, 245
Harris 118
Hauser, Markus 167
Hayford, J. 245
Hecke, Wilhelm 160
Heijkoop, H.L. 202
„Heiliges Lachen" **124-125**, 130
Heiligungsbewegung 18, 19
Heiligungslehren 16, 20
Heilungsdienst 127, 128, 129, 190 (siehe auch Krankenheilung)
Hermann 267
Hesekiel 203, 206, 230
Heydorn 267
Hicks, Tommy 67, 118
Hilarius 118
Hill, Napoleon 137, 211, 215, 223
Hinn, Benny 150, 151
Hiob 236
Hoerschelmann, Werner 102
Hollenweger, Walter 26, 27, 50, 72, 73
Holzapfel 35

Horst, 31, 32
Horton, Harold 169, 181
Huhn 267
Humburg, Emil 41, 44, 45
Humburg, Paul 57
Hunt, Dave 105, 120, 212, 220, 222, 232, 251
Huntemann, Georg 163, 260
Hutten, Karl 146

Ignatius von Loyola 115, 118
Ihloff 267
„Innere Heilung" 187, 228, 252
Institut für Gemeindeaufbau 160
Internationale Zigeunermission 160
Isaak 236
Ising, R. 47

Jakobsen, Sven 160
Jakobus 256
James, W. 210
Jampolski, Gerald 174
Jefferey, George 141, 142
Jellinghaus, Theodor 18
Jeremia 230
Jesaja 230
Jesus-Haus Düsseldorf 87
Jörn 267
Johannes 170, 171, 192, 203
Johannes der Täufer 192, 197
Jones, Stanley 108
Jones, Terry 105, 158
Josua 196
Judson, Adoniram 200
Jugend-, Missions- und Sozialwerk Altensteig 158
Jugend mit einer Mission (JMEM) 86, 149
Jung, C.G. 120, 222, 223, 228
Justinus 118

Kaiser, Otto 31, 32
Käsemann, Ernst 163
Kasseler Versammlungen **30-35**
Katholisch Charismatische Gemeindeerneuerung 72, 73, 74, 75, **90-96**, 99
Kelsey, Morton 120, d 176, 183, 223, 228
Kenyon, E.W. 105
Kierkegaard, Sören 219, 242
Kirche des Nazareners 24
Kmitta 267
Kneip 50
Knippel, H. 47, 48, 267
Knoblauch, Jörg 160, 163
Köhler 267
Kollins, Kim 88, 99, 124, 203, 205

König, Jochen 99
Kopfermann, Wolfram 77, 88, 92, **97-103**, 111, 159, 160, 161
Kopp, Robert 99
Korff, Graf 41, 267
Kraft, Ch. 245
Krankenheilungen 119, 121, 122, 123, **181-186** (siehe auch Heilungsdienst)
Krawielitzki 43, 48, 64
Krusche, Peter 102
Krust, Christian 176
Kuhlmann, Kathryn 75, 115, 124
Kuhlmann, Paul 57
Kühn, Bernhard 38, 39, 41, 267
Kühne, Rolf 80

Lammert 267
Lange 62
Lebenszentrum für die Einheit der Christen 80
Lechler, Alfred 50
Lemke, C. 151
Lepsius 60
Lincoln, A. 223
Linn 228
Lohe 267
Lohmann, Ernst 20, 38
Lonn, Harry 86
Lowe, Betty 78
Loyola, Ignatius von 115, 118
Luther, Martin 118, 218
Lutherischer Gemeinschaftsdienst 86
Lutherische Kirche 12

Maasbach, Johann 77
Macrina 118
Manasse 191
Margies, Wolfhard 54, 77, 90, 105, 158, 169, 175, 181, 183, 245, 246, 247, 251, 252
Marsch, Michael 88
Martin, Ralph 76, 79
Martin Luther King, Mrs. 211
Mascher, K. 267
Mascher, F. 267
Mayer, Peter 171
McAll 248
McCauley, Ray 90, 150, 154, 158, 234
McConnel, D.R. 105, 251
McDonald, William 243
McDonnell, K. 74
McNutt, F. 96, 120, 183, 205, 223, 228, 245, 246
Medema, Henk 171
Mederlet, E. 72, 79, 80, 82
Meister 267
Mennoniten 76
Merten 267

Methodisten 57, 76
Meyer, Emil 29, 30, 44, 63
Meyer, F.B. 23, 167
Michaelis, Walter 30, 39, 41, 57, 61, 64, 267, 273
Modersohn, Ernst 20, 30, 31, 33, 36, 37, 43, 64
Moltmann, Jürgen 163
Moody, D.L. **19**, 20, 167, 198
Mose 196, 230
„Mose David" 72, 84, 174
Mühlan, Eberhard 77, 79
Mühlen, Heribert 79, 91, 92, 93, 99, 163, 169
Mühlheimer Erklärung **42**, 64, 267
Mühlheimer Gemeinschaftsverband 60, 65, 167
Mühlheimer Konferenz 41, 42, 43
Müller, Siegfried 157, 158
Mütschele, K.W. 56
Muktananda, Swami 174
Mumford, Bob 245

Nagel, G.F. 46, 270, 272
Napoleon 223
Nathan 268
„Neues Denken" 106, 251
New Age 261
Newburry, Dave 149
Newton, John 219
Novatian 118

Ökumene 68, 73, 74, 274
Offene Brüder 18
Olson, Gordon 86
„Olympia 81" 78, 87
Oppermann, Günther 6, 77, 88, 93, 99, 157
Orsini, Joseph 96
Osborn, T.L. 146, 181
Osteen, John 105
Otis, George 86
Ouweneel, Wim 171
Owen, John 228
Oxforder Heiligungsbewegung 18

Packer, J.I. 115, 175
Pain 223
Papst Gregor I. 115, 118
Papst Johannes Paul II. 94, 95
Papst Paul 94, 95
Paracelsus 222
Parham, C.F. 23
Parzany, Ulrich 85
Passon, KD. 86
Paton, John 200
Patow von 267
Paul, Jonathan 22, 30, 32, **36-49**, 53, 61, 63, 64, 181, 269, 270

Paulk, Earl 214
Paulus 184, 192, 198, 199, 200, 216, 218, 220, 227, 235-237, 239, 250, 252, 268, 269
Peddie, Cameron 190
Pelagianismus 87
Peters, Benedikt 52, 202
Petrus, 192, 238, 239, 246
Pfingstbewegung **23-65**, 77, 153, 253, 255, 262, 265, 266-271
Pfingstgemeinde 11, 13, **15-65**, 71, 76, 103-105, 108, 167
Pfingstgrüße 39, 64
Pfingstkonferenz 38
Plessis, David du **67-76**, 79, 274
Positives Denken **132-134**, 165, **209-220**, 221
Power Evangelism 12, 13, **107-163**, **195-202**
Pratney, Winkie 86
Presbyterianer 76
Prince, Derek 245
Projektion J 93, 157
Publius 178, 192
Pückler 30

Rao, Suba 118
Rappard, Theodor 18
Ravenhill, Leonhard 105, 233
Regehly 38, 48, 53, 64
Reimer, H.D. 82, 101, 104
Rendall, G.F. 180
Rey, K.G. 205
Riefle, Hermann 158
Riemenschneider, Armin 82
Ritzhaupt, Fred 79,83
Roberts, Evan 23
Roberts, Oral 121, 181
Robertson, Murray 124
Robertson, Pat k78, 146
Rodewyk 249
Rohrbach 267
Rothkirch, Eberhard von 41, 267
Rubanowitsch, Johannes 36
Rudersdorf 267
Rufenberg 80, 83, 129
„Ruhen im Geist" 124, 143, **203-208**, 252
Ruprecht, O. 46
Ruprecht 267
Rust, H.C. 82, 83
Ruyrie, Ch.C. 13

Salomo 235, 260
Samuel 230
Sandford, John 223
Sandford, Paula 223
Sanford, Agnes 81, 82, 120, 181, 183, 223
Saphira 246
Sartorius 267

Sauer, Erich 13
Saul 246
Schaffer, Ulrich 183
Schaller, Cathy 110
Schamoni, W. 79
Scharwächter 267
Schiefer 267
Schlotthoff, Bernd 160, 161, 164
Schloß Craheim 79, 80
Schmieder, Lucia 91-93
Schoch, Paul 148, 150
Schopf 33, 267
Schrenk, Elias 20, 23, 30, 31, 36, 38, 41, 60, 267
Schütz 267
Schuller, Robert 132, 133, 149, 154, 164, **211-212**, 215, 216, 217, 240
Schulte, Anton 85
Schwarz, Christian 160, 161
Schwarz, Fritz k92, 160, **161-163**, 164
Scofield, C.I. 13, 117
Seibel, Alexander 171, 207, 208
Seiß, Rudolf 223
Seitz, Johannes 20, 30, 36, 41, 60, 61, 64, 267
Selbstliebe 217
Seymor, W.J. **23-25**
Shakarian, Demos 78
Shallis, Ralph 180
Sherill, J.L. 13, 117
Silas 188
Simoleit 267
Simpson, A.P. 167
Simsa 30
Smail, T. 77
Smith, Chuck 72
Smith, R. Pearsall **18**, 120
Sölle, Dorothee 83
Sokakakai 135
Sozianismus 87
Spener, Ph.J. 208, 257
Spiritismus 265
Spitta, Ph. 237
Spitzer, Volkhard 55, 59, 77, 78, **84-89**, 145, 157
Sprachengebet
(siehe Zungenreden)
Spurgeon, C.H. 156, 198, 219
Stapleton-Carter, Ruth 228
Steele, Ron 154
Stegen, Erlo 118
Steinle, Stefan 89
Stephanus 252, 258
Stockmayer, Otto, 18-20, 22, 30, 41, 60, 61, 64, 66, 267
Stott, John 75, 77
Ströter, E.F. 50, 52, 64
Studd, C.T. 200, 237
Suenens, J. 75, 77, 79, 95, 170, 205

Synan, Vinson 150

Tauler, Johannes 203
Taylor, Hudson 200, 227, 237
Teen Challenge 85, 89
Telle, Agnes 29
Tertullian 115, 118
Thiele-Winkler 42, 267
Thiemann 267
Thümmler v. 267
Tilton, Robert 214
Timotheus 184, 216
Toaspern, Paul 79
Torrey, R.A. **19-20**, 21, 22, 63, 167
Tozer, A.W. 228
Treat, Casey 213
Treskow v. 267
Trophismus 184

Ulonska, Reinhold 77, 176, 183, 245
Unitarismus 106, 251
Urban, Johannes 48, 49
Urban, M. 267, 270, 272
Urbschat, 267
Urquhart, Colin 99

Vandsburger Erklärung 43, 64
Vaswig, William 223
Vatikanisches Konzil 71
Veken, J. 77
Verbalinspiration 60
Vergherer, Paul 79
Vetter, Jakob 20-22, 43, 64
Viebahn, Georg von 20-22, 30, 39, 41, 62, 267
„Vierte Dimension" 132, 135, 136, **225-226**
Vietheer, Heinrich 44, 47, 64, 65
Vineyard Christian Fellowship 109, 112, 114, 116, 122
Visser't Hooft 68
Visualisierung **134-138**, 165, 186, 215, **221-232**
Voget, C. 64

Wächter 267
Wagner, C.P. **107-114**, 160, 163, 195, 245-248
Wallis, A. 77
Wallraff 267
Warfield 117
Warns, Johannes 20, 21, 41, 267
Watson, Anne 188
Watson, David 107, 188
Weltkirchenrat 68, 73, 74
Wesley, Charles 15, 210
Wesley, John **15-16**, 118, 198, 203, 218, 251
Whitefield, George 15, 198, 203, 218

Wiegand 35
Wigglesworth, S. 67, 68
Wilkens, Ulrich 102
Wilkerson, David 71-73, 84, 85, 95, 105, 215, 238, 241
Wimber, Carol 111, 112, 122, 127, 188, 195
Wimber, John 55, 93, 99, 107, **109-130**, 155, 159, 164, 165, 182, 183, 188, 189, 203, 223, 245, 246
Wittekind 267
Wohlstandsevangelium **132-134**, 154, 158, **233-242**
Wollin, Martin 160
Wüsten 267

Yoga 135

Zaiss, Hermann 67
Zastrow v. 267
Zinzendorf, N.L. v. 16, 198, 237, 257
Zopfi, Jakob 54, 170
Zungenreden 11, 23-25, 28, 32, 35, 36-38, 43, 45, 49, 50, 69, 71, 98, 111, 130, 131, 150, 167, 168, **173-180**, 258, 268
Zungensingen 24, 37, 38, 150